BASTEI
LÜBBE

Von Shari Low sind bei Bastei Lübbe Taschenbücher lieferbar:

14924 Torschlusspanik
15178 Saure-Gurken-Zeit
15219 Märchenprinz auf Abruf

Über die Autorin:

Shari Low legt mit *Freunde, Sex und Alibis* ihren vierten Roman vor. Nach einer abwechslungsreichen Karriere im Bereich Freizeitindustrie in Großbritannien, Holland, Schanghai und Hongkong kehrte Shari Low in ihre Heimatstadt Glasgow zurück. Dort lebt sie mit ihrem Ehemann John und ihren beiden kleinen Söhnen. Sie ist heute als freie Schriftstellerin tätig.
Besuchen Sie die Autorin unter www.sharilow.com im Internet.

SHARI LOW

FREUNDE SEX UND ALIBIS

ROMAN

AUS DEM ENGLISCHEN VON
SYLVIA STRASSER

BASTEI LÜBBE

BASTEI LÜBBE TASCHENBUCH
Band 15 472

1. Auflage: April 2006

Vollständige Taschenbuchausgabe

Bastei Lübbe Taschenbücher in
der Verlagsgruppe Lübbe

Deutsche Erstveröffentlichung
Titel der englischen Originalausgabe: *Friends, Lies and Alibis*

Lektorat: Melanie Blank
Einbandgestaltung: Bianca Sebastian
Titelbild: getty-images/Kaven Beard
Satz: hanseatenSatz-bremen, Bremen
Druck und Verarbeitung: Nørhaven Paperback A/S
Printed in Denmark
ISBN-13: 978-3-404-15472-X (ab 01.01.2007)
ISBN-10: 3-404-15472-2

Sie finden uns im Internet unter
www.luebbe.de

Der Preis dieses Bandes versteht sich einschließlich
der gesetzlichen Mehrwertsteuer.

Prolog

Die Wahrheit, nichts als die Wahrheit ...

Ringring!

Ich griff nach dem schnurlosen Telefon. »Jo Grant.«

»Jo, hi, Dan hier. Emmas Dan.«

»Ich weiß schon, welcher Dan, Dan! Ich bin berühmt für meine Fähigkeit, Stimmen wiederzuerkennen. Was gibt's?«

»Ich störe euch Mädels nur ungern bei euern Schönheitsnachmittagen, aber ich müsste mal kurz mit Emma reden.«

Pause. Lange Pause.

»Oh, äh, Emma ... die ist, äh, sie ist gerade im Bad, Dan. Sie, äh, sie schrubbt sich die Gesichtsmaske runter, weißt du. Kann sie dich zurückrufen?«

»Klar. Frag sie, wo sie den Ausweis für die Videothek hat. Sie hat gemeint, es würde spät werden heute Abend, und da dachte ich, ich leih mir einen Bruce-Willis-Film aus.«

»Geht klar, Dan, ich sag's ihr. Bis dann.«

Ich unterbrach die Verbindung und blies hörbar die Luft aus.

Ich drückte auf die Eins, unter der ich Emmas Kurzwahlnummer gespeichert hatte, und wartete.

Ringring!

»Hallo?«

»Emma, ich bin's. Wo zum Teufel steckst du denn? Nein, sag's mir lieber nicht. Warum sage ich dir nicht, wo du *nicht* bist? DU

BIST NICHT IN MEINEM BAD UND SCHRUBBST DIR DEINE GESICHTSMASKE AB! Dan hat angerufen, er will wissen, wo der Ausweis für die Videothek ist. Also entweder glaubt er, wir verständigen uns durch Telepathie, oder aber du hast mich schon wieder als Alibi benutzt, damit du mit irgendeinem Typen rummachen kannst, der eindeutig nicht dein Ehemann ist!«

Nachdem ich Luft geholt hatte, fuhr ich fort: »Und – stimmt's oder hab ich Recht?«

Ein tiefer Seufzer am anderen Ende der Leitung. »Ich geb's ja zu! Autsch! Ich glaub, ich hab schon eine Kiefersperre vom vielen Knutschen. Sag mal, was genau ist das eigentlich – Kiefersperre?«

»Das kriegt man, wenn die beste Freundin einem ein paar auf den Schnabel haut, weil man sie in irgendwelche niederträchtigen Lügengeschichten mit hineingezogen hat. Du solltest dich was schämen! Noch dazu am hellllichten Nachmittag! Und jetzt ruf Dan an und denk dran: Du musst dich anhören, als ob sich dein Gesicht straff und prickelnd frisch wie nach einer Maske anfühlt.«

Damit knallte ich das Telefon hin.

Ringring!

»Jo Grant.«

»Jo, Darling, meine Teuerste, hier ist Margo! Ich wollte mich nur vergewissern, dass du Freitagabend auch nichts vorhast. George hat doch Geburtstag, und ich plane eine kleine Feier. Um sechs. Ja, ich weiß, das ist sehr früh, aber er ist nun mal nicht mehr der Jüngste. Nur ein zwangloses Beisammensein im engsten Familienkreis. Ich meine, du gehörst ja praktisch schon zur Familie. Wie geht es eigentlich meinem wundervollen Sohn? Ich kriege ihn überhaupt nicht mehr zu Gesicht! Sag ihm, er soll den Kuchen mitbringen – falls er die Zeit dafür findet. Ihr zwei Turteltäubchen seid ja *so* beschäftigt! Kein Wunder, dass ihr keine Zeit zum Heiraten habt …«

»Margo …«

»Ich meine, zu *meiner* Zeit waren die Hochzeitsvorbereitungen Sache der Mutter und der Schwiegermutter. Und du weißt ja, mir wäre es eine Freude, dir diese Dinge abzunehmen …«

»Margo …«

»Aber ich verstehe natürlich, wenn du das lieber selbst machen willst. Ihr jungen Leute habt eure eigenen Vorstellungen und wisst ganz genau, was ihr wollt. Zu meiner Zeit …«

»MARGO!«

»Ja, Liebes?«

»Entschuldige, aber ich habe ein Gespräch auf der anderen Leitung«, flunkerte ich. »Wir sehen uns dann am Freitag.«

Ich beendete das Gespräch mit einem Knopfdruck und drückte dann die Zwei, unter der ich eine weitere Kurzwahlnummer gespeichert hatte.

»*The Daily Scot*, Charles Curtis am Apparat.«

»Charlie, ich bin's, Jo.«

»Jo, Darling, ich wollte gerade …«

»Spar dir das! Was meinst du, wer mich gerade angerufen hat?«

»Rupert Everett. Er hat gehört, dass du mich kennst, und dich gebeten, ihn mir vorzustellen.«

»Träum weiter! Nein, es war meine *angebliche* künftige Schwiegermutter, die mich für Freitag eingeladen hat, weil dein Dad Geburtstag hat. Du sollst den Kuchen mitbringen, hat sie gesagt.«

»Verdammt, das passt mir aber gar nicht! Wo soll ich denn so kurzfristig einen Kuchen hernehmen, der etwas ganz Persönliches ist?«

»Was heißt, *dir* passt das nicht? Ich kann mir auch was Schöneres vorstellen, als mir einen weiteren Abend lang von deiner Mutter Taftmuster ans Haar halten lassen zu müssen, damit sie die

Farbe für die Kleider der Brautjungfern aussuchen kann! Pink macht mich zu blass, sagt sie.«

»Na ja, du musst zugeben, bei deinem Teint …«

»Stopp! Tu mir einen Gefallen, Charlie – schenk deiner Mutter endlich reinen Wein ein! Sag ihr, wir werden nie heiraten, sag ihr, ich bin nicht deine Freundin, sag ihr, dass wir uns nie auch nur geküsst haben! Meine Güte, Charlie, wir leben im 21. Jahrhundert! Warum sagst du ihr nicht einfach, dass du schwul bist! Was kann schlimmstenfalls schon passieren?«

»Dass sie einen Herzanfall erleidet und einen frühen Tod stirbt und ich mir den Rest meines Lebens Vorwürfe machen muss. *Das* kann passieren. Und du weißt, dass ich mit Schuld nicht gut umgehen kann. Mit Trauer auch nicht. Was wirst du Freitagabend eigentlich tragen?«

»Ein Plakat auf der Brust und eins auf dem Rücken und darauf wird stehen: ›Tut mir Leid, Mrs. Curtis, aber Ihr Sohn ist ein verlogener Scheißkerl, und ich bin nicht mit ihm zusammen. Diese Ehre gebührt einem gut eins achtzig großen Typen namens Toby‹.«

»Oh, das ist süß. Hör mal, ich werde mich wahrscheinlich für Malvenfarben mit einem Touch Aubergine entscheiden, also zieh bitte nichts an, was sich damit beißen könnte.«

»Meine Güte, Charlie, dein zweiter Vorname sollte ›Klischee‹ lauten! Ich mach's nicht, verstehst du?«

»Das ist wirklich ein Jammer. Und ich hatte schon gehofft, du würdest mich anschließend zur VIP-Premiere von *Apocalypse* begleiten. Angeblich haben eine Menge Stars ihr Kommen zugesagt: Cruise, Nicholson, Clooney … Man hat sie mit einem Gratiswochenende in Skibo Castle geködert, weißt du.«

»Das ist glatte Erpressung, Mr. Curtis! Bei der Aussicht auf so viel 1a Testosteron schlägt meine Gebärmutter ja Purzelbäume! Also gut, meinetwegen. Ich mach's. Aber das eine sag ich dir: Wenn du nochmal versuchst, mir vor deiner Tante Mildred die Zunge in den Mund zu stecken, wirst du die nächsten zwei Jahre beim Zahnarzt verbringen müssen – Clooney hin oder her! Ist das klar?«

»Glasklar, Darling. Küsschen!« Damit beendete er das Gespräch.

Ich legte den Apparat hin, ein wenig behutsamer dieses Mal.

Ringring!

Tiefer Seufzer. Deutliches Zögern. Doch dann siegte meine Neugier.

»Jo Grant.«

»Jo, Michael hier. Nur ganz kurz, ich muss in zehn Minuten wieder im Gericht sein. Scheiße, eher in fünf. Der Richter ist gerade vorbeigegangen, und er sieht aus, als hätte ihm jemand in die Suppe gespuckt. Weswegen ich anrufe – was weißt du über Elvis?«

Pause. »Elvis? Meinst du den toten, der Hamburger über alles liebte, die Hüften kreisen ließ und *Suspicious Minds* sang? *Den* Elvis?«

»Genau den.«

»Nichts.«

»Verdammt! Jo, hör zu, du musst mir einen Gefallen tun. Neue Flamme. Großer Elvis-Fan. Kannst du mir eine Biografie und eine CD von ihm besorgen? Bis ich aus dem Gericht komme, sind die Geschäfte schon zu, und ich bin später mit Priscilla verabredet.«

Ich prustete los. »Willst du mich auf den Arm nehmen? Sie ist Elvis-Fan und heißt auch noch Priscilla?«

»Ich versteh nicht, was daran so Besonderes ist.«

»Michael, die Frau von Elvis Presley hieß auch Priscilla.«

»Scheiße! Sie wundert sich bestimmt, dass ich kein Wort darüber verloren habe. Scheiße, Scheiße, Scheiße!«

»Du hast ihr gesagt, du findest Elvis großartig, stimmt's?«

»Äh …«

»Und dass du dein Leben lang nach einer Frau gesucht hast, mit der du bei Sonnenuntergang zu den Balladen von Elvis kuscheln kannst und mit der du eines Tages drei oder vier kleine Elvisse haben willst, richtig?«

»Äh …«

»Mensch, Michael, du hast versprochen, dass du so was nicht mehr machst! Weißt du noch, das war damals, nachdem du dir sechs Rippen gebrochen hast, weil du der Kleinen in Magaluf erzählt hast, du wärst Wasserskiprofi. Warum musst du solche Lügen auftischen? Warum kannst du nicht einfach ehrlich sein?«

»Wer im Glashaus sitzt, sollte nicht mit Steinen werfen!«, konterte er. »Darf ich als dein persönlicher Rechtsbeistand daran erinnern, dass du deinen Lebensunterhalt damit verdienst, Frauen zu unterstützen, die einen verlogenen Lebenswandel führen? Und die nackt in den Armen eines verheirateten Mannes liegen?«

Ich sprudelte schier über vor Entrüstung. »Spiel dich ja nicht als Moralapostel auf, Michael Morris! Zumal das, was diese Frauen tun, oft genug zu einer Scheidung führt, die dir deine Versace-Schuhe sichert. Das heißt, wenn du Sinn für Eleganz hättest und welche tragen würdest.«

»Das war ein ganz gemeiner Tiefschlag, Miss Grant! Mindestens einen Meter unter der Gürtellinie. Okay, du bietest der Gesellschaft also wertvolle Dienstleistungen an, aber das macht dich noch lange nicht zu einer Heiligen, oder?«

»Das mag sein, aber ich bin auch nicht dein privater Einkaufsservice, also schieb dir deine …«

»Sorry, Jo, aber ich muss los. Eine Biografie und eine CD! Du bist ein Schatz! Ich werde so gegen sieben zu Hause sein. Bis dann.«

Er legte auf. Ich stieß einen schweren Seufzer aus und schloss die Augen. Eine Migräne kündigte sich an.

Ich klappte meinen Laptop auf und gab meine Internetadresse www.G.I.N.com ein. Ich wollte einen Blick in das Forum werfen, bevor ich mich auf die Suche nach Elvis machte. Vor einem tief karmesinroten Hintergrund zeichnete sich in großen Lettern die Überschrift ab:

Willkommen
bei
Geliebte in Not
Die Website für die »andere Frau«

Darunter lief von links in kleineren Buchstaben die Zeile über den Monitor:

Wenn *er* nicht für Sie da ist, wenn Sie ihn brauchen – *wir* sind es!

G. I. N. – GELIEBTE IN NOT, die Website für die »andere Frau«, war mein Baby und mein Beruf. Eine Art Sammelbecken für die Verzweifelten, die Unmoralischen, die Gerissenen und die Zuversichtlichen. Inzwischen zählten wir zwölftausend Mitglieder, Tendenz steigend.

Ich klickte mich zum Forum durch. Ich steuere nur selten selbst einen Diskussionsbeitrag bei – ich überlasse es lieber den betroffenen Damen, die Website als Plattform für den Austausch mit Gleichgesinnten zu nutzen. Dennoch mache ich eine tägliche Kontrolle für den Fall, dass eine besonders verzweifelte Nachricht eingetroffen ist, die einer sofortigen Antwort bedarf.

Ich lächelte, als ich den Namen der Verfasserin des jüngsten Beitrags las. Von Sally, einer Geliebten aus Cheltenham, trafen seit der Einrichtung der Website regelmäßig Beiträge ein. Ihre letzte Nachricht einige Wochen zuvor bewies – so hatte ich jedenfalls gedacht –, dass sich Geduld und Ausdauer manchmal eben doch auszahlten. Doch jetzt wurde ich eines Besseren belehrt.

Hallo zusammen, hier ist wieder Sally aus Cheltenham. Zuerst einmal möchte ich mich bei allen für die Glückwünsche bedanken, nachdem ich euch letzten Monat mitgeteilt habe, dass Giles endlich seine Frau verlassen wird – nach achtzehn Jahren! Das ist wirklich eine lange Zeit.
Aber leider ist alles ganz anders gekommen, als ich gedacht hatte. Ganz anders, als ich es mir an jedem Weihnachtsfest in den vergangenen achtzehn Jahren, wenn ich allein dasaß und auf seinen Anruf wartete, ausgemalt hatte. Giles hat mich auf die schlimmstmögliche Art betrogen. Wie sich jetzt nämlich herausgestellt hat, unterhält er seit einigen Jahren eine Beziehung zu der vierundzwanzigjährigen, ehemals besten Freundin seiner Tochter und wohnt inzwischen mit ihr zusammen. Ich brauche wohl nicht zu erwähnen, wie niedergeschmettert und enttäuscht ich bin! Mir fallen zu dem Mann, der so lange die Liebe meines Lebens war, eigentlich nur Wörter ein, die eher zum Sprachgebrauch einiger meiner besonders schwierigen Schüler gehören: Der Mann ist ein ausgemachtes Arschloch!

Ich merkte, dass mir die Kinnlade heruntergeklappt war, und machte den Mund wieder zu. Du meine Güte! Langjährige Affären waren keine Seltenheit, aber dass ein Ehemann zwei Geliebte nebeneinander hatte, kam wirklich nicht alle Tage vor. Die arme Sally. All die Jahre voller Versprechungen, voller Hoffnungen, voller Opfer … voller Lügen.

Ich lehnte mich zurück, atmete langsam aus und dachte über den Tag nach. So viele Lügen, so viel Heimlichtuerei … Mein unaufrichtiger schwuler »Verlobter« Charlie, meine ehebrecherische beste Freundin Emma, mein verlogener Mitbewohner

Michael, zwölftausend Geliebte von ebenso vielen fremdgehenden Ehemännern ... Hielt es denn überhaupt noch jemand mit der Wahrheit? In meinem Leben anscheinend nicht. Meine Welt drehte sich um die instabile Achse unmoralischer Freunde, faustdicker Lügen und eilig zusammengebastelter Alibis.

Ich überlegte, ob ich Sally ein paar mitfühlende Zeilen schreiben sollte, doch dann fiel mein Blick auf die Uhrzeit am unteren rechten Bildschirmrand. Scheiße, schon vier Uhr! Ich musste mich ja noch um Elvis kümmern.

Kapitel 1

Elvis: The Greatest Hits, Vol. 1

www.G.I.N.com, Forum, neuer Beitrag:

Liebe Sally, schnapp dir den Mistkerl, reiß ihm die Klamotten runter und bearbeite ihn mit der Peitsche, bis er quiekt. Und wenn er dich anbettelt weiterzumachen, versetzt du ihm einen kräftigen Tritt in den Arsch. Wenn du willst, mach ich es für dich – das geht aufs Haus.
Ich fühle mit dir,
Domina Domenique

»*Happy birthday to you, happy birthday to you, happy birthday*, lieber George ...«

George neigte den Kopf in meine Richtung. »Du kannst Dad zu mir sagen, Liebes, du gehörst ja praktisch schon zur Familie.«

»... *happy birthday to you*«, beendete ich das Geburtstagsständchen, die letzten Wörter zwischen zusammengepressten Zähnen hervorstoßend, weil Charlie den Arm um mich legte und mich anschmachtete.

George blies die Kerzen aus, bekam einen Hustenanfall und setzte ein Zierdeckchen in Brand. Ein Glas Wasser löste beide Probleme.

Nachdem Margo sich vergewissert hatte, dass ihr Ehemann nicht mitten in seiner Geburtstagsfeier den Löffel abgeben würde, drückte sie ihn in einen Sessel, reichte ihm eine Marzipanschnitte und bereitete sich auf die Attacke vor, mit der ich rechnete, seit ich den Fuß über die Schwelle der Sandsteinvilla im malerischen Bridge of Weir gesetzt hatte. So wie diesen Ort fünfzehn Meilen südwestlich von Glasgow stellt man sich ein typisch schottisches Städtchen vor: eine Hauptstraße mit Fischhändlern, Bäckern und Metzgern, mehr Kirchen als Buchmachern und etlichen Pubs im Stil von Dorfkneipen, wo sich die Einheimischen treffen, schottische Volkslieder singen und aus Gedichten schottischer Dichter zitieren. In Wirklichkeit schauten sie sich in den schickeren Lokalen Sportübertragungen auf Großbildfernsehern an und spielten Bingo in den weniger vornehmen. Aber ich ziehe es vor, an die romantischere Version, die mit Gesang und Gedichtrezitationen, zu glauben.

Margo war in Bridge of Weir geboren und aufgewachsen. Sie freute sich darüber, dass die Stadt bevorzugter Wohnort für wohlhabende Berufstätige geworden war, die in eher ländlicher Umgebung eine Familie zu gründen beabsichtigten. So viel frisches Blut! Und dieser Wohlstand! Und so viel Stoff zum Tratschen! Für Margo war es das Paradies.

Aber zurück zu ihrem geplanten Angriff. Drei, zwei, eins – und schon ging's los!

»Charles, Josephine, meine Lieben, ich war letzte Woche zum Tee beim Vikar, und er sagte, er habe im Juli noch Termine frei. Ihr solltet euch bald darum kümmern, damit ihr auf jeden Fall einen Vormittagstermin bekommt. Wir waren letzte Woche auf der Hochzeit der Wilkinson-Tochter. Die Feier in der Kirche begann um vier Uhr nachmittags, und an diesem Tag hatte er schon sechs Paare getraut. Hunderte von Leuten waren da mittlerweile über die Gardenien des Vikars getrampelt, und die Lilien in der Kirche waren völlig verwelkt. Ich brauche euch wohl nicht zu sagen, dass die Luft drinnen alles andere als frisch und angenehm war. Manche Leute scheinen von Körperpflege nichts zu halten. Also zu meiner Zeit ...«

In Bridge of Weir reden alle so. Alle trinken Tee mit dem Vikar, und alle kennen die Namen jeder Blume in Sichtweite.

Mein Lebenswille schaufelte sich hektisch einen Fluchttunnel – ich konnte ihn graben hören. Charlie hatte sich neben seine Mutter gesetzt, lächelte und nickte zustimmend. Seine Lippen bewegten sich, er faselte irgendetwas davon, dass Lilien »ja so was von out« seien und wir ohnehin mehr zu einem »farbenfrohen frühlingshaften Blumenarrangement aus Glockenblumen und Hyazinthen« neigen würden. Ich unterdrückte einen Seufzer. Ich fühlte mich wie eine der Enten auf dem Wandgemälde im Salon – sie sahen irgendwie deprimiert aus. Verständlich: Wenn ich mir dieses Geschwätz den ganzen Tag anhören müsste, wäre ich auch deprimiert. Im nächsten Moment schalt ich mich meiner Bosheit wegen. Es war ja nicht Margos Schuld. Eigentlich war sie ganz reizend, eine Erscheinung in gelbem Chiffon (der Hut war allerdings ein bisschen übertrieben), die alle in ihrer Nähe überstrahlte. Aus Anlass von Georges Geburtstag hatten sich die üblichen Verdächtigen eingefunden: die Tanten Mildred, Betty und Ophelia; Mr. und Mrs. Wagstaff von nebenan, die rechts von den Tanten auf einem der Chintzsofas saßen und die Qualität der selbst gebackenen Kuchen kritisch in Augenschein nahmen; ihnen gegenüber hatte Cousine Daphne Platz genommen, die mit Argusaugen über ihren Ehemann Philip wachte, weil dieser auf seine alten Tage noch zum Kleptomanen geworden war. (Die drei Kerzenleuchter, die seit seinem letzten Besuch an Weihnachten fehlten, waren nicht wieder aufgetaucht. Weiß der Himmel, wie er es geschafft hatte, sie aus dem Haus zu schmuggeln!)

Charlie thronte zwischen seinen Eltern. Er sah flott aus in seinem malvenfarbenen Anzug von Gaultier und dem Seidenhemd, das vermutlich mehr als die Sofas gekostet hatte. Dazu trug er Wildledermokassins. Er war ein gut aussehender Mann, mein falscher Verlobter. Kaum zu glauben, dass Margo und George, beide klein und schmächtig, diesen blonden, sanft gebräunten, über eins achtzig großen Hünen gezeugt hatten! Vielleicht hatte Margo in ihrer Jugend nichts anbrennen lassen und sich an einem sonnigen Tag in den Sechzigern völlig zugedröhnt und eine heiße Nacht mit einem blonden, potenten, hünenhaften Hippie verbracht. Vielleicht auch nicht. Ich kann mir nicht vorstellen, dass es in Bridge of Weir jemals Hippies gegeben hat. Wahrscheinlich hat Charlie seine Existenz eher einem Gen zu verdanken, das sich, randvoll beladen mit Eitelkeitschromosomen, von irgendwoher heimtückisch eingeschlichen hat.

Das Erste, was mir in dem Sommer, als ich Charlie kennen lernte, an ihm aufgefallen war, war sein tadelloser modischer Geschmack. Das heißt, eigentlich war mir als Erstes seine Hand aufgefallen, die in der Gesäßtasche von Nicky Caruso steckte, einem schlicht hinreißenden Seifenopernfernsehstar, der kürzlich bei einem Terroranschlag ums Leben kam. Wenn das doch nur meine Hand gewesen wäre – perfekt manikürt *und* auf Tuchfühlung mit diesem Starhinterteil!

Wir waren auf einer Cocktailparty im Glasgow Hilton aus Anlass des fünfundzwanzigjährigen Jubiläums des *Daily Scot.* Der Journalist, der über meine Geschäftsidee – GELIEBTE IN NOT, das Onlineforum für die »andere Frau« – berichtet hatte, hatte mich eingeladen. Offensichtlich dachte er, der Name meiner Website sei persönlichen Neigungen entsprungen. Zwischen den Kanapees und den feierlichen Reden vertraute er mir nämlich an, er sei verheiratet, aber seine Frau würde ihn nicht verstehen, und nestelte am Brustband meines schulterfreien Satintops herum. Ich überlegte, ob ich die Bar oder meine Wohnung ansteuern sollte, und entschied mich für die Bar und einen Drink. Ich hockte immer noch an der Bar, als sich die Party aufzulösen begann.

»Einen Wodka Martini, bitte, gerührt, nicht geschüttelt.«

Ich lachte spöttisch in meinen achten Drink hinein.

»Was ist denn daran so komisch?«, fragte die schneidende Stimme links von mir, die den Wodka Martini bestellt hatte.

Ich drehte den Kopf und erblickte den Mann, den ich so glühend um seine Hand beneidet hatte. Wenn ich mir nicht bereits sicher gewesen wäre, dass ich mir nicht die Mühe zu machen brauchte, mit ihm zu flirten, weil ich das falsche Geschlecht hatte, hätte meine Körpersprache ihm zweifellos »verfügbar und interessiert« zu verstehen gegeben.

Er war weit über eins achtzig groß. Sein blondes Haar (sicherlich durch Strähnchen aufgehellt, aber so perfekt, dass man es nicht mit Sicherheit sagen konnte) war nach hinten gekämmt, die Augenbrauen (gezupft?) bildeten einen vollkommenen Bogen über tiefgrünen Augen (Kontaktlinsen?). Ich nahm mir vor, ihn nach seiner Kosmetikerin zu fragen. Sein Körper war muskulös (ohne den Eindruck zu erwecken, dass man mit Steroiden nachgeholfen hatte), und das weiße T-Shirt spannte sich über seinen Brustmuskeln.

Ich lächelte entschuldigend. Oder versuchte es zumindest. »Tut mir Leid. Aber sollte es eigentlich nicht andersherum sein?«

»Darling, es gibt Gefolgsleute und es gibt Anführer. Manche sind Löwen, die ganz vorne im Rudel marschieren und kommandieren, keine Schafe, die hinterhertraben.«

Das war zu viel. Ich bekam einen Lachanfall, bei dem ich ungewollt ganz unfein durch die Nase prustete. Als ich wieder sprechen konnte, ohne Gefahr zu laufen, irgendwelche Körperflüssigkeiten zu verspritzen, sagte ich:

»Reden Sie immer solchen Blödsinn?«

»Darauf können Sie wetten«, erwiderte er, ohne mit der Wimper zu zucken. Lächelnd zog er sich den Barhocker neben mir heran. »Charlie Curtis«, stellte er sich vor und streckte mir die Hand hin. »Reporter beim *Daily Scot*, Redaktion Boulevard und Lifestyle, immer up to date, informiert und interessant und«, fügte er wehmütig hinzu, während sich sein Blick auf den Fernsehstar heftete, der gerade mit einem für seinen ausschweifenden Lebensstil bekannten Bühnenschauspieler den Saal verließ, »seit kurzem der abservierte Expartner von Nicky Caruso.«

»Jo Grant. Geschäftsführerin der GELIEBTE-IN-NOT-Website, vor kurzem Absserviererin eines Ihrer schleimigen Kollegen.«

Charlies Augen leuchteten spöttisch auf. Ich sollte später herausfinden, dass ich mit diesem einen Satz, der Klatsch, Sex und pikante Skandalgeschichten verhieß, sozusagen gleich mehrere Knöpfe bei ihm gedrückt hatte.

Er beugte sich zu mir herüber und raunte mir verschwörerisch zu: »Nun, Miss Grant, es ist mir eine Freude, Sie kennen zu lernen. Ich habe das unbestimmte Gefühl, dass wir uns prächtig verstehen werden.«

Wir stießen miteinander an. So hatte ich es jedenfalls in Erinnerung. In Wirklichkeit verfehlte ich sein Glas meilenweit, weil ich bereits viel zu tief in meins geguckt hatte, und schüttete ihm drei Eiswürfel, zwei Kirschen, ein Papierschirmchen und den Rest meines Drinks in den Schoß. Aber Charlie war so neugierig geworden, dass er alles mit einer achtlosen Handbewegung auf den Fußboden fegte, anstatt schreiend aufzuspringen und zur nächsten Reinigung zu rennen.

Seitdem plauderten wir täglich miteinander. Es schien, als hätten die Götter uns zusammengeführt. Die Götter des Klatsches, der gegenseitigen Zuneigung und der Mode, meine ich. Und offenbar auch die Götter der Hochzeitstorten, der Hüte von Philip Treacy und der Partyzelte, dachte ich, als ich meine Aufmerksamkeit wieder der Unterhaltung zuwandte, die sich immer noch um Hochzeiten drehte, wie ich genervt feststellte.

»Aber Mutter, dein Brautkleid passt Jo nie im Leben! Obenrum hat sie sechsunddreißig und um die Hüften achtunddreißig, während du vierunddreißig hattest – eine sehr zierliche Vierunddreißig –, als du zum Altar schwebtest.«

Ich verdrehte die Augen. Das war der komplette Irrsinn! Ich hatte mitgeholfen, ein hyazinthengeschmücktes Brautmonster zu erschaffen, das zur Schlachtbank, sprich: zum Traualtar, geführt werden sollte. Was hatte ich mir nur dabei gedacht, als ich eingewilligt hatte, dieses Theater mitzumachen und Charlies Verlobte zu spielen? Dieses verdammte Weihnachten! Man sollte es verbieten! Das Fest der Liebe und all dieser Quatsch!

An einem Weihnachtsfest hatte alles angefangen. Ich war an Weihnachten immer schon sentimental gewesen. Das war seit meiner Kindheit die schlimmste Zeit des Jahres für mich – früher, weil meine Familienverhältnisse fatal an den Stoff griechischer Tragödien und an jene gestörten Beziehungen erinnerten, wie man sie sonst nur aus dem britischen Königshaus kennt, und später, weil ich an Weihnachten immer allein war. Deshalb hatte ich mich damals auch so über Charlies Einladung gefreut, das Weihnachtsfest mit ihm im Haus seiner Eltern zu verbringen. Es war ein Weihnachtsfest wie aus dem Bilderbuch: eine wunderbare Familie, großartige Geschenke, ein festliches Essen, viel zu viel Alkohol, ein Nickerchen nach dem Mittagessen, ein Kleptomane, der die Hälfte der Geschenke unter dem Christbaum wegstibitzte … Na schön, das war vielleicht nicht so toll gewesen, aber alles andere war herzerwärmend und bezaubernd. Margo war überglücklich, dass Charlie mich mitgebracht hatte, und so verkündete sie beim Brandy, als sie schon ein wenig angeheitert war, dass ihr zu ihrem Glück und einem vollkommenen Weihnachtsfest nur noch eins fehle: dass ihr lieber Charlie das richtige

Mädchen träfe und eine Familie gründete. Was dann geschah, registrierte ich in schemenhaften Bruchstücken: Margo, die Charlie und mich erwartungsvoll anstrahlte; Charlie, der eine Chance witterte, seine geliebte, geistesgestörte Mutter in Ekstase zu versetzen und gleichzeitig dafür zu sorgen, dass sie ihn nicht länger bedrängte, weil er sie noch immer nicht zur *Mutter des Bräutigams* gemacht hatte; Charlie, wie er aufstand, mich anlächelte, mir einen Heiratsantrag machte und mich dabei die ganze Zeit mit beschwörenden Blicken ansah, damit ich mitspielte ...

In jenem Moment (es sollte der einzige bleiben!) hatte ich es für eine gute Idee gehalten, seinen romantischen Antrag anzunehmen. Was war schon dabei? Margo und George waren wirklich ganz reizend, und alle würden glücklich und zufrieden sein. Außerdem hatte ich noch nie ein so schönes Weihnachtsfest erlebt, und ich wollte im nächsten Jahr unbedingt wieder eingeladen werden. Deshalb sagte ich Ja. Natürlich würde ich ihn heiraten, meinen hinreißenden schwulen Freund, den ich nicht einmal dann sexuell erregen könnte, wenn ich mich splitternackt auf die Spitze des Christbaums setzen würde! Entzückensschreie erschollen, die Tränen flossen literweise – und das war nur Charlies Reaktion! Margo konnte gerade noch so unter Gewaltanwendung davon abgehalten werden, im Buckingham-Palast anzurufen und zu verlangen, dass die Queen die Nachricht von der bevorstehenden Hochzeit in ihrer nächsten Thronrede verkündete. Später bereuten Charlie und ich zwar, dass wir uns von der Stimmung des Augenblicks hatten mitreißen lassen, fanden andererseits aber, es würde nicht schaden, unsere »Verlobung« aufrechtzuerhalten. Schließlich profitierten wir alle davon. Charlie, weil Margo nicht mehr in einem fort an ihm herumnörgelte, da er außer Stande schien, ein »nettes Mädchen zum Heiraten« zu finden. Ich, weil ich wie eine Tochter in der liebenden Familie, die ich nie gehabt hatte, aufgenommen worden war. Und Margo, weil sie sich jetzt von früh bis spät Gedanken über wagenradgroße Hüte und Blumenarrangements machen und den Vikar mit Hochzeitsplänen belästigen konnte. Aber inzwischen war sie mir in ihrer Rolle als Schwiegermutter in spe ein bisschen zu aufdringlich geworden, und ich fürchtete, demnächst mit vorgehaltener Waffe ins Brautmodengeschäft gescheucht zu werden, wenn wir diesem Irrsinn nicht ein Ende bereiteten. Ich sah Charlie prüfend an. Wild gestikulierend beschrieb er das ultimative Partyzelt für den Hochzeitsempfang. Als er dann auch noch anfing, die Wasserhähne in den transportablen Toilettenhäuschen zu schildern, die wir uns anliefern lassen würden, hielt ich es für angebracht, ihn auf den Boden der Tatsachen zurückzuholen. Das alles musste ein Ende haben, bevor die Sache völlig außer Kontrolle geriet. Und ich wusste auch schon, wie ich es anstellen würde.

»Du hast vollkommen Recht, Margo«, bekräftigte ich. »Es ist wirklich Zeit, dass Charles und ich die Hochzeitsvorbereitungen in Angriff nehmen. Könntest du nicht einen Termin beim Vikar für uns vereinbaren, sagen wir, nächste Woche, Mittwochabend vielleicht? Passt dir das, Charles?«

Margo strahlte, und die Tanten klatschten begeistert in ihre gichtigen Hände. Cousin Philip nutzte die allgemeine Aufregung, um drei Untersetzer und eine Zuckerdose in seinen Hosentaschen verschwinden zu lassen.

»Das freut mich aber, Liebes, ich kann dir gar nicht sagen, wie mich das freut! Charles, Darling, mach den Mund zu und gib mir das Telefon. Wenn ich mich beeile, erwische ich den Vikar noch, bevor er sich mit seinen Pfadfindern auf den Weg zu seinen Putz- und Aufräumaktionen macht.«

Ich lächelte Charlie zuckersüß an. »Das wäre wunderbar, nicht wahr, *Darling*?«

»Charlie, irgendwann musst du wieder mit mir reden. Die Leute werden denken, wir *sind* schon verheiratet, wenn wir uns noch länger anschweigen.«

Ich schnippte die Asche von meiner Zigarette und warf mir gleichzeitig mit einer ruckartigen Kopfbewegung die langen kastanienbraunen Fransen aus den Augen. Der kunstvoll zerzauste Kurzhaarschnitt, den Fernando mir an diesem Tag verpasst hatte, war zwar trendy, aber wenn ich so weitermachte, würde ich mir ein Augapfelschleudertrauma zuziehen, noch bevor der Abend zu Ende war. Ich hatte mir die Entscheidung, was ich anziehen sollte, nicht leicht gemacht. Es durfte nichts so Schockierendes sein, dass meine angebliche künftige Schwiegermutter hastig nach Servietten suchte, um etwaige anstößige Stellen zu bedecken, musste andererseits aber auffallend genug sein, damit Tom Cruise diese spanische Tussi auf der Stelle sitzen ließ und nach meiner Telefonnummer verlangte. Na ja, träumen war ja wohl noch erlaubt! Es war immerhin einen Versuch wert. Ich meine, wie oft verirren sich schon Superstars aus Hollywood nach Glasgow? Sie beehrten Westschottland doch nur mit ihrer Anwesenheit, wenn ihr Privatjet einen Motorschaden hatte und sie hier notlanden mussten. Zur Filmpremiere im nassen Glasgow kamen sie lediglich, weil der Film auf irgendeiner öden Hebrideninsel gedreht worden war und Scottish Enterprise für sämtliche Unkosten (die Unterbringung auf Skibo Castle mit eingeschlossen) aufkam – schließlich erhoffte man sich von der Anwesenheit der Stars eine Menge Publicity und damit Impulse für den Tourismus.

Was also anziehen – patriotisches Schottenkaro oder wettergerechtes Ölzeug? Die Frage führte mich zu guter Letzt in die Merchant City, das Einkaufsviertel im Stadtzentrum mit seinen gepflasterten Straßen, kleinen, aber feinen Bistros, schicken Bars und Designerboutiquen, wo ich mir ein schwarzes Versace-Kleid leistete, das teurer als eine monatliche Hypothekenrate war. Als ich der Verkäuferin meine Kreditkarte reichte, erfasste mich zugegebenermaßen leichte Übelkeit angesichts meiner Extravaganz. Manchmal fragte ich mich, ob ich mich jemals daran gewöhnen würde, dass ich jetzt Geld hatte. Früher hatte ich mir ausgemalt, was ich alles tun, was ich alles kaufen, wohin ich reisen würde, wenn ich im Lotto gewänne, und jetzt, da ich wohlhabender war als die meisten unbedeutenden Mitglieder des Königshauses, gab ich mein Geld nur höchst ungern aus. Aber in Versace war es gut angelegt, auch wenn das Kleid auf den Quadratzentimeter umgerechnet mehr kostete als eine Luxuswohnung.

Das Kleid, genau.

Also, es war abgesehen von filigranen Ketten aus goldenen »Büroklammern«, die von einem Schulterblatt zum anderen und von einer Hüfte zur anderen verliefen und den Stoff zusammenhielten, komplett rückenfrei. Im Auto schlüpfte ich aus dem schwarzen Angoracardigan, den ich mir für den Besuch bei Charlies Eltern übergestreift hatte, und tauschte die vernünftigen schwarzen Pumps gegen rassige Stilettos, für die mich meine Füße verfluchen würden. Ich fühlte mich einfach großartig. Und ich weiß, dass Charlie mich hinreißend fand. Das konnte er mir allerdings nicht sagen, weil er geschworen hatte, nie wieder ein Wort mit mir zu reden.

»Hör zu, Charlie, es tut mir Leid, ehrlich. Aber so konnte es doch nicht weitergehen, ich wusste mir einfach nicht mehr anders zu helfen. Wie hast du dir das denn vorgestellt – willst du mich vielleicht die nächsten zwanzig Jahre als deine Verlobte ausgeben?«

Seinem Gesichtsausdruck nach zu urteilen, hatte er sich das genau so gedacht.

»Du meine Güte, Charlie! Was ist, wenn ich jemanden kennen lerne, wenn ich einen Mann heiraten möchte, mit dem ich tatsächlich eine intime Beziehung habe?«

Seine Oberlippe kräuselte sich verächtlich.

»Schön, das ist unwahrscheinlich, ich weiß, aber es könnte ja sein. Bloß weil ich seit geraumer Zeit nicht einmal mehr einen Kerl zum Knutschen gehabt habe, heißt das noch lange nicht, dass ich ein hoffnungsloser Fall bin. Ich bin siebenunddreißig, erfolgreich, wohlhabend und unabhängig! Laut *Cosmo* stehe ich auf der Liste der begehrtesten Frauen im Land an 74. Stelle. Ein Jammer, dass die männliche Bevölkerung Glasgows offensichtlich nicht *Cosmo* liest.«

Charlie hatte das Gesicht abgewandt, sodass ich den Ausdruck darin nicht sehen konnte. Ich seufzte leise. So aufgebracht hatte ich ihn nicht mehr erlebt, seit Elton John bekannt gegeben hatte, dass er sein Testament geändert und David Furnish zu seinem Alleinerben eingesetzt habe. Eifersucht ist wirklich etwas Furchtbares.

»Jo, was hast du Charlies Hinterkopf denn so Wichtiges zu erzählen?«

Ich fuhr herum. Emma beugte sich zu mir herunter, gab mir einen Kuss auf die Wange und drückte mich. Gott sei Dank, wenigstens *ein* vernünftiger Mensch! Jemand, der mich vor Charlies stummem Zorn retten konnte. Der ihm klar machen konnte, was Recht und was Unrecht war und dass er entschieden zu weit gegangen war. Dann erst bemerkte ich, wie Emmas Arm nach hinten zeigte, auf einen Mann, der sie an der Hand hielt und der eindeutig nicht ihr Ehemann Dan war.

Emma fing meinen Blick auf.

»Schätzchen, das ist Marcus. Wir arbeiten zusammen an dem Auftrag für Sanft-und-sicher-Kondome.«

Vermutlich testeten sie das Produkt auch zusammen. Natürlich aus rein beruflichem Interesse. Ich warf einen Blick auf Emmas linken Ringfinger. Kein Ehering. Sie war wieder auf Abenteuer aus.

Ich schüttelte die Hand ihres Begleiters. »Freut mich, Marcus.«

Ich guckte wie ferngesteuert auf seine linke Hand. Auch er trug keinen Ehering, aber mein durch langjährige Erfahrung geschultes Auge entdeckte am Ringfinger einen schmalen Streifen, wo die Haut erkennbar heller war. Da naschte also noch jemand aus fremden Töpfen!

»Was hat er denn?«, fragte Emma, die sich offenbar über Charlies merkwürdiges Verhalten wunderte.

»Ich habe seiner Mutter heute Abend gesagt, sie kann mit den Hochzeitsvorbereitungen beginnen.«

»Oh, herzlichen Glückwunsch!«, rief Marcus, der sich anscheinend lieb Kind machen wollte.

»Er ist schwul«, entgegneten Emma und ich wie aus einem Munde.

Diese Situation war in Marcus' Benimmfibel ganz offensichtlich nicht behandelt worden, und so zog er es vor, eine unbeteiligte Miene aufzusetzen und zu schweigen. Er tat mir fast Leid.

»Das ist eine lange Geschichte«, sagte ich und fügte in jenem Tonfall, dessen versteckte Aufforderung allen weiblichen Wesen sofort klar ist, hinzu: »Emma, ich muss mal für kleine Mädchen.«

»Gute Idee, ich komm mit!«, erwiderte Emma hastig. »Marcus, leiste Charlie doch solange Gesellschaft, ich bin gleich wieder da. Vermeide am besten alles, was mit Heiraten zu tun hat, sonst geht er noch mit dem Cocktailrührer auf dich los!«

Sie drehte sich um und folgte meinen goldenen Büroklammern zur Damentoilette.

Im Porzellanbeichtstuhl ging ich sofort zum Angriff über.

»Was machst du denn für Geschichten, sag mal? Wo ist Dan? Was hast du ihm erzählt? Sag jetzt bloß nicht, dass ich dir schon wieder als Alibi diene!«

Schweigen.

»Okay, lass mich raten. Du vögelst Marcus, Dan ist zu Hause und glaubt, dass wir beide einen Ikebana-Kurs besuchen, zu dem ich dich überredet habe.«

»Wie gut du mich doch kennst!«

Ich schüttelte tadelnd den Kopf. »Emma, du bist ein Albtraum! Wenn auch ein umwerfender, das muss man dir lassen.« Ich musterte meine beste Freundin mit bewunderndem Blick von der kupferroten elfenhaften Halle-Berry-Frisur bis hinunter zu den Jimmy-Choo-Schuhen. »Ein tolles Kleid! Woher hast du es?«

»Ein Geschenk von Dan zu meinem Geburtstag morgen. Ich weiß, ich weiß, ich sollte ein schlechtes Gewissen haben. Habe ich ja auch. Aber nur ein ganz klein wenig. Keine Vorträge, bitte! Ich bin mir darüber im Klaren, dass ich ein furchtbarer Mensch bin. Aber ich will mich doch nur ein bisschen amüsieren mit Marcus. Ich meine, wir haben ja nicht die Absicht zu heiraten oder so.«

»Erwähn dieses Wort nie wieder«, bat ich zähneknirschend. »Was ich mir heute übers Heiraten anhören musste, reicht mir für den Rest meines Lebens! Aber du hast ganz Recht: Du bist ein furchtbarer Mensch.« Ich drückte sie flüchtig. »Was soll's, niemand ist vollkommen. Und jetzt komm, du musst mir helfen, Charlie aufzutauen. Sag ihm, er sieht viel besser aus als David Furnish. Das hilft normalerweise.«

Charlie und Marcus waren in ein Gespräch vertieft, als wir zurückkamen. Wunderbar, reden konnte er also immerhin noch! Ich hockte mich auf sein Knie und gab ihm einen Kuss auf die Wange.

»Es tut mir Leid, Charlie, okay? Ehrlich. Ich werde morgen deine Mutter anrufen und ihr sagen, ich hätte kalte Füße bekommen und würde die Hochzeit lieber noch ein wenig aufschieben. Ich sag ihr, du wärst völlig fertig deswegen, dann wird sie dich bestimmt trösten. Du wirst sehen, ich schaff das!«

Charlie murmelte irgendetwas Unverständliches in sich hinein.

»Na schön, aber du musst überzeugend sein«, brachte er schließlich heraus. »Jetzt, wo sie Blut geleckt hat, ist sie nämlich nicht mehr so leicht von der Fährte abzubringen.«

»Ich krieg das schon hin, keine Angst. Und jetzt komm, es wird Zeit, dass Tom Cruise Bekanntschaft mit seiner zukünftigen Frau macht!«

Das Blitzlichtgewitter rechts und links des roten Teppichs hörte schlagartig auf, als Charlie und ich aus der Limousine kletterten, die wir der unrühmlichen, aber geschickten Manipulation seines Spesenkontos zu verdanken hatten. Als die Paparazzi nämlich merkten, dass wir auf der Bekanntheitsskala irgendwo auf den alleruntersten Plätzen rangierten, nutzten sie die Pause bis zum Auftritt der nächsten Hollywoodstars, um sich schnell eine Zigarette anzuzünden.

George Clooney war bereits hineingegangen. Ich erspähte Tom Cruise am Eingang – er schien via Handy einer Verehrerin mit deren Großmutter zu plaudern. Jack Nicholson war noch nicht da. Angeblich war eine Schar Assistenten ausgeschwärmt, um ihn in Glasgows neuester Lapdancingbar aufzustöbern und ihn vor sich selbst und einer Horde spärlichst bekleideter Mädchen zu beschützen.

Tom Cruise – nur etwa zehn Meter von mir entfernt. Natürlich war es lächerlich, aber ich musste es einfach versuchen. Ich meine, wie oft in meinem Leben würde ich ihm noch einmal so nahe kommen? Die Chancen dafür waren in etwa so groß wie die, ihn zu verführen. Aber den Optimisten gehört die Welt! Vielleicht hatte er ja beim Zahnarzt *Cosmo* gelesen und würde, wenn er mich erblickte, ausrufen: »Hey, sind Sie nicht die Nummer 74 auf der Liste der begehrtesten Frauen Großbritanniens?«

Ich straffte also die Schultern, drückte die Brust heraus, warf mir mit einer Kopfbewegung die Haare aus dem Gesicht und richtete mich zu meiner vollen Größe von einem Meter vierundsiebzig auf – ohne Stilettos: Mit Absatz maß ich gut eins achtzig. Ich kniff die Pobacken zusammen und schob die Hüften nach vorn. Noch drei Meter. Bauch eingezogen, Brustwarzen ausgefahren. Noch eineinhalb Meter. Verführerischer Blick (allerdings nicht zu verführerisch, sonst traten die Fältchen in den Augenwinkeln zu stark hervor). Dreißig Zentimeter. Fünfundzwanzig. Wenn ich in diesem Moment die Hand ausgestreckt hätte, hätte ich ihn berühren können. Ich sah, wie sich seine Brust beim Atmen hob und senkte. Und dass ich ihm von oben auf den Kopf schauen konnte, was mich ein wenig aus dem Konzept brachte (wie groß war er eigentlich?). Ich konnte sein Eau de Cologne riechen, einen leichten, frischen Duft. Ich könnte mich vorbeugen und ihn auf die Wange küssen, dachte ich, als ob er ein Bekannter wäre, den ich jede Woche am Kühlregal bei Tesco treffe. Ja, genau das werde ich tun. Verdammt, jetzt oder nie! Ich berührte seinen Arm, beugte mich mit geöffneten Lippen vor. Mr. Cruise wandte mir ein leicht erstauntes Gesicht zu, zuckte aber nicht entsetzt zurück. Gleich würde ich es geschafft haben. Der Abstand zwischen meinem Mund und seiner Wange verringerte sich. Ich schloss die Augen. Fast da. Mein Herz hämmerte wie verrückt. Nur Millimeter trennten meine Lippen noch von seiner Haut. Eine Tausendstelsekunde noch und ich würde meinen künftigen Ehemann küssen. Mein Herzschlag setzte aus, als ich …

»AAAAAAHHH!« Plötzlich begann die Menge zu toben. Das wilde Gekreische erschreckte mich dermaßen, dass ich das Gleichgewicht verlor, umknickte und auf den dunkelroten Samtteppich plumpste wie ein Fahrstuhl, dessen Kabel durchtrennt worden sind.

»Dex! Dex!«, skandierten die Fans in ohrenbetäubender Lautstärke. Jedes weibliche Wesen hinter der Absperrung nahm exakt die gleiche Körperhaltung wie ich wenige Sekunden zuvor ein. Frohlockende Brustwarzen, wohin man auch blickte.

»Ich glaub's nicht – das ist Dex Diablo!«, stieß mein Begleiter im malvenfarbenen Anzug ehrfürchtig aus. »Was würde ich darum geben, einmal mit ihm ...«

»Charlie!«

Aber sein Blick war unverwandt auf den Star geheftet, der gerade aus einer Limousine von der Größe eines Flugzeugrumpfs ausstieg. Jetzt war mir klar, was sie mit der Concorde gemacht hatten, nachdem sie aus dem Verkehr gezogen worden war.

»Ach komm schon, Jo! Du willst mir doch nicht weismachen, dass du nicht auch gern mit ihm bum...«

»Charlie!«

Er drehte sich gereizt um. Dann spiegelte sich Verwirrung auf seinem Gesicht wider.

»Jo? Jo?«

»Hier unten, du Trottel! Und jetzt hilf mir hoch, schnell! Ich glaube, Tom Cruises Leibwächter hat gerade den Sicherheitsdienst verständigt.«

»Charlie, hast du mich zum zweiten Mal an diesem Abend zu deinem Hassobjekt Nummer 1 gekürt, oder warst du die letzten zwei Stunden so in den Film vertieft, dass du kein Wort mit mir wechseln konntest?«, zischte ich ihm zu, als der Abspann über die Leinwand lief. Ich hatte fast gar nichts von dem Film mitbekommen, weil ich den Kopf ständig gesenkt hielt, aus Angst, die Sicherheitsleute könnten mich entdecken und hinauswerfen oder festnehmen wegen tätlichen Angriffs auf einen Megastar. Zu allem Übel saß ich auch noch direkt hinter Dex Diablo. Unter anderen Umständen hätte ich im Dunkeln ein paar Flusen als Andenken von seinem Jackett geklaubt. Dex Diablo war der heißeste schottische Export seit Ewan McGregor: dunkelhaarig, sinnlich, mit einer magischen Anziehungskraft, der keine Frau zu widerstehen vermochte. Und ein hervorragender Schauspieler war er obendrein! Der Mann war ein absoluter Traum. Dass er seine schottische Heimat nicht verlassen wollte, rechneten ihm seine weiblichen Fans hoch an. Wenn er nicht gerade zu Dreharbeiten unterwegs war, wohnte er abwechselnd auf seinem Landsitz in Perthshire und in seiner Glasgower Penthousewohnung. Er war also fast ein Heiliger. Trotzdem – oder vielleicht gerade deshalb – war er für meinen Geschmack eine Spur zu perfekt, zu sehr Kunstprodukt. Nein, ich würde mich lieber an Tom Cruise halten. Oder mich an ihm festhalten, falls ich je die Chance bekäme.

Die Zuschauer in unserer Reihe kletterten über uns hinweg, weil sie das Kino gleichzeitig mit den Stars verlassen wollten. Sie hatten es sehr eilig.

»Ich werde nie wieder ein Wort mit dir reden, Jo Grant«, stieß Charlie hervor. Seine Stimme klang schrill vor Ärger.

»Genau das tust du aber gerade«, erwiderte ich und grinste vor mich hin. Man sollte sich in Krisen und ähnlich schwierigen Situationen immer wie ein erwachsener Mensch benehmen, finde ich.

Aber Charlie hatte sein Gift noch längst nicht verspritzt. Mit schier sich überschlagender Stimme fuhr er fort: »Jede Wette, dass die Redaktion heute Abend Tom Leyland für die Fotos hergeschickt hat. Er hat deine akrobatische Einlage bestimmt in jeder Phase dokumentiert, und morgen werden die Fotos an jeder Wand in der Redaktion hängen. Charlie Curtis mit beinlosem Flittchen bei Filmpremiere! Oh, so eine Schande! Man muss sich mit dir schämen, Jo Grant!«

»Das sagst ausgerechnet du?«, empörte ich mich. »Steht in lila Wildledermokassins vor mir, und mit *mir* muss man sich schämen?«

Er ignorierte mich. Ich gewöhnte mich allmählich daran.

Es dauerte eine Ewigkeit, bis wir unsere Limousine inmitten der geparkten Autos gefunden hatten. Ich warf einen Blick auf meine Armbanduhr. Elf Uhr. Noch eine Stunde, dann war dieser Tag endlich vorüber. Gott sei Dank! Heute Morgen hatte ich mich noch so darauf gefreut, aber es war ein genauso katastrophaler Tag geworden wie damals in Goa, als ich mich nach einem verdächtigen Curry vierundzwanzig Stunden mit einer Lebensmittelvergiftung herumgequält hatte.

Als wir im Snap! eintrafen, Glasgows neuester angesagter Bar für die Schönen und Reichen, für die, die so taten, als seien sie es, und für die, die mit jedem ins Bett gingen, der es war, war die Premierenparty bereits in vollem Gange. Zum Glück fiel mein Blick gleich auf Toby, Charlies aktuellen Lover. Ich atmete auf. Endlich jemand, der Charlie von mir ablenken würde!

»Viel Glück, mein tapferer Held«, flüsterte ich Toby zu, als ich ihm zur Begrüßung einen Kuss auf die Wange drückte. »Ich bin auf der Toilette, falls er gewalttätig wird und du Hilfe brauchen solltest.«

Ich eilte so schnell davon, wie meine hohen Hacken es erlaubten. Nicht, dass ich so dringend aufs Klo gemusst hätte, nein, ich sehnte mich lediglich nach einem stillen Ort, an dem ich den Kopf in die Hände nehmen und gegen etwas Hartes schlagen konnte. Eine Toilettenkabine eignet sich bestens dafür, wie ich finde.

Nach etwa einem Dutzend Schritten durchfuhr plötzlich ein heftiger Schmerz meinen Fuß, begleitet von einem unverkennbaren Knirschen.

»Oh, entschuldigen Sie, das tut mir wirklich Leid, ich bin …«

»Auuuuu!«

»… äh, wirklich *untröstlich*.«

Meine Güte, wenn Charlie diesen Typ auf mich angesetzt hatte, um mich auszuschalten, war er aber wirklich von der schnellen Truppe. Ein stechender Schmerz jagte meinen Unterschenkel hinauf und strahlte bis zum Oberschenkel aus.

Ich blinzelte den Serienentschuldiger mit schmerzverzerrtem Gesicht an. Er war gut und gern eins achtzig groß, athletisch gebaut und mit einem Kinn ausgestattet, das mich an Brad Pitt erinnerte. Das gewellte hellbraune Haar reichte ihm bis auf die breiten Schultern, die in einem tadellos sitzenden Smoking steckten. Entweder er war ein Prominenter oder aber ein gut gekleideter Rausschmeißer. Ich wusste nicht, was mir lieber war. Wenn er ein Rausschmeißer war, würde ich den Klub wenigstens auf Zahlung eines Schmerzensgeldes verklagen können.

»O Gott, ich glaube, er ist gebrochen!«, jammerte ich.

»Ich hab Ihnen den Fuß gebrochen?« Sein Blick war starr vor Entsetzen.

»Ich spreche von meinem Absatz, Sie armer Irrer«, fauchte ich. »Das sind Manolo Blahniks, die sind praktisch unbezahlbar!«

Er grinste, griff aber nach meinem Arm.

»Kommen Sie, setzen Sie sich. Sie werden sich noch den Knöchel brechen, wenn Sie in diesen Schuhen zu gehen versuchen.«

»Dank Ihrer freundlichen Unterstützung kann das jetzt ja nicht mehr passieren«, gab ich bissig zurück.

Lachfältchen, wo ich nur hinsah. »Das mit dem Absatz tut mir wirklich Leid.«

Widerstrebend ergriff ich seine Hand. Natürlich nur, damit ich besseren Halt hatte. Die Tatsache, dass er ein bezauberndes Lächeln hatte, beeinflusste meine Entscheidung in keiner Weise.

Er führte mich durch die designer- und silikongestylte Menge in den VIP-Bereich, wo ich mich vorsichtig auf ein Sofa aus künstlichem Kuhfell setzte. Schon stand wie durch Zauberei ein Glas Champagner vor mir. Sollte ich es austrinken oder lieber mein

Bein, das unterhalb des Knies gefährlich anzuschwellen begann, damit kühlen?

»Jackson Smith«, stellte der Unbekannte sich vor. »Und Sie sind ...?«

»Schmerzgepeinigt«, erwiderte ich. So leicht würde er mir nicht davonkommen – nicht nach allem, was ich an diesem Abend erlebt hatte.

Sein entschuldigendes Lächeln schwand, seine Miene nahm einen zutiefst bestürzten Ausdruck an.

Ich kapitulierte. »Sie müssen entschuldigen«, sagte ich seufzend. »Ich bin Jo Grant. Normalerweise bin ich nicht so bärbeißig, aber die letzten Stunden waren die reinste Katastrophe.«

»Ich weiß«, sagte er leise. »Ich meine, ich habe Sie gesehen. Vor dem Kino. Sie waren gerade dabei, den Boden aus allernächster Nähe zu inspizieren.«

O Gott! Warum gab es kein Mauseloch in diesem Schuppen, in dem ich mich verkriechen konnte! Ich fasste mich relativ schnell wieder und beschloss, zur Schadensbegrenzung das Thema zu wechseln.

»Okay, Jackson Smith, verraten Sie mir, warum Sie so schick angezogen sind und Zutritt zum VIP-Bereich haben? Sind Sie ein verdeckter Ermittler oder ein großes Tier in der Filmindustrie? Sollte ich mich von Ihrer Gesellschaft geehrt fühlen?« Ich sagte das alles mit einem neckischen Lächeln, was mir gar nicht so leicht fiel, weil meine Gesichtsmuskeln es vorgezogen hätten, sich schmerzhaft zu verziehen, so höllisch tat mir mein Bein weh.

»Eigentlich bin ich Sekretär.«

Ich hatte Mühe, ihn zu verstehen. Aus den gigantischen Lautsprecherboxen neben uns dröhnte gerade Madonnas neuester Song.

»Sekretär? Was für ein Sekretär? Staatssekretär?«

Er wirkte leicht geknickt, als er antwortete: »Nein, äh, einfach bloß Sekretär. Na ja, eigentlich bin ich Privatsekretär. Von Dex Diablo.«

Ich hatte das Gefühl, gleich ohnmächtig zu werden, und ich wusste nicht, ob vor Schmerz, vor Verlegenheit meines sexistischen Vorurteils wegen oder vor Entzücken, weil er den Namen des Frauenschwarms der Nation erwähnt hatte.

»Und Sie?«, fragte er, um die peinliche Pause zu beenden. »Was tun Sie so – abgesehen von Bodenturnen, meine ich?«

Ich seufzte. Obwohl mir diese Frage schon so oft gestellt worden war, gelang es mir einfach nicht, meine Arbeit mit ein paar knappen Worten zu umreißen.

Aber Jackson Smith bekundete aufrichtiges Interesse, er war attraktiv und mit Sicherheit eine angenehmere Gesellschaft als mein psychotischer schwuler Verlobter, der mir liebend gern den Hals umdrehen würde. Außerdem war fraglich, ob ich mich jemals wieder von diesem Sofa würde erheben können: Mein Bein, so kam es mir vor, würde garantiert amputiert werden müssen. Ich hatte Zeit und musste nirgends hin. Außer vielleicht in die nächste Notaufnahme.

»Das ist eine lange Geschichte, Jackson Smith. Aber wenn Sie noch ein paar Gläser Champagner organisieren können, werde ich sie Ihnen gern erzählen.«

Das Knacken in meinem Kopf wollte kein Ende nehmen. Ich zog mir stöhnend ein Kissen über die Ohren und kniff die Augen fest zusammen, damit kein Sonnenstrahl durch meine Lider dringen konnte. Es gab wirklich nichts Schlimmeres als einen Champagner-Kater!

Dieser Krach war ja nicht auszuhalten! Gerade als ich blindlings nach irgendetwas Weichem zur zusätzlichen Lärmdämmung tastete, hörte das Knirschen plötzlich auf, und Schritte näherten sich.

»Also wenn man dich so sieht, könnte man glatt zum Abstinenzler werden.«

Ich öffnete vorsichtig ein Auge und blinzelte. Vor mir stand Michael, in der Hand eine Schale Cornflakes. Er mampfte genüsslich und überaus geräuschvoll. Milchspritzer zierten seine Krawatte. Aha, das also war die Lärmquelle! Lausige Cornflakes! Ein Glück, dass er sich nicht für ein komplettes schottisches Frühstück entschieden hatte.

»Und, wie war's gestern Abend? Gehe ich recht in der Annahme, dass Tom Cruise dich nicht über seine Schulter geworfen und entführt hat, wenn du die Nacht auf unserem Sofa anstatt im Himmelbett der Luxussuite eines Fünf-Sterne-Hotels verbracht hast?«

Ich stemmte mich mühsam in eine sitzende Position hoch, zerriss aber dabei dummerweise die Goldkette, die mein Kleid im Rücken zusammenhielt. Der Stoff rutschte auf einer Seite herunter und entblößte meine linke Brust.

Michael hielt sich mit einer Hand die Augen zu. »O mein Gott, nicht doch! Da vergeht einem ja glatt der Appetit!«

Ich zog den Stoff wieder hoch und hielt ihn fest. »Sorry, Michael«, stöhnte ich und griff mir mit der freien Hand an den Kopf. »Mikey, wenn du mich liebst, bringst du mir ganz schnell Milch, Wasser, Chlorbleiche, egal was, Hauptsache, es ist flüssig, und flößt es mir ein, während du mir vorsichtig die Kopfhaut massierst.«

Er ging und kam Sekunden später wieder herein mit einer kleinen Flasche Evian. »Den zweiten Teil deines Wunschs kann ich dir leider nicht erfüllen, solange du nicht mit Wasser in Berührung gekommen bist – wer weiß, wo du dich herumgetrieben hast«, meinte er lachend.

Ich rang mir ein Lächeln ab.

»Eigentlich war es ein ganz netter Abend«, begann ich. Ich

fing Michaels Blick auf. Er starrte entsetzt auf mein Bein, das unter der Decke hervorschaute und jetzt dicker war als das eines Sumoringers. »Abgesehen von einem schmerzhaften kleinen Unfall«, fuhr ich trocken fort. »Ich hab einen Mann kennen gelernt. Einen ganz reizenden. Glaube ich wenigstens.«

»Wie heißt er?«

»Jackson ... äh ...«

»Five?«, scherzte er in Anspielung auf die Popgruppe.

Ich verdrehte die Augen.

»Smith. Jackson Smith«, sagte ich mit Nachdruck und fügte schwärmerisch hinzu: »Ein toller Mann. Und so süß! Er hat mich mitten in der Nacht zu Pfannkuchen in einen Feinschmeckerimbiss eingeladen.«

»Ich bin beeindruckt. Das erste Date, und er beherzigt schon das Sprichwort ›Liebe geht durch den Magen‹! Ein Frauenkenner, ich seh schon.«

Ich achtete nicht auf ihn. »Wir haben uns für heute Abend verabredet. Und du, was hast du vor? Ich frag nur, weil ich dich nicht mit Priscilla beim *Jailhouse Rock* auf dem Fußboden überraschen möchte, falls ich ihn mit hierher bringe.«

»Wir treffen uns bei ihr. Sie will sich drei Elvis-Filme für eine lange Elvis-Filmnacht ausleihen. Wenn ich nicht nach Hause komme, weißt du, dass ich mich selbst übertroffen habe.«

»Michael, wann wirst du endlich lernen ...?«

Er ließ mich nicht ausreden. »Wenn ich glücklich verheiratet bin und zehn Kinder habe und verbitterte alte Jungfern wie dich nur noch mitleidig belächeln kann.« Er warf einen Blick auf seine Armbanduhr. »Es wird Zeit für mich, ich muss in einer Stunde im Gericht sein. Her mit den blauen Velourslederschuhen«, fügte er augenzwinkernd hinzu. Er besaß überhaupt keine, er wollte mir nur beweisen, dass er seine Hausaufgaben gemacht hatte: Elvis hatte nämlich einmal seine *»blue suede shoes«* besungen.

Kapitel 2

Suspicious Minds

www.G.I.N.com, Forum, neuer Beitrag:

Hallo, ich grüße euch!
Ich hoffe, irgendjemand von euch kann mir helfen. Vielleicht reagiere ich überzogen mit meiner Anfrage, aber ich dachte, auf dieser Website würde ich noch am ehesten Rat finden. Ich bin genau genommen keine Geliebte – glaube ich wenigstens. Obwohl es möglich wäre. Deshalb schreibe ich euch. Am besten, ich fange ganz von vorn an. Ich habe seit drei Monaten einen festen Freund, und es ist etwas sehr Ernstes. Glaube ich wenigstens. Aber es gibt da etwas, das mich stört: Wir können uns nur zwei Abende in der Woche treffen, und es ist fast unmöglich, ihn zu erreichen. Meine Freundinnen glauben, dass er verheiratet ist, aber ich kann mir das einfach nicht vorstellen. Oder vielleicht doch? Ich weiß ehrlich gesagt nicht mehr, was ich glauben soll und was nicht. Deshalb bitte ich euch um Hilfe. Wie kann ich herausfinden, ob mein Freund verheiratet ist? Gibt es irgendwelche untrüglichen Hinweise? Ich wäre euch wirklich dankbar, wenn ihr mir weiterhelfen könntet!
Mit ratlosen Grüßen
Olivia, London SW1

Ich lag vollkommen reglos im Bett und überlegte, ob ich aufstehen sollte. Ich hatte mich gleich, nachdem Michael gegangen war, hingelegt. Meine Armbanduhr sagte mir zwar, dass es jetzt früher Nachmittag war, aber mein Körper widersprach energisch: »Es ist mitten in der Nacht, also bleib gefälligst liegen!«

Ich hätte gern den Fernseher eingeschaltet und den Rest des Tages im Bett gefaulenzt, aber die Fernbedienung lag auf der anderen Seite des Zimmers, und ich hatte nicht die Kraft, aufzustehen und sie zu holen. Stattdessen beschloss ich, meine tägliche Gesichtsgymnastik zu machen. Auch wenn ich dabei aussah, als hätte ich einen Schlaganfall – zwanzig Minuten Gesichtsmuskeltraining am Tag und man konnte sich die Botoxinjektionen sparen. Gesichtsgymnastik gehörte wie das Rasieren der Bikinizone und das Nachfärben eines Haaransatzes zu den Dingen, die eine Frau in der Abgeschiedenheit ihres Boudoirs (eine treffende Bezeichnung für mein Schlafgemach!) erledigen sollte.

Die Wohnung, in der sich *mein* Boudoir befand, war die größte Anschaffung gewesen, die ich mir nach dem Erfolg meiner Website geleistet hatte. Sie lag in einer begrünten Straße in Kelvinside, mitten in Glasgows trendigem West End. Die Bevölkerung in diesem Stadtteil setzt sich zusammen aus Studenten (zwei von Glasgows Hochschulen haben sich hier angesiedelt), mittellosen Malern und Musikern, Exzentrikern, unkonventionellen Lebenskünstlern und wohlhabenden Berufstätigen. Im West End liegen auch zwei der großen grünen Lungen der Stadt, der Botanische Garten und der Kelvingrove Park.

Es war Liebe auf den ersten Blick, als ich das atemberaubend schöne, von Alexander »Greek« Thomson entworfene und stilvoll restaurierte weiße Haus im georgianischen Stil erblickt hatte, in dessen Vorgarten ein Schild mit der Aufschrift »Zu verkaufen« steckte. Innen ist es genauso bezaubernd wie außen: An eine riesige Wohn- und Essebene schließt sich eine hochmoderne Küche an mit weiß gestrichenen Wänden, die Böden aus amerikanischer Eiche. Das prunkvolle Badezimmer ist im Stil der Zeit gehalten. Die beiden Gästeschlafzimmer mit Originalgewölbedecken und Kaminen verfügen über ein eigenes Bad. Ich bitte um Entschuldigung, wenn ich mich wie ein Immobilienmakler anhöre, der eins seiner Objekte anpreist, aber für mich ist es wirklich mein Traumhaus.

Als ich bei meiner ersten Besichtigung den Kamin sah, hatte ich mich auf viele gemütliche Abende vor einem flackernden Kaminfeuer gefreut. Leider endete mein erster Versuch, ein Feuer zu entfachen, mit Schwaden schwarzer Rauchwolken in der ganzen Wohnung. Die Rechnung für die Reinigung belief sich auf eine fast vierstellige Summe. Das war's. Ich warf alle Kaminanzünder in den Müll und stellte einen antiken, kunstvoll verzierten bronzenen Kerzenleuchter auf den Kaminsims.

Das war meine erste Wohnung nach *der Trennung*, und ich hatte mir geschworen, dass mein Schlafzimmer etwas ganz Besonderes werden sollte. Ein Zeichen wollte ich setzen, und das ist mir gelungen. Alles, von der flauschigen pinkfarbenen Tagesdecke bis zu den blassrosa Wänden, vom kirschroten Teppich bis zu den roten Webpelzkissen, von der cremefarbenen Chaiselongue bis zu den gerahmten Männerakten an der Wand, alles in diesem Zimmer schien von einer Innenarchitektin ausgesucht worden zu sein, die erstens unter Drogen gestanden und zweitens sich an Barbie und ihrer Welt orientiert hatte.

Das Zimmer sehe wie ein aufgeschlitzter weiblicher Schoß aus, lästert Charlie, wann immer er kommt, aber ich bereue nichts: Es ist meine Zuflucht und Ausdruck meines Protests gegen den Trend hin zu minimalistischen Einrichtungen in schicken Creme- und sterilen Weißtönen.

Nach der letzten Übung zur Straffung meiner Gesichtsmuskeln raffte ich mich auf und schleppte mich in mein – jawohl – rosarotes Bad. Ich stellte mich unter die Dusche, drehte den Strahl kräftig auf und blieb darunter stehen, bis auch die letzten Schmutzpartikel der vergangenen Nacht weggeschwemmt worden waren.

Dann wickelte ich mich in meinen tiefroten Seidenkimono, schlang mir ein weißes Handtuch um die nassen Haare und ließ mich auf die Chaiselongue fallen. Ich zog das Handtuch vom Kopf, schüttelte meine Haare aus und lockerte sie mit den Fingern auf. Träge ließ ich mich in die weichen Polster sinken, aber als mir die Augen zuzufallen drohten, riss ich mich zusammen. Meine Selbstdisziplin war stärker als der Drang zu faulenzen. Zeit, an die Arbeit zu gehen!

Ich schlurfte an meinen Schreibtisch (in rosa Flauschpantoffeln ließ es sich schlecht hasten), klappte meinen Laptop auf und loggte mich auf meiner Website ein. Ich musste unwillkürlich lächeln. Ich liebe meine Arbeit. Mein Projekt. Mein Baby. Das einzig Positive, was ich aus meinem früheren Leben in mein jetziges mitgenommen habe: die GELIEBTE-IN-NOT-Website – ein Forum im Stil eines Magazins für Frauen, die einen verheirateten Geliebten haben.

Bei G. I. N. findet eine Frau in einer problematischen Beziehung (oder einer, die es werden könnte) alles, was sie wissen muss, angefangen von den Alarmsignalen, die ihr verraten, dass ein Mann verheiratet ist, bis hin zu Ratschlägen zur Bewältigung der Situation, falls sich herausstellt, dass er es *tatsächlich* ist. Angeboten wird unter anderem eine faszinierende Auswahl von Artikeln, darunter: *Warum er seine Frau nie verlassen wird* (eine Reihe einleuchtender Gründe); *Die Familie hat immer Vorrang* (eine düstere Warnung vor allzu hohen Erwartungen); *Seelenverwandte* (eine kurze Geschichte über eine Affäre, die tatsächlich ein Happyend fand); *Eheliche Pflichtübungen* (eine deprimierende Randnotiz über Sex nach der Hochzeit, freundlicherweise beigesteuert von Emma); *Wie werde ich eine perfekte Geliebte?* (mit wertvollen Tipps, zum Beispiel, wie man ihn bei der Auswahl der Geburtstags- und Weihnachtsgeschenke für seine Frau berät).

An der linken Bildschirmseite klappte das Inhaltsverzeichnis der Website auf.

Aus den Medien: Berichte über Affären aus dem ganzen Land.
Historischer Überblick: Der Ehebruch im Lauf der Jahrhunderte.
Kulturelle Unterschiede: Die Einstellung zur Monogamie in anderen Ländern, anderen Gesellschaftsschichten und bei anderen Völkern.
Ratgeber Finanzen und Recht: Müssen Geschenke des Partners versteuert werden? Wie kann die Geliebte finanziell vorsorgen für den Fall seines unerwarteten Ablebens?
Die Regeln:

a) Zehn Gebote für alle, die keinesfalls erwischt werden wollen
b) Zehn Tricks für alle, die unbedingt erwischt werden wollen
c) Was für verbotene Affären absolut tabu ist
d) Zehn ungeschriebene Gesetze für jede Geliebte (Nummer 3: Wasche nie seine Wäsche; Nummer 8: PMS steht ausschließlich für Prada, Moschino, Sisley)

Und natürlich auch das unvermeidliche Thema …

SEX!: Wann, auf welche Art (von hinten, von vorne, von der Seite) und wie man es schafft, dass er nicht genug bekommen kann (praktische Tipps liefert zum Beispiel eine geile Sadomasoseite!).

Ein weiterer Mausklick öffnet eine Seite mit zahlreichen Links zu Themenbereichen wie Reisen, Mode und Schönheit und allem, was eine Geliebte benötigt, um ihre Anziehungskraft zu erhalten.

Das Herzstück der Website jedoch ist das Forum, wo täglich eine Flut von Nachrichten eintrifft und unsere Mitglieder sich nach Belieben austauschen können. Das ist nur einer der vielen Vorteile einer Mitgliedschaft bei uns.

Ich hatte mir lange über die Höhe des von den Damen jährlich zu entrichtenden Mitgliedsbeitrags Gedanken gemacht. Verlangte ich zu wenig, würde die Website von Witzbolden und Leuten, die nur unsere Zeit verschwendeten, überflutet werden. Verlangte ich zu viel, würde meine schöne Idee untergehen, noch bevor sie auf der Erfolgswelle würde schwimmen können. Zu guter Letzt ermittelte ich die Aufnahmegebühr anhand einiger komplizierter Berechnungen: Ich multiplizierte das, was meine Zeit pro Stunde kostete, mit der Anzahl der Stunden, die ich täglich an meiner Website zu arbeiten beabsichtigte, rechnete die Summe auf ein Jahr hoch, teilte sie dann durch den Preis für ein schickes Paar Stiefel, zog davon wiederum meine voraussichtlichen Unkosten ab und kam auf – neunundneunzig Pfund.

Anfangs ging ich von fünfhundert Mitgliedern aus. Es war ein ehrgeiziges Ziel, aber in Anbetracht der zahllosen Interviews, Anzeigen und Artikel, mit denen ich die Medien überschwemmte, um die Werbetrommel zu rühren, war ich ziemlich zuversichtlich, dass ich es erreichen würde. Fünfhundert Mitglieder zu je neunundneunzig Pfund – das machte runde fünfzigtausend Pfund. Nicht schlecht, oder?

Hätte mir jemand prophezeit, dass die Zahl der Mitglieder innerhalb kurzer Zeit auf über zwölftausend ansteigen würde, hätte ich wahrscheinlich schallend gelacht. Oder einen Immobilienmakler beauftragt, mir schnellstens eine Strandvilla auf Barbados zu suchen. Ich hatte trotz meiner Erfahrung in der Materie ganz offensichtlich das Interesse und die Nachfrage unterschätzt.

Unsere Mitglieder kommen aus den unterschiedlichsten Verhältnissen. Die Geliebte gilt seit jeher quasi als Teufel in Frauengestalt: Sie ist als leichtlebiges Flittchen, als Prostituierte, als Dirne übelster Sorte verschrien. Die Wirklichkeit jedoch sieht anders aus. Alle Altersgruppen von einundzwanzig bis Anfang siebzig sind vertreten. Schulkantinenköchinnen befinden sich ebenso darunter wie mindestens eine Angehörige des Adels, Frauen, die immer einen verheirateten Freund hatten, ebenso wie solche, die erst nach mehrjähriger Beziehung erfuhren, dass ihr Partner verheiratet ist. Natürlich gibt es auch welche mit zweifelhaften Motiven, Frauen, die nur aufs Geld aus sind, aber ebenso viele sind anständige Frauen, die einfach eine schlechte Wahl getroffen oder aber sich bewusst für die Beziehung mit einem verheirateten Mann entschieden haben, weil sie ihnen am besten zusagt. Mit den Letztgenannten konnte ich mich voll und ganz identifizieren.

G. I. N. war von Anfang an ein Erfolg und hat mich durch die Flut von Mitgliedern in Kürze zu einer reichen Frau gemacht. Und zur Nummer 74 auf der *Cosmo*-Liste der begehrtesten Frauen Großbritanniens.

In der ersten Zeit hatte ich hart und lange an meiner Website gearbeitet. Es hatte mir nichts ausgemacht, meinen Freundeskreis zu vernachlässigen und mein Privatleben und alles andere zu opfern, bei dem ich nicht an meinem Stuhl vor dem PC klebte. Inzwischen kann ich es mir aber erlauben, einen Gang zurückzuschalten: Ein paar Stunden täglich genügen, um die Website am Laufen und up to date zu halten. Deshalb habe ich mir vorgenommen, für ein wenig mehr Ausgewogenheit in meinem Leben zu sorgen, beruflich kürzer zu treten und wieder mehr unter Menschen zu gehen. Ich musste an Jackson denken und grinste. Hoffentlich rief der Kerl an, sonst würde ich alles, was mit Verabredungen zu tun hatte, aufgeben, bevor ich überhaupt damit angefangen hatte. Aber eins nach dem anderen: erst die Arbeit, dann die Männer!

Mein Verstand kam langsam wieder in die Gänge, während ich die nächsten Stunden mit Verwaltungskram zubrachte. Ich prüfte die Anzahl der Zugriffe auf die Website und die automatisch erteilten Antworten, beantwortete Anfragen, warf einen Blick auf das Forum, aktualisierte den finanziellen Teil (drei neue Mitglieder seit dem Vortag) und fügte ein paar neue Links hinzu. Ich überarbeitete mich nicht gerade, aber ich hatte immerhin meinen inneren Schweinehund überwunden und mein schlechtes Gewissen besänftigt, das ich unweigerlich bekam, wenn ich meine Website länger als vierundzwanzig Stunden vernachlässigte.

Als ich fertig war, schaute ich zum Telefon hinüber. Ich hatte es auf »stumm« geschaltet, weil ich nicht gestört werden wollte. Der Anrufbeantworter blinkte wie verrückt: Ich hatte drei neue Nachrichten. Hurra! Ich drückte auf die Abspieltaste.

»Hallo Jo, Jackson hier. Ich hoffe, ich habe Sie nicht geweckt.« Ich verspürte ein angenehmes Kribbeln im Bauch, als ich seine Stimme hörte. Mein Gott, ich hatte so lange nicht mehr geflirtet, dass ich ganz vergessen hatte, wie herrlich aufregend das war! Der Ärmste entschuldigte sich immer noch. »Es tut mir wirklich Leid wegen Ihres Beins. Hoffentlich ist es wieder in Ordnung.« Ich schaute an mir hinunter. Ich spürte zwar nur noch einen dumpfen Schmerz, dennoch hatte mein Bein eine unverkennbare Ähnlichkeit mit einem Medizinball. Die nächsten Tage würde ich Hosen tragen, so viel stand fest. »Ich wollte eigentlich nur fragen, ob das mit heute Abend in Ordnung geht. Rufen Sie mich zurück, okay? Meine Telefonnummer steht auf Ihrem Handrücken.«

Ich schnappte erschrocken nach Luft, als ich auf meine Hand starrte und sie hin und her drehte. Der Duschstrahl hatte alles abgewaschen. Da stand absolut nichts mehr. So ein Mist!

»Ich hab sie zur Sicherheit aber auch auf Ihre Zigarettenschachtel geschrieben. Ich hoffe, Sie haben sie noch. Also, bis dann.«

Ich drehte hastig die Packung um. Uff! Da war sie, die Telefonnummer. Gott sei Dank.

Ein Piepston zeigte den Beginn der zweiten Nachricht an.

»Josephine, Charles hier. Na schön, ich verzeihe dir, obwohl mich dein Benehmen gestern Abend zutiefst verletzt hat. Ich möchte, dass du meine Mutter anrufst, und zwar jetzt gleich! Sie muss ihre Hochzeitsplaner zurückpfeifen, bevor mir alle möglichen Speisekarten zur Auswahl des Menüs ins Haus flattern. Wer war übrigens dieser göttliche Mann, mit dem du gestern auf Tuchfühlung gegangen bist? Noch dazu im VIP-Bereich – also ich muss schon sagen! Du bist ja plötzlich so was von wichtig! Du musst mir alles ganz genau erzählen, hörst du? Ich ruf später nochmal an. Küsschen.«

Ein weiterer Piepston, dann:

»Jo, ich bin's«, sagte Emma mit singender Stimme. »Hör mal, falls Dan anruft – ich hab ihm gesagt, wir gehen heute Abend zusammen ins Karate. Meine Güte, irgendwann wird er sich bestimmt wundern, warum ich nach so vielen Jahren immer noch einen weißen Gürtel habe. Vielleicht sollte ich ihn mal färben. Was kommt eigentlich nach weiß? Könntest du das für mich rauskriegen? Du bist ein Schatz. Okay, ich muss los zur Kondombesprechung.«

Ich schauderte unwillkürlich. Ich wollte lieber nicht wissen, ob es sich dabei um eine private oder eine berufliche Besprechung handelte. Manchmal ist es definitiv besser, nicht alles zu wissen.

Ich nahm einen Schluck aus der Wasserflasche neben mir. Mein Mund fühlte sich so trocken und spröde an wie die Wüste von Nevada. Dann wählte ich die Nummer, die auf meiner Zigarettenpackung stand.

Er nahm nach dem ersten Läuten ab.

»Jackson, hi, hier ist Jo.«

»Hallo, Jo! Was macht Ihr Bein?« Er lächelte, ich konnte es hören.

»Musste amputiert werden.«

»Was?«

»Das war nur ein Scherz! Alles in Ordnung. Auf kurze Röcke werde ich allerdings eine Zeit lang verzichten müssen.«

»Ein Jammer! Ich habe den Anblick Ihrer Beine wirklich genossen. Jedenfalls vor Ihrem kleinen Unfall.«

Ich musste lachen.

»Also? Wie sieht's aus heute Abend?«, fuhr er fort. »Dex hat einen Auftritt bei der Verleihung der schottischen Film- und Fernsehpreise, aber danach hätte ich Zeit für Sie. Wie wär's, wenn ich Sie gegen neun abhole, und wir gehen irgendwo eine Kleinigkeit essen?«

Eine Kleinigkeit essen – das hörte sich gut an. Nicht nach etwas Förmlichem. Ich hatte nämlich nicht die geringste Lust, mich aufzubrezeln und in irgendeinen stinkvornehmen Laden zu gehen. Nicht, solange mein Bein einer Blutwurst ähnelte.

Das sei mir recht, erwiderte ich und nannte ihm meine Adresse.

»Prima, dann bis heut Abend. Wir haben einen Tisch im Rogano reserviert. Dex freut sich schon darauf, Sie kennen zu lernen. Bis dann!«

Schon hatte er aufgelegt. Verdammt! Ausgerechnet im Rogano! Und noch dazu mit Dex Diablo. Das Rogano war das teuerste Restaurant der Stadt, in dem die bestaussehenden Leute verkehrten. Viel stinkvornehmer konnte es nicht werden!

Manche Dinge würden mir bis in alle Ewigkeit Rätsel aufgeben. Warum war die Welt rund? Waren tatsächlich Menschen auf dem Mond gelandet, oder war das Ganze eine geschickte Inszenierung der Amerikaner, um ihr Ansehen in der Welt zu heben?

Was fand Tom Cruise nur an dieser spanischen Tussi, wo er doch mich haben konnte? Und was hatte ich mir nur dabei gedacht, als ich mich für das Abendessen im Rogano ausgerechnet für einen weißen Hosenanzug entschied?

Ich war wahrscheinlich einfach aus der Übung – schließlich war das meine erste Verabredung seit ... na ja, eigentlich war das meine erste richtige Verabredung überhaupt. Jackson war nach *der Trennung* der Erste, den ich wiedersehen wollte. Nachdem ich meine Neigung zum Workaholic unter Kontrolle gebracht hatte, gab es eigentlich nur drei Gründe für meinen mangelnden Umgang mit ledigen Vertretern des starken Geschlechts: Erstens, ich war hauptsächlich mit Charlie und Michael zusammen, und weil jeder, der mich mit einem von ihnen sah, dachte, ich sei in festen Händen, sprach mich natürlich keiner an; zweitens, ich war zu alt für Nachtklubs und zu jung für Volkstanzkurse, was die Frage aufwarf, wo man heutzutage geeignete Männer kennen lernen konnte; drittens, genau genommen war die Zahl der verfügbaren Männer in Glasgow stark geschrumpft, da sich Emma hinter dem Rücken ihres Mannes offenbar mit der halben Stadt traf.

Egal. Der weiße Hosenanzug. Daran war nur mein Bein schuld. Als ich überlegte, was ich anziehen sollte, fing ich bei den Schuhen an. Slingpumps und Riemchensandaletten schieden rasch aus, weil mein geschwollener Fuß darin aussah wie ein in Sadomaso-Outfit verpacktes Schweinchen. Zu guter Letzt waren noch meine cremefarbenen, rüschenbesetzten Veloursledersstiefel und meine flauschigen babyrosa Pantoffeln im Rennen. Die Stiefel gewannen.

Ich schaute in meinen Kleiderschrank und schob rasch einen Bügel nach dem anderen zur Seite.

Schwarzes Kostüm? Zu konservativ. Jeans? Zu lässig. Rote Hosen? Damit sah ich immer aus wie der Weihnachtsmann persönlich. Ich nahm mein Lieblingsstück heraus, eine weiße Crêpehose mit ausgestelltem Bein und eine dazu passende taillenlange Jacke. Perfekt. Schick genug für das Rogano, eng genug, damit meine Kurven vorteilhaft betont wurden (es wurde höchste Zeit, dass sie wieder in Mode kamen!), aber nicht so offensichtlich Bindungswillen demonstrierend, dass Jackson bei meinem Anblick der Angstschweiß ausbrach.

Ich wickelte einen Stützverband um mein geschwollenes Bein und zwängte mich in einen blassgoldenen Body mit Push-up-Effekt, der mir ein Dekolletee mit einer so scharfen Busenspalte zauberte, dass sich jeder, der hinfasste, glatt in den Finger schneiden würde. Ich wusste selbst nicht, warum ich mir solche Mühe gab. Ich war alt und zynisch genug, um zu wissen, was mich am Ende erwarten würde: Frust und Tränen. Romantik und Happyends waren Liebesschnulzen vorbehalten – in der Wirklichkeit suchte man sie vergeblich. Mein eigenes Leben und das katastrophale Liebesleben meiner Freunde waren der beste Beweis dafür. Ich kenne mich aus mit Männern. Glauben Sie mir, so etwas wie *den* Richtigen gibt es für frau nicht, höchstens einen, der als Notnagel dient und den sie ändern wird, sobald sie mit ihm verheiratet ist. Und heiraten war so ziemlich das Letzte, was ich wollte (vielleicht abgesehen von einer Darmspülung). Aber gegen ein bisschen Spaß war schließlich nichts einzuwenden, und Jackson hatte etwas, das mir gefiel. Die Chemie zwischen uns stimmte, das hatte ich vom ersten Moment an gespürt. Oder war die feuchtfröhliche Stimmung schuld daran gewesen, dass ich an Liebe auf den ersten Blick glaubte? Ich war der Ansicht, es sei den Versucht wert, das herauszufinden, sonst würde ich noch als kauzige Alte enden, die Pudelmützen für Wohltätigkeitsbasare strickte und ihr Vermögen ihren Katzen vererbte. Hatte ich mir nicht vorgenommen, aufgeschlossener für alles Neue zu sein? Hatte ich nicht Hormone, die ihr Recht verlangten?

Neun Uhr. Nachdem ich einen letzten prüfenden Blick in den Spiegel geworfen und mich vergewissert hatte, dass mein Lippenstift und die drei Schichten Erdbeergloss zu einem perfekten Kussmund verschmolzen waren, setzte ich mich auf die Chaiselongue, ganz behutsam und völlig verkrampft, um einerseits Faltenbildung in meiner Kleidung und andererseits Schmerzen in meinem Bein zu vermeiden.

Mein Blick wanderte zu dem gerahmten Text an der Wand hinauf, und ich las ihn noch einmal, obwohl ich ihn inzwischen auswendig konnte. Emma und ich hatten ihn vor vielen Jahren dort aufgehängt. Das war kurz nachdem mich mal wieder einer, dessen Eheversprechen noch nicht länger zurücklag als seine letzte Rasur, gefragt hatte, ob ich nicht mit ihm ins Bett wolle.

Die hochtrabende Überschrift lautete:

Die Motive der Männer

Ich senkte nicht nur den Blick, sondern den Kopf als Ganzes, damit meine Wimperntusche nicht verschmieren würde, als ich das darunter Stehende las:

Bevor frau den Geschlechtsverkehr mit einem Vertreter der Spezies Mann in Erwägung zieht, sollte sie anhand der folgenden Liste seine Motive überprüfen. Falls keines auf ihn zutrifft, kann sie unter Wahrung von Vorsicht und Verwendung von Kondomen weitermachen. Bei Hinweisen auf das Vorhandensein eines oder mehrerer Motive ist der Betreffende jedoch unverzüglich und endgültig aus dem Verkehr zu ziehen!

Ich lächelte und las weiter.

1. *Er ist verheiratet und auf der Suche nach einem außerehelichen Fick.*
2. *Er ist knapp bei Kasse und hinter deinem Geld her.*
3. *Er ist ein Callboy (nicht zu verwechseln mit Nummer 2 – der hier sollte wenigstens gut im Bett sein).*
4. *Er sucht eine Frau zum Heiraten – jede mit fühlbarem Puls und gebärfreudigem Becken ist ihm recht (genau, Michael, auch du gehörst dazu).*
5. *Er sucht politisches Asyl beziehungsweise braucht eine Aufenthaltsgenehmigung.*
6. *Er ist unzurechnungsfähig.*
7. *Er ist sexbesessen – im Grunde würde ihm auch ein Astloch genügen.*
8. *Er ist schwul und benötigt eine Frau zur Wahrung des Scheins bei geschäftlichen und familiären Anlässen (erkennst du dich wieder, Charlie, Darling?).*
9. *Er sucht ein Bett für die Nacht.*
10. *Er ist eine Niete im Bett und braucht jemanden zum Üben.*
11. *Trifft keiner der oben genannten Gründe zu, kann es sich nur um einen ausgebufften Lügner handeln. Fang noch einmal bei Nummer 1 an, und sei diesmal gründlicher!*

Ich dachte an Jackson und hakte im Geist die Punkte ab, die garantiert nicht auf ihn zutrafen. Nummer 5: Jemand, der aus Perthshire stammte (und sein Akzent war unüberhörbar gewesen), galt meines Wissens nicht als politischer Flüchtling. Nummer 9: Ich erinnerte mich genau, dass er gesagt hatte, er besitze eine Doppelhaushälfte in Edinburghs New Town.

Blieben weitere neun Punkte. Na schön. Ich würde heute Abend so viele wie möglich überprüfen – das heißt, falls er irgendwann noch auftauchen sollte: Er hatte sich bereits zwanzig Minuten verspätet. Wenn jemand anders dahinter steckte, würde ich es schon herauskriegen. Ich war im Erschnüffeln von Ausreden so gut wie ein auf Drogen abgerichteter Spürhund.

Zwanzig Minuten vor zehn ertönte die Türklingel. Das war knapp gewesen. Noch fünf Minuten und ich hätte mich abgetakelt und meinen Pyjama angezogen. Ehrlich gesagt wäre mir das sogar lieber gewesen. Die freudige Erregung über unsere Begegnung in der vergangenen Nacht hatte deutlich nachgelassen (ganz im Gegensatz zu den Nachwirkungen des Alkohols, die ich immer noch vehement spürte), und ich war in Teilnahmslosigkeit verfallen. Der Gedanke, mich mit einem guten Buch ins Bett zu verkriechen, war mir mit jeder Sekunde verlockender erschienen.

Auf dem Weg zur Tür probte ich den Tonfall, in dem ich Jackson empfangen wollte. Es sollte möglichst ungehalten und empört klingen. »Ja? *Ja?* Ja?« Ich riss die Tür auf und entschied mich für ein genervtes *»Ja?«*.

Vor mir stand ein zutiefst zerknirschter Jackson. Fast hätte ich Mitleid mit ihm gehabt. Aber eben nur fast.

»Es tut mir furchtbar Leid, Jo«, stammelte er. »Dex hat einen Preis gewonnen und musste eine Rede halten. Und dann wurde unser Auto von Fans eingekeilt. Wir steckten fest und mussten die Polizei um Hilfe bitten. Sie haben uns hierher eskortiert. Es war das totale Chaos! Es tut mir wirklich Leid, Jo.«

Ich schaute an ihm vorbei auf die Straße. Hinter einem Streifenwagen stand eine große Limousine, die auf beiden Seiten von je zwei Polizeimotorrädern flankiert wurde. Hätten nicht die (hoffentlich unbenutzten!) Slips unter den Scheibenwischern der Limousine gesteckt, hätte man das Ganze für die Wagenkolonne eines Staatsoberhauptes halten können. Ich zuckte mit den Schultern und rang mir ein Lächeln ab.

»Na schön, ich verzeihe Ihnen. Unter einer Bedingung.«

»Und die wäre?«

»Dass wir mit eingeschalteten Sirenen zum Rogano eskortiert werden. Ich wollte immer schon wissen, was das für ein Gefühl ist, so richtig wichtig zu sein.«

Er lachte los und ergriff meine Hand. »Abgemacht!«

Es begann alles so wunderbar. Das Restaurant war ein Traum (überall Holztäfelungen und Promis der zweiten Garde), der Service ausgezeichnet (es hätte nicht viel gefehlt, und der Ober hätte mir mein Essen vorgekaut, so zuvorkommend war er) und die Unterhaltungen amüsant – jedenfalls nachdem ich mich nicht mehr von Dex Diablos Reichtum, seinem Prominentenstatus und seinem blendenden Aussehen beeindrucken ließ und mich entspannte. Im Wesentlichen drehten sich die Gespräche immer um die gleichen Themen: Wer schlief gerade mit wem, wer war in, wer war out, und welche Showgeschäftgröße zehrte vom Ruhm vergangener Zeiten. Ich lehnte mich zurück und beobachtete belustigt die Akteure rings um mich her. Das fiel mir umso leichter, als aus dem geplanten Tête-à-Tête nichts geworden war. Stattdessen befand ich mich in Gesellschaft von fast einem Dutzend mir unbekannter Leute – alles Frauen, alle bildschön und alle mit phänomenalen Kurven. Ich kam mir inmitten so vieler Busenimplantate vor wie beim Picknick auf einer Melonenplantage. Dex, ganz Hahn im Korb, saß am Kopfende des Tisches und behandelte mich wie Luft. Anscheinend musste man mindestens Körbchengröße C haben, damit man von ihm beachtet wurde.

Ich schnappte Bruchstücke der Gespräche in seinem Harem auf.

»Sie hat sich die Klitoris piercen lassen, hast du das gewusst?«

»Dazu kann ich nur fünf Worte sagen: Als ob ein Hängebusen nicht schon schlimm genug wäre!«

Fünf Worte? Die Gute hatte ganz offensichtlich keinen Taschenrechner zur Hand.

»Ein Wunder, dass dieses Flittchen noch keine Brandblasen von der Reibungswärme hat! Die treibt's doch wirklich mit jedem!«

Ich unterdrückte ein Kichern und konzentrierte mich auf meinen Apfelkuchen. Ich hätte Notizen für Charlie machen sollen – was das Volk hier so von sich gab, hätte ihm ein Jahr lang Stoff für seine Kolumne geliefert.

»Sie müssen schon entschuldigen«, flüsterte Jackson, der meine Gedanken zu erraten schien, mir zu. »Das gehört leider mit zum Job.«

»Oh, Sie Ärmster! Sie sind wirklich zu bedauern«, neckte ich ihn. »Ich kann Ihnen das so nachfühlen. Mir läuft schon die Nase – ich glaube, ich bin allergisch gegen Silikon.«

Jackson grinste. »Die Rechnung ist beglichen, und die Fotografen sind informiert worden, dass Dex in Kürze das Restaurant verlassen wird. Noch zehn Minuten, dann kann ich mich verdrücken.«

»Und Mr. Diablo mit diesen reizenden Ladys allein lassen? Was fängt er denn mit so vielen Damen an?«

»Fragen Sie mich nicht.«

Das hatte ich auch nicht vorgehabt. Diablo gehörte offensichtlich zu den Männern, auf die Motiv Nummer 7 zutraf: Er war sexbesessen. Er konnte es sich ja auch erlauben.

Einige Minuten später waren wir im Begriff aufzubrechen. Jackson hatte vorgeschlagen, irgendwo hinzugehen, wo es nicht ganz so voll war, und ein romantisches französisches Bistro genannt. Ich kannte das Lokal, ich war einmal mit Charlie dort gewesen, auf den Spuren einer alternden, scheuen Schauspielerin mit einer Vorliebe für alles Französische. Charlie hatte auf eine Enthüllungsstory gehofft und war nicht enttäuscht worden.

Wir entdeckten die Schauspielerin in einer Ecknische, wo sie jemanden abknutschte, der eine frappierende Ähnlichkeit mit Gérard Depardieu hatte. Kein schöner Anblick, kann ich Ihnen sagen.

Jackson erhob sich, griff ohne hinzusehen nach meiner Hand und gab Dex gleichzeitig mit einem Zeichen zu verstehen, dass wir gehen würden. Hätte er sich doch besser auf nur *eine* Aufgabe konzentriert! Seine Hand verfehlte meine und stieß stattdessen gegen meine Espressotasse, die schwungvoll vom Tisch und mir genau in den Schoß flog. Na wunderbar! Ich sah aus, als hätte ich mir in die Hose gemacht. Das einzig Positive an der Situation war, dass Dex Diablo endlich auf mich aufmerksam wurde. Der Mistkerl besaß doch tatsächlich die Frechheit, laut zu lachen!

Jackson war am Boden zerstört. »O nein! Das ... das tut mir furchtbar Leid! Wie ungeschickt von mir! Ach du Scheiße!« Ob ich aus seinem Mund wohl jemals etwas anderes als Entschuldigungen hören würde?

Die Fahrt im Taxi vom Rogano zu mir nach Hause war kein bisschen so lustig wie die Hinfahrt. Der kalte Espresso hatte mittlerweile meinen Stringtanga von La Perla durchtränkt und sickerte munter weiter. Ich musste Jackson mit Anwendung roher Gewalt drohen, falls er nicht augenblicklich aufhörte, sich zu entschuldigen. Allerdings gebe ich zu, dass er besonders süß war, wenn er zu Kreuze kroch. Die Chemie zwischen uns hatte sich in alter Frische zurückgemeldet. Trotz aller Hindernisse seit unserer ersten Begegnung – ein verstauchter Knöchel, ein mörderischer Kater, eine gewaltige Verspätung, überflüssige Gesellschaft beim Abendessen, drohender Erstickungstod durch überdimensionale Brüste – hatte ich mich noch nie so spontan zu einem Mann hingezogen gefühlt. Er hatte einfach das gewisse Etwas. Als das Taxi in meine Straße einbog, sagte ich mir, dass der

Abend durchaus noch zu retten war. Ich würde Jackson auf einen Kaffee mit hineinbitten und schnell unter die Dusche gehen. Und wenn ich wieder herauskäme, würde ich in meinen unwiderstehlichen roten Seidenkimono gewickelt sein, hätte das Haar hochgesteckt und würde nach etwas Teurem duften. Und dann könnten wir es uns auf dem Sofa gemütlich machen und uns ein bisschen besser kennen lernen. Oder vielleicht sogar noch mehr. Je nach Stimmung – und danach, was dieser Unglücksrabe noch alles mit mir anstellen würde. Ich fühlte ein Kribbeln im Bauch und wusste nicht, ob vor Nervosität, freudiger Erwartung oder Geilheit. Immerhin war es schon eine ganze Weile her seit dem letzten Mal …

Jackson trottete verlegen hinter mir her, als ich die Stufen hinaufstieg und die Haustür aufschloss. Noch bevor ich sie öffnen konnte, wurde sie von innen aufgerissen. Vor mir stand Emma. Ihr Gesicht hatte eine Farbe, die gut in mein Schlafzimmer gepasst hätte. Ihre Augen waren dick und verquollen, die Wimperntusche war ihr bis zum Kinn hinuntergelaufen.

Sie warf mir die Arme um den Hals und heulte: »O Jo!«

Jetzt waren wenigstens beide Teile meines Hosenanzugs ruiniert: unten vom Espresso und oben vom Rotz.

»Dan hat alles rausgekriegt! Er hat mich rausgeworfen! Er sagt, er will mich nie wieder sehen! Was soll ich denn jetzt bloß machen?«, schluchzte sie.

Ich tätschelte ihr den Rücken. Überwiegend zärtlich, aber es war auch ein gelegentlicher kräftiger Klaps dabei. Wer wollte es mir verdenken? *So* dicht war ich dran gewesen, nur einen Kimono entfernt von einem Schäferstündchen – dem ersten seit Jahren! –, aber es sollte offenbar nicht sein. In diesem Augenblick hätte ich alles dafür gegeben, jemand anders zu sein – vorzugsweise jemand mit einem aktiven Sexualleben und keiner Rotz und Wasser heulenden Emma an der Schulter.

Ich machte mich sachte von meiner hysterischen besten Freundin los.

»Komm, Schätzchen, lass uns reingehen, und dann überlegen wir, was wir machen werden. Ach so, ja«, fügte ich hinzu. »Emma, das ist Jackson. Jackson, meine Freundin Emma.«

Jetzt erst merkte sie, dass ich nicht allein war. Bei aller Verzweiflung ließ sie es sich nicht nehmen, Jackson mit anerkennendem Blick von Kopf bis Fuß zu taxieren. Dann straffte sie sich und setzte ein Lächeln auf, das einer Spielshowmoderatorin zur Ehre gereicht hätte.

»Hi«, sagte sie und streckte ihm die Hand hin.

Jackson ergriff sie, drückte sie kurz und fing dann wieder an, sich zu entschuldigen.

»Sorry, aber mir scheint, ich habe mir einen ungünstigen Zeitpunkt ausgesucht. Ich werde besser wieder gehen. Ich rufe Sie morgen an, Jo.«

Schon hatte er sich umgedreht und eilte beinah fluchtartig die Treppe hinunter. Typisch Mann! Frauentränen gegenüber sind Männer einfach hilflos, deshalb meiden sie nach Möglichkeit jede Konfrontation damit. Das scheint genetisch programmiert zu sein. Ich seufzte unwillkürlich und nahm mir vor, am nächsten Tag als Erstes meine alten Freunde gegen neue einzutauschen.

Kapitel 3

It's Now or Never

März 1986

Jo fuhr mit dem Lappen über die Bartheke, zum hundertsten Mal an diesem Abend, wie ihr schien. Es war nicht viel los. So kurz nach Ostern sank die Einwohnerzahl von St. Andrews mit schöner Regelmäßigkeit. St. Andrews ist eine Universitätsstadt an der schottischen Nordostküste. Bekannt wurde sie durch ihr akademisches Völkchen und ihre Golfplätze. Aber jetzt, über Ostern, waren die Studenten zu Hause bei ihren Familien oder machten eine Bergtour oder irgendetwas anderes, was Studenten eben so tun, wenn sie nicht studieren. Noch war es zu früh für die Golfer, die jedes Jahr in Scharen in der Stadt einfielen – der März konnte so hoch im Norden noch bitterkalt und nass sein, und die Golfer, im Allgemeinen Schönwettersportler, bevorzugten Sonne zum Spielen. Jo war es recht. Die ruhigen Abende, wenn sie jeden, der hereinkam, kannte, waren ihr lieber als die hektischen. An diesem Abend allerdings hatte sie das Gefühl, die Tür sei schon zugesperrt – außer dem Personal und einem Mann mit einem seltsamen Hut und einer Sammelbüchse von der Heilsarmee hatte noch keiner die Bar betreten.

Das war nicht verwunderlich. Es wurde nämlich ein Fußballschlager im Fernsehen übertragen (Celtic Glasgow gegen eine Mannschaft vom Kontinent, deren Namen sie nicht aussprechen konnte), aber Carmen hatte es abgelehnt, das Spiel im Pub zu zeigen, mit der Begründung, sie wolle keine randalierenden Rowdys anlocken. Jo mutmaßte eher, dass sie wieder vergessen hatte, Bier zu bestellen. Ein Wunder, dass die Brauerei, der die Kneipe gehörte, ihren Pachtvertrag nicht schon längst gekündigt hatte. Wahrscheinlich hatten die Verantwortlichen Angst vor Carmen (was für ein Name für eine Frau mit starker Gesichtsbehaarung und der Figur und dem Kampfgewicht einer osteuropäischen Kugelstoßerin!).

Jo schaute zu Emma hinüber, die das Regal mit den kleinen Babycham-Fläschchen auffüllte. Ihre beste Freundin seit Grundschultagen summte den Song von Duran Duran mit, der im Hintergrund lief. Sie selbst schwärmte für Spandau Ballet. Mit dem Geld, das sie zu ihrem letzten Geburtstag geschenkt bekommen hatte, hatte sie sich ein Ticket für ein Konzert der Gruppe im Playhouse, der großen Konzerthalle in Edinburgh, gekauft. Beinah wäre es ihr gelungen, auf die Bühne zu stürmen und Martin Kemp zu küssen. Aber diese Idioten vom Sicherheitsdienst hatten sie im letzten Moment geschnappt und aus der Halle befördert, und das mitten im Konzert. Nicht einmal ihr Geld hatten sie ihr zurückerstattet.

Das Geräusch eines Barhockers, der über den Fußboden geschoben wurde, riss sie aus ihren Gedanken. Sie lächelte dem Gast zu, nahm automatisch eine Flasche Budweiser aus dem Kühlschrank und stellte sie vor ihn auf die Theke.

»Hi, Jack. Schaust du dir das Spiel nicht an?«

»Nein, ich komm grad von der Arbeit. Dachte, ich könnte mir auf dem Heimweg noch ein Bierchen bei euch genehmigen.«

Jack war Stammgast. Er pendelte täglich die sechzig Meilen von St. Andrews nach Edinburgh, wo er sein Büro hatte. Auf dem Rückweg steuerte sein Wagen schon ganz von allein das Beer House an, witzelte er. Jo konnte gar nicht mehr zählen, wie viel Flaschen Budweiser sie ihm in den paar Monaten, die sie in der Kneipe arbeitete, schon ausgeschenkt hatte. Obwohl Jack bereits uralt war (zweiunddreißig, hatte er ihr eines Abends verraten; ihr Vater war nur acht Jahre älter!), hatte sie sich auf Anhieb prächtig mit ihm verstanden.

»War's ein schlimmer Tag im Büro?«, fragte Jo und lächelte schelmisch.

»Die Hölle«, antwortete er, grinste aber dabei. So furchtbar konnte es also nicht gewesen sein. Einige Sekunden lang sahen sie sich in die Augen. Er hatte ein richtig süßes Lächeln. Sein kupferrotes Haar war seitlich und hinten ein bisschen kürzer geschnitten als oben. Seine mandelbraunen Augen waren grün gesprenkelt und der Oberlippenbart à la Tom Selleck passte gut zu ihm. Und trotz seines gesetzten Alters standen ihm die Jeans und das weiße Baumwollhemd wirklich ausgezeichnet.

»Und, was gibt's Neues?«, fragte er dann.

»Nicht viel. Sechs Agenturen wollten mich als Fotomodell unter Vertrag nehmen, zum Mittagessen bin ich nach Paris geflogen, und Sylvester Stallone hat den ganzen Nachmittag angerufen und mich angefleht, mit ihm zu bumsen, bis er ohnmächtig würde. Das Übliche eben.«

Jack lachte laut heraus. Sie mochte es, wenn er lachte.

Wie üblich entspann sich eine zwanglose Unterhaltung zwischen ihnen. Obwohl sie absolut nichts gemeinsam hatten, fanden sie immer ein Gesprächsthema. Jack war Computerprogrammierer (und davon verstand Jo nicht das Geringste) und seit fünf Jahren verheiratet (seine Frau machte beruflich etwas, das mit Schichtdienst verbunden war, daher seine häufigen Abstecher in die Bar). Er spielte Fußball und Golf, hörte gern Oldies wie die Rolling Stones und Rod Stewart und hatte noch nie einen Roman von Jackie Collins in der Hand gehabt. Nein, sie und Jack hatten wirklich nichts gemeinsam. Und dennoch verging die Zeit mit ihm wie im Flug. Jo unterhielt ihn mit Geschichten über die letzte Party, auf der sie zu tief ins Glas geschaut hatte, über die vielen Male, als sie auf einem Tisch getanzt hatte, über ihre Freundinnen und deren aktuelle Liebhaber. Und Jack hörte scheinbar interessiert und spöttisch lächelnd zu.

Sie bemerkte, dass Emma ihr einen viel sagenden Seitenblick zuwarf.

»Mach dir bloß nicht ins Hemd«, zischte sie ihrer Freundin zu, als sie das Geld, das sie von Jack kassiert hatte, in die Kasse legte. »Wir reden nur, das ist alles. Oder ist das jetzt etwa auch schon verboten?«

»Ph!«, machte Emma nur und strich ihren wattierten Rock glatt. Bei windigem Wetter bauschte er sich manchmal so stark auf, dass es den Anschein hatte, als würde sie gleich davonfliegen.

Jo kehrte an ihren Platz zurück und nahm den Gesprächsfaden wieder auf. Sie hatte Jack gerade von der Zwickmühle erzählt, in der sie sich befand. Sollte sie die Hotelfachschule besuchen oder darauf warten, dass die Brauerei irgendwann genug hatte und Carmen vor die Tür setzte? Obwohl sie noch nicht einmal ein Jahr hier arbeitete, schmiss sie den Laden praktisch jetzt schon ganz allein. Eine Beförderung zur stellvertretenden Geschäftsführerin wäre daher das Mindeste, was für sie herausspringen müsste. Sie wusste auch schon, was sie als Allererstes tun würde: den anthrazitgrauen Teppichboden herausreißen und das aufdringliche Metallicsilber, in dem alles gestrichen war, durch einen anderen Farbton ersetzen, damit sie sich nicht mehr wie in einem Spaceshuttle vorkam.

Eine Stunde später begann sich die Bar zu füllen – anscheinend war das Fußballspiel zu Ende. Gäste waren wirklich etwas Lästiges. Jo stieß einen unterdrückten Seufzer aus. Sie hätte die ganze Nacht hindurch mit Jack plaudern können. Vielleicht taugte sie doch nicht zur Kneipenwirtin.

Als sie um elf verkündete, dass sie schließen würden, ließ sich Carmen kurz blicken, um etwaigen Bummelanten Beine zu machen.

»Soll ich dich nach Hause fahren?«, fragte Jack. Es war das erste Mal, dass er Jo dieses Angebot machte. Am anderen Ende der Theke rutschte Emma vor Schreck ein Tablett mit ein paar Biergläsern aus der Hand. Es krachte auf den Fußboden, und die Gläser zersprangen in tausend Scherben.

»Nein, danke, mein Freund ...«, begann Jo.

»VERLOBTER!«, brüllte Emma dazwischen.

»Mein Verlobter«, berichtigte sich Jo verlegen, »holt mich ab. Aber trotzdem danke. Aha, wenn man vom Teufel spricht«, fügte sie hinzu, als sie Dan und Rick hereinkommen sah. Die beiden glichen sich aufs Haar. Rick war allerdings gut zwei Zentimeter größer als sein Zwillingsbruder. Das komme daher, dass er volle zehn Minuten vor seinem Bruder geboren worden sei und deshalb einen Wachstumsvorsprung habe, scherzte er immer.

Emma lief zu Dan und küsste ihn stürmisch. Jo begnügte sich damit, Rick zuzuwinken. Ihr Blick wanderte zurück zu Jack, der gerade den letzten Schluck Bier trank. Wieso würde sie viel lieber mit dem Mann nach Hause gehen, der ihr keinen Diamantring geschenkt hatte?

Rick setzte Jo zu Hause ab, und sie gab ihm den obligatorischen Kuss. Auf seine Frage, ob er mit reinkommen dürfe, antwortete sie, sie sei müde nach den langen Stunden in der Kneipe. In Wirklichkeit hatte sie schlicht keine Lust, den Abend mit ihm zu verbringen. Es war ja doch immer das Gleiche: eine Dose Coke, die Musik von Spandau Ballet von der Stereoanlage, eine Stunde Knutschen, ein bisschen Fummeln (an ihren Brüsten), ein Blowjob (für ihn), ehe er sich, ein glücklicher großer Junge, wieder verabschiedete.

Jo stapfte langsam die Einfahrt hinauf. Sie hatte es nicht eilig. Sie wusste, was sie drinnen erwartete: Entweder herrschte eisiges Schweigen zwischen ihren Eltern oder aber sie bewarfen sich mit irgendwelchen Gegenständen, in der Hoffnung, den anderen ernsthaft zu verletzen. Wenn sie sich doch nur scheiden ließen! Jo wünschte sich das schon seit Jahren. Genauer gesagt, seit ihrem dreizehnten Geburtstag, als ihr Dad nicht nach Hause gekommen war und ihre Mutter ihn schließlich im Bett von Jean, ihrer besten Freundin, aufgestöbert hatte. Damals hatte Jo natürlich keine Ahnung gehabt, was das zu bedeuten hatte, aber so etwas Ähnliches war seitdem immer wieder vorgekommen. Inzwischen war sie alt genug, um zu begreifen, dass ihr Vater ein notorischer Schürzenjäger war und ihre Mutter seit einiger Zeit nach dem Grundsatz verfuhr: »Wenn du ihn nicht zusammenschlagen kannst, dann mach's wie er!« Die Schulferien waren zu einem Albtraum geworden. Jeden Morgen steckte ihre Mutter ihr eine Zehnpfundnote zu und trug ihr auf, auszugehen und sich zu amüsieren. Dabei war es ihre allerliebste Mutter, die sich amüsierte – seit neuestem mit Mr. McDonald, ihrem früh verwitweten Nachbarn.

Obwohl ihr Vater davon wusste, unternahm er nichts. Möglicherweise hing es damit zusammen, dass ihre Großmutter beim bloßen Wort »Scheidung« einen Schlaganfall zu erleiden drohte und ihr Vater höllische Angst davor hatte, enterbt zu werden. Das schien ihn wesentlich mehr zu schrecken als der Gedanke, von einem Wurfgeschoss aus der Hand seiner wutschäumenden Frau lebensbedrohlich verletzt zu werden.

Jo öffnete vorsichtig die Haustür und lauschte. Drinnen war alles ruhig. Anscheinend herrschte Waffenstillstand. Leise schlich sie die Treppe hinauf zu ihrem Zimmer. Sie wollte ihren Eltern nur gegenübertreten, wenn es sich gar nicht vermeiden ließ. Es war ihnen ohnehin egal, ob ihre Tochter da war oder nicht. Sie hatten viel zu viel mit sich selbst zu tun, als dass sie sich um Jo hätten kümmern können. Das war keine Grausamkeit, sondern schlicht Gleichgültigkeit.

Jo legte sich aufs Bett und starrte wehmütig das lebensgroße Poster von Martin Kemp an, das sie mit Reißzwecken an die Zimmerdecke geheftet hatte.

Nach einer Weile langte sie zum Fenster hinüber und öffnete es, bevor sie sich eine Zigarette ansteckte. Ihre Eltern, gläubige Katholiken, sündigten regelmäßig, indem sie Ehebruch begingen, verboten ihrer Tochter aber das Rauchen. Diese Ungerechtigkeit wurmte sie. Lautete eins der zehn Gebote vielleicht »Du sollst nicht genießen die gelegentliche Benson and Hedges«? Dabei war das Rauchen noch nicht einmal das Schlimmste. Eines Tages würde sie bestimmt der Blitz treffen, weil sie Alkohol trank (am liebsten Gin Tonic – sie fand, das hatte so etwas Kultiviertes) und ihrem Verlobten einen blies. Aber war es bei den kriegsähnlichen Zuständen, die in ihrem Elternhaus herrschten, ein Wunder, dass sie Ablenkung suchte? Die Gefühle ihrer Eltern füreinander grenzten an Hass, insofern musste Jo wahrscheinlich noch dankbar sein, dass sie ihr gegenüber einfach nur gleichgültig waren. Ihre Eltern waren jung gewesen, viel zu jung, als sie zur Welt kam, und hatten nur des Kindes wegen geheiratet. Ihr Vater hatte es ihr vom Tag ihrer Geburt an übel genommen, dass er seine Freiheit aufgeben musste, und ihre Mutter war weder gefühlsmäßig im Stande noch willens gewesen, für einen Ausgleich zu sorgen. Sie waren keine Familie, sondern drei Menschen, die unter demselben Dach wohnten, aber im Grunde nichts miteinander zu tun hatten. Ironischerweise fühlte sich Jo jedoch nicht einsam oder deprimiert. Es war, wie es war, basta. Es würde sich ja bald ändern.

In sechs Monaten würden sie und Rick heiraten, und dann würde sie endlich hier rauskommen. Rick war wirklich ein lieber

Kerl. Und so lustig. In der Schule hatten alle Mädchen für ihn geschwärmt. Jo war selig gewesen, als er sie vor drei Jahren das erste Mal fragte, ob sie mit ihm ausgehen wolle. Emma hatte da schon zwei Verabredungen mit Dan, seinem Bruder, gehabt. An einem bitterkalten Abend hatte Rick gesehen, wie Jo allein aus dem Jugendklub kam (Emma war bereits eine Stunde zuvor mit Dan hinausgegangen, um zu knutschen, und nicht wieder aufgetaucht – wahrscheinlich waren sie an den Lippen zusammengefroren). Eine Zigarette im Mundwinkel wie James Dean war er lässig auf sie zugeschlendert. Da er schon achtzehn war, hatten die liberalen Geschäftsführer des Klubs nichts dagegen, dass er rauchte. Ohne den kindlichen gestreiften Pullover und die missglückte Paul-Weller-Frisur hätte er richtig cool gewirkt. Er war ein schlaksiger Junge mit einem lieben Lächeln und irgendwie sogar attraktiv, wenn auch auf einfältige Weise.

»Sieht ganz so aus, als hätte deine Freundin meinen Bruder gekidnappt«, sagte er grinsend.

»Ja, wahrscheinlich hält sie ihn gegen seinen Willen fest. Ich möchte allerdings nicht wissen, an welchem Körperteil«, erwiderte Jo trocken.

Er lachte. »Darf ich dich nach Hause bringen?«

Im ersten Moment wollte sie ablehnen. Die Zeitschrift *Jackie* gab allen Mädchen den Rat, die Spröde zu spielen, sich nicht zu schnell erobern zu lassen. Genau das hatte sie auch vorgehabt. Doch dann bemerkte sie die neidischen Blicke der Melonentitten, der älteren, supercoolen Mädchen mit ihren ausgestopften BHs, und sie erwiderte: »Warum nicht?« Zumal er einen warmen Parka anhatte, in dem genug Platz für zwei war.

Seit jener Nacht gingen sie miteinander. In der Schule wurde sie von da an nur noch »Rickys Mädchen« genannt, selbst dann noch, als er von der Schule abgegangen war und bei einem Betrieb am Ort eine Tischlerlehre begonnen hatte. Jo war stolz auf ihren Titel und zeigte es auch, insbesondere in Gegenwart der Melonentitten.

Emma war natürlich begeistert. Und so überraschte es niemanden, als Dan und Rick auf der gemeinsamen Party der Mädchen anlässlich ihres achtzehnten Geburtstags mit einem Verlobungsring aufwarteten. Die meisten Mädchen, mit denen Jo zur Schule gegangen war, waren bereits verheiratet oder schwanger oder beides. Nur eine oder zwei, die betuchte Eltern hatten, hatten ein Studium an der renommierten Universität der Stadt begonnen. Aber in Jos Wohngegend galt es als völlig normal, mit einundzwanzig schon zwei Kinder zu haben. Ihre Eltern hatten ihr darüber hinaus unmissverständlich klar gemacht, dass sie ihr auf gar keinen Fall ein vierjähriges Studium bezahlen würden. Sie würde sich unmittelbar nach dem Schulabschluss ihren Lebensunterhalt selbst verdienen müssen.

Als die beiden Jungs an jenem Abend im Klub den Diskjockey um eine Durchsage baten und dann gemeinsam vor ihren Freundinnen auf die Knie fielen, um ihnen einen Antrag zu machen, wäre Jo am liebsten im Erdboden versunken. Andererseits war sie erleichtert: Sie liebte Rick wirklich, und eine Ehe mit ihm würde es ihr ermöglichen, der Hölle ihres Elternhauses zu entfliehen.

In letzter Zeit fragte sie sich manchmal jedoch, ob sie nicht vom Regen in die Traufe käme. Sie kannte nichts von der Welt außer ihrem Heimatort. Wollte sie sich tatsächlich jetzt schon binden?

Sie schnippte die Zigarettenkippe in das Blumenbeet unter ihrem Fenster. Aus dem Bistro gegenüber traten fünf, sechs Leute auf die Straße hinaus. Jo beobachtete, wie sie sich lachend zum Abschied küssten; ihre Gesichter strahlten, und ihre fröhlichen Stimmen schallten laut herüber. Wie sie sie beneidete! Seit Jahren beobachtete sie die Leute, die dieses Lokal verließen: Paare Arm in Arm; Eltern mit ihren Kindern und alle hielten sich glücklich und gut gelaunt an den Händen; junge, übermütig kreischende, verrückt gekleidete Frauen, die ihren Abschied vom Junggesellinnendasein feierten. Jo wünschte sich nichts sehnlicher, als Teil jener Welt zu sein. Sie hätte gern ein kleines Bistro gehabt, wo jeder jeden kannte, das Essen köstlich und die Atmosphäre heiter war und wo man Knoblauchbaguettes verzehrte und nicht als Waffe benutzte, um damit auf den Ehemann einzudreschen, wie sie es von zu Hause kannte. Es war ein wunderschöner Traum, mehr aber auch nicht. Sie war Realistin, sie wusste, ihre Zukunft lag in St. Andrews, und der einzige Weg, ihrem Elternhaus zu entrinnen, war die Hochzeit mit Rick.

Oder?

Wenn das ihr vorgezeichneter Weg war, warum empfand sie dann seit Monaten eine solche Unzufriedenheit, eine solche Unruhe und Langeweile?

Sie ließ sich aufs Bett fallen und blickte wieder zu dem Musiker hinauf, dessen Bassgitarre in der Mitte auseinander gerissen war, weil sie nicht an die schmale Zimmerdecke gepasst hatte. »Was meinst du dazu, Martin?«, sagte sie laut. »Gibt es mehr in meinem Leben, als hinter der Theke eines Spaceshuttles zu stehen?«

Martin antwortete nicht. Vermutlich, weil er erstens nicht wirklich war und zweitens eine große Reißzwecke im Mund hatte.

Sie griff nach dem Buch, das aufgeschlagen und mit dem Einband nach oben neben ihr lag. Es war der neueste Bestseller von Jackie Collins, *Sinners.* Jo hatte alle ihre Bücher gierig verschlungen. Alle spielten in Los Angeles, immer vögelte jemand jemanden, und irgendjemand anders kokste, bis seine Nasenscheidewand löchrig wie Schweizer Käse wurde. Und nach dem Koksen vögelte er natürlich auch.

Darum ging es doch im Leben, oder etwa nicht? Irgendwie

fand sie es ein bisschen tragisch, dass ihre ganze Zukunft bereits vorgezeichnet schien, obwohl sie noch so jung war. Es musste doch irgendwo noch ein wenig Raum sein für Spannung, Abenteuer, Gefahr? Etwas davon wollte sie haben, und zwar bald. Wenn es ihr jetzt nicht gelang, etwas zu ändern, würde es ihr nie mehr gelingen.

Mit dem befriedigenden Gefühl, einen Entschluss gefasst zu haben, schlief sie ein. Und zum ersten Mal seit langer Zeit galt ihr letzter Gedanke vor dem Einschlafen nicht Martin Kemp, sondern Jack.

Schon wenige Tage später sollte Jo ihre Chance bekommen. Es war den ganzen Abend über ruhig gewesen in der Bar. Carmen hatte sich neben die Tür gesetzt und den neuen Pub auf der anderen Straßenseite mit argwöhnischen Blicken beäugt. Ihr Anblick hatte genügt, die meisten Gäste abzuschrecken.

Als die Sperrstunde nahte, stand Jo allein hinter der Theke. Emma hatte freigehabt, weil sie und Dan wegen der bevorstehenden Trauung einen Termin beim Pfarrer hatten. Emma wollte das Eisen schmieden, solange es heiß war. Als gute Katholikin hatte sie ihrem Freund nämlich klar gemacht, dass vor der Hochzeitsnacht an Sex nicht zu denken war. Dan ging fast die Wände hoch, so geil war er. Es gab nichts Besseres als diese wattierten Röcke, um einen Mann so richtig anzutörnen.

Jo hämmerte auf dem Taschenrechner herum und mühte sich mit der Abrechnung ab. Die Kasse musste stimmen, sonst wurde Carmen ungemütlich.

»Reicht's noch für ein schnelles Bierchen?«, fragte Jack und zog sich einen Barhocker heran.

»Du hast dich an Carmen, dem Muskelpaket, vorbeigetraut? Wow, das war ganz schön mutig! Glückwunsch.«

Seine Augenwinkel legten sich in Lachfältchen, und Jos Magen machte einen kleinen Hüpfer. Ihr Verstand schaltete ab, ihr Unterbewusstsein übernahm die Kontrolle. Sie setzte eine gedrückte Miene auf, als sie die Flasche Budweiser vor Jack hinstellte.

»He, was ist denn los? Du wirkst so geknickt – so kenn ich dich ja gar nicht.«

Sie zuckte die Achseln. »Ach, nichts weiter.«

Er rutschte ein wenig hin und her, bis er bequem saß. »Na komm schon, raus mit der Sprache!«

»Lass nur. Du bist doch nicht hergekommen, um dir mein Gejammer anzuhören«, wehrte sie ab. So weit, so gut. Sein Gesicht drückte Anteilnahme und seine Körpersprache freundliches Wohlwollen aus.

»Nun sag schon! Es interessiert mich wirklich ...«

Jo holte tief Luft. Denk an Jackie Collins, denk an Jackie Collins, schärfte sie sich ein.

Ihre Miene spiegelte jetzt tiefste Niedergeschlagenheit wider. »Du weißt doch, dass ich mit Rick verlobt bin?«

Er nickte.

»Na ja, es ist nur so, dass ...« Sie brach ab, als ob ihr die Unterhaltung unangenehm sei.

»Ja?«

Abermals holte sie tief Luft.

»Es ist nur so, dass ...«

Jack beugte sich gespannt vor.

»... dass ich glaube, dass ich mich in einen anderen verliebt habe.«

Er riss verblüfft die Augen auf.

»Und ich weiß nicht, ob ich es ihm sagen soll oder nicht.«

Er lehnte sich zurück (allerdings nur ein klein wenig, weil er sonst vom Hocker geplumpst wäre), dachte kurz nach und sagte dann langsam:

»Ich finde, du musst es ihm sagen. Solche Gefühle darf man nicht für sich behalten.«

»Aber ich kann nicht! Ich trau mich einfach nicht«, fügte sie kleinlaut hinzu.

»Ich denke trotzdem, du solltest es tun.«

»Und wenn er mich dann hasst? Die Sache ist nicht so einfach.« Sie druckste ein wenig herum, als ob es ihr schwer fiele, die Worte auszusprechen. »Er ist nämlich verheiratet.«

Jack blähte die Wangen auf und ließ seinen Atem geräuschvoll entweichen. Obwohl er in diesem Moment Ähnlichkeit mit einem Kugelfisch hatte, sah er richtig süß aus, fand sie. Die Stirn in tiefe Sorgenfalten gelegt, meinte er dann:

»Das macht die Sache natürlich ein bisschen komplizierter. Und du bist dir ganz sicher, was deine Gefühle für ihn angeht?«

Sie biss sich auf die Unterlippe und nickte.

Er hob beide Hände. »Gut. Dann solltest du es ihm auch sagen.«

Sie dachte einen Augenblick nach. Jackie Collins, Jackie Collins!

»Glaubst du wirklich? Meinst du, er würde es wissen wollen? Angenommen, du wärst derjenige – würdest du es wissen wollen?«

Er trank ein paar Schluck Bier, während er über die Frage nachgrübelte. Jos Gedanken rotierten. Das war verrückt. Das war absolut verrückt, was sie da tat!

Nach einer Ewigkeit, wie ihr schien, nickte er und erwiderte: »Ja, ich glaube, ich würde es wissen wollen.«

Eine lange Pause. Noch konnte sie einen Rückzieher machen. Noch war es nicht zu spät.

»Also gut.« Ein Zögern, dann: »Du bist derjenige, Jack. Ich habe mich in dich verliebt.«

Kapitel 4

Return to Sender

www.G.I.N.com, Forum, neuer Beitrag:

Liebe Olivia in London SW 1,
ich kann Ihre Bedenken verstehen. Ich hatte das Glück, von Anfang an zu wissen, dass mein Freund verheiratet war. Ich persönlich fühlte mich der Situation gewachsen, aber ich kann nachvollziehen, in welchem Dilemma Sie sich befinden. Vielleicht sind Sie der Ansicht, dass Ihre Liebe zu diesem Mann ein Stadium erreicht hat, das eine Trennung unmöglich macht – selbst dann, wenn er anderweitig gebunden wäre. Oder aber Sie würden sich nach dieser Entdeckung genötigt sehen, sich von ihm zu trennen. Wie auch immer – Sie müssen die Wahrheit herausfinden. Das können Sie zum Beispiel, indem Sie das Wählerverzeichnis einsehen (im Internet unter www.192.com): Dann wissen Sie, ob eine Frau unter seiner Adresse registriert ist. Das ist eine diskrete und effiziente Methode. Ich wünsche Ihnen alles Gute in dieser schweren Zeit!
Mit freundlichen Grüßen
Camilla P. B., London

Michael spielte mit Priscillas Haar, und sie kuschelte sich behaglich schnurrend näher an ihn. Im Fernsehen tanzte Ann-Margaret wie eine Göttin. Er warf einen Blick auf seine Armbanduhr: Es war fast Mitternacht. *Blaues Hawaii* hatten sie als anregende Vorspeise gehabt, *Pulverdampf und heiße Lieder* zum Hauptgericht, und *Tolle Nächte in Las Vegas* bildete jetzt den Nachtisch. Das Beste hätten sie sich bis zum Schluss aufgehoben, hatte Priscilla ihm versichert. Michael hatte seine Zweifel – für ihn war ein Film wie der andere. Seiner Ansicht nach war das Highlight des Abends das indische Essen gewesen, das sie sich hatten kommen lassen. Die Reste lagen vor ihnen auf dem Couchtisch.

Dennoch konnte sich Michael nicht erinnern, wann er das letzte Mal so glücklich gewesen war. Halt, das stimmte nicht ganz! Noch vor wenigen Monaten hatte er jede unbeschwerte Minute mit Patrice genossen, der französischen Übersetzerin, die ihn ständig in das einzige Glasgower Filmkunstkino geschleppt hatte, um sich einen film noir nach dem andern anzusehen. Wie hatte er dieses unkonventionelle Künstlerdasein geliebt! Und Patrice hatte er auch geliebt. Zumindest einen Monat lang. Er hatte wirklich geglaubt, sie sei die Richtige. Bis zu dem Augenblick, als er ihr gestand, er habe sich in sie verliebt. Sie war aus allen Wolken gefallen. Er solle sich doch nicht lächerlich machen, hatte sie gesagt, sie würden sich doch erst seit sechs Wochen kennen, und außerdem wolle sie sich die nächsten fünf Jahre – mindestens! – auf ihren Beruf konzentrieren, da bliebe keine Zeit für eine ernsthafte Beziehung.

Michael war am Boden zerstört.

Dann traf er Katrina.

Er war, was selten genug vorkam, ins Fitnesscenter gegangen, damit der astronomisch hohe Mitgliedsbeitrag wenigstens nicht ganz umsonst jeden Monat von seinem Konto abgebucht wurde. Etwas für seine Gesundheit zu tun, war einer seiner guten Vorsätze für das neue Jahr gewesen, deshalb hatte er sich spontan für eine Mitgliedschaft in dem sündhaft teuren Klub entschieden.

Sie joggte auf dem Laufband neben ihm, ein Traum in Lycra.

Ein Drink an der Saftbar hatte zu acht Wochen intensivem Geschlechtsverkehr und noch intensiverem Workout geführt. Michaels Trainingsprogramm hätte jedem Zehnkämpfer Angst eingeflößt, aber ihm war nichts zu viel, um die Frau mit dem superknackigen Po und dem flachen, muskulösen Bauch zu beeindrucken. Es lief alles bestens. Bis zu jenem Abend, an dem er den Wunsch äußerte, noch im selben Jahr ein Kind mit ihr zu wollen. Katrina war in Panik davongesprintet. Kinder zu bekommen sei für jemanden mit einem durchtrainierten Körper wie ihrem eine Qual, hatte sie ihm noch zugeschrien, und was er eigentlich sei – ein Bindungsfanatiker?

Jo hatte Tränen gelacht, als Michael ihr von seinem jüngsten Beziehungsfiasko berichtete. Dann hatte sie ihm einmal mehr den Vortrag gehalten, den sie ihm in den letzten zwölf Jahren nach jeder seiner viel zu zahlreichen gescheiterten Affären hielt: Fall nicht mit der Tür ins Haus, hör auf deinen Verstand und nicht auf dein armes, enttäuschtes Herz, bleib du selber, anstatt dich zu verbiegen, um der Betreffenden zu gefallen (in Katrinas Fall hatte sein Wunsch, ihr zu gefallen, wenigstens etwas Gutes gehabt: Seine Muskelberge hätten als Übungsgelände für Bergsteiger dienen können).

Jo konnte ihre guten Ratschläge inzwischen auswendig herunterrasseln. Sie und Emma hatten sogar einen Namen für Michaels Leiden gefunden: chronisches Verschmelzungssyndrom. Kaum lernte er eine Frau kennen, verschmolz er regelrecht mit ihr, übernahm ihre Eigenheiten, ihre Vorlieben und Abneigungen, ihren Geschmack in Modefragen, ihre Hobbys. Er unternahm jede nur erdenkliche Anstrengung, um der Betreffenden zu demonstrieren, wie perfekt sie zusammenpassten – so perfekt, dass sie zwangsläufig den Rest ihres Lebens miteinander verbringen mussten. Michael hielt das schlicht für Aufgeschlossenheit und Anpassungsfähigkeit. Aber selbst er gab zu, dass er vielleicht ein bisschen übertrieben hatte, als er damals in Magaluf behauptet hatte, er könne Wasserski fahren. Die gebrochenen Rippen hatten ihm höllisch zugesetzt.

Er wusste selbst nicht, woher dieser Zwang rührte, sich auf Anhieb in jede Frau verlieben zu müssen. Er hatte doch alles. Es gab keine Leere in seinem Leben, die nur eine Ehefrau und Kinder hätten füllen können. Er hatte einen großen Bekanntenkreis und wunderbare Freunde, allen voran Jo. Seit über zehn Jahren wohnten sie zusammen. Und obwohl sich jeder inzwischen sein eigenes Haus hätte leisten können, behielten sie ihre Wohngemeinschaft bei, weil sie einfach prächtig funktionierte. Er und Jo waren wie geschaffen füreinander – im rein platonischen Sinn. Sie hatten es nach anfänglichen Schwierigkeiten (an die er lieber nicht zurückdenken wollte – das schmerzte mehr als seine Rippenbrüche) geschafft, sich zusammenzuraufen, und heute standen sie einander so nahe, wie das bei zwei Menschen, die nicht aus derselben Familie stammten, nur möglich war. Jo war sein bester Kumpel, sie brachte ihn zum Lachen, und sie konnte zuhören wie eine geschulte Beraterin der Telefonseelsorge – sie war die perfekte Vermieterin.

Unbelastet von irgendwelchen traumatischen Kindheitserfahrungen führte er also ein ziemlich cooles Leben. Er war ein Einzelkind gewesen. Seine Eltern, beide Anwälte (seine Mutter hatte ihren Terminkalender ganz auf die Bedürfnisse ihres kleinen Sohnes zugeschnitten), liebten ihn abgöttisch und hatten ihm eine harmonische, glückliche Kindheit beschert. Die Schule hatte er mühelos gemeistert, das Studium ebenfalls. Auch er war Anwalt geworden, ein noch erfolgreicherer als seine Eltern, und hatte sich als einer der wenigen in Schottland auf Prominentenscheidungen spezialisiert. Nur wer sehr vermögend oder sehr kriminell war, konnte ihn sich leisten.

Man hätte meinen sollen, wer sich wie Michael Tag für Tag auf das Schlachtfeld zerrütteter Beziehungen begeben musste und den Krieg ums Geld aus nächster Nähe miterlebte, sei für alle Zeit von der Ehe kuriert. Doch das Gegenteil war der Fall. Niemand wusste besser als Michael, warum Ehen zerbrachen – er wurde täglich mit den Gründen konfrontiert.

Deshalb wusste er auch, was er anders machen würde.

Sein Vorbild war die Partnerschaft seiner Eltern: zwei Seelenverwandte, vereint für den Rest ihres Lebens. Wenn er doch nur endlich *seine* verwandte Seele finden würde, damit die Sache voranging! Als er Anfang zwanzig gewesen war, etwa um die gleiche Zeit, als er Jo kennen lernte, hatte er offensichtlich so etwas wie das männliche Gegenstück zu einer biologischen Uhr entwickelt. Und seitdem tickte sie unbarmherzig und beeinflusste seine Gefühle, sein Urteilsvermögen und seine Libido derart, dass alles miteinander außer Kontrolle geraten war. Michael war ein wandelndes Paradoxon: auf der einen Seite der verbindliche, erfolgreiche Anwalt, auf der anderen der Mann, der jede Frau, die er gerade mal fünf Minuten kannte, bedrängte, ihn zu heiraten. Trotz aller Misserfolge hatte er die Hoffnung nicht aufgegeben. Irgendwann würde ihm seine ideale Partnerin schon noch über den Weg laufen.

Während Elvis im Fernsehen sein Becken kreisen ließ, betrachtete Michael die Frau mit dem pechschwarzen Haar, die ihm jetzt ihr Gesicht zuwandte. Sie war die schönste Frau, die er je gesehen hatte (zumindest in den letzten vier Wochen). Vielleicht hatte er seine Traumpartnerin ja schon gefunden.

Michael schob den Hausschlüssel sachte ins Schloss. Es war kurz nach zwei Uhr morgens gewesen, als er sich widerstrebend von Priscillas Couch erhoben hatte. Sie hatte sich ihre *Elvis-In-The-Garden*-CD zum zweiten Mal anhören wollen, und das überstieg seine Leidensfähigkeit denn doch ein wenig. Aber er war reichlich entschädigt worden. Nur zu dumm, dass er bei dieser neuen, ungewöhnlichen Stellung mit dem nackten Hintern in den abgenagten Hühnchenknochen gelandet war, was ihre Leidenschaft vorübergehend doch ein bisschen abgekühlt hatte.

Er stieß behutsam die Tür auf. Mist. Er hörte Stimmen im Wohnzimmer. Anscheinend hatte Jo ihren Mr. Jackson Five mit nach Hause gebracht. Da er neugierig war, sagte er sich, es wäre unhöflich, sich ihrem neuen Freund nicht vorzustellen. Zumal er wusste, dass er die beiden nicht in einer verfänglichen Situation ertappen würde – eine ihrer Hausregeln lautete nämlich: Kein Sex im Wohnzimmer!

Als er die Wohnzimmertür öffnete, hielt er verdutzt inne. Das war kein Mann, den Jo da umarmte, sondern Emma.

Auch Emmas Miene spiegelte Verblüffung wider, als sie ihn erblickte. Sie blinzelte mit verquollenen Augen und ließ ihre Blicke über Michael wandern: Er hatte die Haare zurückgegelt und trug ein weißes Baumwollhemd, enge schwarze Jeans und Cowboystiefel.

»Leck mich, wenn das nicht Wyatt Earp ist!«, platzte sie heraus. »Was ist es denn diesmal – hat die Kleine eine Schwäche für Cowboys?«

»Nein, für Elvis«, erwiderte er kurz.

»Himmel, das wird ja immer besser! Wo gabelst du bloß all diese Frauen auf, Mikey? Sag's mir bitte, damit ich auf keinen Fall dorthin gehe.«

Ihre abgrundtiefe Verzweiflung hinderte Emma nicht daran, ihr Gift zu verspritzen.

»Emma, Schätzchen, ich an deiner Stelle wäre nicht so ekelhaft zu Michael«, mischte sich Jo ein. »Unser Elvis hier könnte dein Scheidungsanwalt werden.«

Emma stieß einen lauten Klagelaut aus und ließ den Kopf auf das pinkfarbene Flauschkissen auf ihrem Schoß sinken. Jo hingegen reckte die Nase in die Luft und schnupperte stirnrunzelnd.

»Sag mal, Michael, hast du was zu essen mitgebracht? Ich könnte schwören, hier riecht es nach indischem Hühnchencurry.«

»Wenn du noch einmal sagst, dass es so vielleicht das Beste ist, hau ich dir dieses Stangenbrot über den Schädel«, drohte Emma, als wir am anderen Morgen in der Küche saßen.

»Mein Kopf fühlt sich an, als hättest du das bereits gemacht«, erwiderte ich matt, während ich mir Kaffee nachschenkte (einen extrastarken – das war nicht der richtige Zeitpunkt für koffeinfreien).

Wir hatten eine unruhige Nacht verbracht. Gegen sechs heute Morgen waren wir endlich eingeschlafen. Um neun hatte mich Emmas herzzerreißendes Schluchzen geweckt.

»Was ist? Ist was passiert? Hat er angerufen?«, fragte ich so mitfühlend, wie mir das nach nur drei Stunden Schlaf möglich war.

»Neeeiiiin«, heulte Emma.

Ich guckte sie verwirrt an. »Was denn dann?«

»Um die Zeit geht er immer ins Büro, und heute ist sein erster Tag als getrennt lebender Mann«, schniefte sie. »Ich meine, wer hat ihn denn heute Morgen geweckt? Wer hat ihm Frühstück gemacht? Wer hat die Krawatte, die er sich ausgesucht hat, in den Schrank zurückgehängt und eine herausgenommen, die auch wirklich zu seinem Anzug passt? O Gott, Jo, was hab ich uns nur angetan?«

Ich vergrub den Kopf so tief wie möglich in meinem Kissen, aber es war zwecklos – Emmas Gejammer und Gewinsel durchdrang alles, außer vielleicht einem Banktresor, aber wer hatte so was schon im Schlafzimmer? Unsere Nachbarn hatten bestimmt schon die Polizei alarmiert, weil sie glaubten, in unserem Haus würde jemand gefoltert werden. Oder wir würden ein illegales Sadomasobordell betreiben.

Ich beschloss, mich mit den praktischen Problemen der Situation zu befassen. Nach einem weiteren kräftigen Schluck Kaffee rief ich in Emmas Büro an und entschuldigte sie: Sie müsse ein paar Tage zu Hause bleiben, sagte ich, weil sie Hämorrhoiden bekommen hätte, und zwar besonders schlimme. Das war nicht nett, ich weiß, aber ich hoffte, Marcus von Anytime Condom würde es erfahren; vielleicht würde das seine Leidenschaft vorübergehend ein wenig dämpfen. Noch mehr Schwierigkeiten konnte Emma im Moment wirklich nicht gebrauchen, vor allem, wenn sie in Gestalt eines Mannes namens Marcus samt erigiertem Penis und fluoreszierendem Kondom daherkamen.

Danach suchte ich etwas zum Anziehen für uns beide heraus. Da Emma aussah, als hätte ihr jemand einen nassen Fisch ins Gesicht geklatscht, bezweifelte ich zwar, dass wir das Haus verlassen würden, aber ich wollte trotzdem nicht den ganzen Tag im Pyjama herumlaufen. Zumal sich an den von Emmas Tränen und anderen Körperflüssigkeiten durchnässten Schultern inzwischen eine Kruste gebildet hatte.

Ich riss zwei alte Jeans und zwei weite Wollpullover aus dem Schrank. Trostkleidung. Weite Wollpullis sollten offiziell als Symptom einer Depression anerkannt werden.

Ich warf Emma eine Garnitur vor die Füße und marschierte mit der anderen ins Bad. Ich wollte gerade in die Duschwanne steigen, als das Telefon klingelte. Emma kam hereingestürzt. Sie drückte mir das Telefon in die Hand und keuchte:

»Geh ran, schnell, das ist bestimmt Dan!«

»Woher willst du das wissen?«

»Ich fühle es. Nun mach schon, geh endlich ran! Sag ihm, ich bin nicht da. Nein, sag ihm, ich bin da, aber ich schlafe noch.

Nein, sag ihm, ich bin nicht da, aber er kann eine Nachricht hinterlassen. Ach Scheiße, los, gib mir das Telefon!«

Sie holte Luft und nahm ab. »Hallo?«, flüsterte sie theatralisch. Es hätte heiser und sexy wie Sandra Bullock klingen sollen; stattdessen hörte sie sich an wie jemand, der ein Päckchen Zigaretten am Tag raucht und ein Emphysem hat.

Sie lauschte. Dann: »Oh, einen Augenblick. Und falls sie irgendwie seltsam klingt, machen Sie sich nichts draus – das kommt daher, dass sie nichts anhat!«

Sie reichte mir das Telefon. »Für dich. Es ist Jackson.«

»Oh, äh, entschuldigen Sie, ist es gerade ungünstig?«, stammelte er.

»Ach, wissen Sie, zurzeit ist es in meinem Leben immer ungünstig«, antwortete ich und scheuchte Emma aus dem Bad. »Aber ich freue mich, dass Sie anrufen. Ich hab schon befürchtet, die Seifenoper gestern Abend hätte Sie für alle Zeit abgeschreckt.«

Er lachte. »Ich bin Dex Diablos Privatsekretär, vergessen Sie das nicht. Mein ganzes Leben ist eine einzige große Seifenoper!«

Ich verspürte wieder dieses Kribbeln im Bauch. Er war wirklich ein lieber Kerl – wenn er sich nicht gerade entschuldigte. Da war sie wieder, die Chemie zwischen uns, sie flutete durch mich hindurch bis zu meinen vor sexueller Lust geröteten Wangen.

»Sie haben nicht zufällig Zeit, heut Abend mit mir essen zu gehen? Dex hat Drehpause, wir werden also eine Zeit lang hier bleiben. Ich würde gern einmal mit Ihnen zusammen sein, ohne dass Sie sich verletzen, irgendwelche Missgeschicke passieren oder wir von einer Menschenansammlung umgeben sind.«

»Oder von Silikonbrüsten«, ergänzte ich.

Wieder musste er lachen. »Sie sollten erst mal meine Brust sehen! Vom besten Chirurgen in der Harley Street. Brustimplantate für Männer sind der letzte Schrei.«

Ich hoffte inständig, dass das nur ein Scherz war. Bestimmt war es das. Jackson schien kein übermäßig eitler Typ zu sein.

»Ich würde wirklich gern mit Ihnen ausgehen, Jackson. Ehrlich. Aber ich kann Emma jetzt nicht allein lassen. Das wäre zu riskant. Wie wär's, wenn ich Sie in ein paar Tagen anrufe? Bis dahin müsste sich die Lage beruhigt haben.«

»Das wär schön. Ich ... ich würd Sie nämlich wirklich gern wiedersehen.«

»Ich Sie auch. Ich melde mich wieder, okay?«

»Okay. Ach, und Jo – haben Sie tatsächlich nichts an?«

»Ich hab keinen einzigen Faden am Leib.«

Mit einem Seufzer beendete er das Gespräch.

Typisch, schäumte ich innerlich, als ich die Dusche aufdrehte und den Temperaturregler auf Libidodrosselung stellte. Da lernte ich seit Monaten – was sage ich, seit *Jahren* mal wieder einen netten Mann kennen und war zu beschäftigt, mich mit ihm zu treffen! Dennoch sollte ich erst einmal seine Motive unter die Lupe nehmen. Er ging nämlich ganz schön ran. Vielleicht ein Sexbesessener? Oder ein zweiter Michael auf der Suche nach einer Frau, mit der er eine Familie gründen konnte? Das würde seine Hartnäckigkeit erklären. Welches seine Motive auch waren, per Telefon würde ich jedenfalls nichts über sie herausfinden.

Ich nahm mir vor, ihn anzurufen, sobald sich Emma wieder gefangen hatte. Hoffentlich war es dann nicht zu spät.

Als sich der Abstand zwischen Emmas theatralischen Gefühlsausbrüchen auf drei Stunden vergrößert hatte – dummerweise erst neun Tage später –, erklärte ich ihr, es sei an der Zeit, einen Plan zu schmieden. Neun Tage! Zweihundertsechzehn Stunden hatte ich ihr Papiertaschentücher gereicht, ihr den Rücken massiert und mitfühlende Laute von mir gegeben. Mir kam es so lang wie ein ganzes Leben vor. Himmel, für manche Insekten *war* das ein ganzes Leben!

Abends hatte ich Charlie und Michael rekrutiert, damit sie für mich einsprangen, während ich einen Blick auf meine Website warf, Rechnungen bezahlte und in den Supermarkt eilte, der rund um die Uhr geöffnet hatte, um das Nötigste einzukaufen.

Dan hatte nicht ein einziges Mal angerufen. Wir hatten Michael zweimal zu Emma nach Hause geschickt mit dem Auftrag, sich umzusehen und uns alles Ungewöhnliche zu berichten. Beide Male war das Ergebnis das gleiche (beim zweiten Mal kam er allerdings mit Elvis' *Greatest Hits* aus ihrer Plattensammlung zurück): Das Haus war leer, keine Anzeichen von Leben.

Meine Sympathiekapazität ging langsam, aber sicher zur Neige. Ich maßte mir kein Urteil über Emma an – Gott weiß, dass ich die Letzte bin, die jemanden wegen Untreue verurteilen würde. Seitensprünge zogen sich wie ein roter Faden durch mein ganzes Leben, und seit einiger Zeit lebte ich via G.I.N.com ganz gut von ihnen. Nein, es war dieser Schwebezustand, der mir zu schaffen machte. Außerdem würde ich garantiert bald Rachitis oder so was bekommen oder an Vitamin-D-Mangel sterben, wenn ich nicht öfter ans Tageslicht kam.

Emma saß in der Küche und starrte das Telefon neben sich an.

»Das ist eine tolle neue Erfindung.« Ich deutete mit dem Kinn auf den Apparat. »Du brauchst bloß den Hörer herunterzunehmen und die Knöpfe zu drücken, und schon kannst du mit Leuten überall auf der Welt sprechen. Sogar mit Dan.«

»Ich will aber nicht mit Dan sprechen. Ich kann nicht, Jo! Was soll ich ihm denn sagen? Es tut mir Leid, ich weiß, ich bin eine Schlampe, aber ich mache eine fantastische Sauce bolognese, also sei bitte wieder gut?«

»Du machst eine lausige Sauce bolognese«, gab ich zu bedenken.

»Das war nicht die Antwort, die ich mir erhofft habe! Ein Ja oder Nein hätte genügt.«

Ich lächelte und drückte sie. Nur kurz, damit sie nicht wieder zu weinen anfing, aber gerade lange genug, um ihr zu sagen, dass ich auf ihrer Seite war und sie mit mir rechnen konnte.

»Ist es denn wirklich unwiderruflich, Em? Warum lügst du nicht einfach das Blaue vom Himmel herunter und tischst ihm irgendeine Geschichte auf?«

Sie schüttelte den Kopf. »Vergiss es. Die Sache war eindeutig. Hätte ich doch nur an jenem Morgen gleich gemerkt, dass wir unsere Handys vertauscht hatten! Aber das fiel mir erst auf, als ich in der U-Bahn saß und Dans Handy in meiner Handtasche klingelte. Er hat die Titelmelodie aus *Coronation Street* als Klingelton. Ich war total geschockt. Und Dan erst, als er sieben Textnachrichten von Marcus erhielt und alle in etwa den gleichen Inhalt hatten, nämlich: ›Emma, ich möchte dich vögeln, bis du ohnmächtig wirst‹.«

»Kannst du nicht sagen, da habe sich irgendein irrer Stalker einen üblen Scherz erlaubt?«

Wieder schüttelte sie den Kopf. »Wenn es nur die sieben Nachrichten gewesen wären, vielleicht. Aber die eine, die lautete ›Geht Dan heut Abend wieder Fußball spielen? Ich würde meinen Schwanz auch gern ein bisschen trainieren, und zwar mit dir‹, hat mir das Genick gebrochen.«

So sehr wir uns auch den Kopf zerbrachen, uns fiel kein Weg der Wiedergutmachung ein. Dans Reaktion – er hatte Emma außer sich vor Wut als billiges Flittchen beschimpft, das er weder in diesem noch im nächsten Leben wiedersehen wolle – war verständlich. Sein Verschwinden hingegen nicht. Außer zur Arbeit (Dan war Kostenkalkulator bei der Kommune – beruflich gesehen befand er sich also schon in der Totenstarre) war Dan ohne Emma nirgendwo hingegangen. Deshalb litt sie nicht nur an quälenden Schuldgefühlen, sondern stand tausend Ängste aus, dass ihr Mann – das heißt, ihr künftiger Exmann – vielleicht schon auf dem Grund des Clyde lag und vor sich hin faulte.

»Hör zu, Emma, so schlimm das alles ist, was wir jetzt brauchen, ist ein Plan. Du kannst nicht den Rest deines Lebens hier sitzen und das Telefon anstarren. Im Büro werden sie sich schon wundern, ob du mit deinen Hämorrhoiden einen Eintrag ins Guinness-Buch der Rekorde anstrebst.«

»Ich kann einfach nicht glauben, dass du mich damit entschuldigt hast«, klagte sie weinerlich.

»Nerv mich bitte nicht – ich bin der einzige Mensch auf der Welt, der noch mit dir spricht! Abgesehen von Mikey und Charlie. Aber das kommt sicher nur daher, weil Charlie dramatische Situationen liebt und Mikey in dir eine potenzielle Klientin sieht. Egal. Also, wie ich das sehe, hast du nur zwei Möglichkeiten: Entweder du lässt Dan sausen und fängst noch einmal von vorn an, oder du wirfst dich vor ihm in den Staub und flehst ihn um Vergebung an.«

Emma nickte bekümmert. »Ich weiß. Ich will ihn zurückhaben, Jo. Ich bin seit über zwanzig Jahren mit ihm zusammen! Zwanzig Jahre Emma und Dan, Dan und Emma. Ich dachte, wir würden zusammen alt werden, eines Tages vielleicht sogar Kinder miteinander haben.«

Ich biss mir auf die Lippe und versuchte, mich aus Mitgefühl zusammenzureißen und den Mund zu halten, aber es funktionierte nicht. Das Bild, das Emma gezeichnet hatte, war einfach zu verzerrt.

»Aber Em, all deine Affären, all die anderen Männer …«

»DAS WAR NUR EINE PHASE!«, schrie sie aufgebracht. Nach einer Pause fuhr sie einige Dezibel leiser fort: »Ich hätte das überwunden. Ich wollte doch bloß ein bisschen Abwechslung. Ein bisschen Spaß. Nachholen, was ich als Teenager versäumt hatte.

Du hast gut reden, du hast nicht so jung geheiratet wie ich. Ich hatte nur einen einzigen Mann im Leben gebumst – und das sollte es gewesen sein? Das ging nicht, ich musste das irgendwie aus mir rauskriegen.«

Ich konnte sie sogar verstehen. Emma war kein schlechter Mensch. Unter ihrem rebellischen Äußeren und den Prada-Kostümen war sie dieselbe, die als Teenager diese grässlichen wattierten Röcke getragen und ihren Freund mehr als die Zeitschrift *Jackie* (für einen Teenager der Inbegriff des Lebens selbst) geliebt hatte. Ich teilte nicht die Ansicht, alle, die fremdgingen, seien miese Typen. War das verwunderlich? Ich war von Kindheit an von Menschen umgeben gewesen, für die Monogamie ein Fremdwort war. Meine Mutter, mein Vater, Jack … Ich schauderte unwillkürlich und zog es vor, den Gedankengang nicht weiterzuverfolgen.

Emma hatte zudem haufenweise Eigenschaften, die ich mochte und respektierte. Sie war loyal (wenn auch nicht unbedingt Dan gegenüber), sie war klug, witzig und hatte eine scharfe Zunge, sie konnte mühelos eine Familienpackung Kleenextücher nass heulen …

»Und jetzt hast du es aus dir rausgekriegt?«, fragte ich vorsichtig. Mir standen noch die Haare von ihrem Ausbruch wenige Minuten zuvor zu Berge.

Emma nickte. »Hundertprozentig, Jo. Ehrlich. Ich möchte Dan zurück, das ist alles, was ich will.«

Ich glaubte ihr. Es war ein Klischee, aber Emma war jetzt erst, als sie Dan verloren hatte, bewusst geworden, was sie verloren hatte.

»Na schön, in dem Fall werden wir ihn wohl zuerst finden müssen.«

Eine lange Pause entstand. Wir dachten beide das Gleiche. Das Undenkbare. Es gab nur einen Ort, an dem Dan sein konnte.

Emma warf mir einen flehenden Blick zu.

Ich schüttelte heftig den Kopf. »Vergiss es, Em, kommt nicht infrage. Das mach ich nicht!«

»Bitte, Schätzchen, du musst! Meine Ehe steht auf dem Spiel. Mein ganzes Leben! Kannst du es verantworten, dass deine beste Freundin vor die Hunde geht, bloß weil du ihr eine winzig kleine Bitte abschlägst?«

Ich schüttelte immer noch den Kopf. Ich suchte nach einer schlagfertigen Antwort, aber heraus kam nur: »Mist, Mist, Mist!« Ausgeschlossen. Ich hatte seit damals kein Wort mehr mit dem Mann geredet.

Doch da hatte Emma schon das Telefon geschnappt. Sie drückte mir den Hörer in die Hand und bettelte:

»Bitte, Jo! Ruf ihn an, jetzt gleich. Sonst werd ich noch wahnsinnig. Bitte, Jo, mir zuliebe! Sprich mit Rick.«

Kapitel 5

(Let Me Be Your) Teddy Bear

www.G.I.N.com, Forum, neuer Beitrag:

Liebe Olivia,
es ist lange her, dass ich einen Beitrag für diese Website geschrieben habe, was angesichts meiner derzeitigen Lebensumstände nicht verwunderlich ist: Ich lebe mit meinem Mann und meinen Pferden in idyllischer Umgebung auf dem Land. Aber Ihr Hilferuf und die Antwort von Camilla P. B. haben mich veranlasst, Ihnen zu schreiben. Ich befand mich auf dem Gipfel des beruflichen Erfolgs, als ich mich fatalerweise in einen verheirateten Mann verliebte. Verschlimmert wurde die Situation dadurch, dass ich selbst auch in einer Ehe gefangen war, die nur noch auf dem Papier bestand. Aber mein Geliebter und ich brachten die Kraft auf, uns von unseren Partnern zu trennen, ein Entschluss, den wir trotz des steinigen Wegs am Anfang nie bereut haben.
Aus diesem Grund rate ich Ihnen, Ihrem Herzen zu gehorchen. Selbst wenn sich herausstellen sollte, dass Ihr Freund verheiratet ist, muss das nicht das Ende bedeuten. Wahre Liebe findet immer einen Weg, auch wenn man dafür vielleicht etwas anderes opfern muss (in meinem Fall war das meine Karriere, mit der es steil bergab ging – aber das Leben ist nun einmal ein Glücksspiel, nicht wahr?).
Ich wünsche Ihnen Mut!
P. T. T., Surrey

Charlie gab dem Barkeeper ein unauffälliges Zeichen. Ich bin wirklich wichtig, sollte das heißen, bring mir noch einen Cosmopolitan, und zwar pronto, und im Übrigen siehst du echt scharf aus in diesen Juicy-Jeans.

Wie durch Zauberhand erschien der Drink vor ihm, serviert mit einem strahlenden Lächeln, das tadellos überkronte Zähne zeigte. Nicht einmal das konnte Charlies Laune heben. Oder einem gewissen Körperteil Leben einhauchen.

Es war noch früh, der Klub füllte sich nur langsam. Arta, das Juwel der Glasgower Nachtklubszene, war der einzige Ort, den man an einem Mittwochabend aufsuchen konnte. Mit ein bisschen Glück würde er ein Mitglied von Travis oder Bobby Carlisle oder Ewan McGregor entdecken. Und mit großem Glück würde er sie bei etwas Skandalösem, Illegalem oder Unmoralischem ertappen. Aber wenn er Pech hatte, würde er höchstens ein Exmitglied von Wet Wet Wet betrunken vom Barhocker kippen sehen oder einer Schmährede von Billy Connelly lauschen können. Doch sogar das würde reichen, die Auflage zu steigern, und dafür lebte er schließlich: Als Redakteur des Bereichs Boulevard und Lifestyle des *Daily Scot* wusste er um seine Verantwortung seinen Lesern gegenüber.

Er ließ den Blick durch die Bar schweifen, ohne jedoch auf etwas Interessantes zu stoßen. Die VIP-Lounge würde sich nicht vor Mitternacht mit Gesichtern füllen, die ein bisschen Druckerschwärze wert waren. Sein Handy vibrierte. Er zog es seufzend aus seiner Jacketttasche. Wann würde endlich ein Modeschöpfer Kreativität beweisen und Kleidungsstücke kreieren, in denen das wichtigste Accessoire des modernen Menschen einen adäquaten Platz fand? Wetten, dass Gaultier der Erste sein würde? Er würde eine Hose mit einer vorne am Bund eingenähten Tasche für das Handy erfinden; das wäre nicht nur praktisch, sondern würde darüber hinaus dem Träger bei jedem Vibrieren für Sekunden einen angenehmen Kitzel bereiten. Was für eine geniale Idee! Wieder seufzte er. Keine Frage – er vergeudete sein Talent in der Welt der Medien. Er war in der Lage, die Haute Couture um eine völlig neue Dimension zu bereichern!

Er warf einen Blick auf das Display. Der Anruf kam von Toby. Schon wieder. Er leitete das Gespräch auf seine Mailbox um. Er war immer noch wütend auf Toby, er konnte jetzt nicht mit ihm reden. Nicht nach allem, was er ihm angetan hatte. Er hatte alles zerstört. Drei Jahre wundervoller Sex, emotionale Harmonie, geistige Zufriedenheit, beglückender Garderobentausch, und dann machte dieser Kerl mit seinem unstillbaren Hunger nach mehr alles zunichte.

Charlie konnte es nicht fassen, dass ausgerechnet ihm das passieren musste. So etwas traf doch nur gewöhnliche Sterbliche, Leute ohne klare Richtlinien für ihre Beziehungen, ohne Verständnis für die Erwartungen des Partners, ohne Lebenspläne in vollendetem Einklang. Er hatte geglaubt, er und Toby hätten das alles und noch viel mehr. Welch ein Irrtum! Toby hatte ihn jahrelang getäuscht: Er war ein Betrüger. Er hatte ihn in die Enge getrieben, und Charlie wusste, es gab nur einen Ausweg. Er musste eine Entscheidung treffen, aber er war noch nicht bereit dafür. Er leerte sein Glas und bestellte mit einem Wink einen weiteren Drink.

Als der Barkeeper ihm den nächsten Cosmopolitan hinstellte, berührten ihre Hände sich für einen Sekundenbruchteil. Charlie schaute nicht auf, das grellweiße Zahnpastalächeln tat ihm in den Augen weh, aber er konnte nicht leugnen, ein erregendes Prickeln verspürt zu haben. Das überraschte ihn. Seit er Toby kannte, hatte es nur noch ihn für ihn gegeben. Er richtete sich auf und straffte die Schultern. Leinen nahm es einem übel, wenn man sich nicht gerade hielt.

Vielleicht hatte Toby ihm einen Gefallen erwiesen. Vielleicht war es Zeit für etwas Neues. Ob er die Energie dafür aufbringen würde, stand allerdings auf einem anderen Blatt. Außerdem bezweifelte er, dass irgendjemand Toby das Wasser reichen konnte. Toby war einzigartig. Das hatte er gleich bei ihrer ersten Begegnung drei Jahre zuvor gespürt …

Charlie war aus dem Taxi gehechtet und hatte dem Fahrer eine Zehnpfundnote hingeworfen. Das war viel zu viel, aber wenn er diesen widerlichen Hohlkopf auch nur eine Minute länger um sich hatte, würde er ihm eins auf die Nase geben. Und zerschrammte Fingerknöchel sahen so was von hässlich aus! Wieso glaubten die Londoner Taxifahrer eigentlich, jeder Fahrgast interessiere sich für Fußball, ihre politischen Ansichten und die Leute, die sie irgendwann einmal befördert hatten? Ein Glück, dass sein Weg ihn nur alle Jubeljahre nach London führte, nämlich dann, wenn eine Preisverleihung stattfand, er shoppen wollte oder einen schottischen Star interviewen musste, der unverzüglich nach Erhalt seines ersten Honorarschecks aus seiner Heimat geflohen war.

Charlie schüttelte seinen von der Reise verursachten Widerwillen ab und klingelte an der Tür des Ateliers. Eine junge Frau Anfang zwanzig öffnete. Sie hatte grellrote Haare, die ihr bis zum Po reichten, trug einen roten Ledermini, eine psychedelisch gemusterte Strumpfhose und eine weiße, geschnürte Weste.

Ihre Ausdrucksweise passte so wenig in diese Umgebung, wie ihre Garderobe zusammenpasste.

»O Gott, schon wieder einer! Ich komm mir hier langsam vor wie auf einem gottverdammten George-Michael-Treffen. Ich bin Fiz, freut mich mordsmäßig, dass ich heute Ihre Stylistin sein darf«, schnaubte sie. Ihr höhnischer Ton strafte ihre Worte Lügen. »Erste Tür links, Ihr Outfit hängt auf dem Ständer. Die anderen haben schon angefangen, also bewegen Sie Ihren Arsch ein bisschen, sonst kriegt Antonio die Krise.«

Obwohl sich Charlie geschmeichelt fühlte, dass sie ihn für eins der Fotomodelle hielt, setzte er eine herablassende Miene auf und erwiderte im schneidenden Tonfall seiner Mutter:

»Charles Curtis, *The Daily Scot*. Eigentlich bin ich hier, um Antonio zu interviewen.« Damit rauschte er an ihr vorbei. Diese verdammten Stylisten – hielten sich für den Nabel der Welt! »Warum bewegen *Sie Ihren* Arsch nicht ein bisschen, Darling? Kaffee, Milch, zwei Süßstoffpillen, und ein kleiner Imbiss dazu wär nicht schlecht. Ich finde mich schon zurecht, danke.«

Im Weitergehen hörte er, wie sie unterdrückte Verwünschungen ausstieß. Er nahm sich vor, den Kaffee nicht anzurühren – sie würde bestimmt hineinspucken.

Antonio (hatte man erst einmal einen gewissen Bekanntheitsgrad erlangt, war ein Nachname überflüssig) gehörte wie Testino, Annie Leibovitz und David Bailey zu den wenigen Fotografen, die so berühmt waren wie die Leute, die sie fotografierten.

Antonio (der eigentlich Duggie Sprout hieß und aus Orkney stammte) begrüßte ihn herzlich. Sie hatten sich einige Jahre zuvor, als Antonio am Beginn seiner Karriere stand, kennen gelernt. Sie waren sich beide einig darin gewesen, dass es keinen Sinn hatte, eine Beziehung einzugehen – Antonio, weil er von Flughafen zu Flughafen und von Atelier zu Atelier hetzte, und Charlie, weil er wusste, dass er so viel Konkurrenz nicht ertragen würde. Antonio hatte Tag für Tag mit Menschen zu tun, die äußerlich zu den vollkommensten des Planeten zählten, und da er bisexuell war, würde Charlie in seiner rasenden Eifersucht keine ruhige Minute mehr finden. So hatten sie beschlossen, es bei einer oberflächlichen Freundschaft zu belassen. Damit konnte Charlie wunderbar leben.

Ursprünglich hatte er einen seiner Wasserträger nach London schicken wollen, aber als er hörte, der Interviewtermin falle mit einem Fotoshooting für *Vogue* zusammen, an dem die männlichen Topmodels Englands teilnahmen, hatte er beschlossen, das Interview höchstpersönlich zu führen. Eine weise Entscheidung, wie er beim Betreten des Studios sofort erkannte. Eine geballte Ladung Testosteron schlug ihm entgegen. Jeder der hier versammelten Männer hatte einen perfekt modellierten Körper, ein kantiges Kinn und fast nichts am Leib. Charlie stöhnte innerlich auf. Manchmal konnte sein Job ganz schön hart sein ...

»Entschuldige, mein Freund«, begrüßte Antonio ihn mit starkem französischen Akzent. Sein schnarrendes Schottisch hätte natürlich nicht so vornehm-kultiviert geklungen. Charlie hatte Verständnis dafür. »Wir sind ein bisschen in Verzug geraten. Würde es dir etwas ausmachen zu warten, damit ich vor dem Interview das Shooting beenden kann?«

Ob es ihm etwas ausmachte?

Charlie verneinte lächelnd, zog sich einen Stuhl heran und lehnte sich zurück. Der Vormittag verging wie im Flug, während die zehn bestaussehenden Männer des Landes in Designeranzügen, weißen Hemden, Jeans oder nichts als einer schwarzen Calvin-Klein-Hose (Charlies Lieblingsmotiv) mit Schlafzimmerblick und Schmollmund posierten. So hingerissen war er, dass er ganz in Gedanken sogar den Kaffee getrunken hatte, den er nicht hatte anrühren wollen.

Bei den letzten Aufnahmen hatte er Blickkontakt zu Toby hergestellt. Mit seinen schulterlangen blonden Haaren, den funkelnden grünen Augen und dem natürlichen Lächeln hob er sich von den anderen ab. Sein vollkommener Oberkörper und die muskulösen Beine, die sich unter der Calvin-Klein-Jeans abzeichneten, waren auch nicht zu verachten.

Charlie hatte ihm zaghaft zugelächelt. Das war sonst nicht seine Art, normalerweise war er das Selbstbewusstsein in Person, aber diese Umgebung schüchterte sogar ihn ein wenig ein. Ein Saal voller Oscar-Gewinner und prominenter Größenwahnsinniger war nichts verglichen mit dieser Konzentration von Schönheit. Es gab aber noch einen anderen Grund für sein leicht gequältes Lächeln. Der Anblick all dieser schönen Männer hatte ihm eine Dauererektion beschert, und weil es ihm peinlich war aufzustehen, saß er seit mittlerweile fast drei Stunden wie festgenagelt auf seinem Stuhl. Dabei hätte er so dringend zur Toilette gemusst! Er hatte gleich gewusst, dass er diesen verdammten Kaffee nicht hätte trinken sollen.

Er war fast erleichtert, als es endlich vorbei war und die Jungs sich in ihre Garderobe zurückzogen. Danach plauderte er eine Stunde mit Antonio (das genügte, um ihm ausreichend Material für sein Interview zu liefern – ausschmücken konnte er es später noch, er kannte Antonio gut genug). Er verabschiedete sich (Küsschen, Darling, wir müssen unbedingt in Verbindung bleiben!) und wandte sich zum Gehen. Wenn der Verkehr es gut mit ihm meinte, würde er die Maschine um fünf Uhr fünfzehn noch bekommen und heute Abend wieder den Fuß auf schottischen Boden setzen.

Draußen an der Wand lehnte Toby und rauchte eine Zigarette. Charlie überlegte kurz, ob es zu offensichtlich wäre, wenn er jetzt einen Luftsprung machte. Ja, ganz eindeutig, entschied er und begnügte sich mit: »Hi!«

»Hi«, erwiderte Toby lässig und verzog den Mund zu einem bezaubernden Lächeln. »Ich warte auf mein Taxi. Ah, da kommt es schon! Wollen Sie mit rein?«

Charlie schossen einige Antworten darauf durch den Sinn. Er entschied sich für die unverfänglichste.

»Mit dem größten Vergnügen, mein Bester. Ich bin sicher, wir haben den gleichen Weg.«

Zu Charlies Überraschung hatte sich ihre Beziehung innerhalb weniger Wochen von einer Bett- in eine Liebesgeschichte verwandelt, aus der eine feste Bindung wurde. Das war keineswegs seine Absicht gewesen, da er mit seinen wechselnden Liebhabern, die in seinem Leben für frischen Wind, Leidenschaft und Abwechslung sorgten, vollauf zufrieden gewesen war. Doch das alles – und innere Ausgeglichenheit obendrein – hatte er auch mit Toby gefunden, seitdem dieser vor drei Jahren seine Garderobe, sein Fotoportfolio und seine Haarverlängerungen zusammengepackt hatte und in ein kleines Apartment nicht weit von Charlies Wohnung gezogen war. Und dann war alles jäh zu Ende gegangen, weil Toby ihm sozusagen den Flokati unter den Veloursledermokassins weggezogen hatte.

Sein Handy vibrierte wieder. Dummerweise hatte er es auf der Theke abgelegt, und jetzt rutschte es durch die Vibrationen über den Marmor und knallte auf den Boden, bevor er es auffangen konnte. Leise fluchend bückte er sich und versuchte, das höhnische Gekicher des Pöbels ringsum zu ignorieren. Im gleichen Moment erregte ein Tross, der sich seinen Weg vom Eingang in Richtung VIP-Lounge bahnte, seine Aufmerksamkeit. Er zählte schnell, wie viele Personen es waren. Vierzehn. Zehn zu viel für einen drittklassigen Promi, vierzig zu wenig für Jennifer Lopez. Sein geschultes Auge hatte im Nu den Mittelpunkt der Gruppe erfasst. Dex Diablo. Charlie bemühte sich seit Monaten um einen Termin mit dem pressescheuen Star. Angeblich gab er keine Interviews, weil er es ablehnte, Werbung für sich selbst zu betreiben. Für wen hielt er sich denn – Tom Hanks? Charlie schäumte jedes Mal, wenn einer von Diablos Leuten wieder einmal die Bitte um ein Interview abschlug. Ein Star, der sich so bescheiden gab, machte ihn misstrauisch. Da steckte garantiert mehr dahinter! Sein Blick wanderte nach links. Er stutzte, dann erkannte er den Mann an der Seite Diablos wieder. Das war der Typ, mit dem sich Jo bei der Verleihung der Medienpreise verdrückt hatte. Und über den sie nicht reden wollte. Was angesichts der Dramen, die sich in ihrem Haus abspielten, nicht weiter verwunderlich war. Sie hatte alle Hände voll zu tun mit Emma und deren Seifenoper-eskapaden. Die Gute konnte ja so was von ordinär sein.

Er hob sein Handy so elegant wie möglich vom Boden auf und machte sich dann an die Verfolgung des Stars und seiner Entourage. Irgendetwas stimmte nicht mit Mr. Dex Diablo, und er wusste auch schon, wie er es anstellen würde, das Geheimnis zu lüften.

Er durchmaß die VIP-Lounge mit geschmeidigen Schritten und nickte dabei den bekannten Gesichtern zu, die ebenfalls in den Raum strebten. Sie erwiderten seinen Gruß notgedrungen. Mit dem bissigen Gesellschaftsreporter vom *Daily Scot* stellte man sich besser gut.

Charlie schlenderte mit ausgestreckter Hand auf Jackson zu.

»Jackson! Ich freue mich, Sie wiederzusehen!«, sagte er betont herzlich.

»Wie? Oh, äh, entschuldigen Sie, ich …« Jackson wusste offenbar nicht, wo er dieses Gesicht unterbringen sollte.

»Charles Curtis, Redaktion Boulevard und Lifestyle, *The Daily Scot*.«

Jackson begriff. Oder dachte es zumindest.

»Es tut mir Leid, aber Mr. Diablo gibt heute Abend keine Interviews.«

Charlie wischte den Einwand beiseite.

»Natürlich nicht, deshalb bin ich auch nicht hier. Ich wollte mit *Ihnen* sprechen. Wir trafen uns kurz bei der Verleihung der Film- und Fernsehpreise. Sie waren mit einer lieben Freundin von mir da, meiner *besten Freundin*. Jo. Jo Grant.«

Jackson ging das sprichwörtliche Licht auf. Der abweisende Ausdruck wich aus seinem Gesicht, und er sagte freundlich:

»Ach ja, natürlich, entschuldigen Sie, jetzt weiß ich's wieder! Jo hat mir schon viel von Ihnen erzählt, Charlie. Das heißt, wenn es mir mal gelingt, mit ihr zu reden. Setzen Sie sich doch. Äh, Dex, das ist Charlie«, stellte er den lächelnden Journalisten dem Star vor. »Charlie, Dex.«

Charlie reichte ihm die Hand. »Freut mich sehr.«

Mit einem Blick auf den Harem, der den Star umgab, fügte er hinzu: »Aber ich möchte nicht stören. Sie sind ziemlich beschäftigt, wie ich sehe.« Der letzte Satz war an Jackson gerichtet, weil Dex bereits das Interesse verloren und das Gesicht im Dekolletee der Frau neben ihm vergraben hatte. Der wird sich noch wundern, dachte Charlie. Er kannte die Frau. Vor ihrer Geschlechtsumwandlung hatte sie Arthur geheißen. Charlies Sensationsschlagzeilenradar arbeitete auf Hochtouren.

»Ach was«, entgegnete Jackson. »Kommen Sie, setzen Sie sich zu uns. Einer hat immer noch Platz.«

»Na ja, wenn Sie darauf bestehen.« Schon beförderte Charlie mit dem Ellbogen eine stattliche Brünette von dem Platz, auf dem sie saß. »Ich freue mich, Freunde von Jo kennen zu lernen«, strahlte er. Gott, war er gut! Jo würde ihm seine kleine List, um an eine Story zu kommen, sicher nicht übel nehmen. Wofür hatte man schließlich Freunde?

Die nächsten beiden Stunden vergingen über der unauffälligen Beschaffung von Informationen wie im Flug. Während Jackson ungeschickt versuchte, von Charlie so viel wie möglich über Jo zu erfahren, griff dieser tief in seine journalistische Trickkiste, um Dex Diablo in eine Unterhaltung zu verwickeln und ihn auszuhorchen.

Es war lange nach Mitternacht, als Charlie klar wurde, was an ihm nagte. Irgendwie kam ihm Dex Diablo bekannt vor. Er war sicher, dass er diesem Mann schon einmal begegnet war. Er zermarterte sich das Gehirn, durchstöberte sein Gedächtnis. Es war lange her, aber er war es, hundertprozentig. Nur wo? Wo hatte er ihn schon einmal gesehen? Die Frage ließ ihm keine Ruhe mehr.

Er stürzte einen Drink nach dem anderen hinunter, während er fieberhaft darüber nachgrübelte. Sein Aussehen hatte sich verändert. Seine Stimme auch. Und dennoch …

Da war etwas in seiner Berührung, als er ihm die Hand geschüttelt hatte. Etwas an der Art, wie er dasaß. Etwas, das in seinem Hirn nachhallte und sich wie Schallwellen unaufhörlich fortpflanzte. Er kannte diesen Mann ohne jeden Zweifel. Er wusste nur nicht, wie intim er ihn kannte.

Im Geist ging er Jahre und Orte nacheinander durch wie Seiten in einer Rollkartei. Paris 1982? Nein, zu lange her. Hamburg 1984? Nein, der Typ war nie in der Armee gewesen, und damals gab es in seinem Leben nichts als Soldaten. New York 1985? Nein, das war dieser Transvestit aus der Bronx gewesen. Amsterdam, selbes Jahr? Zu viele Drogen, keine Erinnerungen. 1986, San Francisco. Volltreffer! Das Bild wurde allmählich klarer. Dort waren sie sich begegnet. Im The Blue Room (bevor es seinen Namen einem Theaterstück gab, für das Nicole Kidman sich auf der Bühne auszog). Stück für Stück kehrte die Erinnerung zurück. The Blue Room. Am Hollywood Boulevard. Treffpunkt der Sexgespielen und -gespielinnen der Stars. Rauschgift. Bühnenshows. Die Begegnung. Der Umweg zu dem schäbigen Hotel, wo das Bett auf Backsteinen aufgebockt war (das war in einer Zeit gewesen, als er noch kein Spesenkonto zu seiner Verfügung hatte). Noch mehr Drogen. Nicht viele Worte, ein paar Andeutungen. Die Zurückweisung. Andere Leute im Zimmer. Sex. Jeder trieb es mit jedem, überall.

»OH … MEIN … GOTT!«, stieß er langsam hervor.

Es war kaum mehr als ein Flüstern gewesen, aber der Tonfall spiegelte grenzenloses Erstaunen und Fassungslosigkeit wider.

Alle drehten sich zu Charlie um. Die Mädchen, Jackson, Dex – alle starrten ihn erwartungsvoll und neugierig an.

Charlie befand sich in einer Art Trancezustand. Seine Professionalität hatte sich unter dem Eindruck seiner ungeheuerlichen Erinnerung in Luft aufgelöst.

Als er gerade ansetzen wollte, die Fragen zu stellen, die sich aufdrängten, seinen alten Bekannten mit jener wollüstigen Nacht in einem primitiven Hotel in den genusssüchtigen Achtzigerjahren zu konfrontieren, sagte eine Stimme in die Stille hinein:

»Dachte mir schon, dass ich dich hier finden würde, Charlie. Wir müssen reden. Oder wie lange willst du mir noch aus dem Weg gehen? Komm bitte kurz mit raus. Jetzt gleich. Ich werde nicht mehr länger warten, verstehst du?«

Charlie fuhr herum. Vor ihm stand Toby. Er sprang auf.

»Tobes, das ist jetzt nicht der richtige Zeitpunkt. Können wir nicht später …«

»Ich habe lange genug gewartet, Charlie. Entscheide dich. Entweder du kommst mit raus und wir reden, oder ich gehe. Und zwar für immer.«

Die Gedanken, die Charlie unablässig durch den Kopf gegangen waren, stoben nach allen Richtungen auseinander. Er schaute in die erwartungsvollen Gesichter ringsum.

»Ich fürchte, ich muss mich verabschieden«, sagte er stockend, wobei er seinen alten Bekannten aus ferner Vergangenheit ansah. »Aber wir werden uns wiedersehen. Ganz bestimmt sogar.« Er drehte sich ohne ein weiteres Wort um und folgte seinem Partner aus der Bar. Er hatte das unbestimmte Gefühl, dass es eine lange Nacht werden würde.

Kapitel 6

Heartbreak Hotel

August 1988

Jo hockte auf der pampasgrünen Toilette. Ihre Jeans bildeten einen Wulst um ihre Knöchel, auf dem Rand des Waschtischs neben ihr stand ein Gin Tonic. Angespannt starrte sie auf das Teststäbchen in ihrer Hand. Die Linie im ersten Fenster färbte sich blau. Sie machte die Augen zu und kniff die Lider so fest zusammen, dass es ihre Kopfhaut nach vorn zog.

Im Geist zählte sie von sechzig rückwärts.

Sechzig, neunundfünfzig, achtundfünfzig ... Lieber Gott, ich verspreche dir, ich werde bis an mein Lebensende jeden Sonntag in die Kirche gehen, wenn der Test negativ ausfällt.

Neunundvierzig, achtundvierzig, siebenundvierzig ... Ich werde umschulen auf Sozialarbeiter.

Neununddreißig, achtunddreißig, siebenunddreißig ... Ich werde mir nie wieder einen Porno ansehen.

Achtundzwanzig, siebenundzwanzig, sechsundzwanzig ... Ich werde nie wieder Sex vor der Ehe haben.

Neunzehn, achtzehn, siebzehn ... Das heißt, ich werde nie wieder Sex haben, weil ich nie heiraten werde.

Neun, acht, sieben ... Aber das ist schon in Ordnung. Von jetzt an werde ich mein Leben ganz allein dir widmen, lieber Gott.

Drei, zwei, eins. Sie öffnete die Augen und blinzelte, bis sich ihr Blick fokussiert hatte. Zwei blaue Linien.

»Das war's! Ich werde Atheistin, verdammte Scheiße!«, jammerte sie und ließ den Kopf auf die Oberschenkel sinken.

Ein paar kräftige Hiebe ließen die Tür erzittern. »Jo, beweg endlich deinen knochigen Hintern von der Kloschüssel!«, rief eine erboste Frauenstimme. »Ich hätte schon vor zwanzig Minuten im Hilton sein sollen, damit ein paar japanische Geschäftsleute einen Blick auf meine Titten werfen können, und ich bin noch nicht mal geschminkt! Ach, was soll's, halt dir was vor dein Gestrüpp, ich komm jetzt rein!«

Jo versuchte aufzustehen, aber ihre Knie waren weich wie Butter. Schon stürmte Cynthia (ihr Künstlername war Candy) herein. Ihre nackte, zierliche Figur wirkte durch die riesigen Brüste, die sich jetzt gleichsam drohend auf Jos Gesicht richteten, noch schmächtiger. Jo fragte sich nicht zum ersten Mal, was sie sich eigentlich dabei gedacht hatte, mit einem Pin-up-Mädchen zusammenzuziehen. Wahrscheinlich gar nichts. Bei ihrer Flucht aus St. Andrews, wo sie einen verwirrten Verlobten und empörte Eltern zurückgelassen und für den Skandal des Jahres gesorgt hatte, war sie in den erstbesten Zug gestiegen. Einige Stunden später war sie in Glasgow angekommen, mit nichts als den Sachen, die sie auf dem Leib trug, und dem Verdienst der vergangenen Woche. Cynthia war eine von vier Vermietern gewesen, bei denen sie noch am selben Tag angerufen hatte, aber die einzige, die keine Referenzen verlangte (sie vertraute ihrer Menschenkenntnis voll und ganz) und deren Zimmer sofort frei war. Jo hatte zugegriffen. Obwohl die beiden nicht viel gemeinsam hatten, verstanden sie sich auf Anhieb. Jo hielt Ordnung in Cynthias Leben, und Cynthia brachte Jo zum Lachen. Es war eine ungewöhnliche Wohngemeinschaft, aber sie funktionierte. Allerdings waren auch Cynthias Fähigkeiten Grenzen gesetzt, und Jo bezweifelte, dass es ihr angesichts der Umstände dieses Mal gelingen würde, sie aufzuheitern.

»Klebt dein Arsch an der Brille fest oder was?« Cynthia musterte sie argwöhnisch, dann dämmerte es ihr plötzlich, und sie platzte heraus: »Du hast Abführmittel genommen, stimmt's? Deshalb kommst du nicht mehr vom Klo runter! Ich glaub's einfach nicht. Wo willst du denn noch was abnehmen? Nicht mehr lange und du siehst aus wie ein Bügelbrett mit Warzen!«

Jo verstand kein Wort. Aber das war nichts Neues. Manchmal hatte sie das Gefühl, die quirlige Cynthia und ihre Freundinnen unterhielten sich in einer Fremdsprache, dem Pin-up-Slang. Dieser champagnerdurchtränkte Wortschatz bestand fast ausschließlich aus bedeutungsverwandten Wörtern für Schwanz, Arsch, Sex und Kohle.

»Ich hab keine Abführmittel genommen, Cynthia.« Jo hielt den Schwangerschaftstest hoch. »Ich bin schwanger.«

»Ach du heilige Scheiße!«, entfuhr es Cynthia. Sie schnappte den Gin und stürzte ihn in einem Zug hinunter. »Ich glaub's einfach nicht«, sprudelte sie zum zweiten Mal innerhalb weniger Sekunden hervor, wobei sie Jo mit einem Sprühregen Gin befeuchtete. Wunderbar! Als ob sie nicht schon genug am Hals hätte. »Du bist erst zweiundzwanzig und wirst dir für alle Zeit die Figur ruinieren!«

Das Klingeln des Telefons unterbrach den Austausch von Liebenswürdigkeiten. Cynthia ließ den Anrufbeantworter ständig eingeschaltet, damit jeder Anrufer glaubte, sie sei viel zu beschäftigt damit, sich zu amüsieren, als dass sie Zeit für etwas so Profanes wie Telefonieren hätte.

Ein Mann sprach eine Nachricht aufs Band. Seine Stimme schallte durch die winzige Wohnung.

»Jo, ich bin's, Jack. Geh bitte ran, Liebes. Ich rufe seit drei Tagen in der Bar an, aber ich höre jedes Mal nur, du seist krank. Also entweder liegst du im Sterben oder du willst nichts mehr von mir wissen. Ich kann mir weder das eine noch das andere vorstellen. Geh bitte ans Telefon, Jo. Ich muss unbedingt mit dir reden. Ach Mist, weißt du was? Ich komm rüber.«

Jo ließ den Kopf abermals auf ihre Schenkel sinken und stöhnte: »O neiiiiiin!«

Cynthia fuhr ihr übers Haar. »Keine Angst, Schätzchen. Ich nehm mir heut Abend frei und bleib bei dir. Ich werd ihn nicht reinlassen. Ich sag ihm, du bist ausgewandert.«

Jo war gerührt von dieser für sie so untypischen zärtlichen Geste. Emotionalen Tiefgang hatte Cynthia nämlich nicht. Sie interessierte sich normalerweise nur für Schönheit, Geld oder das Austeilen von Bosheiten.

Cynthia ihrerseits wunderte sich über Jo. Sie kannte niemanden, der so unabhängig, intelligent, ausgeglichen war wie ihre Mitbewohnerin. Von Jo hätte sie am allerwenigsten erwartet, dass sie ungewollt schwanger wurde. Verstand allein genügte offenbar nicht – anscheinend genauso wenig wie ein Diaphragma, das einzige Verhütungsmittel, das Jo benutzte.

Cynthia schürzte resigniert die Lippen. Seit Jo vor einem Jahr eingezogen war, hatte sie ihr immer wieder geraten, die Pille zu nehmen, aber Jo lehnte ab mit der Begründung, es sei ihr lästig, jeden Tag daran denken zu müssen. Und außerdem habe sie ja nur gelegentlich Sex. Sie und Jack konnten sich nur sporadisch treffen, je nachdem, wie seine Frau Dienst hatte und wie er sich die Fahrt von St. Andrews nach Glasgow einrichten konnte. Manchmal sah sie ihn fünf Nächte hintereinander und dann wieder wochenlang gar nicht. Cynthia war das zu hoch. Wieso verschwendete Jo ihre Zeit mit dem Mann einer anderen? Der Typ holte sich bei ihr alles, was er brauchte, und was bekam sie von ihm? Nicht das Geringste. In Cynthias Augen beging Jo eine Riesendummheit.

Sie stützte Jo, als diese endlich aufstand und sich ihre Jeans hochzog.

»Danke für das Angebot, Cyn«, sagte Jo ruhig. »Aber ich kann ihm nicht ewig aus dem Weg gehen.«

Zwanzig Minuten später verließ Cynthia die Wohnung. Jo hatte sich aufs Sofa gelegt und hielt ein Webpelzkissen an ihre Brust gedrückt. Das war ein Albtraum. Der schlimmste Albtraum ihres Lebens. Sie wollte keine Kinder. Nie. Kinder waren etwas für andere Leute. Was würde aus ihrem Job? Sie würde kündigen müssen. Binty McMinty's war das beliebteste Weinlokal im West End. Dreihundert Gäste am Abend waren keine Seltenheit. Hinzu kamen dreißig Angestellte. Wie sollte sie das Lokal führen, wenn sie sich mit dickem Bauch zwischen den Tischen hindurchzwängen musste? Mutterschaftsurlaub würde sie keinen bekommen, weil sie erst seit elf Monaten dort arbeitete und erst seit zwei Monaten als stellvertretende Geschäftsführerin. Wovon sollte sie leben? Von Jack war keine Hilfe zu erwarten – seine Firma für Computersoftware warf nicht so viel ab, und außerdem erledigte meistens Carol, seine Frau, die Buchhaltung. Ihr würde es doch auffallen, wenn er plötzlich Geld abzweigte. Eine müßige Überlegung: Jo würde niemals Geld von ihm annehmen.

Jack. Bei dem Gedanken an die Konfrontation mit ihm beschlich sie ein mulmiges Gefühl. Was würde er sagen? Überraschungen liebte er gar nicht, das wusste sie. Sie dachte an jenen Abend im Beer House zurück, als sie ihm gestanden hatte, sie habe sich in ihn verliebt. Erst hatte sie befürchtet, der Schlag werde ihn treffen. Aber als er sich gefasst hatte, beugte er sich vor und berührte zärtlich ihr Gesicht. Seine Augen verrieten nicht, was er dachte. Dann küsste er sie sanft auf die Wange, schnappte sein Jackett, rutschte vom Hocker und verließ die Kneipe.

Jo stand hinter der Theke und sah ihm nach. Ihr war, als hätte ihr jemand mit einem Schulterpolster ins Gesicht geschlagen.

Vier Tage hatte er sich nicht blicken lassen. Am fünften Tag suchte Jo alle ihre Romane von Jackie Collins und Danielle Steel zusammen und warf sie in die Mülltonne vor dem Nachbarhaus. Am sechsten Tag kam Jack zurück.

Es war eine bitterkalte Nacht. Dan und Emma waren schon gegangen, und Jo wartete vor dem Pub auf ihr Taxi. Das Angebot ihrer Freunde, sie mitzunehmen, hatte sie abgelehnt. Emma hatte sich fünf Stunden lang über ihre Hochzeitsvorbereitungen ausgelassen, und sie würde einen Schreikrampf kriegen, wenn sie sich das Gleiche jetzt noch einmal von Dan anhören müsste. Was der arme Kerl alles über sich ergehen ließ, nur damit er endlich zum Schuss kam!

Rick lag mit einer schlimmen Mandelentzündung im Bett und konnte sie deshalb nicht abholen. Jo war im Grunde froh darüber, auch wenn sie sich für diesen Gedanken schämte. So hatte sie wenigstens mehr Zeit, Jack nachzutrauern.

Ein Wagen bog um die Ecke, und Jo trat einen Schritt vor, weil sie dachte, es sei ihr Taxi. Der Wagen hielt auch vor dem Lokal, aber es war nicht das Taxi. Es war Jack. Er stieg aus und ging langsam auf sie zu.

Ihr Herzschlag hatte ausgesetzt, sie hielt den Atem an.

Jack trat ganz dicht vor sie hin.

»War es dir ernst mit dem, was du neulich gesagt hast?«, flüsterte er.

Sie nickte zögernd. Ihr war ein wenig schwindlig, aber das mochte daran liegen, dass sie immer noch die Luft anhielt.

Da beugte er sich vor und küsste sie. Als ihre Lippen sich öffneten, ließ sie den angestauten Atem entweichen – in Jacks Mund. Jack verschluckte sich und musste fürchterlich husten.

Als der Anfall vorbei war, nahm er sie bei der Hand. »Komm, lass uns gehen.«

Sie fragte nicht einmal, wohin. Sie hatte Angst, womöglich etwas vollkommen Idiotisches zu sagen und den Augenblick zu verderben. Und sie wollte diesen Moment als etwas Wunderschönes in Erinnerung behalten.

Zwanzig Minuten fuhren sie schweigend durch die Nacht. Jack hielt das Steuer so fest umklammert, dass seine Knöchel weiß hervortraten. Schließlich bog er auf einen Hotelparkplatz in Cupar ein, ungefähr fünfzehn Meilen von St. Andrews entfernt. Er wandte sich ihr zu.

»Bist du wirklich sicher?«, fragte er leise.

Wieder nickte sie. Rick und seine geschwollenen Mandeln waren nichts weiter als eine vage Erinnerung.

Im Hotelzimmer küsste er sie abermals – diesmal ohne dass ihnen ein Missgeschick widerfuhr. Nur Augenblicke später lagen sie nackt auf dem Fußboden und liebten sich. Sie lächelte, als er kam. Und fragte sich, ob die Müllabfuhr wohl schon da gewesen sei oder ob sie ihre Bücher noch zurückholen könne.

Die nächsten Monate waren ein einziges Auf und Ab. Auf euphorische Glücksgefühle folgten Phasen der Enttäuschung und Niedergeschlagenheit. Jo hatte nicht eine Sekunde lang über die Folgen ihres Handelns nachgedacht – sie war zwanzig, über Moral konnte sie sich immer noch Gedanken machen, wenn sie alt und grau war.

Ihre Beziehung mit Rick hatte sie fortgesetzt. Sie schien einfach nicht die richtigen Worte zu finden, mit ihm Schluss zu machen. Außerdem hatte seine Mutter angefangen, Orgelunterricht zu nehmen, damit sie auf der Hochzeit ihrer beiden Söhne spielen konnte. Und sie hatte in einer schicken Boutique einen Preisnachlass herausgehandelt, weil sie gleich zweimal Mutter des Bräutigams war und aus diesem Anlass zwei Kostüme benötigte.

Jack hatte große Probleme mit der ganzen Situation. Es kam oft genug vor, dass sie ausgemacht hatten, sich zu treffen, er aber nicht erschien. Dann fuhr sie zu ihm (sie hatte die Fahrprüfung auf Anhieb bestanden und ihrer Mutter gedroht, allen von ihrem

Techtelmechtel mit dem geilen Witwer von nebenan zu erzählen, wenn sie ihr nicht ihren Wagen überließ), sah, dass sein Auto in der Einfahrt stand und oben im Schlafzimmer Licht brannte. Jahre später würde man so etwas Stalking nennen. Damals sagte man, man kontrolliere seinen Freund, wenn dieser sich wie ein ausgemachter Mistkerl benahm.

Einige Tage später tauchte er dann jedes Mal wieder auf, entschuldigte sich x-mal, verteidigte sich damit, er könne mit dieser Schuld einfach nicht leben. Sie hatten einen wüsten Streit, beschimpften sich, schrien sich an, es sei endgültig vorbei. Aus. Ende.

Aber am nächsten Tag oder eine Woche später stand Jack wieder vor ihr, und ein wohliges Prickeln überlief sie, und ihre Gebärmutter flehte ihn förmlich um Beachtung an. Sie vermisste ihn, wenn er nicht da war. So einfach war das. Ohne ihn vergingen die Tage in öder Monotonie. Er lächelte, und da wusste sie Bescheid – sie wusste, dass auch er nicht ohne sie leben konnte.

Sie trafen sich seit drei Monaten, als ihnen die erste schwere Zerreißprobe bevorstand. Jo spürte, dass ihn etwas bedrückte. Sie saßen auf der Rückbank des Fiat 126 ihrer Mutter, und er hatte sie daran gehindert, als sie ihm einen blasen wollte. Es musste also etwas Ernstes sein.

»Wir müssen reden«, sagte er.

»Nein, müssen wir nicht«, erwiderte sie und beugte sich abermals über seinen Hosenschlitz.

Jack schob sie sanft an den Schultern zurück. »Doch, das müssen wir.«

Jo fürchtete sich vor dieser Unterhaltung. Es war eine Sache, in der Hitze des Augenblicks miteinander Schluss zu machen. Aber Jack war in diesem Moment ruhig und vernünftig. Viel zu ruhig, viel zu vernünftig. Es würde endgültig sein, wenn er sich jetzt von ihr trennte, und das würde sie nicht überleben. Dafür liebte sie ihn viel zu sehr.

»Okay, schieß los«, sagte sie leichthin. Sie musste nur so tun, als sei alles in bester Ordnung, dann würde auch nichts Schlimmes passieren.

Er schwieg lange. Ihr Magen krampfte sich zusammen.

»Was willst du eigentlich von mir, Jo?«, fragte er ernst.

»Deinen Körper«, antwortete sie lächelnd. Es würde nichts passieren. Das würde sie nicht zulassen.

Sie beugte erneut den Oberkörper vor, aber Jack hielt sie abermals zurück. Mist, das war nicht gut.

»Ich mein's ernst, Jo. Was erwartest du dir von uns, von dieser Beziehung?«

Sie lehnte sich zurück. Anscheinend kam sie nicht um dieses Gespräch herum.

»Gar nichts weiter. Bloß ...« Sie suchte nach dem richtigen Wort. »Bloß *das.* Was wir jetzt haben.«

Er dachte einen Augenblick darüber nach. »Ich kann Carol nicht verlassen, Jo. Es tut mir Leid. Ich liebe sie ...«

Das traf sie wie ein Keulenhieb. Und doch tat es merkwürdigerweise nicht weh. Weil sie gar nicht wollte, dass er seine Frau verließ. Das würde alles nur unnötig komplizieren. Sie wollte keine feste Bindung mit allem Drum und Dran. Die Ehe ihrer Eltern war ihr Warnung genug. Sie würde nicht den gleichen Fehler machen. Sie hatte nicht die Absicht, jemals zu heiraten, einem Mann die Gelegenheit zu geben, sie emotional von sich abhängig zu machen und sie dann zu hintergehen und zu verletzen. Nein, ihr genügte, was sie mit Jack hatte. Sie liebte ihn, aber besitzen musste sie ihn nicht. Sie hatte keine weiteren Ansprüche an ihre Beziehung.

Jack wirkte nervös. Anscheinend war er noch nicht fertig.

»... nur – dich liebe ich auch«, fügte er leise hinzu.

Sie musste sich beherrschen, um nicht triumphierend die Faust zu ballen.

Er hatte es gesagt. Zum ersten Mal hatte er von Liebe gesprochen. Jo hatte ihre Gefühle für ihn nie wieder erwähnt – sie wollte mit ihm bumsen, sie wollte ihn nicht zu Tode erschrecken.

Aber es war an der Zeit, ein paar Dinge klarzustellen.

»Okay, Jack, ich sag dir was. Ich möchte nicht, dass du deine Frau verlässt. Ich liebe dich, aber ich bin glücklich und zufrieden, so, wie es ist. Mir reicht es, deine ... Geliebte zu sein. Deine Freundin. Die Frau für gewisse Stunden.«

Er begriff nicht, was sie meinte. Er hatte nicht viel Erfahrung in diesen Dingen (genauer gesagt, gar keine), aber er war sicher, dass das normalerweise anders ablief. Hatte er sie falsch verstanden? Oder hatte diese hinreißende, witzige, kluge Zwanzigjährige ihm tatsächlich erklärt, sie sei nicht an einer festen Bindung interessiert?

»Aber ich werde Carol niemals verlassen, verstehst du! Ich kann nicht!«

»Jack, das ist mir schon klar. Das will ich auch gar nicht«, sagte sie langsam und deutlich. »Es gibt eine Menge Dinge, die ich in meinem Leben tun möchte, aber Heiraten gehört nicht dazu. Womit wir bei der Frage wären, wie ich das meinem Verlobten beibringen soll, aber das gehört nicht hierher. Ich brauche das alles nicht, Jack. Ehe und so was. Mir genügt das, was wir haben, für alle Zeit. Oder zumindest, solange du keine Kinder hast.«

Er wusste immer noch nicht, ob er sie richtig verstanden hatte. Da holte sie tief Luft und versuchte, es ihm zu erklären. Es fiel ihr schwer, sie dachte nicht gern an ihre Kindheit zurück.

»Weißt du, meine Eltern haben alles gevögelt, was sich bewegte. Es war die Hölle! Ich wusste nie, ob beim nächsten Seitensprung unsere so genannte Familie vielleicht endgültig auseinander brach. Ich hasste diese Ungewissheit, diese ständige Furcht, einer von beiden würde ausziehen oder, schlimmer noch, beide würden mich im Stich lassen. Sie waren wirklich hoffnungslos, aber sie waren nun einmal meine Eltern. Diese andauernden Lügen, diese Ängste waren unerträglich. Das möchte ich keinem Kind zumuten.« Sie schauderte. Dann schüttelte sie die schmerzlichen Erinnerungen energisch ab. »Solange Sie also dem Drang, sich fortzupflanzen, widerstehen können, Mr. Reynolds, gehöre ich ganz Ihnen! Sofern du mich haben willst. So, und jetzt lass mich endlich meine Arbeit machen – ein Blowjob wartet auf mich. Und unterbrich mich bitte nicht wieder, du bringst mich ganz aus dem Konzept«, fügte sie mit einem verschmitzten Lächeln hinzu.

Er brach in lautes Gelächter aus. Er lachte, bis sie ihn zum Höhepunkt brachte.

Seit jenem Tag führten sie eine auf Verständnis, Liebe und fantastischem Sex gegründete Beziehung. Es war das, was Jo wollte. Nun, da sie wusste, was es hieß, jemanden aufrichtig zu lieben, so sehr zu lieben, dass man ihn ohne Einschränkungen akzeptierte, verbannte sie Martin Kemp von Spandau Ballet endgültig dorthin, wo er hingehörte: ins Reich jugendlicher Schwärmerei. Sie vermisste kaum etwas aus ihrem früheren Leben in St. Andrews. Das einzig Gute daran war Jack gewesen. Ach so, ja, und das hervorragende Zeugnis, das Carmen ihr ausgestellt und dank dessen sie den Job in der Bar ergattert hatte, der ihr wiederum die Stelle als stellvertretende Geschäftsführerin in dem Weinlokal eingetragen hatte. Das Zeugnis war Ausdruck von Carmens tiefer Dankbarkeit gewesen. Jo hatte ihr nämlich eine ausgezeichnete Haarentfernungscreme fürs Gesicht empfohlen, und die neue, enthaarte Carmen hatte sich unsterblich in einen verheirateten Mann von der Brauerei verliebt. Jo wusste genau, was in ihr vorging.

Sie hörte, wie der Schlüssel ins Türschloss geschoben wurde. Den Schlüssel hatte sie Jack am letzten Weihnachtsfest geschenkt. Er hatte nur Dinge von ihr bekommen, die er bei ihr in der Wohnung lassen konnte: einen Bademantel, einen Rasierapparat, Duschgel … und, hübsch verpackt, einen glänzenden neuen Wohnungsschlüssel. Letzterer war ein Zeichen ihres Vertrauens – Jack konnte jetzt jederzeit zu ihr kommen. Und das hatte er immer öfter getan. Bald verbrachte er mehr Zeit bei ihr als zu Hause. Er hatte sogar angedeutet, dass er erwog, seine Frau zu verlassen, aber Jo hatte jedes Mal abgewunken. Sie war mit der bestehenden Situation zufrieden. Oder war es zumindest gewesen. Sie betrachtete ihren noch flachen Bauch. Vielleicht war es Zeit für eine Neueinschätzung der Lage.

Die Wohnzimmertür schwang auf. Jack blieb abrupt stehen. Sie wusste sofort, dass etwas nicht stimmte. Es war nicht nur ihr Anblick, ihre ungewaschenen Haare, verquollenen Augen und ihr ungeschminktes Gesicht, der ihn verstörte.

Sie sah ihn prüfend an.

»Was zum Teufel ist los, Jo? Seit Tagen versuche ich, dich zu erreichen! Ich muss unbedingt mit dir reden.« Sie hörte die Beklommenheit in seiner Stimme.

»Dann rede.« Obwohl die Angst in ihren Eingeweiden wühlte, klang sie ganz ruhig.

Eine lange Pause entstand. Er rang sichtlich mit sich, suchte nach Worten. Im Stillen ermunterte sie ihn. Was immer es war, das ihm auf dem Herzen lag – sie würden eine Lösung finden. Sie hatten immer eine gefunden. Er schwieg noch immer. Sie überlegte, was ihn derart aufgewühlt haben mochte. Und dann dämmerte es ihr.

»Es ist wegen Carol, nicht wahr?«

Er nickte.

»Ist sie … ist sie *schwanger*?«

Wieder nickte er. Und für Jo brach eine Welt zusammen.

Kapitel 7

A Little Less Conversation (A Little More Action)

www.G.I.N.com, Forum, neuer Beitrag:

Signora Olivia,
was ist schon dabei, wenn Ihr Freund verheiratet ist? Man muss im Leben immer kämpfen für das, was man möchte, auch wenn der Kampf aussichtslos scheint. Die Ehefrau wird es überleben, sie überlebt es immer. Oft hat sie nur Vorteile davon – neue Chancen, neue Möglichkeiten werden sich ihr eröffnen (die Exfrau meines Freundes hat heute eine intime Beziehung zu einem Typ namens Oscar). Das Leben ist zu kurz, um Rücksicht auf andere zu nehmen.
Herzlichst
Signorina P.

Emma und ich fläzten uns wenig damenhaft auf dem cremefarbenen Ledersofa. Charlie und Michael saßen uns gegenüber, die Füße auf der Onyxplatte des Tischs vor ihnen. Ich verdrehte genervt die Augen. Ich traute mich nicht einmal, den eleganten Tisch als Tisch zu benutzen, und die beiden missbrauchten ihn als Fußbank! Charlies Füße steckten wenigstens in edlem Kaschmir. Aber der Anblick des großen Zehs, der sich ein Loch durch Michaels Socke gebohrt hatte, verdarb mir glatt den Appetit auf meine Peperonipizza.

Emma streckte sich genüsslich und gähnte.

»Du brauchst es dir gar nicht so bequem zu machen, du wirst nicht dableiben. Ich bin froh, dass ich dich endlich losgeworden bin«, fügte ich mit gespielter Strenge hinzu.

»Großer Gott, kein Wunder, dass ich Depressionen habe«, rief Emma aus. »Ich habe keinen Ehemann mehr, ein Phantomheer von Hämorrhoiden und diese Frau als beste Freundin! Eigentlich müsste ich als selbstmordgefährdet unter ständiger Beobachtung stehen.«

Ich musste lachen. Es war herrlich, meine Wohnung wieder für mich allein zu haben. Jedenfalls mehr oder weniger. Da war natürlich noch Michael. Und Charlie und Emma schienen öfter hier zu sein als bei sich zu Hause. Aber immerhin war Emma in ihr eigenes Heim zurückgekehrt.

»Und, noch immer keine Spur vom verzweifelten Dan?«, fragte Charlie.

»Nicht die geringste. In den zwei Wochen, die ich wieder zu Hause bin, hat er nicht ein einziges Mal angerufen. Ich könnte tot sein – er wüsste es nicht einmal!«

»Oder hemmungslosen Sex mit Marcus, dem Kondomspezialisten, haben«, lästerte Charlie.

»Hör mir bloß auf mit dem! Als ich ihm gesagt hab, es ist vorbei, wirkte er richtig erleichtert. Du solltest mal sehen, wie der meinen Hintern anstarrt. Erstaunlich, was Hämorrhoiden alles bewirken können!«

Emma gab sich zwar kess und schnippisch, aber wir alle wussten, wie sehr sie sich um Dan sorgte. Die letzten zwei Wochen hatte sie uns ja ständig die Ohren voll gejammert deswegen. Am Tag nach dem Bruch zwischen ihnen habe er unbefristeten Urlaub genommen, sagte sie, und sei seitdem wie vom Erdboden verschluckt. Sie hatte Himmel und Hölle in Bewegung gesetzt, um ihn zu finden – aber vergeblich. Dan blieb verschwunden.

»Okay, Themenwechsel! Jetzt reden wir zur Abwechslung

mal von mir«, forderte Charlie. »Ich habe eine gute und eine schlechte Nachricht. Welche darf's zuerst sein?«

Ein einhelliges Aufstöhnen war die Antwort. Wir entschieden uns für die schlechte Nachricht. Was für schlechte Nachrichten konnte Charlie schon haben? Dass einem Starlet während eines Flugs in einer 747 der Silikonbusen geplatzt war? Oder dass Armani keine Kaschmirmäntel mehr produzierte?

Er legte eine dramatische Pause ein, bis er sicher sein konnte, dass er unsere ungeteilte Aufmerksamkeit hatte.

»Toby hat mir ein Ultimatum gestellt. Entweder wir ziehen zusammen oder er trennt sich von mir.«

Wir rissen Mund und Augen auf. Emma fasste sich als Erste wieder. »Aber Charlie, wir wollten doch die *schlechte* Nachricht zuerst hören! Das ist doch großartig! Anscheinend bist du so gut im Bett, dass er einfach nicht genug von dir kriegen kann«, fügte sie augenzwinkernd hinzu.

Charlie seufzte gereizt. »Das ist überhaupt nicht großartig. Das ist eine Katastrophe! Ich habe absolut keine Lust, jeden Morgen neben demselben Menschen aufzuwachen! Als Nächstes werde ich noch seine Socken waschen. Oder sie zumindest mit meinen in die Reinigung bringen. O Gott, ich darf gar nicht daran denken! Nein, nein, dann müssen wir uns eben trennen. Aus und vorbei.« Mit einem Seitenblick auf Emma fügte er hinzu: »Und du, Em, solltest keine Wollpullover tragen. Du hast darin einen Arsch wie ein Ackergaul.«

»Im Ernst?« Emma sprang auf und verrenkte sich schier, um ihren Po sehen zu können. »Stimmt das?«, wollte sie von Michael und mir wissen. »Wirkt mein Hintern wirklich so gigantisch?«

Wir nickten beide.

»Na, das ist ja fabelhaft! Nicht nur, dass mein Mann mich sitzen lässt, jetzt hab ich auch noch eine Figur wie ein Heißluftballon! Bin gespannt, was als Nächstes kommt.«

»Ich bitte euch, Kinder, konzentriert euch gefälligst!«, mahnte Charlie empört. »Man hat mir das Herz gebrochen! *Mir!*«

»Lieber Charlie, wir fühlen mit dir, und jetzt verpiss dich. Gezeichnet, Emma, die Frau auf dem Sofa mit dem fetten Arsch«, bemerkte Emma trocken.

Wir ignorierten sie.

»Warum hast du so ein Problem damit, dass Toby bei dir einziehen will, Charlie?«, fragte ich scheinheilig. Ich kannte die Antwort natürlich bereits.

»Ach, du weißt schon ... Ich würde mich dann eingeengt fühlen, und abgesehen davon hab ich auch nicht genug Spiegel ...«

»Außerdem würde deine Mutter es herauskriegen, nicht wahr?«, ergänzte ich.

Ich konnte es nicht fassen. Charlie, der nicht einmal wusste, wie man Schamgefühl buchstabierte, wirkte tatsächlich peinlich berührt.

»Charlie, du bist fast vierzig! Höchste Zeit, dass du dich abnabelst. Von deiner Mutter, nicht von Toby, damit wir uns richtig verstehen. Als deine Verlobte befehle ich es dir! Sag Toby, er kann bei dir einziehen. Mach dir meinetwegen keine Gedanken – ich komm schon klar damit, dass du mich abservierst.«

Statt einer Antwort stand Charlie auf und verdrückte sich in die Küche, um sich einen Campari nachzuschenken.

Wir anderen lehnten uns behaglich zurück. Eine gefräßige Stille entstand, die nur von Charlies theatralischem Seufzer, als er sich wieder aufs Sofa fallen ließ, unterbrochen wurde. Ich döste vor mich hin. Plötzlich fiel mir etwas ein.

»Die gute Nachricht, Charlie! Du wolltest uns doch auch eine gute Nachricht erzählen!«

»Ach so, ja, das hätte ich fast vergessen. Alsooo ...« Dramatische Pause. »Ich glaube, ich bin einem absoluten Knüller auf der Spur. Etwas absolut Pikantem, Skandalösem, das jeder Hausfrau schon beim Frühstück einen wohligen Schauer über den Rücken jagen wird. Das wird – mit einem Wort – die heißeste Story des Jahres!«

Nun hatte er uns neugierig gemacht. »Na los, spuck's schon aus!«, forderte ich ihn ungeduldig auf. Ich war zu müde für diese Spielchen. Ich hatte eine lange Nacht mit Jackson gehabt und konnte kaum noch die Augen offen halten. »Lass dich nicht so lange bitten, Charlie. Sonst ruf ich deine Mutter an, und dann sind wir Mann und Frau, noch bevor die Woche um ist.«

Charlie brachte mich mit einer Handbewegung zum Schweigen. »Tut mir Leid, Darling, mehr darf ich nicht sagen. Das verbietet mir mein Berufsethos. Falls ich aber mit meiner Vermutung richtig liegen sollte – und ich täusche mich nie –, wirst du die Erste sein, die's erfährt.«

Noch während Charlie sprach, verspürte er ein dumpfes, bohrendes Pochen im Schädel, als ob sich eine Migräne ankündigte. Im nächsten Moment erkannte er, was es war: Sein Gewissen meldete sich. Er warf Jo einen verstohlenen Blick zu. Wenn er den richtigen Riecher hatte, würde das unweigerlich Konsequenzen für sie haben. Er schob den Gedanken beiseite. Damit würde er sich befassen, wenn es so weit war.

Bildete ich es mir nur ein oder sah mich Charlie irgendwie merkwürdig an? Sein Gesicht hatte den gleichen komischen Ausdruck wie damals beim Pferderennen, als wir mit ansehen mussten, wie eins der Tiere stürzte, sich ein Bein brach und eingeschläfert werden musste. Charlies Miene hatte eine Mischung aus Mitgefühl, Bedauern und Resignation widergespiegelt. Ach was, Unsinn. Sein Hang zum Melodramatischen färbte anscheinend schon auf mich ab. Wahrscheinlich hatte er nur Blähungen.

Emma wandte sich Michael zu. »Und, was ist mit *deiner* großen Liebe? Du bist seit fast einem Monat mit ihr zusammen.

Habt ihr schon geheiratet? Oder lässt du den Teil aus und trittst gleich vor den Scheidungsrichter?«

Michael spielte den Gekränkten. »Spotte du nur. Ich weiß, dass es diesmal die Richtige ist. Priscilla ist einfach etwas ... etwas *Besonderes.*«

Gequältes Stöhnen ringsum. »Michael, bisher ist *jede* etwas Besonderes gewesen«, gab Emma zu bedenken. »Genau bis zu dem Moment, wo du ihr einen Antrag machst. Dann verwandelt sie sich plötzlich in Linford Christie, und du bleibst in einer Staubwolke zurück und guckst dumm aus der Wäsche.«

Michael schob sich ein großes Stück kalte Pizza in den Mund, damit er nicht zu antworten brauchte. Seine Reaktion, wenn wir seine Beziehungen kritisch hinterfragten, war jedes Mal die gleiche. Ich konnte seine Gedanken lesen: Dieses Mal weiß ich genau, was ich tue, dachte er, mit Priscilla ist es etwas ganz anderes, sie ist die Frau meines Lebens.

»Na schön, aber da du jetzt fast schon einen Monat mit ihr zusammen bist, wollen wir sie auch kennen lernen«, sagte ich.

»Wollen wir das?«, fragten Charlie und Emma wie aus einem Mund und guckten mich erstaunt an.

»Natürlich. Als Michaels Freundin gehört sie doch zu unserer Clique. Warum lädst du sie nicht Ende der Woche mal zum Abendessen ein, Michael? Ich werde Jackson fragen, ob er Zeit hat. Und du bringst Toby mit, Charlie, wenn ihr eure Probleme bis dahin aus der Welt geschafft habt.«

»Na, toll!«, ließ sich Emma vernehmen. »Und was ist mit mir? Wen bring ich mit? Frag doch deine Priscilla mal, ob sie weiß, wo Elvis steckt, Michael. Vielleicht hat er Lust, mich zu begleiten. Dann hätten wir wenigstens jemanden, der die Reste vertilgt.«

Ich zerzauste ihr zärtlich die Haare. Ich wusste, wie sehr ihr die Sache mit Dan zu schaffen machte. »Gib ihm ein wenig Zeit, Em. Er kommt zurück, du wirst sehen.«

»Klar, so wie Kinderlähmung und Beulenpest. Ich glaub nicht, dass ich das noch erleben werde. Hast du Rick heute schon angerufen?«

Ich schüttelte den Kopf. Ich rief ihn seit vierzehn Tagen täglich an, hatte ihn jedoch nie erreicht. Obwohl ich einerseits erleichtert darüber war, wusste ich andererseits, dass Emma mich so lange nerven würde, bis ich Erfolg gehabt hätte. Vielleicht war er ja bei Nacht und Nebel ausgezogen. Im Geist sah ich ein leeres Haus vor mir und einen vergessenen Telefonapparat darin. Wenn es doch nur so wäre!

Resigniert griff ich zum Telefon. Emma würde ja doch keine Ruhe geben. Sie wählte für mich; mittlerweile konnte sie die Nummer in Edinburgh auswendig.

Ringring!

Keiner da. Hätte mich auch gewundert. Vielleicht würden sie jetzt endlich gehen. Ich sehnte mich nach meinem Bett und einem langen nächtlichen Telefonat mit Jackson. Die Aussicht darauf hob meine Stimmung. Ich liebte jeden Augenblick unserer keimenden Romanze, die ich gern gehegt und gepflegt hätte, wenn mich diese Bande hier nur ließe!

Ich wollte die Verbindung gerade beenden, als eine männliche Stimme laut und vernehmlich sagte:

»Hallo?«

Alle konnten es hören. Während ich von einer plötzlichen Lähmung befallen wurde, stießen die anderen einen Schrei aus. Das heißt, Michael schnappte eigentlich nur hörbar nach Luft, aber Emma und Charlie schrien tatsächlich.

»Hallo?«

Mist, jetzt konnte ich nicht mehr auflegen – zumal ich immer noch wie gelähmt war.

Emma schnellte vor, packte mich am Handgelenk und schüttelte mich, damit ich aus meiner Betäubung erwachte.

»Hallo?« Meine Güte, der hatte vielleicht eine Geduld! Ich an seiner Stelle hätte schon längst »Du kannst mich mal!« in den Hörer gebrüllt und aufgelegt.

»Rick, hier ist Jo. Jo Grant.«

Schweigen. Als er sich gefasst hatte, sagte er:

»Na, wenn das nicht die verlorene Braut ist! Rufst du an, um unsere Hochzeit abzusagen? Tja, Süße, dann kommst du genau – warte mal – siebzehn Jahre zu spät. Du hast sowieso nichts mehr zu befürchten, der Pfarrer ist 1994 gestorben. Vermutlich aus Frust über das Nichtstun.«

Was hatte ich erwartet – stehende Ovationen?

»Hör zu, Rick, es tut mir Leid. Ich hätte …«

»Du hättest was? Mir sagen sollen, dass du es dir anders überlegt hast? Dass du mit irgendeinem Elektriker gebumst hast, während wir uns das Jawort hätten geben sollen?«

»Er war Computerprogrammierer.«

»Ach so, das ist natürlich etwas anderes! Hätte ich das gewusst, hätte es mir nicht so viel ausgemacht, vierzehn Tage lang Blätterteigpasteten zum Frühstück und Hochzeitstorte zu Mittag zu essen.«

Habe ich erwähnt, dass ich ihm am Tag unserer Trauung den Laufpass gab? Wahrscheinlich nicht. Ich bin nämlich nicht stolz darauf.

So kamen wir nicht weiter. Obwohl ich das Gefühl hatte, ihm tat es gut, mir an den Kopf zu werfen, was er all die Jahre mit sich herumgetragen hatte. Ich dagegen verwandelte mich mit jeder Minute in eine unsichere Zwanzigjährige zurück.

Ich riss mich zusammen. »Hör zu, Rick. Es bringt nichts, die alten Geschichten aufzuwärmen. Deshalb rufe ich auch nicht an. Es geht um Dan und Emma.«

»Diese Schlampe!«

Emma formte mit den Lippen die stumme Frage: Was hat er

gesagt? Ich legte die Hand über die Muschel und raunte: »Er hat gesagt, Dan hat dich immer geliebt.«

Zutiefst gerührt und erschüttert lehnte sich Emma zurück.

»Emma macht sich schreckliche Sorgen wegen Dan«, sagte ich zu Rick.

»Daran hätte sie früher denken sollen, bevor sie sich durch halb Glasgow gevögelt hat.«

»Äh, ja, natürlich. Also jedenfalls möchte sie unbedingt mit ihm reden, und da dachten wir, du könntest uns vielleicht sagen, wo er ist.«

Eine lange Pause. Ich hoffte schon, er hätte tatsächlich aufgelegt, doch da sagte er:

»Weißt du was, Herzchen, ich werde dir verraten, wo Dan ist. Aber ich will es dir ins Gesicht sagen.«

Neeeiiiiin!

»Morgen Abend um acht im Cameron House Hotel beim Dinner. Ist das vornehm genug für dich? Du scheinst ja inzwischen zu den besseren Kreisen zu gehören.«

Anscheinend hatte er *Cosmo* gelesen.

Ich schloss die Augen, die einzige Bewegung, zu der ich fähig war. Unmöglich! Ich konnte mich nicht mit ihm treffen. Das schaffte ich einfach nicht.

Als ich die Augen wieder aufmachte, war alles, was ich sah, Emmas tränenüberströmtes, verzweifeltes Gesicht.

»Also gut. Morgen um acht. Ich werde da sein.«

»Oh, entschuldige, habe ich dich geweckt?«, fragte Jackson. Ich rieb mir den Schlaf aus den Augen (und schmierte mir dabei die Wimperntusche quer durchs Gesicht – ich konnte es mir einfach nicht angewöhnen, mich abends abzuschminken). Ich warf einen Blick auf die Uhr auf meinem Nachttisch. Kurz nach Mitternacht. Ich war vor einer knappen halben Stunde eingeschlafen und hatte mich in jener wunderbaren Tiefschlafphase befunden, in der alles aus dem Bewusstsein ausgelöscht wird.

»Macht nichts. Schön, dass du anrufst. Ich hab's vorhin bei dir versucht, aber dein Telefon war abgeschaltet«, murmelte ich lächelnd. Ich liebte seine Stimme. Sie war das Einzige, das mir Kraft gab, seit sich mein Haus offiziell in ein Hotel für gebrochene Herzen verwandelt hatte.

In den zwei Wochen seit Emmas Auszug hatte ich mich ein paar Mal mit Jackson getroffen – sooft sein Terminkalender es eben erlaubte. Wir hatten uns in irgendein gemütliches kleines Bistro gesetzt, Geschichten aus unserem Leben ausgetauscht und neue erfunden. Wir waren zum vertraulicheren Du übergegangen (wenigstens das!), hatten uns geküsst, bis wir wunde Lippen bekamen, und so viel Kaffee getrunken, dass wir vor Aufgekratztheit die Wände hochgingen.

Anschließend brachte er mich regelmäßig nach Hause, kam noch auf einen Drink mit hinein, kuschelte sich mit mir auf die Couch und … und das war's dann auch. Kein Sex. Nicht einmal ein bisschen Fummeln.

Aber das war schon in Ordnung. Jackson war ein sensibler Mensch, er überstürzte die Dinge nicht gern. Wichtig war doch, dass er alles hatte, was wesentlich war: Er war warmherzig, liebenswert, witzig, er sah toll aus und – er war klug. Wenn er mich jetzt noch vernaschen würde, wäre das Leben einfach wunderbar!

Wir plauderten ein Weilchen und verabredeten uns dann.

»Morgen Abend?«, schlug er vor.

Ich wollte gerade zusagen, als mir einfiel, dass ich da ja meine schicksalhafte Verabredung im Cameron House hatte.

»Geht leider nicht. Da hab ich eine, äh, geschäftliche Besprechung. Wie wär's mit Donnerstag?«

»Geht bei mir leider nicht. Ich muss für zwei Tage mit Dex nach Cannes. Auf Promotiontour.«

»Dann eben Samstag. Geht das? Ich hab ein paar Freunde zum Essen eingeladen – nur Charlie, Emma und Michael. Ach so, ja, und die berüchtigte Priscilla. Kommst du?«

»Auf jeden Fall. Das werde ich mir nicht entgehen lassen. Darf ich dir etwas sagen, Jo Grant?«

»Hmmm?«

»Ich hab dich wirklich gern«, flüsterte er zärtlich.

»Ich hab dich auch wirklich gern«, erwiderte ich und legte behutsam auf.

Ich lächelte immer noch. Er hatte echtes Potenzial, keine Frage. Ich konnte mich nicht erinnern, eine solche Zuneigung zu jemandem gefasst zu haben seit … Nein, daran wollte ich lieber nicht zurückdenken.

Ich drehte mich auf die Seite, und mein Blick wanderte automatisch zu dem gerahmten Text an der Wand gegenüber: *Die Motive der Männer*

Fast unbewusst wandte ich die Liste auf Jackson an.

1. *Er ist verheiratet und auf der Suche nach einem außerehelichen Fick.* (noch nicht geklärt)
2. *Er ist knapp bei Kasse und hinter deinem Geld her.* (kann ausgeschlossen werden – Dex ist nicht nur attraktiv, sondern zahlt auch ein fürstliches Gehalt)
3. *Er ist ein Callboy, nicht zu verwechseln mit Nummer 2 – der hier sollte wenigstens gut im Bett sein.* (zweifelhaft, kann aufgrund seines Fulltimejobs aber eigentlich ausgeschlossen werden)
4. *Er sucht eine Frau zum Heiraten – jede mit fühlbarem Puls und gebärfreudigem Becken ist ihm recht.* (unwahrscheinlich – hat mich noch nicht ein einziges Mal nach meinen Ansichten über die Ehe oder nach den Namen meiner künftigen Kinder gefragt)

5. *Er sucht politisches Asyl beziehungsweise braucht eine Aufenthaltsgenehmigung.* (kann ausgeschlossen werden – er ist britischer Staatsbürger)
6. *Er ist unzurechnungsfähig.* (wäre durchaus denkbar)
7. *Er ist sexbesessen – im Grunde würde ihm auch ein Astloch genügen.* (kann seinem bisherigen Verhalten zufolge definitiv ausgeschlossen werden)
8. *Er ist schwul und benötigt eine Frau zur Wahrung des Scheins bei geschäftlichen und familiären Anlässen.* (zweifelhaft – er arbeitet schließlich in der Filmbranche, und da ist Schwulsein cool – wenn er es wäre, hätte er sich bestimmt längst geoutet)
9. *Er sucht ein Bett für die Nacht.* (kann ausgeschlossen werden – hat seine eigene Wohnung)
10. *Er ist eine Niete im Bett und braucht jemanden zum Üben.* (wenn ich das nur wüsste!)
11. *Trifft keiner der oben genannten Punkte zu, kann es sich nur um einen ausgebufften Lügner handeln. Fang noch einmal bei Nummer 1 an, und sei diesmal gründlicher!*

Ich grinste kläglich. Meine schöne Liste versagte in diesem Fall total: Sie war für den Fall gedacht, dass ein Mann versuchte, einen ins Bett zu bekommen. Jackson hatte sich bisher mit der Erforschung meiner Mundhöhle begnügt.

Ich beschloss abzuwarten, was der Samstag bringen würde. Dann würden wir weitersehen. Das heißt, sofern ich mein ominöses Dinner mit Rick im Cameron House überlebte.

Kapitel 8

Crying in the Chapel

www.G.I.N.com, Forum, neuer Beitrag:

Bitte um Hilfe bei Materialbeschaffung!
Meine Damen, ich habe seit kurzem eine aufregende Beziehung zu einem sehr fantasievollen und natürlich sehr verheirateten Parlamentsabgeordneten. Seine Ehe besteht natürlich nur aus Imagegründen fort – er kann den alten Drachen nicht ausstehen!
Da ich nun in politischen Dingen bewandert erscheinen möchte und festgestellt habe, dass einige von Ihnen Beziehungen zu Politikern unterhielten oder noch unterhalten, wende ich mich an Sie mit der Bitte, ob Sie mir nicht Lesestoff, Unterlagen, Hintergrundinformationen, Insidertratsch und Ähnliches zur Verfügung stellen könnten. Bitte antworten Sie mir auf dieser Website. Absolute Vertraulichkeit wird zugesichert – wir Frauen müssen schließlich zusammenhalten!
Besten Dank! Felicity, London.

Hinweis von www.G.I.N.com: Aufgrund der unerwartet zahlreichen Zugriffe auf diese Website haben wir vorübergehend Probleme mit unserem Server. Wir hoffen, diese bald behoben zu haben, und werden so schnell wie möglich wieder online gehen. Wir danken für Ihr Verständnis.

Ich schaffe das. Ich schaffe das. Ich bin überhaupt nicht nervös. Das hat nichts zu bedeuten. Ein Abendessen, ein paar Drinks. Ich tue lediglich meiner besten Freundin, die mir dafür mindestens drei lebenswichtige Organe schuldet, einen Gefallen. Ich bin eine erfolgreiche, gescheite, unabhängige Frau, die sich vor nichts fürchtet. Außer vorm Fliegen, aber *die* Angst ist therapierbar. Ich schaffe das. Ich weiß, dass ich es schaffe. Okay, es wird Zeit. Ich wandte mich von dem gut sechzig Zentimeter hohen rosa Stoffelefanten ab, mit dem ich Zwiesprache gehalten hatte, und atmete tief durch.

Meine Jacke in der Hand marschierte ich zur Haustür. In der Diele begegnete mir Michael. Seinem Aufzug nach zu urteilen hatte er ein Date mit Priscilla. Zusätzlich zu seinen Jeans und den Cowboystiefeln trug er jetzt noch ein geflochtenes, schnürsenkelähnliches Ding unter dem Kragen seines weißen Hemdes.

»Eins sag ich dir, Michael, wenn du dir jetzt noch eine Lederweste überstreifst, werf ich dich raus!«

Er sah achselzuckend an sich hinunter. »Ich weiß selber nicht, ob das wirklich ich bin.«

»Das bist nicht du, Michael! Das ist überhaupt niemand. Du siehst aus wie eine Mischung aus Jon Bon Jovi und dem Rhinestone Cowboy.«

Michael diente mir zwar als Ventil, um meine Nervosität abzureagieren, aber so Unrecht hatte ich nicht: In den Stiefeln kam er wirklich daher wie John Wayne auf dem Weg nach Dodge City zu einer Schießerei. Wir lebten im Glasgower West End! Waffen gab es hier höchstens in Schaukästen im Glasgow Museum zu besichtigen.

Ich drückte ihm einen versöhnlichen Kuss auf die Wange. Was der Mann nicht alles aus Liebe tat! Hoffentlich würde es kein böses Erwachen geben. Bei dem Gedanken daran, dass er vielleicht den ganzen Tag auf seinem Bett liegen und »Seit meine Kleine mich im Stich ließ …« jammern würde, kräuselten sich mir die Zehennägel.

Ich unternahm einen letzten Versuch, das Unabwendbare abzuwenden.

»Ich geb dir einen Zehner, Michael, wenn du mir beide Beine brichst, damit ich nicht dahin muss.«

Er schüttelte lachend den Kopf. Na gut, ich hatte es wenigstens versucht.

»Okay, ich geh dann mal. Wenn ich bis Mitternacht nicht zurück bin, komm bitte und hol meine Leiche. Ich möchte eingeäschert werden, und pass auf, dass sich meine Mutter nach der Beerdigung nicht am Vikar vergreift.«

Damit verließ ich das Haus. Ich fuhr mit meinem Wagen zum Cameron House Hotel. Normalerweise nahm ich nicht das Auto, wenn ich abends ausging, aber das Hotel am Ufer des Loch Lomond lag eine halbe Fahrstunde entfernt. Es war wunderschön dort, und ich wäre begeistert gewesen, hätte Jackson es als Treffpunkt für ein romantisches Dinner vorgeschlagen (danach hätte ich ihn auf jeden Fall sexuell belästigt, ob es ihm gepasst hätte oder nicht). Aber ich war mir nicht sicher, ob es sich als Ort für Mord und Totschlag eignete. Ich würde es bald wissen. Ich schaffe das, ich schaffe das, schärfte ich mir ein, während Aretha Franklin aus den Lautsprechern des CD-Players dröhnte.

Ich hatte den ganzen Tag Sätze und Fragen geprobt, die ich im Notfall einwerfen konnte, falls die Dinge ins Stocken gerieten. Emma hatte mich während der sechsundzwanzig Telefonate, die wir an diesem Tag geführt hatten, genauestens über ihren Schwager (wenn es nach ihr ginge – andernfalls würde er bald ihr Exschwager sein) informiert. Ihm gehörte ein kleines, gut gehendes Bauunternehmen, das er während des Baubooms in Edinburgh in den letzten Jahren aufgebaut hatte. Er besaß zwei Häuser: eins in Edinburgh, im vornehmen Stadtteil Morningside, und eins in

Nizza. Er war zweimal verheiratet gewesen (in zweiter Ehe mit einer koksenden ehemaligen Miss Schottland, die nach der Scheidung mit einer prallen Abfindung in der Tasche in eine Entzugsklinik gesprintet war), kinderlos, fuhr einen Mercedes SLK und hatte einen gewaltigen Schwanz (Emma hatte ihm einmal auf einer Party in alkoholisiertem Zustand einen blasen wollen; sie schwor, es habe sich um eine Verwechslung gehandelt – er und Dan waren nun einmal Zwillinge!). Ich zweifelte an meiner Menschenkenntnis, als ich das alles hörte. Ich hätte dem Rick, den ich kannte, dem einundzwanzigjährigen Tischler, höchstens zugetraut, dass er ein paar Studentinnen aus St. Andrews schwängert.

Er saß bereits am Tisch, als ich das Restaurant betrat. Ich zog scharf den Atem ein. Er sah so völlig anders aus! Der dünne Junge von damals hatte breite Schultern und eine muskulöse Brust entwickelt, wie das nur jemand mit einem teuren Privattrainer konnte. Das schwarze, lockige Haar trug er jetzt kurz und tadellos gepflegt. Und die Röhrenjeans und den blendend grellen Pulli mit den waagrechten Streifen in den Grundfarben hatte er ebenfalls abgelegt. Verblüfft erkannte ich, dass er, träfe ich ihn jetzt zum ersten Mal, genau mein Typ wäre.

Er lächelte, als ich auf ihn zuging. Vielleicht würde der Abend ja doch nicht so schlimm werden. Der Ober half mir aus meiner Jacke.

»Hängen Sie sie nicht zu weit weg, die Dame macht gern einen plötzlichen Abgang«, rief Rick ihm sarkastisch hinterher.

Und ob der Abend schlimm werden würde! Ich ordnete ihn irgendwo zwischen einer Tupperware-Party bei Charlies Mutter und einem Termin beim Frauenarzt ein.

Ich bestellte einen Gin Tonic (»deine Trinkgewohnheiten hast du nicht geändert, wie ich sehe – anscheinend hängen dir nur deine Verlobten früher oder später zum Hals heraus«) und nahm dankbar die Speisekarte aus der Hand des Obers entgegen. Mir war alles recht, was als Schutzschild zwischen mir und diesem Verrückten auf der anderen Seite des Tisches dienen konnte. Ob die Karte wohl kugelsicher war?

Ich studierte sie eine halbe Ewigkeit. Die Buchstaben verschwammen mir vor den Augen. Der Ober (sein Name sei Casper, hatte er uns beinah huldvoll mitgeteilt; das mochte glauben, wer wollte – ich tippte eher auf Seamus) kam so oft an unserem Tisch vorbei, um zu sehen, ob wir schon bestellen wollten, dass ich sicher war, er würde seine Schuhe nach diesem Abend neu besohlen lassen müssen. Ich starrte auf die Karte und versuchte, den Sinn der Wörter zu begreifen, aber es gelang mir nicht. Ein unterwürfiges Lächeln auf dem Gesicht schwänzelte Casper/Seamus um unseren Tisch herum. Der Gute dachte, *er* hätte einen schrecklichen Abend. Wenn der wüsste! Ich hätte sofort mit ihm getauscht.

»Haben die Herrschaften schon gewählt?«, flötete er und ließ dabei den Blick über das Paar vor ihm wandern, das eine frostige Atmosphäre verbreitete. Die beiden machten ein Gesicht wie Luciano Pavarotti auf Diät. »Womit wollen Sie beginnen?«

Rick blickte mich starr und voller Bitterkeit an.

»Warum beginnen wir nicht am Tag unserer Trauung, als du mich abserviert hast? Danach sehen wir weiter«, knurrte er.

Casper machte auf dem Absatz kehrt. Ich beneidete ihn glühend.

Zehn Minuten vergingen in eisigem Schweigen. Dann wagte sich Casper, Zigarettenqualm ausdünstend – dem Gestank nach zu urteilen, musste er ein ganzes Päckchen geraucht haben –, an unseren Tisch zurück.

Wer hätte gedacht, dass Essen eine solche Qual oder ein Abend so lang sein konnte? Der Appetit auf den geräucherten Lachs war mir vergangen, als ich meine schmähliche, feige Flucht vor so vielen Jahren in allen Einzelheiten noch einmal durchleben musste.

Da gab es nichts zu beschönigen. Die traurige Wahrheit war, dass ich nicht den Mut gehabt hatte, Rick gegenüberzutreten und ihm zu sagen, es sei vorbei. Er erfuhr es erst am Hochzeitsmorgen und selbst da nicht einmal von mir persönlich. Seine Mutter saß bereits in ihrem lavendelfarbenen Zweiteiler an der Kirchenorgel und spielte sich warm. Emma steckte schon in ihrem Brautjungfernkleid. Ich? Ich hockte im Bad auf dem Fußboden und wrang die Rolle Toilettenpapier aus, mit der ich mir seit dem Vorabend die Tränen trocknete. Hätte Emma mich nicht eine Stunde später zufällig ins Taxi steigen sehen und den Fahrer mit einem beherzten Sprung auf die Kühlerhaube zum Anhalten gezwungen, hätte Rick es womöglich nie erfahren. Ahnungslos wartete er vor der Kapelle auf seine Braut. Als Emmas Wutanfall vorüber war, übernahm sie es, zur Kirche zu gehen, Rick die Nachricht beizubringen und die eintreffenden Gäste abzufangen. Ihr Sinn fürs Dramatische kam ihr dabei sehr gelegen. Ihr Kleid hatte sie anbehalten – das steigerte den Effekt.

Seit damals hatte ich nie wieder mit Rick gesprochen. Bis jetzt. Das heißt, eigentlich sprachen wir jetzt auch nicht miteinander – er zischte und ich bibberte.

Auf Ricks viel zu hübschem Gesicht spiegelte sich tiefster Abscheu. Wenn er doch nur fett und glatzköpfig gewesen wäre und eine Brille mit Gläsern wie Flaschenböden und Körpergeruch gehabt hätte! Dann wäre das alles wesentlich leichter für mich gewesen. Ich wand mich bis zum Nachtisch (Erdbeeren mit Sahne) vor Verlegenheit und Selbsthass. Dann platzte mir der Kragen – was vermutlich auch an dem Fässchen Gin Tonic lag, das ich mittlerweile intus hatte.

»Okay, Rick, jetzt reicht's. Du siehst eine reuige Sünderin vor dir, okay? Ich schäme mich entsetzlich für das, was ich getan habe, es tut mir unendlich Leid, dass ich dir so wehgetan habe, und wenn ich die Zeit zurückdrehen könnte, würde ich alles ganz anders machen. Es tut mir Leid, okay? Wirklich, von Herzen, schrecklich Leid. Können wir die Vergangenheit jetzt endlich Vergangenheit sein lassen?«

Ich wäre am liebsten aufgesprungen und davongerannt, aber erstens wusste ich immer noch nicht, wo Dan war, und zweitens war ich mir nicht sicher, ob meine Beine mich überhaupt noch trugen.

Nach einem langen, nachdenklichen Schweigen sagte er: »Würdest du mich heiraten?«

Ich sah ihn entgeistert an. »Was?« Sollte das ein Antrag sein? Wenn ja, hatte er aber eine merkwürdige Art, einen darauf vorzubereiten.

»Wenn du die Zeit zurückdrehen könntest, würdest du mich dann heiraten?«

Nach kurzem Zögern schüttelte ich langsam den Kopf.

Er sank ein wenig in sich zusammen. Wie ein Serienmörder wirkte er Gott sei Dank nicht mehr – nur noch wie ein gefährlicher Psychopath.

»Was ist eigentlich mit dem Computermenschen passiert? Emma hat es mir nie verraten.«

»Wir haben uns getrennt.«

Das schien ihm wieder Auftrieb zu geben.

»Ha! Ich wusste, dass das nicht gut gehen würde!«

»Oh, es ging gut. Viele Jahre lang«, erwiderte ich traurig. Ich konnte die Erinnerung daran nicht ertragen. Mir wurde in diesem Moment etwas klar: Das Einzige, was mich an diesem Tisch noch hielt, war, dass ich Ricks Schmerz nachfühlen konnte. Auch mir hatte man das Herz gebrochen.

Er stand auf. Gott sei Dank, er musste pinkeln! Ich konnte die

Pause vertragen. Er warf seine Serviette auf den Tisch und sagte scharf:

»Die Rechnung ist bereits beglichen. Du wirst den Weg nach draußen auch allein finden, nehme ich an.« Damit wandte er sich um und verließ das Restaurant.

Ich war wie vor den Kopf geschlagen. Ich saß da, den Mund weit aufgerissen, und starrte ihm sprachlos nach.

Na wunderbar! Die zwei qualvollsten Stunden meines Lebens, ein Abend voller Demütigungen, die Aussicht auf einen phänomenalen Kater und wofür das alles? Ich wusste verdammt nochmal immer noch nicht, wo Dan war!

Ich hatte mich auf die Couch gelegt und kühlte mir die Stirn mit einem feuchten Handtuch. Ob Magenauspumpen wohl von meiner privaten Krankenversicherung bezahlt würde?

Ich war seit einer Stunde zu Hause. Michael war noch nicht zurück. Ich hatte den Anrufbeantworter eingeschaltet. Emma hatte in Abständen von fünf Minuten angerufen und jedes Mal besorgter geklungen. Seit einer Viertelstunde war endlich Ruhe. Hoffentlich war sie nicht schon auf dem Weg hierher! Es reichte, wenn ich ihr am kommenden Morgen gegenübertreten musste. Bis dahin würde ich mindestens sechsundvierzig Alka Seltzer geschluckt, für vergangene Sünden gebüßt (Michael hatte hier noch irgendwo eine Peitsche, mit der ich mich würde geißeln können – ein Überbleibsel von seiner Affäre mit Beth, die in einer angeblich ganz legalen Sauna gearbeitet hatte) und mein Auto vom Parkplatz des Cameron House zurückgeholt haben. Die Fahrt mit dem Taxi hierher hatte mich fünfzig Piepen gekostet. Egal, ich hätte auch das Doppelte bezahlt, um endlich wieder nach Hause zu kommen.

Die Türglocke erscholl. Dieser verdammte Michael! Ab morgen würde ich ihm seinen Schlüssel um den Hals binden.

Oder war es Emma?

Wäre es übertrieben, wenn ich mich tot stellte?

Ich raffte mich auf, taumelte leise fluchend durch die Diele und riss die Haustür auf.

»Hi«, sagte Rick.

»Oh! Hi. Mit dir hätte ich am wenigsten gerechnet«, erwiderte ich. Das heißt, unter normalen Umständen hätte ich das erwidert. Doch da ich mich im Schockzustand befand und mein Gehirn seinen Dienst versagte, stand ich wie versteinert da in meinem grell pinkfarbenen Morgenmantel und sperrte den Mund auf. Sicherlich kein schöner Anblick.

Er wirkte gefasster, ruhiger und – Hilfe, lieber Gott! – noch attraktiver.

»Emma hat mir deine Adresse gegeben. Ich hoffe, es macht dir nichts aus.«

Ich zuckte mit den Schultern.

»Ich wollte nur ...« Er brach ab, als müsse er nach Worten suchen. »Dan ... Dan ist bei mir. Wir waren die letzten vier Wochen zusammen in Nizza. Ich hab's Emma gesagt, als ich sie wegen deiner Adresse anrief.«

Deshalb hatte Emma plötzlich nicht mehr angerufen. Und deshalb war er so braun gebrannt.

»Hör zu, es tut mir Leid. Ich war vorhin ziemlich unfreundlich zu dir. Das alles ist so lange her, und ich hätte nicht so hart mit dir ins Gericht gehen dürfen. Wir machen alle Fehler, vor allem mit zwanzig.«

Ich nickte zögernd und fragte mich, ob er mich in Sicherheit wiegen wollte, um dann einen Überraschungstreffer zu landen. Er trat einen Schritt vor, und ich fuhr heftig zusammen.

»Hey, ich wollte dir nur die Hand geben! Als versöhnliche Geste. Frieden?«

Ich streckte langsam die Hand aus, den Blick misstrauisch auf sein Jackett gerichtet, weil ich fürchtete, er werde gleich eine Machete hervorziehen und sie mir abhacken. Er ergriff meine Hand und zog mich näher zu sich. Das war's dann wohl, war mein letzter Gedanke – mein letzter Gedanke, bevor unsere Lippen sich trafen und er mich lange, lange küsste.

Als er sich, nach Stunden, wie mir schien, von mir löste, sagte er leise: »Gute Nacht, Josephine. Vielleicht sehen wir uns ja mal wieder.«

Ich nickte benommen. Hatte sich mein alkoholumnebeltes Hirn das nur eingebildet, oder hatte mein Jugendfreund mich tatsächlich abgeknutscht?

Ich trat zurück ins Haus und warf die Tür zu. Ich sah weder, wie Rick in seinen Mercedes stieg und davonbrauste, noch, wie Mr. McTavish von nebenan dem Wagen neidisch hinterherguckte, als er an ihm und Spud, seinem Hund, vorbeidonnerte.

Und ich sah auch nicht, dass Jackson auf der gegenüberliegenden Straßenseite aus seinem Auto heraus beobachtete, wie seine Freundin im Morgenmantel einen anderen Mann zum Abschied küsste.

Kapitel 9

In the Ghetto

August 1988

»Sie ist schwanger«, wiederholte Jo tonlos.

Jack stand regungslos vor ihr, als hätte er in dem cremefarbenen Flokati Wurzeln geschlagen (der Teppich gehörte Cynthia – er war ein Überbleibsel einer Affäre mit einem Teppichdiscounthändler aus Stirling). Jo schloss die Augen. Sie schwieg, weil sie fürchtete, sie würde schreien: *»Ich bin auch schwanger!«*, sobald sie den Mund aufmachte. Am liebsten wäre sie aufgesprungen, hätte ihn angebrüllt, auf ihn eingedroschen, damit er wenigstens einen Bruchteil der Schmerzen fühlte, die sie in diesem Augenblick empfand. Aber was würde das nützen? Verdammt gar nichts, erkannte sie.

»Es tut mir schrecklich Leid, Jo, ich bin genauso schockiert wie du ...«

Seltsamerweise bezweifelte sie das.

»Ich meine, Carol hat nie Kinder gewollt, sie hat nie Interesse an Kindern gehabt. Aber es war kein Versehen – sie hätte eben ihre Meinung geändert, sagt sie. Sie hätte vorher mit mir darüber reden sollen ...«

Jo hörte nicht zu. Sie hätte ihn ohnehin nicht verstanden, so laut dröhnte das Rauschen des Bluts in ihren Ohren.

»... aber sie meinte, es hätte eine Überraschung werden sollen. Vor Jahren, bevor ich dich kennen lernte, habe ich mir immer eine Familie gewünscht, weißt du. Sie dachte, daran hätte sich bis heute nichts geändert.«

Halt endlich den Mund. Bitte halt den Mund!

»Und da hat sie beschlossen, die Pille abzusetzen ...«

Sie musste etwas sagen, irgendetwas, nur damit er endlich aufhörte zu reden.

Sie zwang sich, den Mund aufzumachen. »Ich weiß, was als Nächstes kommt«, brachte sie hervor. »Du brauchst es nicht noch einmal zu sagen.«

Sie musste sich zusammennehmen. Was wollte sie? Sie wollte die Zeiger der Uhr ungefähr vier Wochen zurückdrehen und ihr Diaphragma auf winzige Schlupflöcher untersuchen, die es einigen turboschnellen Spermien erlaubt hatten, bis zu ihrer Gebärmutter vorzudringen. Sie wollte aufwachen und feststellen, dass sie das alles nur geträumt hatte. Was sie aber unter gar keinen Umständen wollte, war, dass Jack von ihrer Schwangerschaft erfuhr. Wenn sie ihm jetzt mitteilte, sie erwarte ein Kind von ihm, würde sich ihre Geschichte in eine jener Trivialstorys verwandeln, die in niveaulosen Talkshows abgehandelt wurden.

»Es tut mir furchtbar Leid, Jo. Ich weiß nicht, was ich sagen soll. Ich meine, ich weiß einfach nicht, was ich machen soll.« Seine Stimme klang schrill vor Panik, und sein Atem ging stoßweise.

Sie musterte ihn, sah sein vor Angst verzerrtes Gesicht, seine zitternden Hände, die fahrigen Gesten.

Es war Zeit einzugreifen. Sie musste Herr der Lage werden.

»Du kannst nur eins machen«, antwortete sie langsam und sehr beherrscht. Hinter ihrer sanften Stimme verbarg sich die Wut über die Sinnlosigkeit dieser ganzen Szene, ihrer Beziehung, ihres Diaphragmas und ihres Lebens. »Geh nach Hause. Geh heim zu deiner Frau.«

»Jo, ich ...«

Achselzuckend fuhr sie fort: »Wir kannten die Regeln, Jack. Und jetzt sind sie gebrochen worden.« Wow, das war ganz schön tiefsinnig. Richtig reif und erwachsen klang das. Sie unternahm einen schwachen Versuch zu scherzen. »Wer weiß, vielleicht lerne ich ja einen reichen Mann kennen und pendle in Zukunft mit ihm zwischen seiner Villa auf Mallorca und seiner Jacht in der Karibik hin und her.«

Aber zuerst einmal hatte sie eine Verabredung mit dem knausrigen Angestellten vom Arbeitsamt, bei dem sie Arbeitslosenunterstützung beantragen musste.

»Aber …«

»Sag nichts, Jack. Wir hatten eine wunderbare Zeit miteinander, und jetzt ist sie vorbei. So einfach ist das.« Sie stand auf und trat auf ihn zu. Wie gern hätte sie sich in seine Arme geworfen, ihm das Versprechen abgenommen, er werde sie nie verlassen. Aber wozu? Was geschehen war, war geschehen und nicht mehr rückgängig zu machen.

Sie streichelte sein Gesicht.

»Ich wünsch dir viel Glück.« Sie grinste. »Und wenn's ein Mädchen wird, nenn sie Josephine. Ein blöder Vorschlag, ich weiß, aber das macht es mir leichter.«

Er bewunderte sie für ihre Tapferkeit, aber ihm konnte sie nichts vormachen. Er wusste, wie sehr sie litt.

»Ich liebe dich, Jo.«

»Ich weiß.« Sie schob ihn zur Tür. »Das weiß ich.«

<u>Was zu tun ist</u>

Klopapier und Deodorant kaufen

Krankschreibung vom Arzt abholen

Kühlschrank ausräumen und alles wegschmeißen, dessen Verfallsdatum um mehr als drei Tage überschritten ist

Blumen gießen

Diaphragma verbrennen
Entscheidung bezüglich Baby treffen
Mich erschießen

Jo warf den braunen Kajalstift, mit dem sie ihre Liste geschrieben hatte, hin (nie war in dieser Wohnung ein Kugelschreiber aufzutreiben) und griff nach der Packung Schokoladenvollkornkekse, mit denen sie sich tröstete, seit Jack gegangen war. Besser gesagt, seit sie ihn zur Tür hinausgeschoben hatte. Aber das war nur Wortklauberei.

Die Ironie der Situation entging ihr nicht. Sie hatte mit dem Feuer gespielt und sich tüchtig verbrannt. Moralprediger und Klatschmäuler konnten triumphieren: Die Ehebrecherin war ihrer gerechten Strafe zugeführt worden.

Sie hatte geschlagene zwölf Stunden geweint, nachdem Jack gegangen war. Als Cynthia um vier Uhr früh hereingetorkelt war, hatte sie nur einen Blick auf Jo geworfen und gelallt: »Scheiße, Jo, dein Gesicht sieht aus, als wär es gesandstrahlt worden.« Jo dankte ihr für ihr Mitgefühl und ihre tröstenden Worte und brachte sie dann zu Bett, nachdem sie ihr den kirschroten, lendenschurzbreiten Ledermini heruntergezerrt hatte (den konnte sie unmöglich anlassen, er war so eng, dass er ihr das Blut abschnüren und womöglich zur Amputation beider Beine führen würde). Einen Augenblick war sie irritiert, als sie feststellte, dass Cynthia keinen Slip trug. Sie würde ihr zweifellos eine lange, dramatische und höchst unterhaltsame Geschichte erzählen können. Wenn doch alles wieder wie früher wäre! Einfach aufwachen, Cyn mit Aspirin versorgen, ungläubig den Kopf schütteln über ihre nächtlichen Eskapaden (obwohl es Jo im Grunde nicht überraschen würde, wenn Cyn während der parlamentarischen Fragestunde splitterfasernackt ins Unterhaus marschieren und Maggie T. abknutschen würde) und sich vor Lachen kringeln. Sie fragte sich, ob sie jemals wieder lachen würde, als sie Cynthia zudeckte.

Dieselbe Frage stellte sie sich drei Tage später immer noch. Ihre Augen waren rot und verquollen. Sie hatte seit Tagen dieselben Sachen an, und ihr Magen erwog ernsthaft, in der Kategorie Saltodrehen an der nächsten Olympiade teilzunehmen. Cynthia (die blutunterlaufenen Augen hinter der obligatorischen dunklen Sonnenbrille und den Rest unter dem obligatorischen Lycraoutfit verborgen) war am Morgen nach ihrem Absturz für drei Tage nach Benidorm zu einem Shooting geflogen. Sie posierte für den Kalender einer Autohauskette. Das Niveau entsprach zwar nicht dem des Pirelli-Kalenders, aber zu mehr Klasse würde es bei Cynthia wohl auch nicht reichen.

Jo schenkte sich einen dünnen Tee ein und widerstand der Versuchung, einen Schuss Brandy dazuzugeben. Oder eine Prise Strychnin. Sie musste ihren Lebensentwurf neu überdenken, ihre Zukunftspläne ändern, aber sooft sie sich daranmachte, scheiterte sie bereits an den momentanen Gegebenheiten: Sie war schwanger, sie hatte keine Ahnung, wovon sie ein Kind ernähren sollte, der Vater des Kindes hatte desertiert, und wenn sie das Kind bekam, bedeutete das keine Arbeit, keine Wohnung (hier würde sie nicht bleiben können – Cynthia hasste Lärm, sofern er nicht vom rhythmischen Quietschen einer Matratze untermalt wurde), kein Geld, keine Zukunft.

Die Alternative war noch viel entsetzlicher. Sie konnte ihr Kind nicht umbringen. Ihr *und* Jacks Kind. Das hatte nichts mit moralischen Grundsätzen oder ihrer katholischen Erziehung zu tun. Sie hätte ihren potenziellen Heiligenstatus durch Empfängnisverhütung, Sex vor der Ehe und einige andere Kleinigkeiten ohnehin schon längst verspielt. Nein, ein Schwangerschaftsabbruch war in ihren Augen einfach etwas Grässliches. Wie würde sie danach noch in den Spiegel schauen können?

Welche Möglichkeiten blieben ihr also? Zu ihren Eltern konnte sie nicht zurück. Als sie wenige Tage nach ihrer Flucht aus St. Andrews mit ihnen telefoniert hatte, hatten sie ihr klar gemacht, dass ihr Verhalten inakzeptabel sei (hingegen schien es völlig in Ordnung, in einem Umkreis von drei Meilen alles, was Beine hatte, flachzulegen). Es sei ohnehin an der Zeit gewesen, dass sie von zu Hause ausziehe, und deshalb würden sie ihr Zimmer vermieten. Anscheinend waren sie ein bisschen knapp bei Kasse – Jos rüstige siebzigjährige Großmutter schien ihnen nicht den Gefallen tun zu wollen, demnächst den Löffel abzugeben, daher würden sie noch eine Weile auf ihr Erbe warten müssen. Jo war nicht überrascht gewesen, aber getroffen hatte sie diese Reaktion dennoch. Zu guter Letzt hatte sie erkannt, dass sie im Grunde nichts verlor. Ihre Eltern hatten sie immer schon wie Dreck behandelt, insofern änderte sich nichts für sie. Seitdem beschränkte sich ihre Beziehung auf den gelegentlichen Anruf ihrer Mutter zu Weihnachten. Das war traurig, aber wahr. Jo würde sich lieber die Hand abhacken, als ihre Eltern um Hilfe zu bitten.

Sie seufzte und nippte an ihrem Tee. Beinah mechanisch griff sie zum Telefon. Es gab nur einen einzigen Menschen, an den sie sich wenden konnte, der für sie da sein würde. Emma. Sie hatten kaum Kontakt miteinander gehabt seit Jos Flucht nach Glasgow und Emmas Hochzeit. Anfangs hatten sie zwar öfter telefoniert, aber Jo war klar geworden, dass sie ihre Freundin damit in eine unmögliche Situation brachte. Ihre neue Familie hielt Jo für eine Verbündete des Satans, daher waren sie strikt gegen eine Fortsetzung ihrer Freundschaft. Jo wollte auf keinen Fall Anlass für Reibereien zwischen Emma und Dan sein, und so schlief ihre Beziehung allmählich ein. Jo wusste nicht einmal, ob sie Emma überhaupt ihre letzte Adresse oder ihre Telefonnummer gegeben hatte. Aber mit Emma verband sie etwas ganz Besonderes. Sie wusste, sie konnte auf sie zählen.

Mit zitternden Fingern wählte sie ihre Nummer. Eine Frauenstimme meldete sich. Gott sei Dank, sie war zu Hause.

»Em, ich bin's, Jo«, sagte sie stockend.

»Ich glaube es nicht – die Schlampe höchstpersönlich! Du hast vielleicht Nerven, hier anzurufen! Lässt meinen Jungen einfach sitzen! Der arme Kerl war am Boden zerstört, ja, du hast richtig gehört, am Boden zerstört! Und hab ich vielleicht das Geld für mein Kostüm zurückbekommen, das ich mir vom Mund abgespart hab? Pustekuchen! Du schuldest mir neunundvierzig Pfund neunundneunzig! Aber wahrscheinlich werd ich ja doch keinen Penny davon wiedersehen. Das kann ich abschreiben, weg ist es, auf Nimmerwiedersehen, genau wie du! Ich hätte nicht wenig Lust ...«

Jo knallte den Hörer hin. Sie zitterte am ganzen Körper. Das hatte ihr gerade noch gefehlt. Ausgerechnet an ihre Beinahe-Schwiegermutter musste sie geraten! Lieber wäre sie vor ein Erschießungskommando getreten. Großer Gott, die Frau sollte man nur in Begleitung eines mit Peitsche bewaffneten Erwachsenen auf die Straße lassen.

Es wäre Ricks Mutter eine tiefe Genugtuung gewesen, wenn sie gewusst hätte, in welcher Notlage Jo sich befand. Sie hätte freudig in die Orgeltasten gehauen und dem Herrn gedankt, dass Jo ihre gerechte Strafe bekommen hatte. Sie wird es niemals erfahren, schwor sich Jo. Und das bedeutete, dass sie Emma nicht ins Vertrauen ziehen konnte. In sentimentalen Momenten, unter dem Einfluss von Liebeskummer oder Alkohol neigte sie nämlich dazu, sich zu verplappern.

»Jo, bist du noch da, oder hast du dich bereits in ein Heim für obdachlose Mütter geflüchtet?«, dröhnte Cynthias schrille Stimme durch den Flur.

Scheiße, dachte Jo. Da hofft man so inständig auf Rettung, und wenn sie endlich kommt, schwenkt sie eine Dreiliterflasche zollfreien Wodka, hat Silikontitten und eine Stimme, die sich anhört, als kratze man mit den Fingernägeln über eine Schiefertafel.

Jo war noch nie im Leben so glücklich gewesen, jemanden zu sehen.

»Bist du dir auch wirklich sicher?«, fragte Cynthia, als sie mit Jo auf das Taxi wartete. Jo hätte es nichts ausgemacht, mit der U-Bahn zu fahren, aber Cynthia bestand darauf, sie zu begleiten, und ihr war der Weg zur nächsten U-Bahnstation zu weit. Zu Fuß gehen war nicht ihr Ding. Sie benutzte ihre Füße nur zum Laufen, wenn sie in Stilettos über den Rücken ihres Dienstagnachtkunden stakste: Der ließ sich nämlich für sein Leben gern malträtieren.

Jo seufzte und nickte langsam. Sie befand sich in einer Art Trance. War sie wirklich sicher? Sie hatte noch nie im Leben so viele Zweifel gehabt. Ihr Verstand sagte ihr, dass sie dieses Kind nicht bekommen konnte. Sie war weder in der Lage, für sich und ein Kind zu sorgen, noch wollte sie ein Kind – das war die nackte, ungeschminkte, grausame Wahrheit. Sie hatte sich nie eine Familie gewünscht, und sie bezweifelte, dass sie jemals eine haben wollte. Folglich gab es nur eine Lösung. Es war besser so. Ganz bestimmt. Oder?

Nachdem sie ihre Entscheidung getroffen hatte, war alles ganz schnell gegangen. Cynthia hatte ihr die Anschrift einer Klinik in Lyndoch Terrace besorgt und einen Termin für sie vereinbart. Jo fragte sich, wie sie das alles bezahlen sollte. Sie hatte nur geringe Ersparnisse, und sie konnte sich nicht vorstellen, dass eine Abtreibungsklinik eine Kreditkarte akzeptierte.

Cynthia wusste auch hier Rat. Am Tag, als sie den Termin vereinbart hatten, drückte sie ihr zwölfhundert Pfund in die Hand.

Jo war fassungslos, beschämt und dankbar, aber sie wollte das Geld nicht annehmen. Doch Cynthia bestand darauf.

»Nimm es«, beharrte sie. »Du kannst es mir ja zurückgeben,

wenn du das Restaurant hast, von dem du ständig faselst. Oder wenn du dir einen reichen Macker geangelt hast. Oder in der Lotterie gewinnst.«

Jo hatte traurig gelacht. Sie konnte die unverhoffte Großzügigkeit ihrer Freundin nicht fassen. Noch vor kurzem war die liederliche Cynthia nichts weiter als eine große Klappe mit Brüsten gewesen. Jetzt erwies sie sich als unvoreingenommene Freundin in der Not, als loyaler, hilfsbereiter Mensch.

Das Hupen des Taxis riss Jo aus ihren Gedanken. Sie holte tief Luft. Es war so weit. Sie würde es tun.

Der Taxifahrer war zum Glück nicht der gesprächige Typ. Das lag möglicherweise daran, dass er vollauf damit beschäftigt war, die Göttin in seinem Fond mit gierigen Blicken zu verschlingen. Nie wieder würde er die Polster saugen! Da saß doch tatsächlich Candy (er kannte Cyn nur unter ihrem Künstlernamen) in *seinem* Taxi! Das Pin-up-Girl der *Scottish Sun*, die Kleine, die ihm seinen Schichtdienst, seine Teepause und die Nächte, wenn nichts im Fernsehen kam, versüßte! Er konnte es kaum erwarten, seinen Kollegen davon zu erzählen. Die würden grün anlaufen vor Neid! Der Frau in Candys Begleitung schenkte er nur einen flüchtigen Blick. 'ne seltsame Freundin hatte die, fand er.

Jo schaute still zum Fenster auf die belebten Straßen hinaus. Leute gingen zur Arbeit, zu Verabredungen mit Freunden, zum Einkaufen. Sie wünschte, sie wäre eine von ihnen. Sie wünschte, sie hätte keine anderen Sorgen als die Frage, was sie zum Essen kochen solle oder ob das Personal pünktlich seine Schicht anträte. Sie sehnte sich nach Normalität. Stattdessen verspürte sie einen nagenden Schmerz in der Magengrube und litt unter der schrecklichen Erkenntnis, dass dies der schlimmste Tag ihres Lebens war.

Sie grub die Fingernägel in die Handfläche und hielt mühsam die Tränen zurück. Es gab keinen anderen Ausweg. Jedenfalls keinen, mit dem sie würde leben können.

Das Taxi hielt vor der exklusiven Klinik unweit des piekfeinen Charing Cross Hotels. Der Fahrer drehte sich um und strahlte sie an. Während er etwas zu Cynthia sagte, versuchte er gleichzeitig, unter ihren Rock zu schielen. Wenn er den Kopf noch tiefer in diesem Winkel beugte, würde sich der Ärmste garantiert einen Wirbel ausrenken.

Cynthia bezahlte und gab ihm ein Autogramm in die Zeitung vom Tag. Ihrer Meinung nach waren die meisten Männer Wichser, und was diesen hier und seine Pläne für den Abend betraf, so konnte man das durchaus wörtlich nehmen.

»Dann komm, Schätzchen, bringen wir die Sache hinter uns«, sagte sie zu ihrer Begleiterin. Jo war schneeweiß im Gesicht und rührte sich nicht vom Fleck.

Cynthia legte zärtlich den Arm um sie. »Komm, Kleines, alles wird gut, du wirst sehen«, beruhigte sie sie. »Bald hast du's hinter dir, und dann geht's dir besser.«

»Ich kann nicht, Cyn.« Jo hatte die Augen weit aufgerissen. Schmerz, Bestürzung und Angst spiegelten sich in ihrem Blick.

Der Taxifahrer rutschte unruhig auf seinem Sitz hin und her. Hoffentlich stiegen die beiden bald aus. Er hatte es eilig, nach Hause zu kommen, wo sein Mittagessen, sein Dobermann und eine angenehme Beschäftigung für seine rechte Hand auf ihn warteten.

»Doch, du kannst. Jetzt komm«, drängte Cynthia sanft.

»Nein, Cyn, ich kann wirklich nicht. Ich ... ich kann nicht aufstehen«, flüsterte Jo. Sie schlug die Augen nieder und starrte auf ihre hellblaue Hose. Cynthias Blick folgte ihrem. Sie machte große Augen vor Entsetzen, als sie den roten Fleck sah, der sich auf dem Stoff ausbreitete.

»Fahren Sie uns zurück«, befahl sie dem Fahrer. »Und wenn Sie's in weniger als zwanzig Minuten schaffen, zeig ich Ihnen meine Titten!«

Kapitel 10

(You're the) Devil in Disguise

www.G.I.N.com, Forum, neuer Beitrag:

Meine lieben fehlgeleiteten Damen,
ich bin schockiert und betrübt, wenn ich die Beiträge der Frauen, die offensichtlich einen skrupellosen und abstoßenden Lebenswandel führen, auf dieser Website lese. Doch es gibt Hoffnung! Es ist noch nicht zu spät, die Rettung in Gott zu suchen, meine Damen. Jesus liebt euch, und der Glaube wird euch die Selbstachtung und die moralische Stärke verleihen, umzukehren und den Weg der Rechtschaffenheit und des Heils einzuschlagen. Versäumt nicht diese wunderbare Chance, eure Seele zu retten und das wahre, auf Ehrlichkeit und geistiger Schönheit beruhende Glück zu finden. Setzt euch mit mir in Verbindung. Ich weiß Rat.
Euer mitfühlender Freund
Cliff

Priscilla winkte Michael nach, als er in seinen gelben Mini Cooper sprang und langsam davonfuhr. Ihr Lächeln war aufgesetzt, und sie schüttelte verächtlich den Kopf über seine bedächtige Fahrweise.

Als er die Querstraße hundert Meter weiter erreicht hatte, beugte er sich aus dem Fenster und warf ihr eine Kusshand zu. Sie erwiderte seine Geste. Angewidert wandte sie sich ab. Gott, was für ein Trottel! Ein leicht gängelbarer, romantischer, Übelkeit erregender Trottel – genau das, was sie sich immer gewünscht hatte. Sie konnte ihr Glück kaum fassen.

Sie ging zurück ins Haus, nahm eine Bierflasche aus dem Kühlschrank und öffnete sie an der Kante der Resopalarbeitsfläche. Sie trank auf sich selbst. Alles lief genau nach Plan. Sogar noch besser. Michael machte es ihr wirklich leicht.

Sie hatte sein Potenzial schon bei ihrer allerersten Begegnung im Gerichtssaal erkannt. Sie hatte die Verhandlung für ihre Chefin mitstenografiert. Ihre Chefin war eine fünfmal geschiedene, sechsmal geliftete brasilianische Primadonna, die eine weltweite Verschwörung witterte mit dem Ziel, sie um ihre Abfindung in Höhe von mehreren Millionen Pfund zu bringen. Maria Conchita Beldona Degrado war die Gattin des exzentrischen Laird of Abernathy, der mehr Land besaß als die meisten Diktatoren in der Dritten Welt. Und nur weil sie erwischt worden war, wie sie im Bunker am vierzehnten Loch in eindeutiger Pose vor ihrem Golflehrer kniete, würde sie sich noch lange nicht in aller Stille davonschleichen. Oder sich zum Schleuderpreis verkaufen.

Michael hatte vor Gericht eine Glanzvorstellung geliefert, was die Argumentation und die Anführung mildernder Umstände betraf. Obwohl Beweisfotos von ihrem kleinen Seitensprung existierten, wurden der großspurigen Brasilianerin drei Millionen Pfund zugesprochen, ferner eine Diamantenkollektion samt dunkler Brille zum Schutz gegen das grelle Funkeln und eigenem Wachpersonal sowie eine unbewohnte Insel vor der Küste Nordschottlands. Maria hatte Michael danach eingeladen, den glücklichen Ausgang der Verhandlung mit ihr im feinen Grosvenor Hotel an der Byres Road im Herzen des West End zu feiern. Als Stammgast bekam sie dort einen Vorzugspreis: Das Hotel war ihre Zuflucht geworden, wenn sie es auf ihrem Landsitz im fernen East Lothian, wo sie nichts weiter zu tun hatte, als dem Wild beim Bumsen zuzuschauen oder das Geld ihres Mannes zu zählen, nicht mehr aushielt. Sie hatte diese Ausflüge nach Glasgow immer sehr genossen, zumal der Klatsch über ihre Eskapaden nie bis in ihr siebzig Meilen entferntes Zuhause gedrungen war. Aber jetzt war sie endlich frei. Sie war ihren Ehemann losgeworden und alles, was sie an diesen gottverlassenen Flecken gefesselt hatte. Wie konnte man nur in einem Land leben, in dem es ununterbrochen regnete und man ständig Gefahr lief, sich Frostbeulen zu holen?

Nach der Feier war Maria diskret vom Hotelpersonal ermahnt worden, weil sie in der Halle vor einer begeisterten Gruppe amerikanischer Touristen den Cancan aufgeführt hatte; die Touristen hingegen hatten ihre Darbietung für eine Nummer des abendlichen Unterhaltungsprogramms gehalten.

Michael und Priscilla waren gemeinsam gegangen. Draußen vor dem Hotel, im Freitagabendgedränge der Nachtschwärmer, die in die zahllosen Lokale oder Bars an der Byres Road strömten, nahm Michael all seinen Mut zusammen. Er fragte Priscilla stockend, ob sie nicht noch irgendwo einen Drink nehmen sollten. In diesem Moment traf Priscilla eine Entscheidung. Sie sah einen anderen Michael vor sich – nicht den selbstsicheren, redegewandten Anwalt, der seine Kollegen und den Richter durch sein souveränes Auftreten und seine Scharfsinnigkeit beeindruckt hatte und als überlegener Sieger aus dem Wortgefecht mit einem der renommiertesten Anwälte Schottlands hervorgegangen war, sondern einen nervösen, unsicheren, fast gehemmten Mann. Allerdings einen in gehobener gesellschaftlicher Position und, da war sie sich ganz sicher, mit dem entsprechenden Vermögen. Er war der ideale Mann für sie.

Michael schien wie geschaffen für die Position als Priscillas Lebenspartner. Sogar ihre Verehrung für den King of Rock 'n' Roll übernahm er. Die Schwärmerei für Elvis Presley war ein

Überbleibsel aus ihrer Kindheit, als sie mit ihren Eltern durch die Pubs und Klubs von Tyneside getingelt war, wo sie Songs aus Memphis zum Besten gaben – manchmal für ein paar Flaschen Bier und einen Bratspieß auf dem Heimweg.

An ihrem sechzehnten Geburtstag hatte Priscilla genug. Sie klaute die Graceland-Kasse ihrer Mutter (lausige zweihundertfünfzig Piepen – hatten sie etwa vorgehabt, zu Fuß nach Graceland zu pilgern?) und setzte sich ab. Sie spielte kurz mit dem Gedanken, sich nach London durchzuschlagen, doch da wäre sie nichts weiter als ein kleiner Fisch in einem riesigen Teich gewesen. Da sie Glasgow ein wenig von den Besuchen bei ihrer Großmutter väterlicherseits kannte, entschied sie sich für diese Stadt. Gewappnet mit einem gefälschten Ausweis, der sie drei Jahre älter machte, drei selbst verfassten Empfehlungsschreiben, die sie als tüchtigstes Kindermädchen seit Mary Poppins lobten, und einer Portion Optimismus stieg sie aus dem Zug. Sie hatte Glück. Innerhalb von zwei Wochen hatte sie eine Stelle bei einer wohlhabenden Akademikerfamilie gefunden. Abends besuchte sie einen Sekretärinnenkurs. Sie wechselte ihren Job einige Male. Eine Zeit lang kümmerte sie sich um den verwöhnten Nachwuchs eines unverschämt reichen französischen Fußballspielers und seiner Frau, und später, nachdem sie ihr Sekretärinnendiplom hatte, bewarb sie sich als Sekretärin bei dieser brasilianischen Schlampe.

Wer als armer Schlucker unter den Superreichen lebt, empfindet entweder Dankbarkeit für die Chance oder aber er wird verbittert. Priscilla gehörte zweifellos zu Letzteren. Eines Tages würde sie Geld wie Heu haben, schwor sie sich. Vielleicht nicht so viel, dass es für Erste-Klasse-Flüge und Häuser auf vier Kontinenten reichte (Männer mit dieser Ausstattung schenkten einer Durchschnittsfrau wie ihr keinen zweiten Blick), aber mindestens für eine Doppelhaushälfte auf dem Land, zwei Luxusschlitten in der Einfahrt und ausreichend Rücklagen, um nie wieder nach Tyneside zurückkehren zu müssen. Und Michael war der Glückliche, der ihr das alles beschaffen würde. Er hatte alles, was sie sich wünschte: ein akzeptables Äußeres, ein finanzielles Polster, einen angesehenen Beruf und Potenzial. Wenn er in diesen engen Jeans und den Cowboystiefeln nur nicht so beschissen aussehen würde! Seine großen Füße wirkten darin wie Flossen. Aber sie fand es nett, dass er sich solche Mühe gab.

Es war ein Kinderspiel gewesen, ihn zu ködern. Nach der rührseligen Geschichte über ihre »traumatische Kindheit« hatte er ihr aus der Hand gefressen. Sie hatte ihm erzählt, sie hätte jede Nacht auf der Treppe vor irgendeinem Klub gesessen und auf ihre Eltern gewartet; in Wirklichkeit hatte sie es sich meistens im Personalraum mit Knabberzeug, Coke, Zeitschriften und, nach ihrem elften Geburtstag, einer heimlichen Zigarette gemütlich gemacht. Sie tat, als himmele sie ihn an, und er winselte wie ein dankbarer Welpe. Und was den Sex betraf, so küsste er ihr praktisch die Füße. Das hatte er tatsächlich gemacht. Offenbar hatte er nach einer erogenen Zone gesucht, stattdessen aber unglücklicherweise nur zwei angelaufene Zehenringe und eine Hornhautstelle entdeckt. Selbst das schien ihn nicht gestört zu haben.

An diesem Abend hatte sich ihre Entscheidung bezahlt gemacht. Sie war nur noch einen Schritt vom Traualtar und Flitterwochen in einem Fünf-Sterne-Hotel auf dem Kontinent entfernt. Michael hatte ihr nämlich seine Liebe gestanden. Er hatte einen ganz schön langen Anlauf gebraucht: ein ganzes Konzert zum Gedenken an Elvis, ein komplettes Abendessen vom Inder und eine Stunde wildes Rammeln auf dem Wohnzimmerboden. In seiner postorgasmischen Glückseligkeit hatte er sich auf einen Ellbogen gestützt und ihr in die Augen geschaut. Zuerst dachte sie, er müsse zum Pinkeln, aber dann waren seine Augen feucht geworden, und sein Gesicht hatte einen dümmlichen Ausdruck angenommen.

»Priscilla, ich muss dir etwas sagen.«

Reichlich dramatische Einleitung für die Ankündigung, schnell mal aufs Klo zu gehen, hatte sie gedacht.

Doch dann sagte er:

»Ich glaube, ich bin im Begriff, mich in dich zu verlieben.«

Sie hatte geweint. Nicht vor Rührung, sondern vor Erleichterung. Endlich würde sie dieser brasilianischen Kuh sagen können, sie solle sich ihren Scheißjob in den Arsch stecken. Sie stand allerdings ein wenig unter Zeitdruck. Die Brasilianerin war ins Grosvenor Hotel gezogen, bis alle Scheidungsformalitäten erledigt, die Kohle auf ihrem Konto und die Eigentumsübergabe abgeschlossen war. Ihr Exmann wandte zwar Verschleppungstaktiken an, was die Brasilianerin veranlasst hatte, Gift und Galle zu spucken (was für ein herzerwärmender Anblick!). Aber irgendwann in naher Zukunft würde die Abfindungssumme auf ihrem Konto eingehen, und dann würde sie Schottland mit großer Wahrscheinlichkeit unverzüglich den Rücken kehren und in wärmere Gefilde übersiedeln. Und Priscilla würde ihren Job verlieren (die Einkünfte aus der kleinen Nebentätigkeit, von der Maria nichts ahnte, würden bald ausbleiben). Das bedeutete, die Falle musste bis dahin zugeschnappt sein.

Zum Glück war Phase eins der Operation Tölpel erfolgreich abgeschlossen. Phase zwei begann: Michaels Freunde kennen lernen und sie für sich einnehmen. Dazu bot sich Ende der Woche eine gute Gelegenheit, weil sie alle zu einer Dinnerparty eingeladen waren. Es würde sie ihrem Ziel ein entscheidendes Stück näher bringen, wenn seine Freunde ihn ermutigten und ihm versicherten, sie sei die Richtige für ihn. Das dürfte kein Problem sein. Nach allem, was Michael erzählt hatte, schienen sie ein ziemlich chaotischer Haufen zu sein und genauso leicht um den Finger zu wickeln wie er. Die Tussi, mit der er sich die Wohnung teilte, war anscheinend nicht besonders helle. Was machte sie gleich nochmal? Irgendwas mit dem Internet oder so einen Quatsch. Vermutlich 'ne öde Schnepfe, ein Trampel mit der Ausstrahlung einer Blattpflanze.

Priscilla nahm ein zweites Bier aus dem Kühlschrank und lächelte verächtlich. Nein, dachte sie, das wird garantiert kein Problem.

Kapitel 11

Moody Blue

www.G.I.N.com, Forum, neuer Beitrag:

> Lieber Cliff,
> geh mal raus und amüsier dich, du jämmerlicher Scheißkerl!
> Domina Domenique

Nein, Mutter, das Türkisfarbene, eindeutig das Türkisfarbene! Das macht dich zehn Jahre jünger, du siehst darin wirklich wie ein junges Mädchen aus«, versicherte Charlie, woraufhin Margo in kokettes Gekicher ausbrach und die gelangweilte Verkäuferin vor der Umkleidekabine bei Harvey Nicols die Augen verdrehte. Was war das für ein Freudentag gewesen, als die Kaufhauskette eine Filiale in Edinburgh eröffnet hatte! Für dieses exklusive Einkaufserlebnis nahm man gern die einstündige Fahrt in Kauf.

Charlie warf einen verstohlenen Blick auf seine Uhr. Obwohl Shoppen am Freitagnachmittag zu seinen absoluten Lieblingsbeschäftigungen gehörte, musste er es dieses Mal kurz machen. Er musste noch ein Dutzend Telefonate führen, bevor seine Kontaktleute sich ins Wochenende verabschiedeten und entweder in die Pubs stürmten (der Pöbel) oder aufs Land fuhren (die Schickimickis).

Außerdem hatte er sich jetzt lange genug in Geduld geübt und als braver Sohn erwiesen. Seine Mutter hatte ihm weit über dreißig Kleider vorgeführt, die passenden Hüte und Handschuhe wollte er gar nicht erst erwähnen. War es wirklich nötig, für die alljährliche Bridge-of-Weir-Gartenschau einen solchen Aufwand zu betreiben? Etwas anderes wäre es, wenn es sich um die Highland Games handelte. Vergangenes Jahr hatten sie für den Schlusstag, an dem die Queen höchstpersönlich anwesend war, wochenlang nach dem richtigen Ensemble gesucht. Doch die Mühe hatte sich gelohnt! Und die, die spotteten, Margos Hut habe wie eine Pizza in Seenot ausgesehen, waren doch bloß neidisch gewesen.

»Weißt du, Charles, das stimmt mich irgendwie ein bisschen traurig.«

Womit wir wieder beim Thema wären, dachte Charlie gereizt. Etwas Altes, etwas Neues, etwas Geborgtes, etwas Blaues. Gott, ich kann's nicht mehr hören!

»Du glaubst nicht, wie ich mich auf den Tag freue, an dem ich diesen netten Verkäuferinnen« – sie deutete auf die junge Frau, die sich ein gequältes Lächeln abrang, während sie sich fragte, wie viel Jahre sie wohl für den Mord an einer Kundin bekommen würde – »sagen werde, dass ich ein Kleid für die Hochzeit meines Sohnes suche.«

Die Verkäuferin war sichtlich verwirrt. Die alte Schachtel musste einen anderen Sohn meinen, denn der, der mit übereinander geschlagenen Beinen und einem Musterbuch in der Hand hier saß, war so schwul, schwuler ging's nicht.

»Ich weiß ja, Mutter«, verteidigte sich Charlie. »Aber was soll ich denn machen? So langsam habe ich das Gefühl, Jo hat massive Bindungsängste. Du glaubst nicht, wie schrecklich diese Situation für mich ist. Ich war völlig fertig, als sie den Termin schon wieder verschob!« Er wartete darauf, dass seine dreiste Lüge bestraft wurde, indem ihn der Blitz traf und die gesamte Damenoberbekleidungsabteilung gleich mit ausgelöscht wurde.

Margo eilte zu ihrem Sohn, drückte sein Gesicht an ihren mütterlichen Busen und jammerte: »Mein armes Baby, oh, mein armes, armes Baby!«

Die Verkäuferin erwog ernsthaft, sich mit einem Sicherheitsetikett zu verletzen, damit sie ins Krankenzimmer gebracht werden konnte.

Charlie löste sich behutsam aus der Umarmung. »Jo ist nun einmal die einzige Frau, die ich je geliebt habe, Mutter«, sagte er traurig. »Und solange auch nur die geringste Chance besteht, dass sie ihre Angst vor einer festen Bindung irgendwann verliert, werde ich nicht aufgeben. Noch habe ich Hoffnung!«

Die Verkäuferin überlegte, ob sie eine Ohnmacht vortäuschen sollte.

Margo holte tief Luft.

»Charles«, verkündete sie würdevoll, »es bricht mir das Herz, dich so leiden zu sehen. Sobald ich wieder zu Hause bin, werde ich Josephine anrufen und ihr gehörig meine Meinung sagen!«

Charlie klappte fassungslos den Mund auf und zu. Normalerweise ging Margo direkten Konfrontationen aus dem Weg, es sei denn, sie hatte einen Hausierer vor sich oder kämpfte beim jährlichen Backwettbewerb um den ersten Preis. Die Leute redeten heute noch von jenem Jahr, in dem sie den Pudel der Gewinnerin mit ihrer Biskuittorte attackiert hatte.

»Mutter, das ist gut gemeint, aber das ist wirklich nicht nötig«, versicherte Charlie ihr hastig. »Ich werde selbst ...«

»Red keinen Unsinn, Charles! Ich bin schließlich deine Mutter! Ich werde Josephine heute Abend anrufen und damit basta.«

Charlie gab es auf. Es hatte keinen Sinn, mit seiner Mutter zu streiten. Sofern sie nicht tot umfiel oder die Welt unterging, würde nichts und niemand sie von ihrem Vorhaben abbringen. Er fügte im Geist Jos Namen zu der Liste von Leuten hinzu, die er noch anrufen musste. Er hatte das dumpfe Gefühl, dass dieses letzte Telefonat das unangenehmste seines Lebens werden würde.

Punkt vier Uhr war Charlie zurück in seinem Büro. Da ihm der Kopf schwirrte von all den Dingen, die er noch zu erledigen hatte, vergaß er ausnahmsweise sogar den obligaten Seufzer beim Eintreten. Als ihm das Büro einige Jahre zuvor, nach seiner Beförderung von der Redaktion Frauenthemen zur Redaktion Boulevard und Lifestyle, zugewiesen worden war, hatte er etwas nie Dagewesenes gewagt: Er hatte den Raum seinem persönlichen Geschmack entsprechend eingerichtet. Umgeben von grauen Wänden konnte er einfach nicht arbeiten, also hatte er sie in einem zarten Elfenbeinton streichen lassen (einer hatte die Farbe als »magnolienrosa« bezeichnet – der Ärmste war jetzt entstellt fürs Leben). Der Boden war mit einem kupferfarbenen Teppich ausgelegt worden, der mit Schnitzereien verzierte Schreibtisch aus feinstem Eibenholz gefertigt. Ringsum hingen, strategisch in Augenhöhe platziert, gerahmte Fotos, die Charlie mit Prominenten zeigten. Charlie, wie er Nicole Kidman auf einer Party nach der Verleihung der Preise der britischen Film- und Fernsehakademie küsste. Wie er bei der Premiere von *Apocalypse* Tom Cruise die Hand schüttelte (sie hatten Jo, die zu Boden gegangen war, herausgeschnitten, aber wenn man genau hinsah, konnte man in der Luft die Spitzen ihrer Manolo Blahniks erkennen). Charlie, wie er auf dem Golfplatz von Turnberry einen Arm um Bill Clinton und den anderen um Kevin Spacey gelegt hatte (angeblich war Bill mit dem weiblichen Caddie um das sechste Loch herum verschwunden und erst beim neunten wieder aufgetaucht – sie hätten ein paar Trockenübungen fürs Einlochen absolviert, hieß es).

Seine Kollegen hielten seine Dekorationswut für absolut lachhaft. Welcher Journalist beauftragte einen Innenarchitekten mit der Einrichtung eines nicht einmal 9 m² großen Büros in einem Zeitungsverlagsgebäude am Ufer des Clyde? Sollten sie sich ruhig das Maul zerreißen – Charlie störte es nicht. Diese Proleten hatten doch keine Ahnung, was Stil war.

Er lehnte sich in seinem Sessel zurück (aus weißem Leder – verdammt empfindlich und schwer zu reinigen, wenn zum Beispiel die neue Versace-Jeans darauf abfärbte) und machte seine üblichen Lockerungsübungen für seine Nackenmuskulatur. Die Stimme eines Menschen verriet, wenn er unter Stress stand, und Charles Curtis war viel zu cool, um sich stressen zu lassen – er war ein Muster an Selbstdisziplin. Es sei denn, sein Blick fiel auf das Foto im Goldrahmen, das auf einer Ecke seines Schreibtisches stand. Es zeigte ihn, wie er Toby bei der Schaumkrone-Shampoo- (»zaubert Glanz in Ihre Haare und gute Laune in Ihren Alltag!«) und Kosmetika-Gala zur Auszeichnung als Model des Jahres gratulierte.

Toby. Charlies Magen unter der durchtrainierten, St.-Tropez-gebräunten Bauchdecke krampfte sich unwillkürlich zusammen, und er streckte reflexartig die Hand nach dem Telefon aus. Als er die vorletzte Ziffer gedrückt hatte, legte er wieder auf. Wozu? Es war sinnlos. Tobys Ultimatum war am Vortag verstrichen, ohne dass Charlie sich zu einer Entscheidung durchgerungen hatte. Jetzt war Toby auf dem Weg nach Mauritius zu einem Fotoshooting. In seiner Begleitung befanden sich ein Fotograf namens Anthony, ein Adonis mit Namen Don Juan (wie einfallslos konnte ein Mensch eigentlich sein?), zwei Heuschreckenartige, die sich Paris und Milan nannten, und drei Fässer Babyöl. Charlie wollte sich lieber nicht ausmalen, was dort so alles geschehen würde.

Im Stillen schalt er sich. Er musste nach vorn schauen. Was machte es für einen Sinn, sozusagen dem Gleitmittel nachzutrauern, wenn es schon aus der Flasche ausgelaufen war? Es war nicht mehr zu ändern. Seine Beziehung zu Toby war vorbei, und er hatte es sich selbst zuzuschreiben. Von jetzt an würde er sein Leben – und sein bestes Stück – eben wieder selbst in die Hand nehmen müssen.

Schön, dann wollen wir mal, sagte er sich und konzentrierte sich auf die Liste auf dem Laptopbildschirm vor ihm. Das Wichtigste zuerst. Er wählte seine eigene Nummer. Ling, sein asiatischer Hausdiener, nahm ab. Bis 1997 war Ling Schneider gewesen und hatte in Hongkong gelebt. Vor der Rückgabe des Territoriums an die Chinesen war er als blinder Passagier inmitten einer Ladung von Plastikspielzeug (muskelbepackten Malibu-Action-Men mit haiförmigen Surfbrettern) in die freie Welt geflüchtet. Sein Ziel war Glasgow, wo ein Cousin einen chinesischen Imbiss am Stadtrand besaß. Aber dort war er so unglücklich gewesen, dass er sich auf Charlies Inserat gemeldet und sich um die Stelle als Hausdiener beworben hatte. Er hatte Charlie förmlich bekniet, ihn einzustellen. Den Ausschlag gab der dreiteilige Anzug aus butterblumengelber Rohseide, den er ihm genäht hatte. Jetzt hatte er zwei mit allem Komfort ausgestattete Zimmer ganz für sich allein und eine heimliche Liebesaffäre mit dem philippinischen Dienstmädchen von nebenan. Ling war nie in seinem Leben glücklicher gewesen.

Charlie erklärte ihm, was er an diesem Abend anzuziehen gedachte. Ling würde ihm die Sachen heraushängen, so würde Charlie sich, wenn er von der Arbeit kam, in Windeseile umziehen können. Dann bat er ihn, Margo ein Ansteckbukett zu schicken. Auf der beigefügten Karte sollte stehen: Wundervolle Blumen für eine wundervolle Lady. Aufgrund eines Verständigungsfehlers zwischen Ling und dem aus Ungarn stammenden Blumenhändler wurde daraus unglücklicherweise: Windelvolle Blumen füllen windelvolles Baby.

Zufrieden beendete Charlie das Gespräch. Er hatte die Dinge

wieder voll und ganz unter Kontrolle. Systematisch ging er seine Liste der zu erledigenden Telefonate durch. Er rief seine Kontaktleute an der Rezeption dreier luxuriöser Glasgower Hotels an, ferner zwei Barkeeper, einen Universitätsangestellten (er wusste bereits, dass seine Zielperson die Universität in Edinburgh besucht hatte; was er jetzt noch benötigte, waren Einzelheiten bezüglich seines Freundeskreises und seiner Beischlafgewohnheiten), drei Angestellte von Schnellimbissen (eines chinesischen, eines indischen und eines Pizzalieferservices) in der unmittelbaren Nachbarschaft des Hauses seiner Zielperson, einen Chauffeur, einen Polizeibeamten, der Informationen gegen Bares preisgab, und zu guter Letzt Felix, einen ihm immer noch zugeneigten Exfreund, der praktischerweise als Archivar im Standesamt arbeitete.

Charlie wollte alles, jede Kleinigkeit und wenn sie noch so unwichtig war, über seine Beute in Erfahrung bringen: seine Herkunft, seinen Lebenslauf, seine Ess- und Schlafgewohnheiten, seine Partner ... *Vor allem* seine Partner. Er würde jeden Stein umdrehen und jede Hand schmieren, um an die gewünschten Informationen zu gelangen. Mist, das erinnerte ihn an Toby und das Babyöl!

Charles Curtis' Recherchen waren so gründlich wie sein Gedächtnis phänomenal. Beides hatte ihn zu dem gemacht, was er war: der beste Gesellschaftsreporter Schottlands. Und wenn er sich richtig erinnerte, war seine Zielperson als junger Mann ein koksender Befürworter von Gruppensex gewesen, der sich ausschließlich mit Gleichgesinnten umgab. Richtig aufbereitet versprach das die explosivste Story seit Jahren zu werden.

Er hatte seinen Laptop zugeklappt und war bereits auf dem Weg zur Tür, als das Telefon klingelte. Erst wollte er es einfach klingeln lassen, aber dann würde er sich auf dem Heimweg die ganze Zeit fragen, ob das nicht einer seiner Kontaktleute mit heißen Informationen gewesen war.

Er riss den Hörer an sich.

»Charles Curtis, Redaktion Boulevard und Lifestyle, ich habe einen Termin, also fassen Sie sich bitte kurz.«

»Charlie, was hast du deiner Mutter erzählt, verdammte Scheiße?«, brüllte eine Frauenstimme. »War das kurz genug?«

»Oh, kleb mir Titten an und nenn mich Dolly!«, rief er erschrocken. »Jo, Darling, es tut mir ja sooo Leid! Ich hab ganz vergessen, dich anzurufen!«

»Red doch keinen Unsinn, du Riesenhornochse! Ich hab mir gerade von Margo anhören müssen, wie schlecht ich ihren armen kleinen Jungen behandle und wie schrecklich verzweifelt er ist, weil die Liebe seines Lebens, die Frau, die sein ganzer verdammter Lebensinhalt ist, sich weigert, ihn vor den verdammten Altar zu schleppen!«

»Jo, keine Sorge, ich werde mit ihr reden ...«

»Reden?«, bellte sie. »Stopf ihr gefälligst den Schnabel! Falls du dazu noch in der Lage sein solltest, wenn ich mit dir fertig bin! Als ob ich nicht schon genug am Hals hätte mit einer ehebrecherischen besten Freundin, einem Freund, der sich aus irgendeinem Grund weigert, mich zurückzurufen, und einer Elvis-Kopie in meiner Scheißküche!«

»Freund?« Charlie horchte auf. »Du meinst Jackson? Er ruft dich nicht zurück? Wieso das denn? Sag mal, Darling, seid ihr euch eigentlich schon näher gekommen, du und dein Mr. Smith? Ich meine, so richtig bettfedern- und kopfkissennah? Mir scheint eher ...«

Jo explodierte regelrecht. »ICH HABE DICH NICHT ANGERUFEN, UM MIT DIR ÜBER MEIN SEXUALLEBEN ZU DISKUTIEREN!« Fast ein wenig kleinlaut fügte sie hinzu: »Beziehungsweise das Fehlen eines solchen.«

Trotz der Morddrohungen, die seine Freundin gegen ihn ausstieß, hob sich Charlies Laune ein wenig, als er das hörte.

»Charlie, ich bin stinksauer!«

»Das hab ich schon gemerkt, Darling«, erwiderte er trocken. Ihre Ausbrüche klangen, als sei sie am Tourette-Syndrom erkrankt.

»Und wenn ich stinksauer bin, neige ich zu rücksichtslosem Verhalten. Wie zum Beispiel dem Versenden des Polaroidfotos, das dich auf unserer Togaparty zeigt, wie du die Cocktailgarnierung von Tobys Brustwarzen knabberst, an deine Mutter!«

Charlie schnappte erschrocken nach Luft. »Das kannst du doch nicht machen!«

»Wart's ab. Pfeif sie zurück, Charlie. Es ist mir ganz egal, wie du es machst, aber pfeif sie zurück! Sonst wirst du mich kennen lernen.«

Damit knallte sie den Hörer hin. Im gleichen Moment fing sein Handy zu piepsen an: Er hatte eine SMS erhalten.

Er warf einen Blick auf das Display. Toby. Zögernd drückte er die Abruftaste: Anthony in mich verliebt. Kann es kaum erwarten, bis wir uns näher kommen. Das hast du jetzt davon!

Auf dem Heimweg konnte Charlie an nichts anderes als an diese Nachricht denken.

Gegen neun Uhr an diesem Abend ließ sich Charlie in die Glasgower Innenstadt fahren. Er sah fantastisch aus in seinem schwarzen Kaschmiranzug von Dolce & Gabbana; darunter trug er ein hautenges schwarzes T-Shirt. Mit dem nach hinten gekämmten blonden Haar, das er lang, aber nicht so tuntig wie Hugh Grant trug, dem kantigen Kinn und den durchdringenden smaragdgrünen Augen sah er selbst wie ein Filmschauspieler aus.

Der Wagen fuhr durch die schmalen Straßen von Merchant City, wo die angesagtesten Bars und Nachtklubs der Stadt zu finden waren, als sein Handy klingelte. Der Klingelton – die Melodie von *Mission Impossible* – verriet ihm, dass es einer seiner zahllosen Spitzel sein musste. Er nahm das Gespräch an.

»Sie wollten Diablo?«

Charlie erkannte die Stimme wieder. Der Mann, dem sie gehörte, arbeitete unter anderem als Fahrer für das schottische Fernsehen und chauffierte Stars für Interviews zum Funkhaus.

»Richtig«, erwiderte er.

»Hundert Piepen.«

»Dafür erwarte ich Fotos, die ihn nackt beim Cancan zeigen. Fünfzig und keinen Cent mehr.«

Ein Seufzer am anderen Ende der Leitung.

»Okay. Aber dann kriegt die *Sun* den Tipp auch. Ich hab ihn gerade vor dem Corinthian abgesetzt. Um Mitternacht muss ich ihn wieder abholen und zu One Devonshire Gardens fahren. Anscheinend hat er dort ein Zimmer für die Nacht.«

»Ist jemand bei ihm?«, erkundigte sich Charlie.

»Ja, ein paar Weiber und zwei Bodyguards.«

Enttäuschung machte sich in Charlie breit. »Sonst niemand?«

»Nein.«

Scheiße!

»Das heißt, bis auf den anderen Typen da, seinen Privatsekretär. Wie heißt er doch gleich – Ritchie Smith?«

»Jackson Smith«, berichtigte Charlie.

»Ja, genau der. Der ist auch dabei.«

Charlie lächelte. Er befahl dem Fahrer, ihn zum Corinthian zu bringen, einem traumhaft schönen Gebäude an der Ingram Street, das auf vier Stockwerken eine Bar, einen Nachtklub und ein Restaurant beherbergte. War das Leben nicht wunderbar? Meistens jedenfalls – sah man einmal von Expartnern, die sich nach Mauritius absetzten, und von Alibi-Verlobten mit dem krankhaften Drang zu geifern und zu fluchen ab.

Charlie rauschte an dem Türsteher des Klubs vorbei. Er kannte sich hier bestens aus: Er war Mitglied auf Lebenszeit in diesem Etablissement und ein persönlicher Freund des Besitzers. Im Restaurant ließ er seinen Blick durch den Saal schweifen. Zielperson erfasst. Er straffte sich, reckte das Kinn vor und steuerte zielbewusst den fraglichen Tisch an.

»Jackson!«

Der Überraschungseffekt war ihm gelungen. Jacksons Kopf fuhr hoch. Dabei stieß er mit dem Oberkörper so heftig gegen den Tisch, dass acht Champagnerflöten umkippten und ihr Inhalt sich auf den Schoß der acht Frauen in Diablos Begleitung ergoss. Sie kreischten wie wild, während sich der Champagner zwischen ihren handbreiten Röcken und ihren Gina-Schuhen seinen Weg suchte.

»O mein Gott, entschuldigen Sie, das tut mir furchtbar Leid«, stammelte Jackson. Dex Diablo betrachtete die Szene sichtlich amüsiert. Jacksons Ungeschicklichkeit war legendär, sie war inzwischen Teil des abendlichen Unterhaltungsprogramms geworden. Die Mädchen sprinteten davon – die einen zur Toilette, um zu retten, was zu retten war, die anderen zutiefst gedemütigt nach Hause.

»Ich glaube, ich muss mich bei Ihnen entschuldigen, Jackson«, sagte Charlie in geheucheltem Bedauern. »Ich wollte nur kurz Hallo sagen. Ich habe mit Freunden einen Drink in der Bar genommen und war auf dem Weg nach Hause, als ich Sie hier sah. In letzter Zeit scheinen sich unsere Wege andauernd zu kreuzen, nicht wahr? Erst heute Nachmittag habe ich das Gleiche zu Jo gesagt.«

Bildete er es sich nur ein, oder war ein finsterer Ausdruck über Jacksons Gesicht gehuscht, als er Jo erwähnt hatte?

Jackson schaute den leeren Platz neben sich an und warf Dex dann einen fragenden Blick zu. Ein knappes, gleichgültiges Nicken war die Antwort.

»Setzen Sie sich doch zu uns«, forderte Jackson Charlie auf.

»Danke, ich möchte nicht stören.«

»Sie stören nicht. Aber ich glaube, wir sollten den Kellner bitten, uns einen anderen Stuhl zu bringen«, fügte er mit einem Blick auf den hellen Bezug, der jetzt getränkt vom Champagner war, hinzu. »Der da ist ruiniert.«

Genau wie deine berufliche Laufbahn, Darling, dachte Charlie und konnte nur mühsam ein süffisantes Lächeln unterdrücken. Charles Curtis ist dir auf den Fersen, und er wird sich nicht mehr abschütteln lassen.

Kapitel 12

She's Not You

Mai 1991

»*Happy birthday/goodbye to you, happy birthday/goodbye,* Jo und Candy, *happy birthday/goodbye to you*!!!!!«

Lauter Jubel brach aus.

Dann grölten alle: »Zeig deine Titten!«

Cynthia tat ihnen den Gefallen, riss für eine Sekunde ihre Bluse auf und löste einen Begeisterungssturm aus.

Jo musste so heftig lachen, dass die Nähte ihres von Cynthia geborgten Lederkleids mit dem geschnürten Oberteil aufzuplatzen drohten. Champagnerkorken knallten, und sie hielt, immer noch lachend, ihr Glas zum Einschenken hin. Die Mädels verstanden es wirklich zu feiern. Sie beugte sich spontan zu Cynthia hinüber und drückte sie fest.

»Du wirst mir schrecklich fehlen«, flüsterte sie, von Rührung überwältigt. Eine Wolke Elnett-Haarspray von Cynthias Frisur drang ihr in Mund und Nase. Sie hatte die Haare so üppig toupiert, dass sie bei Shootings auf einer Südseeinsel als Moskitonetz hätten dienen können.

»Du mir auch, Schätzchen«, erwiderte Cynthia mit tränenerstickter Stimme.

Jo wischte sich über die Augen und spülte den Geschmack von Haarspray mit einem Schluck Champagner hinunter. Irgendjemand legte *Let's Get Together* von Roxy Music auf, und etwa zwanzig Oben-ohne-Models (für die Party allerdings züchtig verhüllt) begannen in dem fähnchengeschmückten Wohnzimmer Boogie zu tanzen. Man hatte das Gefühl, in eine Wonderbra-Werbung geraten zu sein. Die Fähnchen an den kreuz und quer gespannten Schnüren waren übrigens Slips von Cynthia – sie zog sie ja sowieso nicht an.

Cyn stolzierte, den Song lauthals mitsingend, in die Mitte des Raums, packte die hohe Standleuchte, schob sie sich zwischen die Beine und rutschte anzüglich daran entlang hinauf und hinunter. Cyn war ihrer Zeit eindeutig voraus. Cynthia Baverstock – die Frau, die der Nation das Poledancing brachte!

»Josephine, schieb deinen knochigen Arsch hierher!«, brüllte sie.

Jo musste wieder lachen. »Sofort! Ich muss nur mal schnell pinkeln«, schrie sie zurück.

Von der Toilette ging sie in die Küche, um Champagnernachschub zu holen. In sämtlichen Kühlschrankfächern reihte sich Flasche an Flasche. So voll war der Kühlschrank noch nie gewesen. Normalerweise fand sich darin nichts außer einer Flasche Tonic, zwei Zitronen, drei Lippenstiften und einer leeren Eiswürfelschale. Ach so, ja, und eine verdächtige Tupperwaredose, die zu öffnen Jo sich nie getraut hatte, aus Angst, den Schniedel irgendeines armen Kerls, der sich Cynthias Zorn zugezogen hatte, darin zu entdecken.

Eigentlich hatte Jo ja erst am nächsten Tag Geburtstag, doch da Cyns Maschine bereits am anderen Morgen um neun ging, hatten sie beschlossen, die Geburtstags- und die Abschiedsparty zusammenzulegen. Wie leer würde die Wohnung sein ohne Cynthia, ihr überschäumendes Temperament und ihre nie enden wollenden Skandale! Und ihre Freundschaft, dachte Jo traurig. Aber natürlich freute sie sich für sie und ihren Verlobten, den sie kommenden Monat heiraten würde. Die Traumhochzeit, zu der viele Stars geladen waren, sollte in Las Vegas stattfinden. Cynthia hatte ihren künftigen Mann vor einigen Monaten in Cannes kennen gelernt, als sie für Kalenderfotos posierte. Er hatte alles, was sie sich immer gewünscht hatte: Er war überaus attraktiv, witzig, zärtlich und so gut ausgestattet, dass ein Zuchthengst vor Neid erblasst wäre. Natürlich schadete es auch nicht, dass er obendrein ein international angesehener Castingdirector war, dem die größte Agentur in Los Angeles gehörte, und im Geld schwamm. Cynthia konnte ihr Glück kaum fassen. Es war, als seien alle Weihnachtsfeste ihres Lebens auf einen Tag gefallen und ein Weihnachtsmann namens Jed Goldberg hätte sie mit Bergen von Geschenken überhäuft.

Jo kehrte zu der ausgelassenen Gesellschaft ins Wohnzimmer zurück und tanzte, bis sich in ihrem Kopf alles drehte. Gegen ein Uhr morgens klingelte es an der Wohnungstür. Ein Nachbar, der sich vom Lärm gestört fühlte, hatte die Polizei gerufen, aber als die Beamten sahen, wer die Ruhestörer waren, nämlich sämtliche Pin-up-Girls von Miss Januar bis Miss Dezember plus einige ähnlich wohl proportionierte Freundinnen, zogen sie wieder ab. Cynthia wäre ihnen beinah an die Wäsche gegangen, weil sie die Uniform für einen Gag hielt und dachte, dahinter steckten professionelle Stripper. Die Beamten nahmen es gelassen.

Irgendwann in dieser Nacht verabschiedeten sich die Mädchen mit Küssen und innigen Umarmungen voneinander. Nach dieser Feier würde kein Make-up der Welt im Stande sei, die Schatten unter ihren Augen zu überdecken.

Um sechs Uhr am anderen Morgen schrillte das Telefon. Jo machte widerstrebend ein Auge auf, als der Anrufbeantworter ansprang.

»Hi, hier ist Cynthia. Ich kann diesen Anruf im Moment leider nicht entgegennehmen, weil ich damit beschäftigt bin, mein Jungfernhäutchen zu reparieren. Ich werde nämlich demnächst heiraten. Jed, Liebling, falls du das bist – ich bin verrückt nach dir, Bussi, Bussi, mein Süßer! Wenn du aber einer der Jammerlappen bist, der nicht zugegriffen hat, als ich noch jung, frei und ledig war, dann kannst du diese Nummer jetzt wegwerfen. Wer zu spät kommt, den bestraft das Leben! Merkt euch das, Leute, und strengt euch das nächste Mal mehr an!«

Jo kicherte vor sich hin, als sie die Ansage hörte. Der arme Jed! Er hatte ja keine Ahnung, was er sich mit Cynthia eingehandelt hatte. Nein, das stimmte nicht ganz. Jed liebte Cyns verrückte Einfälle. Er hatte schallend gelacht, als er die Ansage auf ihrem Anrufbeantworter tags zuvor das erste Mal gehört hatte. Die beiden würden bestimmt sehr glücklich miteinander werden.

Sie taumelte in Cyns Schlafzimmer hinüber. Leer. Sie ging ins Wohnzimmer. Auch dort war niemand, aber es sah aus, als ob ein Wirbelsturm darin gewütet hätte.

Jo öffnete die Badezimmertür und kreischte los vor Lachen. Cynthia lag nackt bis auf eine Polizeidienstmütze in der Badewanne und schnarchte. In der einen Hand hatte sie noch eine Champagnerflasche, in der anderen eine Banane (Jo wollte sich lieber nicht vorstellen, wozu sie die gebraucht hatte).

Gott, wie sie ihre Freundin vermissen würde!

Nach einer ganzen Kanne starkem schwarzen Kaffee und einer kalten Dusche (»mir frieren meine verfluchten Titten ab, du kaltherziges Miststück!«, hatte Cyn geschrien) war sie wieder einigermaßen munter, und kurz nach sieben war sie reisefertig.

Sie drückte Jo fest. »Weißt du, jetzt wo ich bald verheiratet, stinkreich und wahnsinnig wichtig sein werde, werde ich nie wieder mit dir reden«, sagte sie lächelnd.

»Das hab ich mir gleich gedacht, du oberflächliche Kuh«, gab Jo zurück. Sie wusste, dass Cyn nur scherzte. So verschieden sie auch sein mochten, sie und Cynthia würden Freundinnen fürs Leben bleiben. Beim Abschied mussten sie beide weinen. Die Augen hinter einer großen dunklen Brille versteckt, lief Cyn zum Taxi, stolperte und fiel in eine Heckenzypresse. Sie rappelte sich hoch, zupfte einen Zweig aus den Haaren und rannte weiter, als ob nichts gewesen wäre. So ein kleiner Zwischenfall würde sie nicht davon abhalten, den Mann ihrer Träume zu heiraten.

Jo wartete, bis das Taxi weggefahren war. Dann ging sie hinein und hob die Post auf, die auf der Türmatte lag. Ein paar förmlich adressierte Umschläge, sonst nichts. Es war ihr fünfundzwanzigster Geburtstag, und sie hatte keine einzige Glückwunschkarte bekommen. Nicht einmal von ihren Eltern. Scheiß drauf, dachte sie. Die wichtigen Menschen in ihrem Leben waren auf der Party am Abend zuvor da gewesen, und der allerwichtigste fuhr in diesem Augenblick mit Grasflecken am Hintern zum Glasgower Flughafen. Jo nahm die Post mit in die Küche, schenkte sich den Rest Kaffee ein und schnitt ein Stück Geburtstagstorte auf. Sie riss die Umschläge nacheinander auf. Nichts als Werbung und Rechnungen. Ein Glück, dass sie ihren Job und im Vormonat zudem eine beachtliche umsatzbezogene Prämie erhalten hatte. Das ermöglichte es ihr, die Wohnung zu behalten (Cynthia hatte den Mietvertrag auf sie überschrieben). Wie anders wäre ihr Leben verlaufen, wenn … Sie wollte nicht an das Baby denken. Aber sie dachte jeden Tag daran. Sooft sie eine gestresste junge Mutter mit Kinderwagen sah. Sooft sie in der Fernsehwerbung einen kleinen Wonneproppen in Windeln sah. Hätte sie den Schwangerschaftsabbruch wirklich durchgeführt? Was wäre in ihr vorgegangen, wenn sie in den OP-Saal geschoben worden wäre? Sie würde es nie erfahren. Und sie war froh und dankbar dafür, dass ihr die Entscheidung abgenommen worden war. Tränen stiegen ihr in die Augen. So was Dummes aber auch!, schalt sie sich. Sie würde ganz bestimmt nicht an ihrem Geburtstag weinen!

Sie riss den letzten Umschlag auf und strich das Schreiben darin glatt.

Sie musste zweimal lesen, was da stand, bevor sie es begriff. Absender war eine Rechtsanwaltskanzlei Compton, Avery und Blyth.

Sehr geehrte Miss Grant,
wir bitten Sie zur Eröffnung des Testaments von Mrs. Wilhelmina Grant. Der letzte Wille der Verstorbenen wird in unserer Kanzlei am 19. Mai 1991 (Mist, das war ja heute!) *um 14:00 Uhr verlesen. Wir bitten um pünktliches Erscheinen.*

Granny. Granny war gestorben, aber keiner hatte es für nötig gehalten, sie zu informieren. Nicht zum ersten Mal verwünschte sie ihre selbstsüchtigen Eltern. Einen kurzen Augenblick plagten sie Schuldgefühle, weil der Tod ihrer Großmutter sie nicht sonderlich traf, aber sie hatten sich nie nahe gestanden. Ihre Großmutter konnte Kinder nicht leiden und hatte auch nie einen Hehl daraus gemacht. Sie bevorzugte die Gesellschaft ihrer Bridgepartner und ihrer langjährigen Haushälterin Josie. Josie war ein reizender Mensch. Als Kind hatte Jo immer so getan, als ob Josie ihre Großmutter sei und nicht die giftige alte Hexe, die ihr ganz gern einmal mit ihrem Gehstock den Hintern versohlte. Als der liebe Gott Familien verteilte, hatte sie eindeutig zu weit hinten in der Schlange gestanden, und als sie endlich an die Reihe kam, waren alle gütigen, lieben, freundlichen schon vergeben gewesen.

Jos Hände, die in Gummihandschuhen steckten, fühlten sich grässlich an. Seit fast drei Stunden putzte sie die Wohnung wie eine Verrückte. Sogar an den Kühlschrank hatte sie sich gewagt und die verdächtige Tupperwaredose vorsichtig herausgenommen. Sie hatte sie draußen in die Mülltonne geworfen. Sauber. Sauber. Sauber. Fünfzig Riesen! Sie schrubbte das Bad, bis das Emaille um Gnade flehte. Sauber. Fünfzig Riesen. Auf Händen und Knien schamponierte sie die Teppiche, bis Schaumblasen daraus aufstiegen. Sauber. Fünfzig Riesen. Sie warf sämtliche Essensreste und sonstige Abfälle in der Küche in einen großen Müllsack und reinigte die Arbeitsflächen gründlich. Zu ihrer Überraschung entdeckte sie, dass sie aus cremefarbenem Marmor waren.

Dann stand sie da, wischte sich den Schweiß von der Stirn und stellte in wachsender Panik fest, dass es nichts mehr gab, das sie hätte scheuern, bürsten oder polieren können. Sie überlegte, ob sie joggen gehen sollte, verwarf den Gedanken aber wieder. Wenn sie nach dreistündiger Putzwut keinen klaren Kopf bekommen hatte, würde eine Runde Joggen auch nichts bringen. Sie ließ sich aufs Sofa fallen (die Polster waren nach der Behandlung mit Polsterschaum noch feucht und würden es weitere zwölf Stunden bleiben) und fuhr sich mit den Fingern, die immer noch in den Gummihandschuhen steckten, durchs Haar. Fünfzig Riesen. Fünfzigtausend Pfund! Das war einfach unglaublich. Die Zahl sauste ihr durch den Kopf wie ein Rennauto auf einer Spielzeugrennbahn. Der Entsetzensschrei ihrer Mutter, als der Anwalt das Testament verlesen hatte, hallte ihr noch in den Ohren. Mrs. Wilhelmina Grant hatte ihrer Haushälterin Josie (die sie dreißig Jahre lang als Nichtsnutz beschimpft hatte!) fünfhunderttausend Pfund vermacht. Dieselbe Summe ging an einen Fonds, der Kriegerwitwen unterstützte. Und ihre Enkelin Josephine bedachte sie mit fünfzigtausend Pfund, weil sie den Mut gehabt habe, ihre habgierigen, charakterlosen Eltern zu verlassen und auf eigenen Füßen zu stehen. Jos Eltern hatte sie nichts vermacht. Rein gar nichts. Nicht einmal das Schwarze unterm Fingernagel. Jo bezweifelte, dass sie sich jemals von diesem Schlag erholen würden. Jahrelang hatten sie in ihrer kaputten Ehe ausgeharrt, sich ertragen, weil sie sich Hoffnungen auf ein großes Erbe gemacht hatten, und dann war der alte Drachen gestorben und hatte ihnen absolut nichts hinterlassen. Wenn das nicht zum Lachen war! Es sei denn, man hieß Mr. oder Mrs. Grant. Jo hatte das dumpfe Gefühl, dass die beiden innerhalb kürzester Zeit geschieden wären. Sie hatte sie nicht nach ihren Plänen gefragt. Als sie in der Tür der Kanzlei zufällig mit ihnen zusammengestoßen war, hatten sie ein mürrisches »Hallo« gemurmelt, das war alles gewesen.

Fünfzig Riesen! Jo konnte es nicht fassen. Zusammen mit dem Geld, das sie im Lauf der letzten Jahre gespart hatte (als sie sich von Cynthia das Geld für die Abtreibung borgen musste, hatte sie sich geschworen, künftig immer für eine Rücklage zu sorgen), besaß sie jetzt eine stattliche Summe.

Was in aller Welt würde sie mit so viel Geld anfangen? Sie konnte sich zum Beispiel ihren alten Traum erfüllen und ihr eigenes Restaurant eröffnen. Im Geist wusste sie schon ganz genau, wie es aussehen sollte: Sie hatte jede Kleinigkeit, bis hin zu den Toilettenpapierhaltern auf der Damentoilette, exakt geplant. Und jetzt besaß sie die Mittel, ihre Pläne in die Tat umzusetzen.

Sie stieß einen lauten Juchzer aus, und der Schrei hallte von den blitzsauberen Küchenwänden wider. Ihr Herz hämmerte vor freudiger Erregung. Sie entschloss sich, noch ein bisschen weiterzuputzen, sonst würde sie noch platzen vor Aufregung.

Alles Gute zum Geburtstag, Josephine, hörte sie im Geist ihre Großmutter sagen. »Danke, Granny«, flüsterte sie. »Du bist immer eine böse alte Hexe gewesen, aber ich danke dir.«

Und dann überkam sie der unbändige Drang, eine Liste aufzustellen.

<u>Was zu tun ist</u>
Stelle kündigen
Geeignete Räumlichkeiten für Lokal suchen
Geschäftsplan erstellen
Mehr Pizza essen
Gummihandschuhe in den Müll werfen

Sie schälte die Handschuhe von ihren aufgeweichten, geschwollenen Händen und biss herzhaft in die supergroße Peperonipizza, die sie sich gegönnt hatte. Schließlich wurde man nicht jeden Tag fünfundzwanzig Jahre alt und erbte fünfzigtausend Pfund! Sie griff nach der TV-Fernbedienung und stellte den Ton lauter. Sie hatte ein Video eingelegt, *Frühstück bei Tiffany.* Behaglich seufzend lehnte sie sich zurück. Sie musste in einem fort lächeln, auch wenn das gar nicht so einfach war, wenn man den Mund voller Pizza hatte.

Was für ein wundervolles Leben! Pizza, Audrey Hepburn, Champagner und ein dickes Bankkonto. Wenn jetzt noch Cynthia hereinkäme, würde ihr nichts mehr zu ihrem Glück fehlen. Sie vermisste sie schrecklich. Cyn, wie sie bei offener Tür pinkelte (Intimsphäre war ein Fremdwort für sie), wie sie es so wild in ihrem Schlafzimmer trieb, dass man befürchten musste, die Wände stürzten ein, wie sie vor Lachen brüllte, wenn irgend so ein Trottel ihr mal wieder einen Strauß roter Rosen schickte. Jo warf einen Blick auf ihre Armbanduhr. Cyn war jetzt schon in Los Angeles. Ihre geistige Heimat würde sie zweifellos mit offenen Armen empfangen. Niemand passte besser dorthin als Cynthia. Jo schob sich ein weiteres Stück Pizza in den Mund. Wenn sie jetzt hier reinkäme, dachte sie, würde ich …

Das unverkennbare Geräusch eines Schlüssels, der ins Schloss der Wohnungstür geschoben wurde.

… aufspringen und ihr entgegenlaufen …

Die Tür öffnete sich knarrend. Jo sprang auf und schluckte hastig die Pizza hinunter. Mit der Zunge versuchte sie, die Peperoni, die ihr an den Lippen klebte, in den Mund zu befördern.

… und sie umarmen und …

Jo riss die Tür zum Flur auf.

… dann würde ich ihr …

»JACK!«

Sie prallte erschrocken zurück und sperrte Mund und Augen auf, als sie den Mann unmittelbar vor sich erblickte. Er hatte einen kümmerlichen Blumenstrauß in der Hand und lächelte nervös.

»Ich habe meinen Wohnungsschlüssel noch. Du bist mir hoffentlich nicht böse, dass ich einfach so reingekommen bin.«

Sie schüttelte vorsichtig den Kopf.

Er hielt ihr zögernd den Blumenstrauß hin. »Für dich. Alles Gute zum Geburtstag, Jo.«

»Was … was machst du denn hier?«, wisperte sie fassungslos. Fast drei Jahre zuvor hatten sie sich getrennt, und jetzt stand er vor ihr, als wäre er nie weg gewesen. Hatte Granny ihre Hand im Spiel? Hatte sie als Geist besondere Kräfte entwickelt und ihr zur Pizza gleich noch den passenden Mann herbeigezaubert? Oder hatten die Peperoni eine Halluzination verursacht?

Er hob traurig die Schultern.

»Ich kann dich nicht vergessen. Ich hab's versucht, aber es geht nicht. Du fehlst mir«, erwiderte er ruhig. Sein Gesicht hatte einen flehenden Ausdruck angenommen.

»Aber … was ist mit deiner Frau?«

Er starrte auf seine Schuhe (teure Schuhe, wie Jo beiläufig feststellte). Sie blitzten vor Sauberkeit. Nach einem Augenblick schaute er wieder auf und sah ihr in die Augen. »Ich hab's wirklich versucht, Jo, aber …«

Er wand sich voller Unbehagen.

»… was soll ich machen? Sie ist nicht du.«

Kapitel 13

The Girl of My Best Friend

www.G.I.N.com, Forum, neuer Beitrag:

Nachwuchs oder kein Nachwuchs – das ist hier die Frage.
Stellt euch vor: Mann, verheiratet (welcher ist das nicht!), drei Kinder, will seine Frau nicht verlassen, solange die Kleinen nicht zu studieren anfangen. Keins ist derzeit älter als fünf. Ich hab nachgerechnet – es sieht nicht gut aus.
Und dann ich, fünfunddreißig, mit einer biologischen Uhr, die lauter als ein Presslufthammer dröhnt. Ich möchte nicht den Rest meines Lebens kinderlos bleiben.
Sagt jetzt bitte nicht, gib den Kerl auf, das steht nicht zur Debatte – wir beide sind füreinander bestimmt. Deshalb überlege ich, ob ich diesen Monat nicht mal die Pille »vergessen« soll. Ja, ich weiß, das ist unmoralisch, hinterhältig und ausgesprochen schäbig, aber ich habe nie behauptet, vollkommen zu sein. Hat eine von euch das auch schon mal getan?
Juliet, Stratford Upon Avon

Michael drehte die Lautstärke des CD-Players voll auf und sang *Born to Run* von Bruce Springsteen so laut mit, dass die Scheiben seines Mini Coopers bebten. Als der Song zu Ende war, warf er einen raschen Blick auf seine Uhr. Halb acht. Er hatte noch genug Zeit. Er würde Priscilla zu der Dinnerparty bei

Jo abholen. Die Gute war manchmal erstaunlich unsicher. Aus irgendeinem Grund machte sie das bevorstehende erste Treffen mit seinen Freunden nervös. Dabei waren ihre Ängste völlig unbegründet, er wusste, alle würden sie mögen. Sie war ja so süß, seine Priscilla, so verletzlich. Sie stand praktisch am anderen Ende des emotionalen Spektrums, das von Emma, dem weiblichen Terminator, von Charlie, dem Schutzheiligen der Bosheit, und von Jo, der unabhängigsten Frau, der er je in seinem Leben begegnet war, besetzt wurde. Die sanfte Priscilla würde sich in Gegenwart der drei vermutlich fühlen, als sei sie von einem Omnibus überrollt worden.

Priscilla war zweifellos die letzte Liebe seines Lebens. Mit ihr würde er alt werden. Eines Tages würden sie zehn Enkelkinder haben und die größte Sammlung von Erinnerungsstücken an Elvis auf der südlichen Erdhalbkugel.

Während er sich, noch immer beschallt von Bruce Springsteen, durch den Stoßverkehr quälte, dachte er darüber nach, wie seltsam es war, dass er sich in zwei so grundverschiedene Frauen verliebt hatte. Schmunzelnd schüttelte er den Kopf. An diesem Abend würden beide mit ihm am selben Tisch sitzen: die eine, die seine letzte Liebe sein würde, und die andere, die seine erste Liebe war …

Sie hatten sich während seines Praktikums bei einer großen international tätigen Anwaltssozietät kennen gelernt. Er hatte sich damals noch nicht auf ein bestimmtes Gebiet spezialisiert, deshalb bekam er alle Fälle zur Bearbeitung, die in die Kategorie »alltäglich, unkompliziert« fielen. Jos Erwerb ihres ersten Restaurants gehörte definitiv in diese Kategorie. Die Finanzierung stand bereits (das Erbe einer kürzlich verstorbenen Großmutter plus ein Bankdarlehen), das Objekt hatte sie sich schon ausgesucht (eine heruntergekommene, knapp 112 m^2 große Trattoria in einer gepflasterten Seitenstraße der Byres Road), und eine mündliche Zusage der Verkäufer, eines älteren Paars aus Sizilien, das in seine Heimat zurückkehren wollte, hatte sie auch schon.

Der notarielle Teil war eine reine Formsache gewesen. Als Michael ihr an jenem Morgen die Schlüssel aushändigte, hatte ihr überschäumendes Temperament ihn regelrecht umgehauen. Das lange, kastanienbraune Haar wehte hinter ihr her, als sie ihn übermütig an der Hand zu dem verwahrlosten Gebäude zog. Wenige Tage später waren ihre Freunde (er, der kleine »Rechtsverdreher«, gehörte mittlerweile auch dazu) zum Putzen angerückt, und da hatte Jo ihn zum ersten Mal geküsst. Bis heute packte ihn leise Wehmut, wenn er irgendwo den strengen Geruch von Desinfektionsmitteln roch.

Ihre stürmische Affäre hatte acht Wochen gedauert. Meistens trafen sie sich in Jos Lokal, wo sie sich zwischen Anstreichen, Tapezieren, dem Entwerfen von Reklamezetteln und dem Ausprobieren neuer Gerichte für die Speisekarte heiß und heftig geliebt hatten. Er sei ganz verrückt nach italienischem Essen, hatte er beteuert (und behauptet, der vom Knoblauch hervorgerufene Ausschlag am ganzen Körper sei die Folge eines Insektenstichs – eines seltenen und besonders bösartigen Insekts). Nachts träumte er von einer gemeinsamen Zukunft zwischen karierten Tischtüchern und Chiantiflaschen. Er bewunderte Jo, er liebte ihre Begeisterungsfähigkeit, ihr aufgeregtes Kreischen, wenn sie wieder einen Punkt von ihrer Liste der vor der Eröffnung zu bewältigenden Aufgaben streichen konnten, ihr Lachen, das sie selbst in der Hektik der Endphase nicht verlor.

Und dann hatte sie ganz behutsam mit ihm Schluss gemacht.

Am Tag vor der Eröffnung legten sie bis drei Uhr morgens letzte Hand an die Tischdekoration an. Der Duft von Bohnerwachs, poliertem Holz und dem Brot, das in den neuen Backöfen gebacken wurde, erfüllte den Raum. Als die Tische fertig gedeckt und die letzte Serviette ordentlich gefaltet war, schenkte er ihr ein Glas Wein ein und beobachtete, wie sie ihre Blicke durch das Lokal wandern ließ.

»Es ist wunderbar geworden«, flüsterte sie und ihre Stimme klang heiser vor Rührung und ehrfürchtigem Staunen. »Genau so habe ich es mir immer vorgestellt.«

Michael konnte sie gut verstehen. Ihm kamen bei Jos Anblick ähnliche Gedanken.

Er zog sie zu sich heran, und sie setzte sich auf seinen Schoß, legte ihm die Arme um den Hals und schmiegte den Kopf an seine Schulter. Sie seufzte zufrieden.

»Ich danke dir für deine Hilfe, Herr Rechtsanwalt. Ich weiß nicht, wie ich das alles ohne dich geschafft hätte. Wie kann ich mich erkenntlich zeigen? Ein Abendessen? Vierundzwanzig Stunden Sex? Eine Niere?«

»Heirate mich.«

Sie rutschte vor Schreck von seinen Knien und plumpste auf den Holzboden. Zum allerersten Mal, seit er sie kannte, lächelte sie nicht. Stattdessen starrte sie ihn sprachlos und mit offenem Mund an.

Er ließ sich hastig neben ihr auf die Knie fallen und ergriff ihre Hand. Sie war eiskalt.

»Ich meine es ernst, Jo. Ich bin bis über beide Ohren in dich verliebt. Willst du meine Frau werden?«

Ein langes Schweigen trat ein. Schließlich erklärte sie ihm stockend, warum sie sich niemals an ihn – oder einen anderen Mann – binden würde. Sie hatte nicht die Absicht, jemals zu heiraten. Die Ehe ihrer Eltern hatte sie geprägt und war ihr ein abschreckendes Beispiel gewesen. Sie glaubte nicht mehr an eine glückliche Zweisamkeit, die nur durch den Tod beendet werden konnte. Sie wollte ihr eigenes Leben leben. Außerdem, und das hatte ihn am meisten getroffen, gab es einen anderen. Er war verheiratet. Aber er hatte lange Zeit zu ihr gehört und würde immer ein Teil von ihr bleiben. Und sie liebte ihn so sehr, dass sie ihn niemals aufgeben würde. Daran würde auch eine Liebelei mit einem anderen Mann nichts ändern, weil sie nie etwas anderes wäre als eben nur eine Liebelei.

Michael war am Boden zerstört.

In den folgenden Monaten hatten sie nur noch rein geschäftlich Kontakt. Jedes Mal, wenn er sie anrief, bekam er Herzklopfen. Das Restaurant lief hervorragend, und er hörte an ihrer Stimme, wie glücklich sie war. Geradezu euphorisch. Dann, eines Tages, besuchte er sie. Es war das erste Mal seit jener verhängnisvollen Nacht, dass sie sich wiedersahen. Er werde sie nicht länger vertreten, erklärte er ihr, weil er in eine andere Anwaltssozietät wechsle, eine bekannte, renommierte Kanzlei, die sich auf Eherecht spezialisiert habe.

»Eine gute Wahl, Michael«, hatte Jo geantwortet. »Du wirst Scharen attraktiver, verletzlicher junger Frauen kennen lernen, die wieder zu haben sind und ihrem flotten persönlichen Rechtsberater sicherlich zu Füßen liegen. Wenn du dir da keine Frau angelst, ist dir wirklich nicht mehr zu helfen«, fügte sie schelmisch lächelnd hinzu.

Sie lud ihn zu Champagner ein, und sie tranken und plauderten immer noch, als der letzte Gast und das Personal gegangen waren und an der Tür das Schild mit der Aufschrift »Geschlossen« hing.

»Ich hab dich vermisst«, nuschelte sie. Der Schampus machte sich bemerkbar.

»Ich dich auch«, gestand er. Und das war die Wahrheit. Kein Tag war vergangen, an dem er nicht an sie gedacht hatte. Nicht einmal sein derzeitiger Flirt mit der hinreißenden Anwältin von der Konkurrenz hatte daran etwas geändert (und das, obwohl er im Geist bereits Namen für ihre Kinder aussuchte!).

»Lass uns Freunde sein, Michael. Komm doch gelegentlich mal zum Essen her. Bring deine Freundinnen mit. Du kriegst die volle VIP-Behandlung, damit sie sehen, was für ein wichtiger Mann du bist«, versprach sie.

»Ich kann nicht«, erwiderte er traurig.

Jo war ganz geknickt.

»Das ist nichts Persönliches, weißt du. Es ist nur so …« Zögernd fuhr er fort: »Also, um ehrlich zu sein …«

»Ja?«, fragte sie gespannt.

»Ich hasse italienisches Essen! Ich kriege Ausschlag davon.«

Sie lachten immer noch, als um sieben Uhr morgens die Putzfrauen hereinkamen.

Ihre – rein platonische – Beziehung überdauerte die Jahre. Als Jo einen Untermieter suchte, weil sie das Geld für die Finanzierung eines größeren Lokals in der Stadtmitte benötigte, hatte es sich angeboten, dass Michael bei ihr einzog. Sein etwas unberechenbarer Mitbewohner hatte seinen Anteil an seiner Wohnung nämlich verkauft, weil er nach Nepal wollte (zuletzt war er gesehen worden, wie er in einem orangeroten Gewand singend durch die Abflughalle des Glasgower Flughafens schritt).

An dem Tag, an dem Michael die Tür geöffnet und Jack hereingelassen hatte, ohne auch nur den geringsten Anflug von Eifersucht zu verspüren, hatte er gewusst, dass er über die Geschichte mit Jo endgültig hinweggekommen war. Es hatte einfach nicht sein sollen.

Kapitel 14

Don't Be Cruel

www.G.I.N.com, Forum, neuer Beitrag:

Juliet,
ich WUSSTE, dass du so etwas versuchen würdest! Was für ein Segen, dass du mir immer von dieser tollen Website vorgeschwärmt hast! Die neunundneunzig Piepen, die mich die Mitgliedschaft gekostet hat, sind hervorragend angelegt. Die beste Investition meines Lebens! Schließlich hat mir das jahrelange Unterhaltszahlungen erspart ... ganz zu schweigen von dem Fuchspelz, den ich für deinen Geburtstag bestellt hatte. Den kannst du in den Kamin schreiben. Genau wie unsere Beziehung!
Romeo

Ich hasse diese dämliche Kocherei, das ist so was von deprimierend! Deshalb hat der liebe Gott auch Küchenchefs erfunden und alle zu reizbaren Scheißkerlen gemacht. Ich meine, wer kann schon Befriedigung darin finden, eine Möhre so zurechtzuschnitzen, dass sie wie eine Petunie aussieht? So ein Schwachsinn! Möhren sollten wie verdammte Möhren aussehen!« Damit knallte ich das Gemüsemesser hin und warf eine weitere verunstaltete Möhre in den Biomüll. Ich wusste, ich war eine alte Meckerziege, die an allem etwas auszusetzen hatte, aber ich konnte einfach nicht mehr aufhören.

»Ist da etwa jemand schlecht gelaunt?«, bemerkte Charlie in geheucheltem Erstaunen. »Hat da etwa jemand Lampenfieber? Hat da etwa jemand …«

»Charlie«, fiel ich ihm drohend ins Wort, »wenn du mir nicht endlich hilfst oder mir wenigstens aus den Augen gehst, werde ich meine Schnitzkünste an deinem Schniedel ausprobieren!«

Diese Dinnerparty entwickelte sich zu einem Albtraum – und dabei hatte sie noch nicht einmal begonnen! Den ganzen Nachmittag stand ich jetzt schon in der Küche. Ich hatte die Hors d'œuvres vorbereitet (Garnelencocktails; dummerweise war ein Großteil der Garnelen verdorben, sodass jetzt nicht die Melonenbällchen die Garnelen dekorierten, sondern umgekehrt), den Hauptgang (Fleisch- und Käsefondue; ich hatte so viel Fleisch und Käse gekauft, dass es für einen Monat reichen würde) und den Nachtisch (mit Brandy verfeinerte und mit Toffee- und Pekannusseiscreme gefüllte Mürbeteigtörtchen; leider hatte ich zu viel Eiscreme hineingetan, und die Törtchen waren aufgeweicht – jetzt würde es Eiscreme mit Krümeln geben).

Ich hatte ewig gebraucht, bis ich den Tisch gedeckt hatte. Und nachdem ich mir das Hirn wegen der besten Sitzordnung zermartert hatte, damit der Abend von anregenden Gesprächen und sprühendem Witz bestimmt würde, rief Emma an und teilte mir hysterisch mit, Dan wolle sich an diesem Abend mit ihr treffen, deshalb könne sie nicht kommen. Ach ja – und weil sie ihrem Schwager Rick so dankbar für seine Hilfe bei der Suche nach ihrem verschwundenen Mann sei, habe sie darauf bestanden, dass er an ihrer Stelle zum Essen komme. Rick sei begeistert gewesen und habe sofort zugesagt. Ich war sprachlos. Ich hatte nicht damit gerechnet, ihn nach dem Überfall an meiner Haustür, als er mich geküsst hatte, noch einmal wiederzusehen. Verdammt!

Selbst Stalin wäre mir als Überraschungsgast noch lieber gewesen.

Nachdem mein Stresspegel alarmierend in die Höhe geschnellt war, hatte ich Charlie angerufen und ihn gebeten, früher zu kommen, damit er mir Wein einflößen, mich schminken (mit dem Rougepinsel ging er wie ein Profi um) und mich bei der Auswahl meiner Garderobe beraten konnte. Wir hatten uns auf eine schwarze Crêpehose und ein weißes Seidentop mit weiten Chiffonärmeln geeinigt. Die Ärmel hatten bisher bereits Bekanntschaft mit dem Garnelencocktail, der Toffeeeiscreme und dem Reiniger gemacht, mit dem ich die Arbeitsflächen abgewischt hatte.

»Wo steckt eigentlich Jackson Five? Die Jo Grant, die ich kenne und liebe, hätte ihren Freund auf einen Quickie herbestellt, bevor der Pöbel eintrifft«, bemerkte Charlie mit einem anzüglichen Grinsen.

»Willst du, dass ich zu heulen anfange, Charlie?« Ich fuchtelte mit dem Küchenmesser herum, das sich bei Bedarf durchaus als Mordwaffe eignen würde.

»Nur, wenn du wasserfeste Wimperntusche hast und so aussiehst wie Demi Moore in *Ghost – Nachricht von Sam.* Du weißt schon ... die Szene, wo ihr eine einzelne, wunderschöne Träne über die Wange rollt. Das war das erste Mal in meinem Leben, dass ich Lust gehabt hätte, eine Frau zu vögeln.«

»Charlie, wenn *ich* weine, dann heule ich wie ein Schlosshund und schnäuze mich in dein schönes Hemd. Willst du das?«

Er fuhr entsetzt zurück. Immerhin trug er ein Vintagehemd von Versace. Ängstlich schüttelte er den Kopf.

»Dann erwähn den Namen Jackson nie wieder, okay? Ich hab seit einer Woche nichts mehr von ihm gehört oder gesehen. Wahrscheinlich hat er mich schon abserviert, sich aber nicht getraut, es mir ins Gesicht zu sagen. Dieser feige Bastard! Und das

Schlimmste ist, ich weiß nicht einmal, wieso er plötzlich nichts mehr von mir wissen will.«

Bildete ich es mir nur ein oder lag ein seltsam wissender Ausdruck auf Charlies Gesicht? Ich kannte Charlies Mimik nur zu gut und die Art, wie er eine Augenbraue gehoben hatte, wie sich seine Oberlippe spöttisch kräuselte ... Genau den gleichen Ausdruck hatte er, wenn er einer pikanten Story auf der Spur war. Ach was, Blödsinn! Ich litt schon an Verfolgungswahn. Wahrscheinlich deutete ich sein Mienenspiel falsch, und er war einfach immer noch geschockt wegen meiner Drohung, mir die Nase an seinem kostbaren Hemd zu putzen.

Er nahm mich in den Arm.

»Das wird schon wieder, du wirst sehen«, tröstete er mich. »Das ist bestimmt bloß ein dummes Missverständnis. Er kommt sicher noch.«

»Wer's glaubt. Ich hab gesagt, um acht, und jetzt ist es schon Viertel nach. Ich hab so gehofft, dass er kommen und sein Untertauchen damit erklären würde, er habe an zeitweiliger Amnesie gelitten oder vielleicht ein paar Tage im Knast verbracht.«

»Na ja, das wohl kaum. Ich, äh, ich hab ihn gestern Abend nämlich gesehen«, gestand er da. Wusste ich es doch, dass er mir etwas verheimlichte!

»Du? Wo denn? Hat er etwas gesagt? Hat er angedeutet, warum er sich auf einmal unsichtbar macht?«

Charlie schüttelte mit Unschuldsmiene den Kopf. Ich schaute ihn prüfend an. Irgendetwas war hier oberfaul, das sagte mir mein inneres Warnsystem. »Ich hab ihn nur von weitem gesehen, Darling, ganz kurz, in einem Restaurant. Ich bin nicht dazu gekommen, mit ihm zu reden. Ich war mit Kylie da, weißt du, sie ist gestern im Scottish Exhibition and Conference Centre aufgetreten, und du weißt ja, wie sehr sie mich mit Beschlag belegt.«

Ich seufzte. »Wenn ich nur wüsste, woher der Wind weht. Falls Jackson sich rar macht, um interessanter zu wirken, dann kann er mich mal gern haben. Ich hätte bei verheirateten Männern bleiben sollen. Die haben mich wenigstens nie versetzt. Obwohl es denen vermutlich weniger um das Essen als vielmehr um den Fick danach ging.«

»Wo wir gerade davon sprechen – wie ist Jackson eigentlich so im Bett? Energiegeladen? Fantasievoll? Erfüllt er dir all deine Wünsche?«

Ich verdrehte genervt die Augen und spielte viel sagend mit dem Gemüsemesser in meiner Hand. Charlie verstand den Wink und hielt sich schnell ein Schneidebrett vor sein bestes Stück.

In dem Moment klingelte es an der Tür. Sofort überkam mich helle Panik.

»Okay.« Ich atmete tief durch. »Das sind entweder Michael und Priscilla – dann muss ich die Liebenswürdigkeit in Person sein, ich will ja einen guten Eindruck machen, schließlich sucht Michael schon die Musik für die Trauung aus. Oder aber es ist Jackson. Dann werde ich mich ihm an den Hals werfen und ihm selbigen erst später, wenn die anderen wieder weg sind, umdrehen. Oder es ist Rick. Dann kümmerst du dich bitte um ihn, während ich ins Wohnzimmer marschieren und mich aus dem Fenster stürzen werde.«

Charlie stellte das Schneidebrett lachend an seinen Platz zurück. Ich musste selber lächeln. An mir war wirklich eine Komikerin verloren gegangen. Eine betrunkene Komikerin, wenn ich nicht aufhörte, den Wein so schnell hinunterzukippen.

»Falls ich noch einmal eine Dinnerparty geben möchte, Charlie, erinnere mich bitte unbedingt an den heutigen Tag. Ich muss den Verstand verloren haben!«

»Wenn du das sagst, Darling. Vorsicht, du bist mit dem linken Ärmel am Türgriff hängen geblieben!«

Leider konnte ich ihn nicht verstehen, weil es im gleichen Moment *ratsch!* machte und der Ärmel riss.

Auf dem Weg zur Haustür zerwühlte ich mir kunstvoll die Haare und befeuchtete die Lippen. Falls es Jackson war, wollte ich doch gut aussehen, wenn ich ihm in die Eier trat.

Es war aber nicht Jackson. Vor mir standen Michael und eine überaus zierliche dunkelhaarige Frau.

Er beugte sich vor und küsste mich auf die Wange. »Entschuldige, Jo, ich hab schon wieder meinen Schlüssel vergessen.« Mit einem Blick auf mein jetzt einärmeliges Top fügte er hinzu: »Hey, originelles Outfit!«

Ich verkniff mir einen Kommentar. Affektiert, mit einer Geste, die eher zu Charlie gepasst hätte, wandte Michael sich dann der Frau in seiner Begleitung zu. Ehrfürchtige Bewunderung schwang in seiner Stimme, als er sagte: »Und das ... das ist Priscilla.«

Ich lächelte gekünstelt und streckte ihr die Hand hin. Ich war überrascht, als ich den Gesichtsausdruck der Frau in dem engen weißen Lederoverall sah. Michael hatte sie immer als schüchtern, fast gehemmt beschrieben, als so unsicher, dass sie sich nicht einmal allein hierher traue. Aber jetzt sah ich die Arroganz – man hätte fast Feindseligkeit sagen können – auf ihrem Gesicht und wusste, dass sie alles andere als schüchtern und unsicher war. O Gott, Michael, was hast du dir denn diesmal wieder angelacht, dachte ich.

Priscilla, die eine Augenbraue herausfordernd ein wenig hochgezogen, erwiderte meinen Händedruck eine Spur zu fest.

»Freut mich, Sie endlich kennen zu lernen. Michael spricht andauernd von Ihnen.«

Und das gefällt dir nicht, dachte ich, als ich ihr ihren Mantel abnahm. Das gefällt dir überhaupt nicht.

Ich hatte das dumpfe Gefühl, in den Krieg zu ziehen.

Priscilla stand in der Küche, kostete von der indischen Vorspeise und lächelte höflich und in regelmäßigen Abständen in die Runde. Michael lachte schallend über eine Bemerkung dieses ... dieses Charlie, so hieß er doch, oder? Sie hatte nicht darauf geachtet, als sie einander vorgestellt worden waren. Jedenfalls erzählte er Michael gerade eine Anekdote über zwei Schauspielerinnen, die mit einer Flasche Wein, einem batteriebetriebenen Spielzeug und einer Polaroidkamera in einer verfänglichen Situation erwischt worden waren.

Priscilla starrte Michaels Mitbewohnerin an. Mist, die hatte sie total unterschätzt! Von wegen Sponti-Schnepfe! Eine tolle Frau war das. Zwar nicht mehr die Jüngste – sie musste mindestens Anfang dreißig sein –, aber nichtsdestoweniger attraktiv. Sie hatte eine Topfigur, und Geld hatte sie offensichtlich auch, sonst würde sie sich kaum so ein Haus leisten können. Natürlich hatte Michael von alledem kein Wort erwähnt. Diese Frau schien Klasse zu haben, war vermögend und Michael wohnte praktischerweise schon bei ihr ... Das machte sie in Priscillas Augen zur Rivalin. Sie beschloss, ihr auf den Zahn zu fühlen.

»Das sieht wirklich wunderhübsch aus, Jo«, sagte sie und deutete auf die Kristallschalen voller Melonenbällchen auf der Arbeitsfläche neben ihr. »Michael hat erzählt, Sie hätten früher in einem Restaurant gearbeitet.« Muss ein schöner Schuppen gewesen sein, wenn das alles ist, was sie fertig bringt, fügte sie im Stillen hämisch hinzu. »Haben Sie dort kochen gelernt?«

Jo lachte fröhlich. »Kochen ist nicht gerade meine Stärke. Ich habe mich mehr um die geschäftlichen Belange gekümmert.«

Das sieht man, dachte Priscilla boshaft. Sie war gerade mal fünf Minuten da, und schon hatte sie eine Schwachstelle entdeckt! *Sie* konnte wenigstens ein anständiges Essen auf den Tisch bringen.

»Warum so bescheiden, Darling?«

Priscilla fuhr herum und musterte den Wichser im pinkfarbenen Hemd, dem beim Anblick der Gastgeberin scheinbar das Wasser im Mund zusammenlief.

»Westlich vom Charing Cross hat man nirgendwo so gut gegessen wie in deinem Restaurant!«

Das Restaurant hatte ihr *gehört?* Nach allem, was Michael erzählt hatte, hatte sie gedacht, Jo habe dort *bedient.* Das Miststück war wirklich für so manche Überraschung gut.

»Seid ihr beide, du und Michael, euch dort nicht näher gekommen? Tête-à-Tête bei Tortellini! Haha!«

Was? Wie war das? Priscilla schoss erst einen erbosten Blick auf Michael ab, der sich sichtlich unbehaglich fühlte, und schaute dann zu Jo hinüber, die den Flamingo mit der großen Klappe mit einem bitterbösen Blick bedachte.

»Benimm dich, Charlie, oder du fliegst raus«, ermahnte sie ihn. An Priscilla gewandt, fügte sie versöhnlich hinzu: »Achten Sie nicht auf ihn, er hat ein loses Mundwerk. Eigentlich müsste er zensiert werden. Darf ich Ihnen nachschenken?«

Priscilla schäumte vor Wut. Die beiden waren also ein Paar gewesen! Natürlich hatte dieser blöde Hund ihr auch das geflissentlich verschwiegen. Jo war nicht nur attraktiv und erfolgreich, sie schlief auch jede Nacht neben ihrem Freund und hatte früher sogar *mit* ihm geschlafen. Wer sagte ihr eigentlich, dass sie das nicht immer noch tat? Die Atmosphäre im Raum war merklich abgekühlt.

Priscilla setzte ein Lächeln auf, das irgendwo zwischen Ungezwungenheit und ausgesprochener Gehässigkeit angesiedelt war, als sie Jo ihr Glas reichte.

Na schön. Wenn sie Krieg wollte, konnte sie ihn haben!

»Meine ich das nur oder ist diese Frau wirklich irgendwie komisch?«, flüsterte ich Charlie zu, während wir die halb leeren Schalen mit Melonenbällchen abräumten.

Aus einem Augenwinkel sah ich Michael und Priscilla bei einem intensiven Zungenkuss. Seit die beiden gekommen waren, fummelten sie aneinander herum.

»Bin ganz deiner Meinung«, gab Charlie leise zurück. »Irgendetwas stimmt mit dem Vögelchen nicht.«

Meine Stimmung war auf dem Tiefpunkt. Was hätte ich für einen ruhigen Samstagabend vor dem Fernseher mit einer schönen Packung auf dem Gesicht und einem Tiefkühlgericht gegeben! Welcher Teufel hatte mich geritten, dass ich unbedingt die Gesellige spielen musste? Ich hatte mir den Abend so schön vorgestellt, ein gemütliches Beisammensein, damit meine Freunde Jackson kennen lernten (mir schwoll schon der Kamm, wenn ich bloß an ihn dachte!) und Michael uns seine Priscilla vorstellen konnte. Wie eine der besseren Folgen von *Friends* – so hatte ich mir das gedacht. Stattdessen war eine Szene wie aus einem Horrorfilm nach Stephen King daraus geworden. Plus Zungenküsse.

Immerhin war mir die Konfrontation mit Rick erspart geblieben, der so anständig gewesen war, nicht zu erscheinen. Jackson war allerdings ebenfalls nicht erschienen. Ich beobachtete die beiden Turteltäubchen und sah, wie Priscilla Michael etwas ins Ohr flüsterte. Der lief daraufhin feuerrot an. O Gott, bitte mach, dass der Abend bald vorüber ist, flehte ich im Stillen.

Lieblos klatschte ich die Fleischstücke für das Fondue auf eine Platte. So, wie ich Priscilla einschätzte, würde sie das Zeug roh hinunterschlingen.

Ich stellte gerade eine Schüssel Salat auf den Tisch, als die Türglocke ertönte. Bitte lass es Jackson sein, bitte lass es Jackson sein! Oder wenigstens einen Gangster, der mich kidnappt, flehte ich im Stillen. Charlie, froh, sich den Übelkeit erregenden Austausch von Speichel nicht länger ansehen zu müssen, sprang auf und eilte zur Tür. Ich nahm einen kräftigen Schluck Wein. Ich hatte mir zum vierten Mal nachgeschenkt – tatsächlich musste ich mich beherrschen, damit ich nicht einfach die Flasche an die Lippen setzte.

Charlie tänzelte herein und rief entzückt: »Schau mal, wer da kommt!«

Ich hatte Angst hinzugucken.

»Hi, alle miteinander, entschuldigt die Verspätung!«

Ich erkannte die Stimme sofort. Er war also doch gekommen. Im tiefsten Innern hatte ich es gewusst. Wie hätte es auch anders sein können!

Verdammte Scheiße.

Die Kampfzone hatte sich ausgeweitet. Bewaffnet mit einer Flasche Champagner und einem halben Blumenladen stürzte sich Rick ins Geschehen.

Charlie war in seinem Element. Eine Dinnerparty mit so viel potenziellem Zündstoff hatte er nicht mehr erlebt, seit auf jenem Ball in Monte Carlo Rachel Hunter, Rod Stewart und Penny Lancaster versehentlich am selben Tisch platziert worden waren. Die arme Jo! Sie guckte so sauertöpfisch wie Victoria Beckham, müsste sie bei Woolworth's einkaufen.

Sie hatte ihm richtig Leid getan, als er ihr erzählt hatte, er habe Jackson am Abend zuvor gesehen. Verdammt, das war gestern gar nicht gut gelaufen. Gerade, als er, Jackson und Dex sich ein wenig näher gekommen waren (auf rein gesellschaftlicher Ebene natürlich), war so ein dämlicher Reporter von der *Sun* aufgetaucht, hatte sich unaufgefordert zu ihnen gesetzt und Dex gefragt, was er denn von der Geschichte halte, dass der Regisseur von *Apocalypse* hinter den Schmähbriefen und obszönen Anrufen stecke, die Steven Spielberg erhalten habe. Dex war aufgesprungen wie von der Tarantel gestochen und hinausgestürmt. Sein Harem und Jackson waren ihm gefolgt. Und Charlie hatte in den Mond geguckt. Keine Informationen, kein Klatsch. Nichts. Er wäre fast geplatzt vor Wut.

Dennoch hatte er es für klüger gehalten, Jo nichts davon zu erzählen, nur beiläufig zu bemerken, dass er Jackson gesehen hatte. Und auch das hatte er nur getan, um sich abzusichern, falls Jackson auftauchen und ihre Begegnung erwähnen sollte. Seine Geheimnistuerei gefiel ihr natürlich gar nicht. Dabei wollte er nur ihr Bestes. Oder vielmehr *sein* Bestes – nämlich die Story des Jahres. Aber was spielte das Motiv unter Freunden schon für eine Rolle? Zu dumm, dass seine Ehrlichkeit bislang vergebens gewesen war, weil Jackson sich nicht hatte blicken lassen. Dennoch war die Besetzung des Abends einfach brillant. Michael, der sich schier überschlug, um diesen Piranha, der jetzt an seinen Fingern lutschte, zu beeindrucken. Rick, dieser Adonis, der so aalglatt war wie seine, Charlies, Brust nach einer Wachsenthaarung. Und Jo, die sich zu wünschen schien, auf einem Schleudersitz zu sitzen. Wenn er sich nicht irrte – und er irrte sich nie –, verfolgte jeder hier im Raum seine ganz eigenen, verborgenen Ziele. Was für ein Stoff für ein Fernsehdrama! Es war einfach skandalös. Und Skandale waren Charlies Leben.

Priscilla langte unter den Tisch und strich über Michaels Schenkel. Ihre Hände wanderten immer höher hinauf … und immer höher hinauf. Sie griff ihm zwischen die Beine und amüsierte sich über seine Reaktion – eine Mischung aus Verwirrung, Erregung und Betretenheit. Sie würde ihn schon dazu bringen, dass er sie für die wunderbarste Frau auf der Welt hielt, falls sie das in seinen Augen nicht bereits war. Diese Jo, diese blöde Schlampe, hatte keine Chance gegen sie. Michael gehörte ihr, und niemand, *niemand,* würde etwas daran ändern. Es sei denn vielleicht dieser Rick. Sie betrachtete den Neuankömmling nachdenklich. Er verfügte offenbar nicht nur über das nötige Kleingeld, sondern sah auch noch bedeutend besser aus als Michael. Bei dem konnte sie schwach werden. Vielleicht ist Michael doch kein so guter Fang, sinnierte sie, während sie den Reißverschluss an seinem Hosenschlitz herunterzog und ihre Hand hineinschob. Es konnte nicht schaden, noch eine zusätzliche Angelrute auszuwerfen. Eine Frau sollte immer mehrere Eisen im Feuer haben, fand sie, oder etwa nicht?

Rick fing Jos Blick auf, als sie über eine von Charlies verrückten Geschichten lachten. Was für eine hinreißende Frau! Er konnte nicht glauben, dass er tatsächlich nach all den Jahren an einem Samstagabend mit ihr beim Dinner saß. Es war wirklich alles ganz anders gekommen als geplant. Er hatte sich ihr Wiedersehen immer als hochdramatische Szene vorgestellt, in der Jo ihn um Verzeihung anflehte und beteuerte, es sei der größte Fehler ihres Lebens gewesen, ihn sitzen zu lassen. Woraufhin er ihr hämisch lächelnd erklärte, das hätte sie sich eben früher überlegen müssen, und dann davonmarschierte, um Naomi Campbell zu bumsen. Na ja, träumen war ja nicht verboten, oder?

Jahrelang hatte der Gedanke an Rache ihn angetrieben, ihn motiviert, reich und erfolgreich zu werden, um ihr eines Tages zu zeigen, was sie aufgegeben hatte. Als sich dank seiner Schwägerin, diesem Flittchen, die Gelegenheit für ein Wiedersehen geboten hatte, hatte er begeistert zugegriffen. Endlich würde er es ihr heimzahlen können! Sie würde sich noch wünschen, sie wäre nie geboren worden!

Doch dann war alles ganz anders gekommen. An jenem ersten Abend im Cameron House hatte sie ihn völlig gefangen genommen. Vom ersten Augenblick an hatte sie ihn in ihren Bann gezogen. Sie war so wunderschön.

Und nicht nur das, wie er im Verlauf des Abends feststellte. Sie hatte Klasse, sie war intelligent, gefühlsbetont ... Sie war keineswegs das eiskalte Miststück, als das er sie sich immer vorgestellt hatte. Er war selbst erstaunt, wie weh es tat, als sie sagte, sie würde ihn auch heute nicht heiraten. Wusste sie denn nicht, dass er nie eine andere geliebt hatte? Woher denn – er selbst hatte es ja auch erst an jenem Abend, als er hinausgestürmt war, erkannt. Deshalb war er zu ihr gefahren. Um sie zu küssen. Es war wundervoll gewesen (auch wenn sie reichlich merkwürdig angezogen war und roch wie ein Altglascontainer am Sonntagmorgen). Und deshalb war er heute hierher gekommen. Mit einem gewaltigen Satz hatte er den schmalen Grat zwischen Hass und Liebe überwunden.

Ich tauchte noch einen Würfel Hähnchenfleisch in das siedende Öl. Am liebsten hätte ich meinen Kopf auch hineingesteckt. Der Abend überstieg meine Kräfte bei weitem! Charlie war unverschämt wie immer, und sein Mundwerk wurde mit jedem Glas Wein frecher. Michael knutschte mit dem Satan in Person (ich würde ihn mir später vorknöpfen – Michael, nicht den Satan; Frauen wie Priscilla kannte ich zur Genüge, sie gehörten zu der Sorte, die nicht davor zurückschreckte, ein kuscheliges Kaninchen in einen Topf mit kochendem Wasser zu werfen). Und Rick, mein trotteliger Exverlobter, der sich in eine Mischung aus Brad Pitt und Matt Damon verwandelt hatte, flirtete mit mir. Und, was noch schlimmer war, ich genoss es!

Trotzdem würde ich drei Kreuze schlagen, wenn der Abend endlich vorbei war. Der Nachtisch noch und ein schneller Kaffee, und dann war es überstanden. Charlie würde ins Opus oder ins Tiger Tiger abschwirren, Michael und Satan würden sich in sein Schlafzimmer zurückziehen (warum eigentlich – ich meine, sie trieben es ja praktisch schon miteinander, seit sie sich an den Tisch gesetzt hatten), und Rick würde tun, was reiche Singles nachts in Glasgow eben so machten. Ich war auf der Zielgeraden, keine Hindernisse mehr in Sicht!

In diesem Moment dröhnte ein energisches Pochen vom Fenster zu uns herüber. Ich ließ vor Schreck die Fonduegabel mit dem Hähnchenfleisch in das heiße Öl fallen. Es spritzte nach allen Seiten. Charlie starrte entsetzt auf den Fettfleck, der sich auf seinem Seidenhemd ausbreitete.

Ich sprang auf, stürmte ans Fenster und riss wütend den Vorhang zurück. Wahrscheinlich hatte Mr. McTavish von nebenan wieder einen über den Durst getrunken, konnte seinen Schlüssel nicht finden und wollte den Ersatzschlüssel holen, den ich für ihn aufbewahrte. Mein Magen machte einen Satz, als ich den Übeltäter erkannte. Männlich war er und betrunken war er auch. Aber es war nicht Mr. McTavish. Auch nicht Spud, sein Hund.

»Lass mich rein, Jo, ich muss mit dir reden!«, jammerte Jackson mit weinerlicher Stimme.

Jackson kam hereingetorkelt. Michael (dessen Hosenstall immer noch halb offen stand, aber taktvoll, wie wir waren, vermieden wir es, ihn darauf hinzuweisen) musste ihn stützen.

Er blieb wie angewurzelt stehen, als er Rick erblickte. »Hab ich's doch gewusst!«, lallte er. »Warum tust du das, Jo?« Er heftete einen anklagenden Blick auf mich. »Warum tust du so, als wär da was zwischen uns, und dann knutschst du vor der Haustür mit diesem Kerl herum ...«

Mein Magen plumpste mir in die Kniekehlen. Schlagartig wurde mir klar, warum ich nichts mehr von Jackson gehört hatte.

»... und lädst mich zum Essen ein und ihn auch. Kannst du mir mal verraten, was das soll? Hätte das ein flotter Dreier werden sollen oder was?«

Ich bemerkte Charlies verzückte Miene. Wahrscheinlich sah er die Szene im Geist vor sich – nur mit ihm statt mit mir! Wenigstens vergaß er darüber sein ruiniertes Hemd. Genau so stellte er sich das Paradies vor: Er brauchte nichts weiter als Rupert Everett mit einer Erektion und drei gut gebaute Profistripper, und sein Glück wäre vollkommen.

Rick hatte sich zurückgelehnt und beobachtete die Szene mit einem sarkastischen Lächeln. Der hatte vielleicht Nerven! Wem hatte ich diesen ganzen Schlamassel denn zu verdanken? Schön, ich gebe zu, es gehören zwei dazu, aber ich war schließlich überrumpelt worden und hatte mir deshalb nicht das Geringste vorzuwerfen!

»Vielleicht steckt ja auch was ganz anderes dahinter«, nuschelte Jackson. Er hatte ziemliche Schlagseite, und ich wusste nicht, was mir mehr Sorgen bereitete: dass er sich einen Knochen brechen oder meine geliebte Bronzeskulptur, der er gefährlich nahe gekommen war, herunterwerfen könnte.

»Vielleicht hat *er* dich ja dafür bezahlt,« – er zeigte schwankend auf einen fassungslosen Charlie – »dass du dich an mich ranmachst und mich aushorchst, damit er seine Story bekommt und Dex mit Dreck bewerfen kann. Ist es das?«

Ich war außer mir vor Empörung. »Wie kannst du es wagen! Ich stehe absolut nicht auf seiner Gehaltsliste,« – ich deutete mit dem Kinn auf Charlie und wandte mich dann Rick zu – »und den da hab ich auch nicht vor meiner Haustür abgeknutscht. *Er* hat *mich* geküsst, und ich hab seinen Kuss nicht erwidert!«

Ich tat, als bemerkte ich Ricks spöttische Miene nicht und fuhr fort: »Ich bin mit dir ausgegangen, weil ich dich wirklich gern hatte. Ich meine, gern habe. Immer noch. Wenn du nüchtern bist, jedenfalls.«

Stille kehrte ein. Für ungefähr drei Sekunden. Dann wurde die Tür aufgerissen und eine tränenüberströmte Emma kam hereingestürmt. Ohne die anderen auch nur eines Blickes zu würdigen, warf sie sich in meine Arme. Sie schluchzte so heftig, dass sie kaum sprechen konnte.

»Scheidung!!!«, kreischte sie. »Dieser Dreckskerl will sich von mir scheiden lassen!«

Und ich dumme Kuh hatte gedacht, der Abend könne nicht mehr schlimmer werden.

»Ähm, Entschuldigung!«, sagte eine Stimme hinter mir. Ich rollte genervt mit den Augen. Die fehlte mir gerade noch! An Priscilla hatte ich gar nicht mehr gedacht.

»Nicht jetzt, Priscilla.«

»Es, äh, ist aber wirklich wichtig …«

»Nicht jetzt!«, fauchte ich.

»Wie Sie meinen.« Es klang beleidigt. »Ich dachte nur, es würde Sie vielleicht interessieren, dass der Fonduetopf brennt.«

Kapitel 15

Funny How Time Slips Away

www.G.I.N.com, Forum, neuer Beitrag:

Meine Damen, Diskretion und Sicherheit stehen für die Betreiber dieser Website an erster Stelle. Dennoch möchten wir Sie darauf hinweisen, dass es nicht möglich ist, unseren Mitgliedern hundertprozentigen Schutz zu garantieren. Bitte beachten Sie deshalb, dass unbedingte Diskretion und in manchen Fällen auch Anonymität erforderlich sind, wenn Sie einen Beitrag im Forum veröffentlichen möchten. Wir lehnen jede Verantwortung für die möglichen Folgen eines Beitrags ab.
Mit freundlichen Grüßen
G.I.N.com
PS: Wir danken allen, die ihrer Sorge über die kürzlich veröffentlichte Auseinandersetzung zwischen Romeo und Juliet Ausdruck verliehen haben. Wir haben Ihre guten Wünsche, verbunden mit unseren eigenen, weitergeleitet.

Emma lag da und starrte an die Decke. Sie war zu müde zum Aufstehen und zu aufgedreht, um einzuschlafen. Was war nur los mit ihr? Sie, die nicht unterzukriegen war, die ihr Leben stets im Griff hatte, hatte sich in ein Wrack verwandelt, in ein verschrumpeltes Etwas mit aufgedunsenem Gesicht und nervösen Magenkrämpfen. Sie hatte nicht einmal mit einem der sieben Feuerwehrleute geflirtet, die gekommen waren, nachdem Charlie in Panik zum Telefon gestürzt war und die Feuerwehr gerufen hatte. Unnötigerweise, wie sich herausstellte: In einem Dielenschrank hatten sie eine alte Löschdecke gefunden und das Feuer erstickt, noch bevor die Männer angerückt waren. Trotzdem – keiner von ihnen hatte Emma gefallen. Das war doch nicht normal, oder?

Sie war traumatisiert, kein Zweifel. Sie musste eine Therapie machen.

Die Frage war nur, vor der Scheidung oder danach? Immer diese Entscheidungen!

Oder sollte sie ins Kloster eintreten und sich für den Rest ihres Lebens, das sowieso vorbei war, in Keuschheit üben? Vor der Scheidung oder danach?

Oder sollte sie während ihrer Periode mit ihrem Hund Rollschuh laufen, wie die Frauen in der Werbung das machten? Vor der Scheidung oder danach?

Verdammter Mist, sie kriegte dieses Wort nicht mehr aus dem Kopf! Scheidung. SCHEIDUNG. Jetzt würde sie in eine Statistik aufgenommen werden. Sie hasste Statistiken und Kategorien. Die einzige Kategorie, in die sie aufgenommen werden wollte, war jene, in der Frauen mit einer perfekten Kleidergröße, nämlich sechsunddreißig, zusammengefasst wurden. Scheidung. Hi, ich bin Emma, seit kurzem geschieden. Sie sollte es sich auf die Stirn tätowieren lassen, dann konnte sie sich lange Erklärungen sparen. Sie drückte das Kopfkissen aufs Gesicht. Zwecklos. Sie würde trotzdem geschieden werden, und jetzt hatte sie auch noch rosa Flusen zwischen den Zähnen. Wenn sie doch nur tot umfiele! Und zwar bald, bevor sie ihr HIER RUHT EMMA TAYLOR, SEIT KURZEM VON DAN GESCHIEDEN UND VON NIEMANDEM VERMISST auf den Grabstein meißeln konnten.

Sie war so aufgeregt gewesen, als er anrief. Sogar unbequeme Schuhe hatte sie getragen, damit sie in Zeitlupe aufeinander zulaufen und sich in die Arme sinken konnten. Geschlagene zehn Minuten hatte sie vor dem Spiegel eine zerknirschte Miene geübt, bevor sie das Haus verlassen hatte. Sie hatte das Höschen von La Senza angezogen, das er so an ihr mochte (oder war das Marcus' Lieblingshöschen gewesen?), damit er beim unvermeidlichen Versöhnungsfick etwas Hübsches zum Ausziehen hatte. Das hätte sie sich sparen können.

Sie hatten sich bei Big Mamma, ihrem Lieblingsitaliener in der Sauchiehall Street, getroffen. Emma hatte das als gutes Omen aufgefasst – immerhin hatten sie dort seit etlichen Jahren ihren Hochzeitstag gefeiert. Wer hätte gedacht, dass er so einen verqueren Sinn für Humor besaß? Oder so grausam sein konnte? Ihr wurde klar, wie wenig sie im Grunde von dem Mann wusste, mit dem sie seit siebzehn Jahren verheiratet war.

Sie war zwanzig Minuten zu spät gekommen. Auf halbem Weg zum Restaurant hatte sie nämlich festgestellt, dass sie ihren Ehering vergessen hatte. Dan würde so etwas sofort bemerken, deshalb war sie noch einmal umgekehrt. Zehn Minuten lang hatte sie alles auf den Kopf gestellt, bis sie den Ring zu guter Letzt im Wäschekorb fand. Das passte – momentan drehte sich alles in ihrem Leben um schmutzige Wäsche.

Big Mamma begrüßte sie höchstpersönlich. Der Beiname konnte sich eigentlich nur auf das Mundwerk der Sizilianerin beziehen, weil der Rest von ihr nicht dicker als Emmas Oberschenkel war.

»Emma, mein Kind, kommen Sie, Dan wartet schon! Kommen Sie, kommen Sie!« Sie hatte ein erstaunlich lautes Organ für einen so zierlichen Körper.

Emma war die Luft weggeblieben, als sie ihn erblickte. Ihr süßer, gemütlicher Dan sah aus, als hätte er sich für die Vorher-

Nachher-Show einer Mode- und Kosmetikberaterin zur Verfügung gestellt. Erst einmal war er braun gebrannt. Dan, der Mann, der schon in der Nähe einer Sonnenbank krebsrot wurde, hatte eine schöne Bräune. Sein tiefschwarzes Haar, dieser Wuschelkopf, der stets nur einen Billigfriseur in irgendeiner Seitenstraße gesehen hatte, hatte einen tadellosen Schnitt. Und als er lächelte, wären Emma schier die Augen aus dem Kopf gefallen – er hatte sich Veneers anfertigen lassen! Die bahngleisbreite Lücke zwischen seinen Vorderzähnen war verschwunden. Er sah aus wie ... wie ... Emma rang um Fassung und um Worte. Er sah aus wie ... wie *Rick!* Eigentlich war das bei Zwillingen nicht weiter verwunderlich, aber Dan war immer die leicht fehlerhafte, minderwertige Ausgabe gewesen.

Plötzlich wurde ihr klar, was da gespielt wurde. Das war ein Scherz, ein Scherz der übelsten Sorte.

Sie setzte sich. Wut stieg in ihr empor. *»Rick?«*

Er lachte laut. Er besaß die Frechheit und lachte ihr ins Gesicht. »Beinah. Aber diesen Fehler hast du ja schon einmal gemacht«, erwiderte er sarkastisch.

Heilige Scheiße, es war tatsächlich Dan! Musste er sie ausgerechnet jetzt an den Blowjob erinnern, den sie damals beinah Rick gemacht hätte, weil sie ihn mit Dan verwechselte? Mein Gott, man würde ja wohl noch einen Fehler machen dürfen! Na schön, es war mehr als ein Fehler gewesen, aber wer wollte das schon so genau wissen? Dan offensichtlich. Sie wünschte, sie würde im Erdboden versinken.

Er winkte den Kellner herbei und bestellte eine Flasche ihres Lieblingsweins und eine Auswahl der toskanischen Gerichte, die sie so gern aß. Emma kam aus dem Staunen nicht mehr heraus. Der Dan, den sie kannte, hätte eine Viertelstunde lang die Speisekarte studiert und dann unweigerlich die Lasagne bestellt.

War dieser Wandel nun gut oder schlecht? Sie war sich nicht sicher. Der neue Dan war mit Sicherheit ein grandioserer Anblick als die alte, leicht angeschlagene Version, aber dieses Glitzern in seinen Augen irritierte sie. Es drückte Selbstbewusstsein aus.

»Und, hast du mich vermisst?«, fragte er, den Moment sichtlich auskostend.

Von wegen Selbstbewusstsein! »Ich bin ein eingebildetes Arschloch« bedeutete es! Er wusste verdammt gut, dass sie ihn vermisst hatte, weil sie alle seine Bekannten und Freunde angefleht, bekniet, sich vor ihnen erniedrigt hatte, um herauszufinden, wo er sich aufhielt.

»Dan, ich, äh, also ich ...« Das lief nicht wie geplant. War er aufgesprungen, um sie in seine Arme zu reißen? Negativ. War er bei ihrem Anblick in Tränen der Rührung ausgebrochen? Ebenfalls negativ. Hielt er jetzt vielleicht ihre schweißnasse Hand? Er dachte nicht daran! Und wieso zum Teufel trug er eigentlich keinen Ehering?

Na schön, wahrscheinlich hatte er ihn abgenommen, weil er ihn schmerzlich an all die vielen glücklichen Jahre mit ihr erinnerte. Hätte sie ihrem Kollegen nicht die Unterhose weggevögelt, wären es vermutlich noch ein paar Jahre mehr geworden.

Sie startete einen neuen Versuch. »Das alles tut mir schrecklich Leid, Dan. Du glaubst gar nicht, wie Leid.«

Sie verstummte, weil der Ober ein Körbchen mit Brot und eine Schale Oliven brachte. Dann fuhr sie fort:

»Ich kann selbst nicht glauben, was ich dir angetan habe. Ich muss den Verstand verloren haben! Das war wie so eine Art Midlifecrisis, weißt du. Ich wünschte, ich könnte es ungeschehen machen. Ich liebe dich, Dan. Ich habe dich immer geliebt. Ich habe es einfach für ein Weilchen vergessen ...«

Geschafft! Das hatte sich großartig angehört, als sie es vor dem Spiegel geprobt und danach zur Kontrolle sogar auf Band gesprochen hatte. Diese Sätze würden ihre Wirkung auf Dan nicht verfehlen. Sie kannte ihn. Er würde ihr verzeihen.

»Und?«, fragte er, so gleichgültig, als hätte sie ihm gerade erzählt, sie hätte ein Furunkel am Hintern.

»Kannst du mir verzeihen? Kannst du …«

Wieder wurde sie von dem Kellner unterbrochen, jetzt schenkte er ihr Rotwein ein.

»Kannst du vergessen, was geschehen ist, damit wir noch einmal von vorn anfangen können?«

Er schwieg lange. Ihr kam es wie vierzehn Tage vor.

Dann fragte er: »Wie viele waren es, Emma?«

Ach du heilige Scheiße, dachte sie entsetzt. Sie holte tief Luft. Okay, er würde es ihr nicht leicht machen, aber das geschah ihr ganz recht, sie hatte nichts anderes verdient.

Ganz ruhig, ganz ruhig, sagte sie sich. Lüg einfach das Blaue vom Himmel herunter.

»Nur der eine«, flüsterte sie zerknirscht.

Er zog eine Augenbraue hoch und lehnte sich zurück. Panik erfasste sie. Sie saß mit dem Rücken zur Wand, und Big Mamma bewachte den Notausgang. Wie lange würde sie wohl brauchen, um sich mit dem Kaffeelöffel einen Fluchttunnel zu graben? Dan saß da und starrte sie wortlos an. Was zum Teufel war bloß los mit ihm? Er erinnerte sie fatal an einen Mafiapaten.

»Also gut, es gab ein paar«, gestand sie. »Einige wenige. Aber sie haben mir nichts …«

Er beugte sich vor. »Und was heißt das in Zahlen ausgedrückt?« Er zuckte gleichmütig mit den Schultern. »Waren es mehr als, sagen wir, ein Fußballteam, aber weniger als ein Marineregiment?«

Er lächelte! Gütiger Himmel, er saß doch tatsächlich da und lächelte!

Sie spürte, wie sich Panik in ihr breit machte. Eine der Oliven musste ihr im Hals stecken geblieben sein. Dann fiel ihr ein, dass sie gar keine Olive gegessen hatte – es war ihre Kehle, die sich langsam zuschnürte.

»Was spielt das denn für eine Rolle, Dan? Ich sage dir doch, ich habe so eine Art Krise durchgemacht. Und es tut mir Leid. Es tut mir von Herzen Leid. Ich möchte es dir beweisen. Gib mir noch eine Chance, und wir werden ...«

»Es gibt jemand anderen in meinem Leben.«

»... noch einmal von vorn anfangen, und ich verspreche dir ... WAS?«

»Es gibt jemand anderen in meinem Leben.«

Emma fiel in sich zusammen wie eine Luftmatratze, bei der man den Stöpsel herausgezogen hat. Damit hatte sie nun wirklich nicht gerechnet. Ihr süßer, gemütlicher, zahnlückiger Dan hätte sich eher den Schwanz amputieren lassen, als etwas mit einer anderen Frau anzufangen. Wer war dieses Wesen da vor ihr? Offenbar war ihr Ehemann von Außerirdischen entführt und durch diesen Dreckskerl hier ersetzt worden.

Und jetzt hielt er den Zeitpunkt für gekommen, ins Mutterschiff zurückzukehren.

Er schob seinen Stuhl geräuschvoll zurück und erhob sich.

»Ich möchte die Scheidung, Emma. Meine Anwälte werden sich Montag mit dir in Verbindung setzen. Mach bitte keine Schwierigkeiten – ich glaube, du hast schon genug angerichtet, oder?«

Er wandte sich zum Gehen. Dann drehte er sich noch einmal um und sagte fast beiläufig: »Den schenk ich dir. Ich brauch ihn nicht mehr.«

Ein lautes Plopp. Emma sah fassungslos zu, wie der goldene

Trauring, für den sie vor so vielen Jahren monatelang gespart hatte, damit sie ihn im Winterschlussverkauf bei Argos kaufen konnte, auf den Boden ihres Rotweinglases sank. Als sie wieder aufblickte, war ihr Ehemann nicht mehr da.

Kapitel 16

Until It's Time for You to Go

Anfang Mai 2001

Jack drehte sich herum und kuschelte sich in Jos Achselhöhle. So schlief er am liebsten ein. Jo war das unerklärlich. Was fand er nur an dem Geruch ihres Deodorants?

»Du hast bald Geburtstag, Liebling«, murmelte er schlaftrunken. »Hast du irgendeinen besonderen Wunsch?«

Jo schloss ganz fest die Augen. Jetzt ist es so weit, dachte sie. Sie hatte lange und gründlich darüber nachgegrübelt, was sie sich dieses Jahr wünschen sollte. Monatelang hatte sie an nichts anderes gedacht. Dann wusste sie, was sie sich wünschen würde – etwas, das ihr mehr am Herzen lag als alles, was sie sich bisher von ihm gewünscht hatte.

Oberflächlich betrachtet war ihr Leben wunderbar. Ihr Restaurant lief glänzend. Es war bekannt für sein ausgezeichnetes Essen, die riesigen Portionen (die Nouvelle Cuisine war glatt an ihnen vorbeigegangen) und den unaufdringlichen, aber effizienten Service. Die Gäste wussten es zu schätzen, dass sie abends von der Eigentümerin persönlich und wie gute Freunde begrüßt wurden. Vom Tag der Eröffnung an, als das Seidenband vor dem Eingang von dem damaligen Starmodel Bambi (einem früheren Schützling von Candy) mit einer Rasierklinge eines Damenrasierapparats durchtrennt wurde, war das Restaurant ein Erfolg gewesen.

Candy. Oder Cynthia. Ein Lächeln huschte über Jos Gesicht, als sie im Dämmerlicht und der trägen Schläfrigkeit nach dem Sex an ihre alte Freundin dachte. Sie hatte seit Jahren – seit Jed ihr die Hauptrolle in dem Streifen *Der Angriff des Killerpornostars* gegeben hatte – nichts mehr von ihr gehört. Mit diesem Film, der erfolgreichsten Parodie der Neunziger, war Cynthia zu internationalem Starruhm gelangt; in mehreren asiatischen Ländern waren ihr zu Ehren Standbilder aufgestellt worden. Jo hatte sie zuletzt in einer Talkshow im Kabelfernsehen gesehen, wo sie mit amerikanischem Akzent von ihrer wunderbaren Ehe, ihren wunderbaren Zwillingen – sie hießen Porsche und Mercedes – und ihrem wunderbaren Jetsetleben erzählte. Cynthia galt als die neue Demi Moore, die Frau, die alles hatte und sich von niemandem etwas gefallen ließ. Sie hatte Los Angeles praktisch im Sturm erobert, und Jo freute sich für sie.

»Hm?«, brummte Jack fragend und riss sie aus ihren Gedanken. »Hast du einen?«

Jo verzog schmerzlich das Gesicht. Sie hatte gehofft, die Ausdünstungen ihrer Achselhöhle hätten ihn betäubt und in friedlichen Schlaf sinken lassen. Sie konnte das jetzt nicht mit ihm besprechen. Diese Unterhaltung wollte sie sich für einen Brandy in einem netten Lokal aufheben, wo er keine Szene machen konnte. Ihr Geburtstagswunsch würde ihm nämlich absolut nicht gefallen.

Viel war an jenem Tag vor zehn Jahren, als er mit einem halb verwelkten Strauß Blumen in ihr Leben zurückgekehrt war, geschehen. Sie hatten gelacht, sie hatten geweint, sie hatten wilden Sex gehabt, sie waren sich einig gewesen, dass sie nicht ohne einander leben konnten und wollten – und sie hatten Regeln aufgestellt. Regel Nummer 1 (auf Jos Anregung hin): Dass Jack seine Frau verlassen würde, wäre kein Thema zwischen ihnen, weil es nicht nötig war und Jo es auch nicht erwartete. Regel

Nummer 2: Jo konnte sich mit anderen Männern treffen. Da er ihr aus nahe liegenden Gründen nicht treu sein konnte, hatte er nicht das Recht, von ihr Treue zu erwarten. Regel Nummer 3: Sie würden weder Forderungen noch Ansprüche aneinander stellen und auch keinen Druck ausüben. Regel Nummer 4: Sie würden jede Minute, die sie miteinander verbringen konnten, nach Kräften genießen. Und Regel Nummer 5: Ihre Beziehung war dauerhaft, unkonventionell, unbeschwert und für die Ewigkeit.

Was Regel Nummer 4 betraf, so waren Jos Geburtstage die wichtigsten Ereignisse in ihrem gemeinsamen Leben geworden. Sie konnten ja nie Weihnachten miteinander feiern, sich mit Eierpunsch betrinken und gemeinsam Geschenke auspacken. Sie konnten nie an Ostern Schokoladeneier in sich hineinstopfen, bis ihnen schlecht wurde, oder an Silvester gemeinsam ins neue Jahr feiern. Die üblichen Feiertage waren für das Paar, das so viele Jahre eine heimliche Affäre hatte, tabu. Und so holten sie das Feiern an Jos Geburtstagen nach, die sie wochenlang im Voraus planten.

Jo hatte nur eine einzige Bedingung, was ihre Geschenke anging: Es durfte nichts von materiellem Wert sein. Anfangs war Carol, Jacks Frau, der Grund dafür gewesen. Sie hätte es bemerkt, wenn er Geld vom Konto abgehoben oder mit Kreditkarte bezahlt hätte. Das war schon lange kein Problem mehr. Carol lebte mit den Kindern die meiste Zeit in Spanien, in der Villa in Marbella, die sie sich dank des phänomenalen Erfolgs von Jacks Firma hatten leisten können. Der Computerprogrammierer, der am Anfang seiner Karriere seine Frau als Teilzeitbuchhalterin und seine Mutter als Sekretärin beschäftigt hatte, hatte mit seinem kleinen Unternehmen den Riesen am Markt etwas vorausgehabt: Flexibilität. Als das Internet geschaffen wurde, hatte er sofort einen Webdesignservice angeboten und unzählige fortschrittliche, kapitalkräftige Unternehmen als Kunden gewonnen, die das Internet nicht als vergängliche Modeerscheinung abtaten, sondern daran glaubten, dass es sich durchsetzen würde.

Kurz vor der Jahrtausendwende hatte er als einer der Ersten auf die möglichen Gefahren des *millennium bug* oder Y2K genannten Computervirus hingewiesen. Zahlreiche Konzerne hatten ihn mit der Entwicklung eines Krisenkonzepts und einer Managementstrategie beauftragt. Inzwischen leitete Jack ein weltweit tätiges Unternehmen, das im Jahr zuvor mehr als drei Millionen Pfund umgesetzt hatte. IBM zeigte reges Interesse an einer Übernahme seiner Firma. Und Jack dachte ernsthaft über das Angebot nach.

Obwohl es also nicht mehr erforderlich wäre, hielten sie an der Tradition, dass Jos Geburtstagsgeschenke zwar liebevoll bis ins Kleinste geplant sein, aber keinen materiellen Wert darstellen sollten, fest. Manche Dinge waren eben nicht mit Geld zu bezahlen. Zu ihrem sechsundzwanzigsten Geburtstag zum Beispiel hatte er ihr das Wiedersehen mit Emma geschenkt. Emma, die Marketing studiert hatte, hatte damals für einen Hungerlohn für einen Strumpfhosenhersteller in Edinburgh gearbeitet. Sie war selig, als Jacks Firma sie abwarb. Dann hatte Jack eine Betriebsfeier in Jos Restaurant organisiert, und so hatten sich die beiden Frauen »rein zufällig« wiedergetroffen. An jenem Abend hatte er zum allerersten Mal erlebt, dass Jo die Fassung verlor. Sie und Emma kreischten los, als hätten sie den Verstand verloren, und fielen sich dann weinend und lachend zugleich in die Arme. Den ganzen Abend waren sie unzertrennlich gewesen. Jack hatte Jo noch nie so glücklich gesehen. Was waren dagegen schon ein Blumenstrauß und eine Schachtel Konfekt?

Vom ersten Moment an herrschte die alte Vertrautheit zwischen Jo und Emma, so als hätten sie sich nie aus den Augen verloren. Emma machte es nichts aus, als sie die Wahrheit über ihren neuen Job und die Beziehung ihres Chefs zu ihrer alten Freundin erfuhr. Hätte sie auf ein üppiges Gehalt, eine interessante Stelle und ein unbegrenztes Spesenkonto verzichten sollen, nur weil sie nicht ihrer Marketingfähigkeiten wegen eingestellt worden war? Hätte sie etwa zu dem Strumpfhosenhersteller und einem Job zurückkehren sollen, der so spannend war, wie frischer Farbe beim Trocknen zuzuschauen? Lieber wäre sie tot umgefallen. Die Gelegenheit, ihre Fähigkeiten unter Beweis zu stellen, würde schon noch kommen, da war sie sich ganz sicher.

An Jos siebenundzwanzigstem Geburtstag hatte Jack, der sich mittlerweile auf der Liste der *Sunday Times* der reichsten Männer Schottlands wiederfand, Billy Connelly, Sean Connery und Robin Williams zum Dinner in Jos Restaurant eingeladen. Er hatte die drei, die aus Anlass der alljährlich stattfindenden Lonach Highland Games angereist waren, zuvor bei einem Benefizgalaessen getroffen. Der Publicityrummel um den Besuch der Stars katapultierte das Restaurant auf einen der Spitzenplätze in der Glasgower Gastronomie. Seit jenem Abend waren sie ständig ausgebucht.

Jos Dreißigster war eine harte Nuss gewesen. Jack hatte darauf bestanden, dass sie sich etwas Außergewöhnliches wünschte, und Jo hatte sich wochenlang den Kopf zerbrochen. Sie hatte doch alles – einen wunderbaren Beruf, ein schönes Zuhause (wenn man einmal von Michaels Zimmer, das an einen Dritte-Welt-Slum erinnerte, absah) und Freunde, die sie liebte. Das Leben hatte ihr alles gegeben. Was hätte sie sich noch wünschen können? Kinder? Nein. Ihre Meinung zu diesem Thema hatte sich nicht geändert, auch wenn sie lange dem Kind nachgetrauert hatte, das sie verloren hatte. Dass Jack sie inniger liebte? Nein, denn das wäre gar nicht möglich gewesen. Er betete sie geradezu an.

Zu guter Letzt wünschte sie sich dreißig Stunden ungeteilte Aufmerksamkeit. Es war eine herrliche Zeit gewesen, die sie abwechselnd im Bett und auf einer sonnigen Wiese im Park verbracht hatten. Sie waren nur aufgestanden, um etwas zu essen, spazieren zu gehen und mit einer Gruppe Jugendlicher, die eigentlich in der Schule hätten sein sollen, Fußball zu spielen.

Doch die Dinge hatten sich geändert. Lag es daran, dass sie mittlerweile die dreißig lange überschritten hatte? Arbeitete sie zu viel, hatte sie zu wenig Sex, kam sie zu wenig raus, oder war sie vorzeitig in die Wechseljahre gekommen? Wie auch immer, in den letzten Monaten fühlte sie eine wachsende Unzufriedenheit. Sie hatte das unbehagliche Gefühl, dass ein Stillstand eingetreten war, und zwar beruflich *und* privat, wenn sie ehrlich war.

Die Leitung des Restaurants verschaffte ihr nicht mehr diesen besonderen Kitzel. Stattdessen empfand sie eine gewisse Abgestumpftheit. Fast roboterhaft führte sie jeden Abend die gleichen Handgriffe aus. Ihr fehlte der Reiz des Neuen. Sie hatte überlegt, ob sie expandieren, eine Reihe gleichartiger Lokale in anderen Teilen des Landes eröffnen sollte, doch ihr war klar geworden, dass das nicht genügen würde. Sie strebte nach einer radikaleren Veränderung, suchte nach einer größeren Herausforderung – ähnlich der, die sich ihr am Anfang mit ihrem Restaurant gestellt hatte, als das Klingeln der Registrierkasse und das zufrieden strahlende Gesicht eines Gastes ihr einen kraftvollen Adrenalinschub beschert hatten. Es musste etwas vollkommen Neues sein, ein einzig und allein auf sie zugeschnittenes Konzept, etwas, das es ohne sie so nicht gegeben hätte. Etwas Originelles und Einzigartiges, etwas, das ihr Spaß machte und ihr innere Befriedigung verschaffte.

Die Frage war nur, was. Welche Fähigkeiten hatte sie außer ihren gastronomischen? Sie hatte keine besonderen Hobbys (einmal abgesehen von ihrer »Beratertätigkeit« für ihre Freunde, die mit ihren Problemen immer zu ihr kamen), die sie zu ihrem Beruf hätte machen können. Sie hatte keine verborgenen

Talente, die den Einstieg ins Showgeschäft gerechtfertigt hätten (wenn sie sang, hörte sie sich an wie ein Papagei, der gewürgt wurde, und beim Tanzen hatte sie zwei linke Füße – Michael, der sie zum Linedancing überredet hatte, als er in eine Country-&-Western-Begeisterte vernarrt war, konnte ein Lied davon singen). Blumenbinden konnte sie nicht ausstehen, ein Blumenladen wäre daher wohl kaum das Richtige. Im Saubermachen war sie ganz groß, aber sie konnte sich nicht vorstellen, den Rest ihres Lebens in Gummihandschuhen herumzulaufen. Ihr fiel beim besten Willen nichts Passendes ein. Wo lagen ihre Stärken? Auf welchem Gebiet hatte sie einschlägige Erfahrungen gesammelt? Sie war immer nur in der Gastronomie tätig und immer nur Geliebte gewesen. Nachdem sie lange hin und her überlegt hatte, kam ihr die zündende Idee, als sie sich aus Neugier und Langeweile auf einer Website eingeloggt hatte, auf der Leute ihre Angehörigen, alte Freunde oder Schulkameraden suchten, die sie aus den Augen verloren hatten. Sie wusste, es gab tausende Frauen allein in England, die sich in der gleichen Situation wie sie – nämlich der einer Geliebten – befanden. Sie sah sie allabendlich im Restaurant, sie beobachtete, wie sie den Mann ihnen gegenüber verliebt anschauten, während dieser panisch zum Eingang spähte, sooft die Tür aufging, weil er befürchtete, seine Frau oder, schlimmer noch, seine Schwiegermutter eintreten zu sehen. Untreue Ehemänner gab es überall im Land und damit zahllose außereheliche Affären.

Sie hatte viele Male gedacht, wie schön es wäre, mit einer anderen Frau, die ebenfalls eine Beziehung zu einem verheirateten Mann hatte, plaudern, sich austauschen, ein Glas Wein trinken zu können. Das Leben einer Geliebten war ein einsames Leben. Doch das würde sich ändern. Sie hatte ihre Idee nämlich im Lauf der Monate weiterentwickelt. Ihr schwebte eine Website vor, die als Plattform für einen Erfahrungsaustausch unter Geliebten dienen würde. Sie hatte sogar schon einen Namen dafür: G. I. N. – GELIEBTE IN NOT. Jetzt musste sie ihren Plan nur noch in die Tat umsetzen. Und wer würde ihr besser dabei helfen können als ihr Lover, der IT-Guru der Nation? Das wäre das schönste Geburtstagsgeschenk, das sie jemals von ihm bekommen hätte.

»Schläfst du schon, Jo? Hoffentlich nicht, denn sonst müsste ich annehmen, du hast einen Herzanfall, so wie du keuchst.«

Sie drehte sich lächelnd zu ihm hin und gab ihm einen Kuss.

»Hör mal, ich wüsste da was, das du mir zum Geburtstag schenken könntest«, sagte sie sanft. »Eigentlich sind es sogar zwei Dinge.«

Jack war begeistert, wie stets, wenn er etwas für seine bescheidene Freundin, die größten Wert auf ihre Unabhängigkeit legte, tun konnte. Bis heute war ihm unbegreiflich, dass sie mit ihm zusammen war. Es machte ihn unendlich glücklich, auch wenn er ihre Haltung nicht verstehen konnte. Welche Frau gab sich schon damit zufrieden, den Mann in ihrem Leben mit einer anderen zu teilen? Er wusste, dass es gelegentlich jemand anderen gab – das war Teil ihrer Abmachungen. Als sie ihre Beziehung damals wieder aufgenommen hatten, waren sie klug und reif genug gewesen, um Jo die eine oder andere Affäre zuzugestehen. Einige Jahre zuvor hatte er den Verdacht gehabt, dass Michael, ihr Mitbewohner, ernsthaft in sie verliebt war. Er konnte es ihm nicht verdenken. Doch Jo hatte es nie zugelassen, dass sich ein anderer Mann zwischen sie drängte. Er, Jack, war für sie immer an erster Stelle gekommen. Warum, begriff er selbst nicht so ganz. Sein Geld konnte nicht der Grund sein – als sie sich kennen gelernt hatten, war er ein armer Schlucker gewesen, und sie weigerte sich bis heute, etwas von ihm anzunehmen. Aber spielten ihre Beweggründe wirklich eine Rolle? Sie waren glücklich miteinander, und das war schließlich die Hauptsache.

Jack setzte sich auf. »Da bin ich aber gespannt!«

Jo erläuterte ihm ihre Idee für eine Website in allen Einzelheiten. Jack hörte ihr aufmerksam zu, und seine Begeisterung wuchs mit jeder Minute. Das war einfach genial! Er war jetzt hellwach und stellte ihr Fragen über Fragen. Vier Stunden, sechs Tassen Kaffee, zwei glasierte Doughnuts und einen Quickie später hatten sie einen Entwurf angefertigt und eine Strategie zur Realisierung der Website entwickelt. Jack versprach, gleich am nächsten Morgen ein Team darauf anzusetzen. Nichts würde ihm größeres Vergnügen bereiten, als Jo bei der Verwirklichung ihres Traums behilflich zu sein. Mit Ausnahme eines weiteren Quickies vielleicht.

Eine Stunde später (der Quickie hatte sich in die Länge gezogen) kuschelte sich Jack wieder unter die Decke, um noch eine Runde zu schlafen, bevor er für eine Woche nach Marbella zu seiner Frau und seinen Kindern flog. Es war ein verrücktes Leben, aber er akzeptierte es, wie es war.

Im Halbschlaf fiel ihm plötzlich etwas ein.

»Was war eigentlich das Zweite, Jo? Du hast doch gesagt, du wünschst dir zwei Dinge.«

Jo biss die Zähne aufeinander. Sie hatte schon gehofft, er hätte es vergessen. Würde sie den Mut haben, jenen anderen Wunsch zu äußern, ihm den Entschluss mitzuteilen, der nach all den Jahren ihr Leben völlig umkrempeln würde?

Sie holte tief Luft, und dann sprudelten die Worte nur so aus ihr hervor.

Jack tat in jener Nacht kein Auge mehr zu. Und es sollten noch viele schlaflose Nächte folgen.

Fünf, vier, drei, zwei, eins! Jo drückte auf die Taste der PC-Tastatur und schaute zu, wie ihr Geistesprodukt, ihr Baby, auf dem Bildschirm zum Leben erwachte: www.G.I.N.com

Willkommen
bei
Geliebte in Not
Die Website für die »andere Frau«
Wenn *er* nicht für Sie da ist, wenn Sie ihn brauchen – *wir* sind es!

Alle brachen in lauten Jubel aus, und Emma und Michael ließen die Champagnerkorken knallen. Emma schaffte es, die schäumende Flüssigkeit in die bereitstehenden Gläser zu gießen, während Michaels Champagner über die weiße Felldecke auf dem Sofa spritzte, wo er bleibende Flecken hinterließ. Jo bemerkte es gar nicht. Ihr Magen fühlte sich in diesem Augenblick an wie das perlende Getränk: schäumend und voller prickelnder Bläschen. Sie drehte sich zu Jack um. Sie strahlte wie ein Teenager aus wohlhabendem Elternhaus, dem man zum achtzehnten Geburtstag den Schlüssel für den ersten BMW in die Hand gedrückt hat. »Ich danke dir!« Er erwiderte ihr Lächeln und zuckte mit den Schultern. Dann beugte er sich vor und küsste sie.

»Alles Gute zum Geburtstag«, flüsterte er und die Traurigkeit in seiner Stimme war fast greifbar, genau wie die zwischen ihnen herrschende Spannung, die Jo jedoch bewusst verdrängte. Sie richtete ihre Aufmerksamkeit von neuem auf den Bildschirm. Sie wollte sich diesen Moment – die Geburtsstunde ihres Babys, der Website GELIEBTE IN NOT – durch nichts verderben lassen.

Sie überflog die Internetseite. Sie und Emma hatten einen Heidenspaß damit gehabt, Beiträge von erfundenen Geliebten für das Forum zu schreiben, damit der Eindruck entstand, dass die Website schon eine Weile in Betrieb war. Sonst würde sich keine trauen, die Erste zu sein. Die Frauen sollten sich sofort angesprochen fühlen. Das Gefühl, mit ihren Nöten und Sorgen nicht allein zu sein, musste stark genug sein, dass auch die Mitgliedsgebühr in Höhe von neunundneunzig Pfund sie nicht abschrecken würde.

»Okay, Leute, das war ein bewegender Augenblick, aber ich muss jetzt trotzdem los. Ich habe eine wichtige geschäftliche Verabredung«, verkündete Emma und richtete sich schwankend auf ihren hochhackigen, schenkelhohen schwarzen Lederstiefeln auf. Sie hatte Jacks Firma im Jahr zuvor verlassen, um eine Stelle in der renommiertesten Marketingagentur Glasgows, Satchel & Satchel, anzutreten. Dank ihrer unkonventionellen Denkweise, ihres grenzenlosen Ehrgeizes und ihrer beachtlichen Kreativität (die sie vorzugsweise dann einsetzte, wenn es um das Erfinden von Ausreden für ihren Ehemann ging) hatte sie auf sich aufmerksam gemacht. Sie galt als jemand, den man »im Auge behalten« sollte.

»Ausgerechnet heute?«, fragte Jo, die auch zu denen gehörte, die Emma im Auge behielten.

»Kontakte knüpfen, Schätzchen, Kontakte knüpfen!«

Jo schüttelte lächelnd den Kopf. Emma war unverbesserlich.

Michael verabschiedete sich ebenfalls. Er wollte sich mit seiner neuen Liebe, der fußballbegeisterten Cherry, ein Spiel der Glasgow Rangers ansehen. Obwohl er dachte, ein »Teddy Bear« (so wurden die Spieler der Rangers liebevoll von ihren Anhängern genannt) sei ein Stofftier für Kinder, hatte er es geschafft, Cherry davon zu überzeugen, dass ihrer beider Fußballbegeisterung nur eins bedeuten könne: Sie seien füreinander bestimmt. Es war nur eine Frage der Zeit, wann Cherry ihn auf die Ersatzbank verbannen würde.

Dann waren Jo und Jack allein. Die Atmosphäre im Raum knisterte vor Spannung.

Jack zog eine kleine goldene Schachtel aus der Innentasche seines Jacketts und reichte sie ihr. Darin befand sich ihr zweites Geburtstagsgeschenk. Jo nahm behutsam den Deckel ab und betrachtete den metallisch funkelnden Gegenstand. Sie fand keine Worte. Ihre Gedanken rasten, nagende Zweifel beschlichen sie. Eine langjährige Liebesbeziehung, wundervolle Jahre einer Teilzeitzweisamkeit, gipfelten in diesem Augenblick.

»Bist du wirklich sicher?« Jacks Stimme bebte vor Ergriffenheit.

Sie antwortete nicht sofort. Tausend Sprüche und Phrasen schwirrten ihr durch den Kopf: Warum etwas Bewährtes ändern, sei vorsichtig, was du dir wünschst, es könnte in Erfüllung gehen …

Aber sie wusste, sie tat das Richtige.

Es genügte ihr nicht mehr, nur die »andere Frau« zu sein. Jahrelang hatte sie in der Beziehung zu Jack alles gefunden, was sie sich gewünscht hatte. Sie liebte ihn mehr als irgendeinen anderen Menschen auf der Welt. Er war immer für sie da gewesen, wenn auch oft genug nur am anderen Ende einer Telefonleitung. Am Anfang hatte sie zwar einige kurze, bedeutungslose Affären gehabt (die zum Beispiel Michael in ihr Leben gebracht hatten, wofür sie unendlich dankbar war), aber im Grunde hatte es immer nur Jack für sie gegeben.

Unglücklicherweise war er der Ehemann einer anderen, und das genügte ihr nun nicht mehr. Die Zeit, da es ihr nichts ausgemacht hatte, einen Mann zu teilen, war vorbei.

Sie nickte. Tränen glitzerten in ihren Augen, aber sie hielt sie zurück.

»Gut«, erwiderte er leise.

Sie hatte gewusst, dass er so reagieren würde. Sie hatte ihn in den vergangenen Wochen beobachtet, hatte gesehen, wie er mit sich gekämpft, wie er ihre Bitte, die auch für ihn dramatische Veränderungen mit sich bringen würde, zu akzeptieren versucht hatte. Aber sie hatte nie daran gezweifelt, dass er ihr ihren Wunsch erfüllen würde. Weil er sie liebte.

»Es ist Zeit …«, flüsterte sie.

Er beugte sich zu ihr herunter und küsste sie so zärtlich, dass sie meinte, ihr müsse das Herz überfließen. Dann löste er sich von ihr.

»… Abschied zu nehmen«, beendete sie ihren Satz.

»Ich liebe dich«, sagte er bedrückt. Er trat langsam ein paar Schritte zurück, drehte sich dann um und ging.

Jo senkte den Blick auf die Schachtel in ihrer Hand. Behutsam nahm sie den Schlüssel, der darin lag, heraus. Es war der Schlüssel zu ihrem Haus. Ihr zweites Geburtstagsgeschenk. Sie hatte sich ihre Freiheit gewünscht und sie bekommen.

Kapitel 17

Burning Love

www.G.I.N.com, Forum, neuer Beitrag:

Hallo Mädels,
danke für die vielen Ratschläge, wie ich meinen Freund dazu bringen könnte, sich scheiden zu lassen. Leider hat nichts davon funktioniert. Ich habe wirklich alles versucht: Ich habe mir die Haare blond färben lassen, mir sexy Dessous gekauft, einen erotischen Tanz vor ihm aufgeführt, ich trage ständig kurze Röcke, wie er sie mag (das Einzige, was dabei herauskam, waren Frostbeulen am Po). Ich habe sogar einen Detektiv engagiert, der Fotos von seiner halb nackten Frau mit ihrem neuen Lover geschossen hat. Aber glaubt ihr, er würde sich scheiden lassen, verdammt nochmal? Nein! Habt ihr sonst noch irgendwelche Tipps für mich?
Es grüßt euch (neuerdings in Thermoschlüpfern)
Penny aus London

Ich schenkte mir eine Tasse des kolumbianischen Kaffees ein, der so stark war, dass der Löffel drin stehen blieb, und nahm einen kleinen Schluck. Nicht übel, wenn man bedachte, wie meine Kaffeemaschine nach dem Brand am Abend zuvor aussah: Auf der einen Seite hatte die Hitze sie in einen zusammengeschmolzenen Klumpen verwandelt. Ich ließ meinen Blick durch den Raum schweifen. Man hätte meinen können, eine Bombe hätte eingeschlagen. Die Wände waren rußgeschwärzt, Gläser und Geschirr lagen überall herum. Die Schuhabdrücke – schätzungsweise Größe fünfundvierzig – der sieben Feuerwehrleute würden sich auch mit der dreifachen Menge Teppichschaum nicht entfernen lassen. Man kann mir wenigstens nicht vorwerfen, ich wüsste nicht, wie man Schwung in eine Party bringt. Wer braucht Ratespiele, wenn man mein Leben, meine Freunde und Spaß am Zündeln hat?

Ich schlich auf Zehenspitzen nach nebenan und musste unwillkürlich lächeln, als ich den schlafenden Mann auf meiner Couch erblickte. Ich hätte ihm ja gern mein Bett zur Verfügung gestellt, aber nachdem er umgekippt und augenblicklich in Tiefschlaf gefallen war, hätte ihn nicht einmal mehr eine Dudelsackkapelle wecken können. Ich schwenkte die Kaffeetasse vor seiner Nase hin und her. Keine Reaktion. Ich beugte mich über ihn und gab ihm einen Kuss auf die Wange. Keine Reaktion. Vielleicht war er tot. Ich fuhr mit der Zunge an seinem Ohr entlang. Endlich kam Leben in ihn. Grummelnd hob er die Hand und machte eine abwehrende Bewegung. Gott sei Dank. Ich hatte schon befürchtet, zum zweiten Mal innerhalb von vierundzwanzig Stunden den Notruf wählen zu müssen.

Ich rüttelte ihn sanft an der Schulter.

»Jackson! Jackson, wach auf!« Aus dem beabsichtigten Flüstern wurde ein Bellen, aber so hörte er mich wenigstens.

Die scheinbar formlose Masse regte sich. »Dex?«, ächzte er. »Dex?«

Nicht gerade die Reaktion, die ich mir erhofft hatte, aber erstens war der Mann verwirrt und zweitens klang meine Stimme nach dem Geschrei der vergangenen Nacht und dem Rauch, den ich eingeatmet hatte, eine Spur tiefer als sonst.

Ich versuchte es noch einmal. Eines seiner Augenlider hob sich langsam. »Jo?« Er war vollkommen durcheinander.

Ich drückte ihm eine Flasche Evian in die Hand, und er leerte sie zur Hälfte, ohne abzusetzen. »Wie bin ich denn hierher gekommen?« Verstört rieb er sich den Schädel, durch den jetzt wahrscheinlich die Dudelsackbläser marschierten.

»Ich hab dich gekidnappt«, antwortete ich lächelnd. »Heute Morgen hat Dex Diablo meine Lösegeldforderung bekommen, aber er meinte, du würdest sowieso zu nichts taugen, ich solle dich ruhig behalten.«

»Die Tür war offen!«, schmetterte ein gut gelaunter Charlie, der, beladen mit frischen Backwaren und ein paar Tüten, die verdächtig nach einem Frühstück von McDonald's aussahen, ausgerechnet in diesem Moment hereinrauschte.

Er schob Jacksons Füße von der Couch und ließ sich in die Polster fallen. »Ich dachte, wir machen uns einen geruhsamen Vormittag mit Frühstück,« – er schwenkte die Tüten hin und her wie eine durchgeknallte Spielshowmoderatorin – »Zeitungen« – er knallte sie auf den Couchtisch – »und ausgiebigem, ungezwungenem Geplauder. Na, wie klingt das, ihr Lieben?«

Ich rümpfte argwöhnisch die Nase. Charlie stand sonntags nie vor zwölf Uhr mittags auf – und das auch nur, weil um eins immer sein Aromatherapeut kam. Aromatherapie schien neuerdings so eine Art Religion zu sein.

Diesen Ausdruck von Arglosigkeit hatte ich schon einmal bei ihm gesehen. Das war kurz bevor er die Affäre zwischen einem männlichen Mitglied des Königshauses und seinem schottischen Diener aufgedeckt hatte. Und ein anderes Mal kurz bevor er enthüllt hatte, dass ein ehemaliger Bischof der schottischen Kirche eine besondere Vorliebe für Schnee (nicht das kalte Zeug, das im Winter vom Himmel fällt) und Pornos hegte. Charlie benahm sich in letzter Zeit irgendwie merkwürdig, und ich konnte mir einfach keinen Reim auf sein Verhalten machen. Er erzählte einerseits, er sei an einer großen Sache dran, kam aber andererseits an einem Sonntagmorgen in aller Herrgottsfrühe mit einem üppigen Frühstück hier hereingeschneit und musterte meinen Freund (oder sollte ich besser sagen, Exfreund?) so mordlüstern wie ein Truthahnzüchter seine Tiere kurz vor Thanksgiving. Charlie führte eindeutig etwas im Schilde. Etwas, das mir garantiert nicht gefallen würde.

»Charlie, in die Küche, und zwar sofort«, befahl ich streng.

»Aber ...«

»Kein ›Aber‹! Auf der Stelle!«

Ich sagte das in einem Ton, der keinen Widerspruch duldete. Charlie folgte mir leise fluchend (nicht leise genug – ich konnte jedes Wort verstehen!) in die Küche. Ich wollte gerade mit dem Verhör beginnen, als das Telefon klingelte. Charlie nutzte die Gelegenheit, um sich wieder an Jackson heranzumachen.

»Hallo?«

Es war Rick. »Hey du!«, sagte er freundlich. »Wollte nur mal hören, wie es dir am Morgen nach meiner aufregendsten Dinnerparty seit Jahren so geht.«

Ich musste lachen. Dann bemerkte ich dieses heiße Ziehen im Unterleib. Freute ich mich wirklich so sehr über seinen Anruf? Unmöglich. Das musste der Hunger sein. Ich riss eine McDonald's-Tüte auf und biss in einen fettigen Hamburger.

»Außerdem wollte ich dich fragen, ob du Lust hättest, nächsten Samstag mit mir essen zu gehen. Natürlich nur, wenn dein Freund nichts dagegen hat.«

Ich überlegte kurz. Ich musste zugeben, ich hatte mich am Vorabend prächtig mit ihm verstanden. Nächsten Samstag? Hm. Jackson würde Dex sicherlich wieder zu irgendeiner Veranstaltung begleiten müssen – er hatte weniger freie Wochenenden, als es in Glasgow Männer gab, mit denen Emma noch nicht geschlafen hatte.

Wie aufs Stichwort kam Emma in diesem Moment in die Küche geschwankt. Als sie sah, dass ich telefonierte, formte sie mit den Lippen die stumme Frage: Wer ist dran? Ich antwortete auf dieselbe Weise: Rick!

Sie zuckte die Achseln und breitete die Hände in einer Geste aus, die besagen wollte: Ja und, was weiter?

»Jo? Bist du noch da?«, fragte Rick.

»Entschuldige, Rick, einen Moment, bleib dran!«

Ich legte die Hand über die Sprechmuschel und raunte Emma zu: »Er möchte Samstag mit mir essen gehen.«

Sie riss die Augen auf. »Sag zu, worauf wartest du!«, drängte sie. »Ich will wissen, wer dieses Miststück ist, mit dem Dan sich trifft.«

Tja, dann! Jetzt hatte ich wenigstens einen triftigen Grund, mich mit ihm zu verabreden. Ich machte das nur meiner Freundin zuliebe. Nicht, weil ich wirklich Lust dazu hatte. Nein, nein, ich handelte aus reiner Nächstenliebe. Außerdem, welche Alternativen boten sich mir denn? Ein Abend mit Emma, die momentan so anregend war wie ein düsterer Novembertag? Oder ein paar spannende Stunden mit Priscilla und Elvis, die den ganzen Morgen im Takt zu *Hound Dog* die Belastbarkeit der Matratze getestet hatten? Ein Gichtanfall wäre unterhaltsamer als ein Abend mit diesem Volk!

Ich sagte also zu.

»Prima!« Rick klang erfreut. »Ich hol dich Samstag um acht ab.«

Lächelnd ließ ich die Hand mit dem Telefon sinken. Wenn es mir jetzt noch gelänge, das größte Klatschmaul Schottlands von meinem komatösen Freund loszueisen, wäre die Welt wieder in Ordnung.

»Jo? Jo?«, drang Ricks Stimme aus dem Hörer.

Uups, ich hatte gedacht, das Gespräch sei beendet!

»Ja, ich bin noch da, entschuldige.« Ich fing an, ihn gern zu haben. Natürlich nur rein platonisch.

»Hör mal, da ist noch was … Ich weiß nicht so recht, ob ich es dir überhaupt sagen soll. Es ist ein bisschen, äh, peinlich.«

Na toll, dachte ich. Hätte mich auch gewundert, wenn nicht irgendwo ein Haken wäre. Ich war gespannt, was kommen würde. Mich würde absolut nichts mehr umhauen. Bei meinem Glück würde er mir jetzt bestimmt verraten, dass er Damenunterwäsche trug. Oder dass ich die Couch absuchen müsse, weil er Filzläuse hatte und ein paar offensichtlich entwischt waren. Oder dass er von einem flotten Dreier träumte. Was es auch wäre – er würde kein Wort des Erstaunens von mir hören.

»Die Kleine, die gestern Abend da war … Priscilla heißt sie, nicht wahr?«

Scheiße, nein, nur das nicht! Er hatte ein Auge auf Priscilla geworfen! Wenn er mich jetzt nach ihrer Telefonnummer fragte, würde ich auflegen und mich dann erschießen.

»Mhmm«, antwortete ich gedehnt.

»Na ja, Michael scheint ein netter Kerl zu sein. Und ich weiß, er ist ein Freund von dir.«

»Mhmm.«

»Und darum dachte ich, du solltest vielleicht wissen …«

Dass du gern der Körperpuder zwischen ihr und ihrem Lederoverall wärst?, beendete ich den Satz im Geist.

»… dass sie mir den ganzen Abend mit dem Fuß die Eier massiert hat.«

Ich knallte mit dem Kopf auf die Tischplatte und beendete das Gespräch. Mir blieb auch wirklich nichts erspart!

Nach einem Augenblick hatte ich mich wieder im Griff. Ich riss mich zusammen. Jetzt war nicht der Zeitpunkt, meinem besten Freund das Herz zu brechen. Damit würde ich mich später befassen. Im Moment gab es Dringenderes.

Ich marschierte entschlossen ins Wohnzimmer zurück. Falls Charles Curtis glaubte, er könne mich austricksen, würde er sich wundern. Ich verstand keinen Spaß, wenn ich misstrauisch oder wütend war, und im Augenblick war ich beides.

Charlie lag auf der Couch, in der Hand einen angebissenen Big Mac. Ich stutzte. Charlie nahm nur Kohlenhydrate zu sich, wenn er ernsthafte Probleme hatte.

»Wo ist Jackson?«, wollte ich wissen.

Charlie zuckte die Achseln. »Weg.«

Ich verdrehte genervt die Augen. »Das seh ich selber. Wo ist er denn hin?«

Wieder zuckte Charlie mit den Schultern. Er war scheinbar genauso verdutzt wie ich. Er habe sich nur ganz harmlos mit ihm unterhalten (das machte mich noch misstrauischer – Charlie pflegte sein Opfer nämlich geschickt in Sicherheit zu wiegen, bevor er zum tödlichen Schlag ausholte; er war richtig stolz auf seine KGB-Methoden), unter anderem über Ferienziele, und als er Jackson gefragt habe, ob er jemals in San Francisco gewesen sei, sei dieser plötzlich aufgesprungen und wie ein geölter Blitz hinausgestürmt. Mehr wisse er auch nicht. Ich schüttelte verwundert den Kopf und fragte mich, ob Jackson unter Nummer 6 meiner Liste *Die Motive der Männer* einzuordnen und schlicht unzurechnungsfähig war.

Jacksons Herz hämmerte wie ein Rapsong von Eminem. Endlich gelang es ihm, ein Taxi anzuhalten. Mindestens vier Fahrer hatten bei seinem Anblick das Gaspedal schnell wieder durchgedrückt. Er konnte es ihnen nicht verübeln. Er sah aus wie ein Penner, der nach einem wüsten Saufgelage in seinen Kleidern geschlafen hatte, sich mit großer Wahrscheinlichkeit im Fond übergeben und dann auch noch abhauen würde, ohne zu bezahlen. Und so war es ja fast auch, einschließlich des letzten Teils

– er hatte nämlich keine Ahnung, wo seine Brieftasche geblieben war.

Am Ziel, dem früheren Postgebäude am George Square, das in Luxuseigentumswohnungen umgewandelt worden war, angekommen, drückte er dem Fahrer seine Rolex in die Hand (ein Geschenk von Dex für zehn Jahre loyale Dienste) und sagte ihm, er solle warten. Dann spurtete er in das Gebäude und rannte die Treppen hinauf, um Geld für das Taxi zu holen.

Rosina öffnete ihm.

»Der Boss ist noch nicht auf«, erklärte sie ihm resolut in ihrem breiten Glasgower Akzent, während sie ihn von Kopf bis Fuß musterte. »Heilige Muttergottes, wie sehen Sie denn aus? Als ob man Sie rückwärts durch eine Hecke gezogen hätte! Was Sie brauchen, ist eine anständige Frau, Mr. Smith.«

Wie wahr, dachte Jackson lakonisch. Genau das hatte er ja in den letzten vier Wochen versucht – sich eine anständige Frau zu angeln.

Er war in Jo verliebt, seit ihre Blicke sich zum ersten Mal getroffen hatten. Oder besser gesagt, seit sein Blick an ihrem Hintern hängen geblieben war, als sie sich bei der Filmpremiere unfreiwillig auf selbigen gesetzt hatte. Die meisten Frauen, die er kannte, hätten einen Tobsuchtsanfall bekommen, der einem Kleinkind im Trotzalter alle Ehre gemacht hätte, wenn ihnen ein solches Missgeschick vor der versammelten Weltpresse passiert wäre. Jo nicht. Sie hatte sich einfach wieder aufgerappelt, den Kopf zurückgeworfen und laut gelacht. Das hatte ihn verzaubert.

Als er sie später im Nachtklub wiedergesehen hatte, war er geradewegs auf sie zumarschiert. Na ja, eigentlich war er eher in sie hineingerannt. Aber die Frauen schienen auf unbeholfene, tollpatschige Männer zu stehen. Da war er Hugh Grant einiges schuldig! Jackson jedoch *spielte* den Tollpatsch nicht, er *war* einer. Er hatte immer schon zwei linke Hände gehabt. Er stolperte, stieß Dinge um oder machte sie sonst wie kaputt, seit er vier Jahre alt war.

Er schnappte sich ein paar Geldscheine und lief wieder hinunter, um den Taxifahrer zu bezahlen. Wie sollte er Jo seinen überhasteten Aufbruch erklären? Natürlich konnte er die ganze Sache einfach abhaken und nie wieder von sich hören lassen. Aber das wäre wirklich schade. Er hatte nämlich den Entschluss gefasst, seinen Lebensstil zu ändern, eine passende Frau zu suchen und ein normales Leben zu führen. Und Jo war die erste Frau, mit der er sich das vorstellen konnte. Die Mädchen, mit denen er und Dex für gewöhnlich in Kontakt kamen, hätten sich zwar hervorragend auf einer Party von Hugh Hefner gemacht, doch die ließen ihn kalt.

Jo war anders als andere Frauen. Sie war intelligent, sie stand mit beiden Beinen im Leben, und sie konnte ihn zum Lachen bringen. Und da sie selbst erfolgreich war und ein gesundes Selbstbewusstsein besaß, konnte er davon ausgehen, dass sie ihn nicht benutzte, um sich an Dex heranzumachen. Sie hatte nie auch nur das leiseste Interesse für seinen Boss, den Filmstar, gezeigt. Deshalb hatte es ihn auch so tief getroffen, als er sie beim Knutschen mit diesem Kerl ertappt hatte. Er meinte sich allerdings dunkel daran zu erinnern, dass sich das am Abend zuvor, als er betrunken in ihr Haus gestürmt war, aufgeklärt hatte. Mist, er hatte sich wie ein Vollidiot benommen! Trotzdem war sie an diesem Morgen so süß zu ihm gewesen. Eine Frau wie Jo traf man nicht alle Tage. Und darum war er auch fest entschlossen, sie nicht wieder gehen zu lassen. Aber zuerst musste die leidige Angelegenheit mit diesem Charlie irgendwie aus der Welt geschafft werden.

Inzwischen war er im Erdgeschoss angelangt. Er hastete hinaus, drückte dem Taxifahrer einen Fünfziger in die Hand und schenkte ihm das Wechselgeld.

Vielleicht wäre es das Beste, Jo reinen Wein einzuschenken.

Er bekam Magenschmerzen bei dem Gedanken daran. Nicht auszudenken, was für Folgen das haben würde! Aber wenn er ihren Freund Charlie richtig einschätzte, bliebe ihm möglicherweise nichts anderes übrig. Jackson war schon vor geraumer Zeit der Verdacht gekommen, dass mit Charlie etwas nicht in Ordnung war: diese scheinbar zufälligen Begegnungen, die vermeintlich harmlosen Fragen, hinter denen sich eine Absicht verbarg. Charlie hielt sich für sehr gerissen, und in der Branche hatte er den Ruf eines Killers, aber mit Jackson konnte er es nicht aufnehmen: Die jahrelange Erfahrung als Diablos Privatsekretär hatte ihn ein feines Gespür für Intrigen und Verlogenheit entwickeln lassen.

Ihm war an diesem Morgen speiübel geworden (und das hatte nichts mit den Unmengen von Alkohol zu tun, die er in sich hineingeschüttet hatte), als er die Zusammenhänge erkannte. San Francisco – Charlie hatte ihm den Namen der Stadt wie einen Köder hingeworfen.

Zurück in der Wohnung ging er schnurstracks zu jenem Raum, den sie das Studio nannten. Er gab den Zahlencode an der elektronisch gesicherten Tür ein, und sie sprang auf. Das Zimmer beherbergte sozusagen das Allerheiligste: ihre ganze Vergangenheit, bevor sie Personen des öffentlichen Lebens (Dex durch seinen Erfolg und Jackson aufgrund seiner Tätigkeit für ihn) geworden waren. Niemand hatte Zugang zu diesem Raum außer Dex und ihm selbst.

Er ging langsam an den Wänden entlang, die vom Fußboden bis zur Decke mit Zeitungsausschnitten und Fotos gepflastert waren. Sie erzählten die Geschichte ihres Lebens: zwei Fünfjährige am ersten Schultag, die Abschlussfeier an der Universität Edinburgh, Jackson, wie er Dex umarmte, nachdem dieser seinen ersten Oscar entgegengenommen hatte, Jackson neben seinem ersten Porsche.

Schließlich fand er, was er gesucht hatte. Das Foto, das im Stande war, all seine Pläne zu zerstören.

Es war vor vielen Jahren in einem Hotelzimmer aufgenommen worden und zeigte zwei junge Männer auf einem Bett. Der eine, eine Linie Koks vor sich auf einem Spiegel, lächelte träge in die Kamera; obwohl er die Lider halb geschlossen hatte, konnte man an seinen Augen mit den stark vergrößerten Pupillen erkennen, dass er sich auf einem Trip befand. Der Kokser interessierte Jackson jedoch weniger – ihn sah er schließlich jeden Tag. Aber den Mann daneben betrachtete er genauer. Sein Haar war dunkler, die Figur magerer, das Gesicht viel jünger als heute. Doch je länger Jackson ihn anstarrte, desto sicherer war er sich. Der Mann war Charles Curtis.

Er drehte das gerahmte Foto um: San Francisco 1986.

Sein Magen fiel ihm bis in die Kniekehlen. Schweiß stand ihm auf der Stirn. Seine Hände, die als Folge seiner Alkoholvergiftung ohnehin schon gezittert hatten, waren nicht mehr unter Kontrolle zu bekommen. Er schleppte sich aus dem Studio und stieß die weiße Ledertür auf, die ins Schlafzimmer seines Bosses führte. Ohne die auf dem Fußboden und den Sofas verstreuten schlafenden Gestalten zu beachten, stakste er zu dem gigantischen Bett, das mit einer Vielzahl von Funktionen und ebenso vielen Knöpfen ausgerüstet war. Er nahm seine ganze Kraft zusammen, bevor er die Hand nach der Nerzdecke ausstreckte und tat, was getan werden musste. Er hatte keine andere Wahl.

»Dex!«, flüsterte er, als er die Decke zurückschlug. Ein erschrockenes Gesicht starrte ihn an. »Oh, Entschuldigung, eine Verwechslung!« Mist, nicht einmal das konnte er richtig machen.

Sein Blick erfasste eine Gliedmaße, die ihm bekannt vorkam. Er ging um das Bett herum und lugte vorsichtig unter die Decke. Diesmal war es der Richtige.

»Dex! Dex, wach auf!«

Der Schwarm jeder Frau von der Pubertät bis zur Menopause blinzelte ihn mit verschlafenen Augen an und bekam dann einen fürchterlichen Hustenanfall.

»Wie spät ist es denn?«, nuschelte Dex.

»Fast Mittag«, antwortete Jackson.

»Scheiße, das ist ja noch mitten in der Nacht! Hau ab und weck mich rechtzeitig zur Wiederholung von *Eastenders.*« O ja, auch Prominente hatten ihren Spaß an den Dingen, die der Normalsterbliche liebte. Davon zeugten auch die diversen fremden Körperteile, die rings um seine Füße auszumachen waren.

»Verdammt, Dex! Es ist aber wichtig«, zischte Jackson.

Dex stöhnte. »Wenn es Cherie Blair ist, sag ihr, ich bin mit allem einverstanden. Solange sie nicht darauf besteht, dass sich einer von uns beiden auszieht ...«

Jackson schüttelte den Kopf. »Die Sache ist viel ernster, Dex. Wir haben ein Problem. Hörst du? Ein wirklich verdammt großes Problem.«

Kapitel 18

Blue Suede Shoes

www.G.I.N.com, Forum, neuer Beitrag:

Liebe Penny,
wenn Sie ihn wirklich für sexy halten und seinen Körper wollen, geben Sie nicht auf! Aber überlegen Sie sich gut, was Sie sich wünschen. Gibt es erst einmal keine Ablenkung in Form einer Ehefrau mehr, ist Ihre Beziehung offiziell geworden und hat sich der Alltag eingestellt, kann es gut sein, dass die Blicke des Mannes ihr unstetes Umherwandern wieder aufnehmen. Vielleicht erweist seine Frau Ihnen also einen Gefallen, wenn sie ihn nicht gehen lässt, und Sie sollten einfach genießen, was Sie haben … und solange Sie es haben.
Machen Sie's gut!
Hot Legs, Hollywood

Michael zog die Schublade mit seiner Unterwäsche heraus und drehte sie kurzerhand über seiner Reisetasche um. Ein Teil seiner Boxershorts – unter anderem welche im Tigerlook und mit Motiven der Simpsons – fiel daneben. Er hob sie auf und stopfte sie in eine schwarze Plastiktüte.

Seine Laune war auf dem tiefstmöglichen Punkt angekommen. Sein Selbstwertgefühl auch. So durcheinander war er nicht mehr gewesen, seit er damals von dieser Frau, die bei der

NASA arbeitete, abserviert worden war. Er hatte ihr einzureden versucht, er hätte sich immer schon für Raumfahrt begeistert. Dabei wusste er über diese Dinge kaum mehr, als dass irgendwann einmal ein Amerikaner auf dem Mond gelandet war. Sie hatte ihn, bildlich gesprochen, dann auch prompt dorthin geschossen.

Er packte den Inhalt der restlichen Schubladen ebenfalls in Plastiktüten. Er tat das Richtige. Ganz bestimmt. Priscilla war jedes Opfer wert, auch wenn das, was er jetzt für sie aufgab, bisher das Wichtigste in seinem Leben gewesen war.

Er nahm seine Anzüge, Hemden und die schicken Lameesachen (noch nie getragene Geschenke von Priscilla) aus dem Kleiderschrank, faltete sie sorgfältig zusammen und schichtete sie in die zwei Koffer auf seinem Bett. Als Letztes griff er nach dem Paar blauer Velourslederschuhe im Schuhfach. Sein Magen machte einen kleinen Hüpfer bei ihrem Anblick, was ihn in seinem Entschluss bestätigte. Er tat das Richtige. Hundertprozentig. *Oder?* Immerhin war er ja im Begriff, ins Paradies (samt den dazugehörigen mit »Für ihn« und »Für sie« bestickten Handtüchern) einzutreten und seine Traumfrau für immer und ewig in die Arme zu schließen. Und es gab nichts, das er sich sehnlicher wünschte. Mit jeder Faser seiner sich in Nöten befindenden Männlichkeit.

Außerdem war es wirklich albern, sich in seinem Alter noch eine Wohnung zu teilen, da hatte Priscilla völlig Recht. Er verdiente eine sechsstellige Summe im Jahr. Für einen Mann in seiner Position sollten eine Immobilieneigentumsurkunde, eine Hypothek und ein Toaster von De Longhi obligatorisch sein. Housesharing gehörte der Vergangenheit an; die Zukunft hieß Priscilla!

Er griff nach so vielen Taschen wie möglich und schleppte sie zu seinem Auto. Gerade als er mit dem Hinterteil den Kofferraumdeckel zuzudrücken versuchte (ein Mini Cooper zeichnete sich nicht unbedingt durch ein großes Ladevolumen aus), kam Jo angefahren. Sie hielt neben ihm und steckte den Kopf zum Fenster heraus, als sie den Zipfel der schwarzen Plastiktüte bemerkte, der aus dem Kofferraum lugte.

»Halleluja!«, rief sie. »Endlich räumst du einmal deinen Saustall auf! Ich hatte schon Angst, irgendwann würden wir dich in all dem Müll nicht mehr wieder finden. Und, bringst du's gleich zur Müllkippe?«

Resignation und Traurigkeit spiegelten sich auf seinem Gesicht wider.

»Was ist?«, fragte Jo verwirrt. »Willst du einen Kofferraumflohmarkt veranstalten?«

Er schüttelte den Kopf.

»Entschuldige, Jo, ich weiß, das kommt ziemlich plötzlich ...«

»Was denn?«

»Na ja, ich, äh, ich ziehe aus.«

Jos Fuß rutschte vor Schreck von der Bremse, und ihr Audi krachte in den Kotflügel von Michaels Mini Cooper.

Das war genau das passende Ende für eine katastrophale Woche.

Michael war mit dem Verlauf der Dinnerparty rundum zufrieden gewesen. Einmal abgesehen davon, dass dieser vornehme Pinkel Rick aufgetaucht war, Jo sich ihr Top zerrissen hatte, Charlie ausgeplaudert hatte, dass Michael und Jo einmal ein Paar gewesen waren, eine hysterische Emma hereingeschneit kam und dann noch ein Feuer ausbrach – von dem allem einmal abgesehen war es ein großartiger Abend gewesen. Priscilla, da war er sich ganz sicher, hatte sich wohl gefühlt unter seinen Freunden, und diese wiederum waren bestimmt tief beeindruckt von ihr. Wie konnte es auch anders sein – sie sah einfach zum Anbeißen aus! Er hätte mit Freuden auf das Fondue verzichten und Priscilla gleich vernaschen können. Was er dann ja auch getan hatte – gleich nachdem die Feuerwehr wieder abgerückt war.

Seine Hochstimmung hatte bis zum anderen Morgen angehalten. Da hatte sie ihn mit einem Lächeln und mit Sex geweckt. Wenn doch nur jeder Tag so beginnen könnte!, dachte er.

Den Rest des Tages verbrachten sie aneinander gekuschelt im Bett. Michael schwebte im siebten Himmel. Endlich hatte er seine Traumfrau gefunden! Sie verkörperte alles – und noch viel mehr –, was er sich jemals erträumt hatte. Und obendrein brachte sie eine Sammlung von Elvis-Andenken mit, die jene in Graceland weit in den Schatten stellte. Michael war hoffnungslos bis über beide Ohren verliebt. Es spielte keine Rolle, dass sie sich noch nicht lange kannten. Sie war die Richtige – er *wusste* es einfach (in seinem Liebeswahn vergaß er natürlich, dass er das in der Vergangenheit bei praktisch jeder Frau gedacht hatte). Dieses Mal war sein lange gehegter Traum von Ehe und Familie, seiner Familie, zum Greifen nahe.

Als sie sich am Sonntagabend von ihm verabschiedete, küsste er sie und sagte: »Ich komm morgen Abend vorbei. Es gibt da etwas, über das ich mit dir reden möchte.«

Er winkte ihr nach. Ihm war ganz schwindlig, so viel Pheromon hatte sein Körper produziert. Er schlenderte in die Küche, wo Jo und Emma an der Frühstückstheke saßen und plauderten.

»Na, wenn das nicht unser Michael Sexprotz, der Matratzendauertester, ist«, spottete Emma. »Wir haben schon befürchtet, sie hätte dich mit Haut und Haaren gefressen und wir müssten ihr den Magen auspumpen, um dich zurückzubekommen.«

Seltsam, dachte er kopfschüttelnd. Jeder normale Mensch verwandelt sich in ein deprimiertes Häufchen Elend, wenn er die

Hölle durchlebt. Nur Emma nicht – sie mutiert zu einer tödlichen Waffe.

Jo machte eine wegwerfende Handbewegung in Emmas Richtung. »Am besten, du beachtest sie gar nicht«, meinte sie zu Michael. »Sie ist verbittert und führt nur noch Böses im Schilde.« An Emma gewandt, fügte sie hinzu: »Wut und Hass hinterlassen ihre Spuren, denk dran. Das gibt Falten. Wenn du so weitermachst, siehst du bald aus wie Mick Jagger.«

»Ich glaub, mit dem hab ich mal gebumst«, meinte Emma nachdenklich.

Weder Jo noch Michael würdigten sie einer Antwort. Ungerührt fuhr Emma fort:

»Und, Michael, wie sieht's aus? Könntest du dir vorstellen, mich zu vertreten? Ich brauche einen Staranwalt, einen, der Dan so zusetzt, bis er um Gnade winselt, der bei einer Scheidung alles für mich rausholt, was rauszuholen ist. Blöderweise kenn ich keinen, also muss ich mit dir vorlieb nehmen.«

Michael verdrehte die Augen, blieb aber gelassen. Emmas Sarkasmus würde seine Hochstimmung nicht dämpfen können.

»Geht klar, Em. Komm morgen im Büro vorbei, dann besprechen wir alles. Mach eine Liste von allem, was euch gehört, und kreuz das an, was du gern behalten würdest.«

»Kann ich Dan auch mit draufsetzen? Vielleicht krieg ich ja das Sorgerecht für ihn«, brummte sie.

Michael nahm sie in den Arm. »Noch ist nichts verloren, Emma. Ich kenne eine Menge Paare, die die Scheidung eingereicht haben und dann plötzlich merken, dass sie ohne einander nicht leben können. Gib nicht auf!«

»Das tu ich auch nicht. Aber ich weiß nicht, ob Dan unsere Ehe noch fortsetzen möchte, wenn ich das Miststück, mit dem er sich trifft, erst einmal aufgespürt und abgeknallt habe. Die Besuchszeiten im Frauengefängnis sind bestimmt ein Albtraum. Und die Anstaltskluft erst! Ein Graus! Ich denke, ich werde als Erstes eine neue kreieren, wenn ich einsitzen muss. Pink mit Pailletten könnte ich mir vorstellen ...«

»Und ich könnte mir vorstellen, dass dein Mann Geistesgestörtheit als Scheidungsgrund angibt und jeder Richter ihm Recht geben wird, wenn du so weitermachst«, konterte Michael.

»Schluss jetzt, Kinder«, mahnte Jo. »Steckt euch den Schnuller brav wieder in den Mund und hört auf zu streiten!«

Michael ging zum Kühlschrank und nahm einen Teller mit Hühnchenfleisch, ein Glas Mayonnaise, Butter, gekochten Schinken, Brot und Käse heraus. Nichts machte hungriger als fantastischer Sex! Jo und Emma schauten ihm sprachlos zu, als er sich ein Sandwich richtete, das als Türstopper hätte dienen können, und herzhaft hineinbiss.

»Also Mädels«, nuschelte er mit vollem Mund, während ihm Mayonnaise übers Kinn und auf sein *I-Love-Britney*-T-Shirt tropfte, »Priscilla. Was meint ihr?« Er setzte sich zu ihnen und strahlte sie erwartungsvoll an.

Die eintretende Stille lastete so schwer auf ihnen, als sei die Decke eingestürzt.

Zu guter Letzt ergriff Jo das Wort. Oder versuchte es zumindest.

»Na ja, sie ist, äh, sie ist ...«

Michaels Gesicht spiegelte eine Mischung aus Fassungslosigkeit und ungläubigem Staunen wider, ein Ausdruck, der blankem Entsetzen glich. »Sie ist *was*?«

Jo holte tief Luft. »Was spielt es schon für eine Rolle, was wir denken, Michael? Wichtig ist doch, wie *du* sie findest.«

Michael schaute von einer zur anderen. Selbst Emma hielt ausnahmsweise einmal mit ihrer Meinung hinter dem Berg.

»Ihr könnt sie nicht leiden, ist es das?«

Jo wand sich. »So würde ich es nicht unbedingt ausdrücken, aber ...«

»Aber ich!«, platzte Emma da heraus. »Du hast Recht, Michael – wir mögen sie nicht. Es tut mir Leid, aber mit dieser Frau stimmt einfach etwas nicht. Sie hat so was Flittchenhaftes, so was Partyschlampenmäßiges, so was ...«

»Lass gut sein, Emma, er weiß schon, worauf du hinauswillst«, fiel Jo ihr hektisch ins Wort. »Michael, hör zu, es tut uns wirklich Leid, aber irgendetwas an Priscilla ist merkwürdig. Und deshalb meinen wir, dass sie nicht die Richtige für dich ist.«

Michael sprang von seinem Hocker, wischte dabei mit dem Arm das Sandwich von der Theke und stürmte wütend hinaus.

Der Teufel sollte die beiden holen! Was war denn ihr Problem? Nur weil sie für Beziehungen das waren, was Darth Vadar für Luke Skywalker war, hieß das noch lange nicht, dass *er* nicht glücklich sein konnte. Und zwar mit Priscilla. Die beiden sollten doch keinen Unsinn reden! Die hatten doch keine Ahnung! Priscilla war eindeutig die Richtige für ihn. Ohne jeden Zweifel. Die ideale Partnerin.

Und Priscilla empfand das genauso, er war sich ganz sicher.

Bis zum anderen Abend, als er vom Büro aus zu ihr fuhr.

Sie war ungewöhnlich still und bedrückt. Kein freudiger Empfang, keine Rückenmassage, kaum dass er sein Jackett ausgezogen hatte, kein Versuch, seine Hand zu ergreifen. Nicht einmal Elvis in *Acapulco* vermochte sie aufzuheitern. Ein mulmiges Gefühl beschlich ihn. Er hatte das schon des Öfteren erlebt. Und zwar unmittelbar bevor seine jeweilige Freundin ihm erklärte, sie wandere aus oder habe sich eine seltene ansteckende Krankheit zugezogen, die eine mindestens einjährige Isolation von der Außenwelt erfordere, oder bevor sie schlicht die Türschlösser austauschte und nicht mehr ans Telefon ging, um ihm klar zu machen, dass ihre Beziehung beendet sei. Was war nur mit den

Frauen los, die er kennen lernte? Bekamen sie alle zum gleichen Zeitpunkt so eine Art PMS? Er hatte sich immer noch nicht von Jos und Emmas Angriffen am Abend zuvor erholt, und jetzt das ... Zwar redete er sich in unerschütterlichem Optimismus ein, Priscilla würde ihnen bestimmt sympathisch werden, wenn sie sie erst einmal näher kannten, aber jetzt schien es auf einmal fraglich, ob sie dazu noch Gelegenheit bekämen.

Angst packte ihn und hielt ihn fester umklammert als Priscillas Schenkel Samstagnacht. Er durfte sie nicht verlieren! Das würde er nicht ertragen. Er hatte sich den Abend so schön ausgemalt. Er wollte sie nämlich etwas fragen: ob sie lieber prunkvoll in einer malerischen Kapelle auf dem Land heiraten wolle oder eine Feier im kleinsten Kreis an einem Strand auf Bali bevorzuge. Daran war jetzt kein Gedanke mehr.

Ihr Schweigen war erdrückend. Mehrmals fragte er, was sie denn habe, aber sie schüttelte nur stumm den Kopf. Michael, der charmante Anwalt, konnte einen Zeugen innerhalb weniger Minuten zum Sprechen bringen und ihm seine tiefsten Geheimnisse, sämtliche schlüpfrigen Einzelheiten seiner sexuellen Praktiken entlocken. Michael, der Liebhaber, hatte größte Mühe herauszufinden, ob seine Freundin die Pommes frites lieber mit Ketchup oder mit Mayonnaise aß.

Nachdem er eine Weile vergeblich versucht hatte, das Rätsel ihres seltsam distanzierten Benehmens zu lüften, gab er es auf und starrte auf den Bildschirm. Der rote Schleier der Panik hatte sich über seine Welt gelegt.

Als der Abspann lief, wandte sie ihm den Kopf zu, und er sah die Tränen in ihren Augen. Der Film hatte kein trauriges Ende gehabt, daran konnte es also nicht liegen. Michael ahnte Schreckliches. Irgendetwas sagte ihm, dass nicht einmal Elvis ihm jetzt noch würde helfen können, nicht einmal dann, wenn er höchstpersönlich hereinkäme und *The Wonder of You* schmetterte.

»Michael«, flüsterte sie mit vor Rührung rauer Stimme, »es tut mir Leid, aber wir können uns nicht mehr sehen.«

Michael hörte den ohrenbetäubenden Knall, als sein Herz explodierte. Das passierte nicht wirklich, oder? Sicher träumte er das alles nur.

Leider nicht.

Und zu allem Überfluss fing er jetzt auch noch an zu stottern. »A… a… a… aber w… wieso denn?«

Sie brach in Tränen aus, bevor er ein weiteres Wort stammeln konnte. Sie schniefte laut und schluchzte dann herzzerreißend: »Weil ich jetzt die Wahrheit weiß!«

Jetzt war Michael vollends verwirrt. Die Wahrheit? Was denn für eine Wahrheit? Dass er hochgradig allergisch auf ihre Katze reagierte und deshalb seit vier Wochen Antihistaminika schlucken musste? Das konnte kaum ein Grund für eine Trennung sein. Oder dass er Priscilla abgöttisch liebte, sie geradezu anbetete? Er hatte gedacht, sie sei glücklich darüber. Oder … O Scheiße, hatte sie etwa herausgefunden, dass der einzige Elvis, den er mochte, der gleichnamige Koch bei seinem Lieblingschinesen war? Der, von dem er immer mal wieder ein Haar aus seinem Chow Mein fischte?

Er beschloss, auf Nummer sicher zu gehen.

»Welche Wahrheit denn?«, stammelte er, während seine Blicke panisch, auf der Suche nach Rettung, durch den Raum irrten.

Priscilla schluchzte noch heftiger. Schließlich brach es gequält aus ihr hervor: »Du bist in Jo verliebt!« Dann presste sie das Gesicht in ein Kissen, das voller Katzenhaare war. Da hinein konnte er ihr unmöglich folgen, sonst würde er die nächsten Wochen aus dem Niesen nicht herauskommen. Also blieb er einfach stocksteif sitzen. Er war wie betäubt, er konnte nicht glauben, was sie da gerade gesagt hatte.

In Jo verliebt? Wie in aller Welt kam sie denn auf so was? Sicher, er war einmal in sie verliebt gewesen, doch das war Jahre her, und inzwischen war daraus eine Art brüderliche Zuneigung geworden, die rein gar nichts mit rasender Verliebtheit oder sexueller Lust zu tun hatte.

Er schüttelte heftig den Kopf, und dann tat er, was die Mehrzahl seiner untreuen Klienten tat (eine von ihnen selbst dann noch, nachdem sie in einer eindeutigen Situation mit einem athletisch gebauten Golflehrer, dessen Schwanz noch aus dem Hosenschlitz hing, erwischt worden war): Er stritt alles ab.

Priscilla ließ sich nicht besänftigen. Zwischen anfallartiger Panik und Verzweiflung (er) und herzerweichendem Schluchzen (sie) stellte sich heraus, dass sie der festen Überzeugung war, er habe nur etwas mit ihr angefangen, weil Jo nicht interessiert war, und warte nur auf einen Wink von Letzterer, um sie, Priscilla, fallen zu lassen und wieder in Jos Bett zu hüpfen. Michael verschlug es die Sprache. Was brachte sie nur auf so eine verrückte Idee? Die Geschichte zwischen ihm und Jo war so was von vorbei, dass er sich kaum noch daran erinnern konnte. Das war einfach lächerlich!

Er flehte Priscilla an, ihm doch zu glauben, aber sie ließ sich nicht umstimmen. Er schwor beim Leben ihrer Katze (das wäre sowieso kein großer Verlust – durch die Einnahme der Antihistaminika war er ständig schläfrig), dass da nichts war zwischen Jo und ihm. Zu guter Letzt verlegte er sich aufs Betteln. Was konnte er tun? Wie konnte er ihr beweisen, dass er außer einer rein platonischen Zuneigung absolut nichts mehr für Jo empfand? Sie brauchte es ihm nur zu sagen, er würde alles für sie tun! Priscilla fuhr ruckartig hoch. Er brachte es nicht übers Herz, sie auf die Katzenhaare hinzuweisen, die überall an ihr hafteten. Sie war nie schöner gewesen, nie verletzlicher, nie bezaubernder.

Ihre Unterlippe bebte. »Stimmt das? Du würdest alles für mich tun?«, flüsterte sie mit belegter Stimme.

Michael nickte eifrig. Abgesehen von einem öffentlichen Auftritt im Adamskostüm, Folterung oder Mord gab es nichts, was er nicht tun würde, um ihr seine Liebe zu beweisen.

»Dann zieh bei ihr aus, Michael. Zieh aus und komm hierher zu mir.«

Er nickte immer noch.

Priscillas Tränen versiegten schlagartig.

Priscilla stand am Fenster, als Michaels überladener und leicht ramponierter Mini Cooper in ihre Straße einbog und vor ihrem Haus hielt. Sie ballte triumphierend die Faust. Hatte sie es doch gewusst! Sie hatte gewusst, dass er ihr nichts abschlagen konnte.

Insgeheim beglückwünschte sie sich zu ihrem Erfolg. Es war geradezu lachhaft einfach gewesen. Die Dinnerparty in Jos Haus hatte sie in Alarmbereitschaft versetzt: Michael durfte auf keinen Fall dort, Tür an Tür mit der Rivalin, bleiben. Sie musste zugeben, sie hatte Jo unterschätzt, aber dieser Fehler würde nun korrigiert werden. Noch am Sonntagmorgen im Bett hatte sie sich eine Taktik überlegt, wie sie Michael von dort wegholen konnte, bevor es zu spät war. Er gehörte ihr, ihr ganz allein, und sie würde nicht zulassen, dass irgendeine reiche Schnepfe mit einem schicken Haus ihn ihr vor der Nase wegschnappte. Vorübergehend war sie zwar versucht gewesen, Michael gegen diesen Rick einzutauschen. Aber als er auf ihre Annäherungsversuche (und ihren Fuß zwischen seinen Schenkeln) nicht reagiert hatte, hatte sie ihren Fehler erkannt. Nein, Michael war gut genug für sie.

Es war ein Kinderspiel gewesen, ihn festzunageln. Er war sensibel und außerdem vom Scheitel bis hinunter zu seinen blauen

Velourslederschuhen in sie verliebt. Da hatten ein paar Tränen und die Drohung, sich von ihm zu trennen, genügt, um ihn in die Knie zu zwingen. Sie hatte das Match gewonnen. Nichts würde sie jetzt noch aufhalten können. Michael würde ihr gehören. Falsch, verbesserte sie sich, als er, mit seinen CD-Boxen beladen, hereinstolperte. Er gehörte ihr bereits.

Kapitel 19

I Can't Stop Loving You

www.G.I.N.com, Forum, neuer Beitrag:

> Wer von euch Scheißweibern hat eine Affäre mit meinem Ehemann Dan? Ihr könnt vielleicht davonlaufen, aber ihr könnt euch nicht verstecken …
> Emma, Glasgow

Unter meinem weißen T-Shirt lief mir der Schweiß den Rücken hinunter, während ich mit der Hand kräftig rieb, rauf und runter, immer wieder. Mir wurde mit jedem Mal wärmer, und ich fing an zu keuchen. »So ist's gut«, stieß ich hervor, »nun mach schon, noch ein kleines bisschen! Komm endlich, komm, komm, komm! *Jetzt lös dich endlich, du verdammter blöder Scheißkleber!*«

Ich trat einen Schritt zurück und begutachtete mein Werk. Mist, es sah genauso aus wie vorher. Seit einer knappen halben Stunde versuchte ich, den Klebstoff von der verspiegelten Schranktür in Michaels (ehemaligem) Zimmer zu entfernen. Vergeblich. Nur Michael konnte auf die Idee kommen, Fotos seiner Freundinnen mit Leim auf das Glas zu kleben. War die Beziehung zu Ende, riss er das Foto ab, und zurück blieben Papierfetzen und milchig trübe Flecken von dem ausgehärteten Klebstoff. Der ganze Spiegel war voll davon. Kein Wunder, dass Michael immer wie eine wandelnde Katastrophe herumlief – das Einzige, was er im Spiegel noch erkennen konnte, waren seine Schuhe.

Ich nahm einen kräftigen Schluck aus der Wasserflasche, die ich neben mir abgestellt hatte. Plötzlich knickten meine Beine unter mir ein, und ich plumpste auf das Bett hinter mir. Einen Moment blieb ich schwer atmend liegen. Ich war eindeutig nichts mehr gewohnt.

»Verdammt, verdammt!«, schrie ich den Star-Wars-Lampenschirm über mir an. Wenn diese Kuh Priscilla jetzt hier hereinkäme, würde ich vergessen, dass ich gegen jede Form von Gewalt war, und ihr ordentlich in ihren Hintern treten.

Und Michael, diesem Verräter, gleich mit dazu! Was fiel diesem Vollidioten nur ein? Seit zwölf Jahren waren wir befreundet, wir standen uns näher als Verwandte, und was machte der Armleuchter? Zog einfach ab mit dieser hinterhältigen kleinen Schlampe. Kein Wort hatte ich seitdem von ihm gehört. Was sollte das denn? Machte er jetzt einen auf glückliche Zweisamkeit? Wie konnte er nur so blind sein? Diese Frau war Gift für ihn, warum begriff er das nicht?

Ich konnte mich nicht erinnern, wann ich das letzte Mal so wütend gewesen war. Das Stadium, in dem ich mir vor Wut die Haare hätte ausreißen können, hatte ich schon vor Tagen hinter mir gelassen. Dabei passte das gar nicht zu mir – ich war doch Miss Leben-und-leben-lassen, Miss Das-Leben-ist-viel-zu-kurz-um-sich-über-solchen-Kleinkram-zu-ärgern. Mir wurde langsam klar, wie sich Emma in ihrer Haut fühlte.

Ich verstand einfach nicht, warum er ausgezogen war. Okay, ich mochte seine Freundin nicht. Aber war das ein Grund, mir die Freundschaft aufzukündigen? Und ich dumme Gans war zu feige gewesen, ihm die Sache mit Priscillas Fuß zwischen Ricks Schenkeln zu erzählen, weil es ihm das Herz gebrochen hätte (zu Emma hatte ich auch nichts gesagt – sie hätte dafür gesorgt, dass es in den *Evening Standard* gekommen wäre!). Anstatt die Beziehung aktiv mit ein paar diffamierenden Äußerungen zu zerstören, hatte ich gehofft, Priscilla würde in die Fußstapfen ihrer Vorgängerinnen treten und Michael binnen kurzem den Laufpass geben. Oder er würde sich einer Persönlichkeitstransplantation unterziehen und erkennen, was für eine bösartige Irre seine Priscilla war.

Ich hatte mir lange eingeredet, er würde bestimmt zurückkommen. Die ersten vier Tage hatte ich sein Zimmer nicht betreten. Ich war mir sicher gewesen, er würde erkennen, was für ein Idiot er war, und, bewaffnet mit drei Schokoriegeln, einer Flasche Wodka und einem Familienbecher Eiscreme als Versöhnungsangebot, zurückkommen. Er würde jammern, er habe an vorübergehender geistiger Umnachtung, die auf ein Übermaß an Blowjobs zurückzuführen war, gelitten. Und dann würde ich ihm die Haare zerzausen und ihm versprechen, dass das nicht wieder vorkäme. Ich hatte mir nämlich vorgenommen, Michaels potenzielle Freundinnen künftig einer psychologischen Untersuchung zu unterziehen, bevor sie einem Teil seiner Anatomie oder seinem armen, leichtgläubigen Herzen zu nahe kamen.

Als ich an diesem Morgen aufgewacht war und den inzwischen vertrauten Druck im Magen gespürt hatte, beschloss ich, etwas zu unternehmen. So konnte es nicht weitergehen. Ich griff zum Telefon und wählte Michaels Handynummer. Praktisch nach dem ersten Klingelton meldete sich Priscilla.

Ich wolle Michael sprechen, teilte ich ihr knapp und kühl mit.

Sie zögerte. Dann erwiderte sie:

»Es tut mir wirklich Leid, Jo. Ich weiß, das ist hart für Sie, aber Michael meint, es wäre besser, wenn Sie nicht mehr anriefen. Er sagt, er ... na ja ... er sei *zu neuen Ufern aufgebrochen.*«

Ihr beinah mitfühlender Tonfall machte mich rasend. Dieses

herablassende Miststück! Zu neuen Ufern aufgebrochen – dass ich nicht lache! In ihre Venusfliegenfalle war er getappt! Ich hätte ihr die Augen auskratzen können. Dennoch wollte ich ihr auf keinen Fall den Gefallen tun, mir meinen Zorn anmerken zu lassen. So ruhig wie möglich fragte ich:

»Und das heißt?«

»Na ja, er meint eben, es wäre das Beste, wenn ihr euch nicht mehr sehen würdet. Ist das nicht traurig? Ich habe versucht, ihn umzustimmen, aber er sagt, ihr hättet euch einfach entfremdet. Außerdem hat er momentan sowieso keine Zeit, weil er unsere Hochzeit planen will. Das ist ja so viel Arbeit!«

Ich knallte den Hörer hin und überlegte, wo ich eine Priscilla-Barbie auftreiben konnte, um ihr einen Eispickel in den Leib zu rammen. Bedrückt ging ich in Michaels Zimmer hinüber. Für das ungeschulte Auge sah es immer noch bewohnt aus.

Bewohnt von einem typischen Teenager.

Ein zerwühltes Bett, überall Stapel von Zeitschriften, Teller mit Essensresten auf jeder freien Fläche ... Wie ein Reliquienschrein zum Andenken an unseren lieben Verstorbenen Michael Morris. Ein heftiger Schmerz durchfuhr mich. Genauso war es: Als ob er gestorben sei. Mein engster Freund, der einzige Mann auf dieser Welt, den ich bedingungslos liebte, war mir von einer Verrückten namens Priscilla genommen worden.

Um mich von diesen Gedanken abzulenken, hatte ich mein Putzzeug geholt. Nachdem ich den ganzen Müll in große Plastiksäcke gestopft hatte, fing ich an. Als Erstes nahm ich mir die Fenster vor. Ich war ganz erstaunt, als ich die dicke Schmutzschicht abgewaschen hatte und feststellte, dass es gar nicht neblig draußen war. Ich scheuerte und schrubbte und polierte, bis alles glänzte. Zum Schluss machte ich mich an die verspiegelte Schranktür, aber vor ihr musste ich dann doch kapitulieren.

Ich lag noch immer auf dem Bett, mein Puls normalisierte sich langsam wieder. Die Wut fiel allmählich von mir ab und machte einem ganz anderen Gefühl Platz. Ich drehte den Kopf zur Seite und atmete tief durch. Die Kissen rochen nach Michael. Energisch blinzelte ich die Tränen zurück. Ich würde auf keinen Fall weinen! Ich weigerte mich, ein Opfer dieser absurden Situation zu werden.

Aber ich vermisste ihn. Ich vermisste ihn mehr, als ich jemals irgendjemanden vermisst hatte. Zeilen aus Liebesliedern schwirrten mir durch den Kopf: Man weiß erst, was man verloren hat, wenn man es nicht mehr hat; wie soll ich ohne dich leben können; komm bitte zurück zu mir, Baby …

Ich vermisste ihn. Ich vermisste ihn so sehr, dass es körperlich wehtat.

Gegen vier Uhr saß ich in der Küche und betäubte meinen Kummer mit Ben & Jerry's Toffee-Pekannusseiscreme. Emma kam hereinspaziert.

»Hey, Schätzchen«, begrüßte sie mich. Mit der einen Hand nahm sie einen Löffel vom Abtropfbrett und mit der anderen zog sie sich einen Stuhl heran. Sie schaufelte sich ein großes Stück Eiscreme aus dem Becher in den Mund.

»Und, wer von uns beiden soll das Männerabschreckparfüm diese Woche benutzen – du oder ich?«

Ich musste lachen. Emma hatte gar nicht so Unrecht. Dan? Wie vom Erdboden verschluckt. Michael? Ausgeflogen. Jackson? Hören Sie mir bloß mit dem auf! Der Typ war so unberechenbar wie ein britischer Sommer. Am Morgen nach der Dinnerparty hatte er angerufen, um mir zu sagen, er und Dex würden für unbestimmte Zeit auf Promotiontour durch Asien reisen. Ich war aus allen Wolken gefallen. Ich hatte immer geglaubt, so etwas müsse von langer Hand vorbereitet werden. Wie kam es, dass er diese mysteriöse Asien-Tour vorher mit keinem Wort erwähnt hatte? Da war doch etwas faul! Ich spielte mit dem Gedanken, ihn fallen zu lassen, weil mir das ständige Hin und Her zu aufreibend war, und das Ganze unter »kleiner Irrtum« abzuhaken.

Aber ich schaffte es nicht. Alle paar Stunden schickte er mir eine SMS, und ich musste jedes Mal lächeln. Manche waren richtig lieb, manche lustig, andere schilderten, was er erlebte: Sind gerade von drei Groupies in Hongkong angemacht worden; Dex wurde in Malaysia massiv von Fans bedrängt; Du fehlst mir …

Er rief jeden Abend an, und wir unterhielten uns manchmal stundenlang (ich wollte nicht wissen, was er für eine Telefonrechnung bekäme; na ja, er würde sie sicherlich steuerlich absetzen können). Uns verband zweifellos etwas. Ich wusste nur nicht genau, was.

Eiscreme tropfte Emma übers Kinn, als sie fragte: »Hast du Charlie mal wieder gesehen, oder ist er auch dem Jo-und-Emma-Testosteron-Bermudadreieck zum Opfer gefallen?«

Ich schüttelte den Kopf. »Seit Sonntag nicht mehr. Ich hab ein paar Mal mit ihm telefoniert, aber er hat im Moment seine Jennifer-Lopez-Phase: Er ist zickig wie eine Diva. Die heiße Story, an der er gerade dran ist, scheint ihn ziemlich zu nerven. Ich hab nicht weiter gefragt.«

»Kluge Entscheidung«, meinte Emma zustimmend. »Und Michael? Hat Priscilla ihn immer noch in ihren Fängen?«

Ich erzählte ihr von meinem Telefonat an diesem Morgen. Emma riss fassungslos die Augen auf. Dann sprang sie auf und schnappte ihre Handtasche. »Komm, gehen wir!«

»Wohin denn?«

»Wir werden dieser Schlampe die Autoreifen aufschlitzen. Das bringt zwar nichts, aber uns geht's hinterher garantiert besser.«

»Sie hat kein Auto.«

»Oh.« Emma sackte enttäuscht in sich zusammen.

Ich löffelte schweigend mein Eis. Was war nur los mit meinem Leben? Woran lag es, dass jeder Mann, zu dem ich in irgendeiner Beziehung stand, früher oder später spurlos verschwand? Mein Vater. Jack (okay, das war meine Entscheidung gewesen, aber in meiner kurzen Anwandlung von Selbstmitleid übersah ich diese Tatsache geflissentlich). Jackson. Michael. Sogar Charlie. Ich machte mir langsam Sorgen um den Postboten, den Milchmann und meinen Gynäkologen.

»Ein Glück, dass du heute Abend wenigstens ein heißes Date mit Mr. Cool hast.« Emma grinste.

Ich blickte verwirrt auf. »Hab ich das?«

Emma konnte es nicht fassen. »Großer Gott, Alzheimer lässt grüßen! Du bist mit Rick verabredet, weißt du nicht mehr?«

Himmel! Den hatte ich in der Aufregung ganz vergessen. Nicht zum ersten Mal. Ob ich ihm wohl noch absagen konnte? Mir war wirklich nicht danach zu Mute, mich aufzubrezeln und den ganzen Abend freundlich zu sein. Ich hätte mich viel lieber in Michaels Bett verkrochen und ihm nachgetrauert.

»Denk nicht mal dran!«, drohte Emma, die mich durchschaute. »Wenn du absagst, werde ich dich den ganzen Abend mit einer Aufzählung der brutalen Dinge nerven, die ich Dans Pimmel antun werde, wenn ich ihn wieder in den Griff kriege, weil er die Frechheit besaß, ihn woanders reinzustecken.«

Ich sprang auf. »Ich zieh mich schnell um!«

Pünktlich um acht Uhr ertönte die Türglocke. Da ich gerade versuchte, mir mit den neuen künstlichen Fingernägeln, die Emma mir angeklebt hatte, meine unmöglich hohen Sandaletten überzustreifen, bat ich Emma, Rick hereinzulassen.

»Nur hereinspaziert, Mr. Cool! Jo kommt gleich«, hörte ich sie sagen.

Keine Antwort. Rick war offenbar immer noch sauer auf sie

wegen der Sache mit Dan. Als ich endlich fertig war, ging ich ins Wohnzimmer. Rick küsste mich auf die Wange. Er wirkte ein wenig befangen. Ich hoffte, gut auszusehen. Ich hatte mir die Haare locker im Nacken zusammengesteckt, ein paar Strähnen fielen mir über den nackten Rücken. Ich hatte ein schwarzes, (fast schon unanständig) schulterfreies Jerseykleid an, das meinen Körper bis zu den Waden hinunter umschmeichelte. Ich fühlte mich großartig darin. Leider würde ich mein Essen nur anschauen, allenfalls streicheln können, denn wenn ich auch nur einen winzigen Bissen davon aß, würde es mir den Reißverschluss aufsprengen. Da traf es sich gut, dass ich vor lauter Kummer wegen Michael sowieso keinen Appetit hatte. Die paar Kilo Ben-&-Jerry's-Eiscreme, die ich vorhin verdrückt hatte, waren natürlich auch nicht ganz schuldlos daran.

»Du siehst hinreißend aus«, sagte Rick bewundernd.

Emma griff sich hinter seinem Rücken an die Kehle und tat, als müsse sie würgen. Ich achtete nicht auf sie. Ein überwältigendes (und völlig unerwartetes) Glücksgefühl durchflutete mich. Er war ja *so* attraktiv! Wie ein Filmstar aus den Fünfzigern, nur dunkler. Und größer. Und athletischer (Fitnessstudios gab's in den Fünfzigern noch nicht so viele). Und eleganter gekleidet. Also gut, er hatte nicht das Geringste von einem Filmstar der Fünfziger, aber er sah schlicht umwerfend aus.

»Vielen Dank«, erwiderte ich lächelnd. »Du kannst dich aber auch sehen lassen.«

Emma heuchelte einen Ohnmachtsanfall.

Ich wandte mich ihr zu. »Okay, du Stummfilmkomödiantin, wir gehen dann. Gute Nacht.«

Wir waren schon an der Tür, als Emma uns nachrief: »Gute Nacht, Ken, gute Nacht, Barbie!«

Die Tür fiel hinter uns ins Schloss.

Rick öffnete mir den Wagenschlag. Das gefiel mir. Es war so

Clark-Gable-mäßig. Als wir im Auto saßen, sagte er: »Weißt du, wir schleppen eine Menge Altlasten mit uns herum, was uns beide betrifft.« O ja, wir würden sämtlichen schottischen Müllkippen Konkurrenz machen, pflichtete ich ihm im Stillen bei. »Und deshalb habe ich mir gedacht, wir sollten vielleicht noch einmal ganz von vorn beginnen. So tun, als ob wir uns noch nie begegnet wären.«

Er zögerte einen Moment, dann streckte er die Hand aus. »Rick. Bauunternehmer. Freut mich sehr.«

Ich schlug ein. »Jo, in der IT-Branche. Miserable Köchin.«

Er lachte. »Also *daran* kann ich mich noch gut erinnern!«

Mir wurde bald klar, dass es gar nicht schwer war, so zu tun, als würde ich ihn nicht kennen. Immerhin waren fast zwanzig Jahre seit unserer Verlobung vergangen. Dazwischen lagen zwei Ehen (beide seine), zwei erfolgreiche Karrieren und ein Reifeprozess.

Wir fuhren in ein zwischen dem Stadtzentrum und dem West End gelegenes Viertel mit halbmondförmigen Straßenzügen und Anfang des 19. Jahrhunderts entstandenen Gebäuden, von denen die meisten inzwischen in Eigentumswohnungen und Büroräume umgewandelt worden waren. Rick hielt vor einem pittoresken spanischen Restaurant in unmittelbarer Nähe der Park Terrace. Das Lokal war einfach ideal: weder zu vornehm noch zu romantisch (das sollte schließlich ein Abend unter alten Freunden sein, kein Date) und so gut besucht, dass kein peinliches Schweigen entstehen würde, falls die Unterhaltung ins Stocken käme. Doch diese Befürchtung sollte sich als unbegründet erweisen.

Während wir so viele Tapas verdrückten, dass die Mannschaft von Real Madrid sich eine Woche davon hätte ernähren können, plauderten wir über die Vergangenheit. Wir sprachen über meine Eltern, meine Erbschaft, mein Restaurant und meinen Wechsel in die turbulente Welt des Internets. Auf sein Drängen hin erzählte ich Rick sogar von Jack, in sachlichem, unsentimentalem Ton, was ein großer Fortschritt für mich war. Es verging nämlich kein Tag, an dem ich nicht an Jack dachte. Er sei eben wie Herpes, meinte Emma – immer latent vorhanden und im Stande, jederzeit wieder aufzutreten. Doch da irrte sie. Jack würde nicht zurückkommen, weil ich ihn darum gebeten hatte. Und es war die richtige Entscheidung gewesen.

Rick sprach über sein Geschäft, seine Zukunftspläne, seine Ehen und weshalb sie gescheitert waren. Wir lachten viel. Wir lachten sogar an den traurigen Stellen. Wir genossen jedes Wort, das gesprochen wurde.

Als der Kellner den Kaffee brachte und wir uns gleichzeitig ein wenig zurücklehnten, damit er die Tassen hinstellen konnte, bemerkten wir, dass wir uns an den Händen hielten. Wir sahen uns verdutzt an und ließen los.

Ich kicherte verlegen. Großer Gott, ich war siebenunddreißig Jahre alt, und meine Gliedmaßen hatten sich plötzlich selbstständig gemacht! Ich zwang mich, meinen Verstand einzuschalten. Und mein Verstand befahl mir, wieder nach Ricks Hand zu greifen, weil es sich richtig anfühlte.

Rick bat um die Rechnung. Während wir auf sie warteten, rieb er mit dem Daumen zärtlich über die Innenseite meines Handgelenks. Meine Pheromone/Hormone liefen Amok. Bis er den Mund aufmachte und beinah traurig sagte:

»Ich hab dich wirklich geliebt. Und du? Hast du das Gleiche empfunden?«

Ich dachte einen Augenblick nach. Ich wollte aufrichtig sein. Das war ich ihm schuldig. Ich wollte nicht wieder den gleichen Fehler machen und unsere neu sich entwickelnde Freundschaft durch Lügen oder Geheimnistuerei belasten.

Ich schüttelte den Kopf.

»Nein, Rick. Es tut mir Leid. Ich dachte, es sei Liebe, aber das war ein Irrtum.«

Die Enttäuschung war ihm anzusehen. Eine Zeit lang sagte keiner ein Wort. Unsere Blicke trafen sich nicht mehr über die Kerzen auf dem Tisch hinweg.

»Komm, gehen wir. Ich bring dich nach Hause.«

Es klang schroff und ärgerlich. Es schien, als sei der ehrliche Weg der falsche gewesen.

Rick hielt das Lenkrad krampfhaft umklammert. Seine Knöchel traten weiß hervor und begannen zu pochen wie die Vene an seinem Hals. Es war ein unheilvoller Abschnitt seines Lebens; ein Drama jagte das nächste. Seit Dan mit Tränen in den Augen zu ihm gekommen war, hatte er das Gefühl, Zuschauer eines wirklich miserablen Fernsehfilms zu sein. Dan, den er zutiefst bedauert hatte, hatte sich inzwischen zwar wieder gefangen, sich aber auch sehr verändert und nicht unbedingt zu seinem Vorteil. Er war reizbar, kalt und zynisch geworden, und das war traurig, weil Dans Stärke immer seine Freundlichkeit gewesen war. Er war von Natur aus einfach ein netter Kerl gewesen, aber Emma hatte durch ihre Untreue und ihre Unehrlichkeit einen anderen Menschen aus ihm gemacht. Obwohl Rick sie praktisch seit der Pubertät kannte, empfand er im Augenblick nichts als dumpfe Wut auf sie.

Andererseits, wer war er, dass er sich anmaßte, über andere zu richten? Er hatte nie begriffen, warum in der Liebe alles schief ging, während er in allen anderen Bereichen seines Lebens erfolgreich war und stets kluge Entscheidungen traf. Jetzt kannte er den Grund: Er war nie wirklich über Jo hinweggekommen. Die Erkenntnis versetzte ihm einen Schock. Er war wütend auf sich selbst. Er hatte sich fest vorgenommen, nicht an alte Wunden zu rühren, aber er hatte einfach nicht aufhören können. Er wünschte sich weit weg von der attraktiven Frau neben ihm. Er fühlte sich wieder wie der hilflose Einundzwanzigjährige, für den eine Welt zusammengebrochen war. Wie er dieses furchtbare, lähmende Gefühl hasste! Er musste weg von Jo, und zwar schnell, bevor alles noch schlimmer wurde.

Wir sprachen auf dem Heimweg kaum ein Wort miteinander.

Ich überlegte, ob ich Rick versöhnlich stimmen sollte, aber ehrlich gesagt (schon wieder meine Ehrlichkeit!) war auch ich ganz schön sauer: auf Michael, weil er sich einfach aus dem Staub gemacht hatte; auf Emma, weil sie mich quasi zu ihrer Komplizin gemacht hatte; auf den Typen am Nebentisch, der beim Lachen schnaubte wie ein Pferd; auf Charlie, weil er etwas im Schilde führte und ich nicht dahinter kam, was; auf Jackson, weil er mir ein größeres Rätsel war als die Montageanleitung für den Aufbau einer Kommode; auf Jack, weil er verheiratet war; am meisten aber auf Rick, weil er mich um eine ehrliche Antwort gebeten hatte und dann wütend wurde, als er sie bekam. Ich knirschte grimmig mit den Zähnen. Ich hatte wirklich die Nase voll von diesen ganzen Verwicklungen und komplizierten Problemen, die mein Leben zu beherrschen schienen. Ich war (relativ) jung, erfolgreich, allein stehend (mehr oder weniger). Wieso hatte ich dann in den letzten Wochen fast ständig schlechte Laune gehabt? Das Leben war viel zu kurz für diesen ganzen dramatischen Mist. Ich wollte lustig sein, mich amüsieren und nicht Trübsal blasen und Probleme wälzen.

Ich warf Rick einen Seitenblick zu, und mir dämmerte, dass er der Mann war, mit dem ich mich amüsieren wollte.

»Halt bitte an«, sagte ich ruhig.

»Was?«

»Du sollst anhalten«, wiederholte ich, energischer dieses Mal.

Wir fuhren gerade am Kelvingrove Park vorbei. Rick steuerte

den Wagen zügig an den Straßenrand. Wahrscheinlich dachte er, ich müsse mich übergeben, und fürchtete um seinen Mercedes. Ich sprang hinaus, Rick folgte mir.

Dann griff ich nach seiner Hand, derselben Hand, die sich noch wenige Minuten zuvor – bevor er seine berüchtigte Frage gestellt hatte – so richtig in meiner angefühlt hatte.

Ich zog ihn hinter mir her zu dem Gitter hinüber, das den Park umgab, und raffte meinen Rock bis zu den Schenkeln hoch. Geschickt wie eine Actionfilmheldin kletterte ich über den Zaun (als kleines Mädchen war ich auf diese Weise immer in den Obstgarten eines Gutsherrn eingedrungen und hatte Äpfel geklaut). Drüben angekommen, guckte ich Rick durch die Gitterstäbe an. Ich kam mir vor wie zur Besuchszeit im Knast.

Verwirrung spiegelte sich auf Ricks Gesicht. Wahrscheinlich dachte er, ich sei ganz schön behände für eine Frau, die sich übergeben muss.

Ich hob eine Augenbraue. »Worauf wartest du?«

Obwohl er seinem Gesichtsausdruck nach an meinem Verstand zu zweifeln schien, schwang er sich über das Gitter.

Ich zog ihn zu einem Gehölz und drehte mich dann schwungvoll zu ihm um.

»Wir haben uns gerade erst kennen gelernt, richtig?«

Er verzog den Mund langsam zu einem Grinsen und nickte.

»Na, dann freut es mich sehr, deine Bekanntschaft zu machen.«

Ich küsste ihn. Ich griff ihm in die Haare und zerwühlte sie, schmiegte mich mit dem Oberkörper an ihn. Dann tastete sich meine Hand zu dem Gürtel an seiner Hose vor. Ich löste die Gürtelschnalle, machte den Knopf dahinter auf und dann den Reißverschluss. Ich schob die Hand in seinen Hosenschlitz – ich musste nicht lange suchen. Sein Schwanz, prall und hart, sprang mir praktisch entgegen. Im ersten Moment war ich geschockt. Wie hatte ich dieses gar nicht so unwichtige Detail vergessen können?

Ich drängte ihn gegen einen Baumstamm, verschränkte die Hände in seinem Nacken und schlang die Beine um seine Hüften. Stöhnend presste er die rechte Hand auf meine linke Pobacke und zerrte mit der anderen Hand meinen Stringtanga zur Seite. Als er in mich eindrang, dachte ich, ich würde gleich explodieren. Es dauerte nicht lange, bis wir beide kamen.

Ich ließ die Haustür krachend ins Schloss fallen. Da das Haus so festlich erleuchtet war wie Blackpool im Dezember, schloss ich, Emma müsse noch auf sein. Ich hatte schon damit gerechnet. Deshalb hatte ich Rick auch nicht mit hereingenommen und sein Angebot, bei ihm zu übernachten, abgelehnt. Das war der erbittertste Zweikampf gewesen, den mein Verstand und meine Hormone je ausgefochten hatten!

Am nächsten Tag würde ich garantiert bereuen, was passiert war, aber im Moment kümmerte es mich nicht die Spur. Ich hatte jede wunderbare, aufregende Minute genossen und meinen sexuellen Notstand mit einem reizenden Mann, den ich an diesem Abend erst kennen gelernt hatte, beendet. Alles im Leben hatte eben einen Sinn.

»Hallo du! Na, hast du dich gut amüsiert mit Mr. Cool?«, begrüßte Emma mich.

»Und ob! Wir haben gerade eine Stunde im Kelvingrove Park an einem Baum gelehnt und gevögelt wie die Wilden.«

Emma verdrehte die Augen. »Ja, klar, und ich bin Britney Spears.«

Ich lächelte nur und ließ sie lästern.

»Und, hast du was rausgefunden?«, fragte sie dann.

Mist! Plötzlich fiel mir der eigentliche Grund für meine Verabredung wieder ein: Ich hätte Rick ausquetschen sollen, weil Emma alles über Dans neue Eroberung wissen wollte. O Gott, Emma würde mich umbringen!

»Ich hab's versucht, Emma, ehrlich«, flunkerte ich, »aber er schwört, er hat keine Ahnung. Anscheinend ist es jemand, äh, aus Dans Büro.«

»Was? Nie im Leben! Die Weiber, die dort arbeiten, sind alle übergewichtige Trampel, die nichts anderes machen, als Kreuzworträtsel zu lösen, und ihre acht Stunden am Tag absitzen, bis sie in Rente gehen.« Sie ließ sich auf die Couch fallen. »Ich glaub's einfach nicht! Dan steht plötzlich auf Dickerchen? Unfassbar!«

Ich gab ihr einen Kuss auf die Wange. »Können wir morgen darüber reden, Schätzchen? Ich bin hundemüde.«

Das war nur die halbe Wahrheit. Die Aussicht, mir eine weitere Nacht mit einer Diskussion über Emmas katastrophale eheliche Situation um die Ohren zu schlagen, war etwa so verlockend wie Fußpilz.

»Mhm, du riechst gut«, bemerkte Emma, als ich mich wieder aufrichtete.

»Eau de Kelvingrove Park«, erwiderte ich frech grinsend und winkte ihr im Gehen kurz zu.

Bevor ich mich schlafen legte, nahm ich mein Handy zur Hand. Ich hatte zwei SMS bekommen. Die erste lautete: Hi, Schatz, hab angerufen, aber Em sagte, du seist nicht da. Versuch's morgen nochmal. Du fehlst mir, J.

Mein schlechtes Gewissen ließ mich zusammenzucken. Armer Jackson! Er war tausende von Meilen weit weg und musste Tag und Nacht arbeiten, und was tat ich? Ich hatte Sex mit meinem Ex im Park. Leises Bedauern regte sich in mir. Wie hatte ich nur so dumm sein können? Ich hatte mich wie ein Flittchen benommen. Anscheinend färbte Priscilla auf mich ab.

Ich öffnete die zweite Nachricht: Du bist wirklich erstaunlich. Wir reden morgen, R.

Ein warmes, prickelndes Glücksgefühl, begleitet von einer massiven Hormonausschüttung, löschte jede Spur von Bedauern aus. Es war wirklich wunderschön gewesen. Und außerdem war es ja nur eine Nacht. Eine verrückte, glückselige, orgastische Nacht. Nicht mehr. Rick war ein Teil meiner Vergangenheit, und dorthin, in die Vergangenheit, gehörte er auch. Es brachte nichts, alte Beziehungen aufzuwärmen. Hatte ich nicht erst wenige Jahre zuvor das Band zur Vergangenheit durchtrennt und beschlossen, mir ein neues Leben in der Zukunft aufzubauen?

Ich seufzte. Ich würde mich morgen mit dieser vertrackten Situation befassen. Rick hatte mich auf angenehme Weise für kurze Zeit von all den Katastrophen in meinem Privatleben abgelenkt. Ich hatte den Nervenkitzel gesucht, aber ich wollte auf keinen Fall irgendetwas Ernstes mit ihm anfangen. Oder? Wenn ich doch verflucht nochmal nur wüsste, was ich wollte! Ich wollte Michael zurück, das war das Einzige, dessen ich mir absolut sicher war. Ich wollte, dass er wieder nebenan schlief und so laut schnarchte, dass die Wände wackelten.

Wann genau war mein Leben eigentlich so kompliziert, so unberechenbar geworden? Ständig lauerte irgendwo eine Überraschung, und dabei hasste ich Überraschungen! Ich sehnte mich nach der Zeit zurück, als alles so einfach und überschaubar gewesen war: Emma war unglücklich verheiratet; Michael war unglücklich unverheiratet; Charlie war glücklich geil; ich liebte Jack, Jack liebte mich, Jack war verheiratet, und wir würden eine Affäre bis in alle Ewigkeit haben, Amen. Na schön, ganz so unkompliziert war das alles auch nicht gewesen, aber wenigstens hatten wir alle relativ vorhersehbar so vor uns hin gewurstelt.

Kurz bevor ich wegdämmerte, fasste ich einige Entschlüsse. Ich würde Rick sagen, ich hätte einen Fehler gemacht, und ihn fragen, ob wir nicht Freunde bleiben könnten. Ich würde Jackson sagen, wir würden mehr Zeit miteinander verbringen müssen, um herauszufinden, was uns verband (oder auch nicht). Ich würde Emma – wieder einmal – sagen, sie solle nach Hause gehen. Ich würde Michael sagen, er solle nach Hause *kommen.* Und ich würde dieser Schlampe Priscilla sagen, sie solle sich zum Teufel scheren. So, das war's. Alles geklärt. Von jetzt an würde es keine verdammten Überraschungen mehr in meinem Leben geben!

»Jo! Jo!«, flüsterte eine Stimme. Die Stimme eines Mannes. Ich spürte seinen Atem auf meiner Wange und seine Hand, die mir sanft die Haare aus dem Gesicht schob. Ich schlug unwillig nach der Hand wie nach einer Mücke.

»Jo! Wach auf, Jo!«

Ich kam langsam zu mir. Mein Unterbewusstsein signalisierte mir, dass da jemand in meinem Zimmer war.

»Michael?«, flüsterte ich verträumt.

»Nein, Baby, ich bin's«, antwortete die Stimme zärtlich.

Mein schläfriger Verstand fing langsam an zu arbeiten. Ein Einbrecher würde mich kaum wecken, oder? Ein Mörder oder Vergewaltiger auch nicht.

Ich öffnete die Augen, was allerdings nicht viel half, weil es stockdunkel war. Ich überlegte, wem diese Stimme gehören konnte. Jackson! Natürlich! Er war früher als erwartet zurückgeflogen und direkt hierher gekommen. Ich machte schon den Mund auf, biss mir dann aber auf die Lippe und sagte nichts. Wenn es nun Rick war? Vielleicht hatte er Lust auf eine Wiederholung unseres Workouts im Park bekommen.

Ich langte zum Nachttisch hinüber und knipste die Lampe an, die dort stand. Im ersten Moment war ich von der Helligkeit geblendet, doch als sich meine Augen daran gewöhnt hatten, geschahen mehrere Dinge gleichzeitig: Mein Kiefer klappte herunter, mein Magen machte einen Satz, und meine Brustwarzen wurden hart.

Er streckte mir einen halb verwelkten Strauß selbst gepflückter Blumen hin.

»Emma hat mich reingelassen«, beantwortete er meine Frage, noch bevor ich sie stellen konnte.

»Aber …«

Er ließ mich nicht ausreden. »Ich weiß, was du sagen willst.«

Das glaubte ich nicht. Ich hatte nämlich sagen wollen: »Aber wie hast du es bloß geschafft, sie aufzuwecken – sie schläft normalerweise wie ein Murmeltier!«

Egal. Er schickte sich an, mir die Antwort auf meine nächste Frage zu liefern.

»Ich weiß, du hast gesagt, ich soll nicht wieder herkommen, Baby, aber ich musste dich einfach sehen. Es tut mir Leid, Jo, aber ich … ich kann einfach nicht aufhören, dich zu lieben.«

Er beugte sich zu mir herunter und küsste mich.

Und kurz bevor Jacks Zunge begann, meinen Rachen zu erforschen, stieg ein Bild vor mir auf, das Bild einer irren, blöde grinsenden Cilla Black, die kreischte: »Überraschung, Überraschung!«

Kapitel 20

All Shook Up

www.G.I.N.com, Forum, neuer Beitrag:

> Wir bitten vielmals um Entschuldigung für den Beitrag von Emma aus Glasgow, der einige unserer Mitglieder empört und brüskiert hat. Die Nachricht wurde zwischenzeitlich gelöscht, und der Absenderin wurde jeder weitere Kontakt zu GELIEBTE IN NOT untersagt. Wir möchten die Gelegenheit nutzen, uns bei all jenen zu bedanken, die uns auf die fragliche Nachricht aufmerksam machten, und Sie daran erinnern, dass diese Website ausschließlich dem vertraulichen Austausch von Informationen unter gleich gesinnten Frauen und der moralischen Unterstützung dient. Wir alle haben ein Interesse daran, dass das so bleibt. Deshalb appellieren wir an Ihre Wachsamkeit: Informieren Sie uns über Beiträge, die auf dieser Website nichts zu suchen haben, damit wir sie unverzüglich löschen können.
> Vielen Dank.
> www.G.I.N.com

Charlie trat wie besessen in die Pedale seines Trimmrads und guckte krampfhaft überallhin, nur nicht auf die Frau auf dem Trimmrad vor ihm, deren Zellulitemassen wie Pudding über den Fahrradsattel quollen. In den kurzen, fleischfarbenen Lycraradlerhosen sah ihr Hintern aus wie ein Sack Kartoffeln.

So etwas müsste verboten werden, dachte Charlie angewidert. Er nahm sich vor, eine Nachricht in den Kummerkasten des Studios zu werfen und anzuregen, dass hässliche, fette oder deodorantfeindliche Leute keinen Zutritt mehr erhalten sollten. Erstens wurde ihm schlecht davon und zweitens brachte es ihn aus dem Rhythmus.

Er wandte den Kopf und schaute zum Eingang des Fitnesscenters hinüber. Verdammt. Toby müsste längst von Mauritius zurück sein, und er versäumte doch sonst nie seine donnerstagabendliche Trainingseinheit auf dem Trimmrad. Warum kam er nicht? Vielleicht, weil er eine ganz andere Sportart mit Anthony, dem Fotografen, betrieb? Oder war er dem Charme Don Juans, des derzeitigen Starmodels aus dem Mittelmeerraum, erlegen? Charlie spürte Übelkeit aufsteigen. Er wusste nicht, ob Toby oder seine Atemnot der Grund war. Marlboro Lights und intensive sportliche Betätigung vertrugen sich einfach nicht. Er war wütend auf sich selbst. Warum tat er sich das an? Er konnte nicht glauben, dass er so tief gesunken war. Schockierend war das, und wenn er es zehnmal aus Liebe tat. Der Schweiß trat ihm aus sämtlichen Poren. Er schwitzte! Er schwitzte doch tatsächlich wie ein gewöhnlicher Arbeiter, der im Bergwerk oder auf dem Fischmarkt schuftete! Und alles nur, weil er auf eine »rein zufällige« Begegnung mit dem Mann hoffte, der ihn verlassen hatte wie ein ungeliebtes Kind (apropos Kind – er musste unbedingt seine Mutter wegen des Artikels aus *Women's Weekly* anrufen, den sie ihm an diesem Morgen geschickt hatte: *Eine perfekte Sommerhochzeit in zwanzig Schritten).* Und was war der Lohn dieser entwürdigenden Schinderei? Hatte er auch nur einen kleinen Blick auf Tobys Gesäßmuskel erhascht? Nein! Das Ganze hatte ihm nichts weiter eingebracht als den Anblick dieses Fettarsches vor ihm und schmerzende Eier von dem Fahrradsattel. Das war ja so was von erniedrigend!

Die Trainerin blies in ihre Trillerpfeife: Die Stunde war zu Ende. Charlie ließ sich vom Rad fallen, seine wunden Schenkel waren erleichtert. Nie wieder, schwor er sich. Er würde nie wieder in einen Sattel steigen, es sei denn auf den Sozius einer Ducati mit Rupert Everett am Lenker.

Er wankte in die Umkleideräume und schälte sich aus seinen Sportsachen (von Adidas und erst an diesem Morgen eigens für diese eine Stunde gekauft; es hatte sich gelohnt, stellte er mit einem zufriedenen Blick in den Spiegel fest: Er sah entschieden besser aus als David Beckham). Er schlang sich ein winziges weißes Handtuch um die Hüften und marschierte ohne Umweg über das Dampfbad (in der feuchten Luft schwirrten doch nur die Bazillen und Hautschuppen anderer Leute umher – ekelhaft!) in die Sauna.

Er goss Wasser auf die heißen Steine, und Dampfschwaden stiegen auf. Je heißer, desto besser. Er legte sich auf eine der Holzbänke und schloss die Augen. Im Geist beschwor er das Bild einer Südseeinsel herauf – ein einsamer Strand, eine leichte Brise, der Duft von Salzwasser und Sandelholz. Er nippte genüsslich an einem Cocktail, das Eis darin schmolz langsam in der Sonne. Toby war da und massierte ihm den Rücken. Charlie konnte seine Zunge zwischen den Schulterblättern spüren, wie sie liebkosend zum Genick hinaufglitt. Dann knabberte Toby an seinem Ohrläppchen. Neckisch und aufreizend zugleich. Und dann …

»Hey Charlie«, sagte eine Männerstimme trocken, »ich will dich ja nicht stören, aber dein Handtuch sieht wie ein Wigwam aus.«

Charlie erstarrte. Hatte er sich das nur eingebildet? Nein, bestimmt nicht – dieser Satz gehörte eindeutig nicht zu den Dingen, die er in seinen erotischen Fantasien hören wollte. Aber die Stimme hatte er sofort und zweifelsfrei identifiziert. Toby. Trotz der feuchten Hitze, die ihn umgab, und der Tatsache, dass er die Begegnung mit seinem früheren Lover glühend herbeigesehnt hatte, bewahrte Charlie einen kühlen Kopf. Immerhin hatte Toby »Wigwam« gesagt. Ein Wigwam war doch ein ziemlich großes Zelt, nicht wahr? Es hätte ihn ganz schön gewurmt, wenn Toby »Eiswaffeltüte« gesagt hätte.

Er drehte den Kopf und blinzelte Toby, der im Türrahmen lehnte, scheinbar gelassen an. »Wen haben wir denn da? Wenn das nicht Mr. Ultimatum, unsere männliche Primadonna, ist!« Charlie beglückwünschte sich zu seiner witzigen, scharfen und eine Spur verletzenden Entgegnung. Toby sollte bloß nicht glauben, er hätte ihm auch nur eine Sekunde lang nachgetrauert.

Toby stieß einen Seufzer aus. »Es war Zeit für eine Entscheidung, Charlie. Und das Ultimatum war der einzige Weg.«

Charlie schnaubte höhnisch. »Nein, der einzige Weg war offenbar der nach London und von dort nach Mauritius.«

Toby ließ sich nicht provozieren. Er setzte sich auf die Bank Charlie gegenüber und fragte: »Und, wie geht's so?«

Charlie zwang sich, an die Decke zu starren. Ein Blick auf Tobys muskulöse Brust und er wäre verloren. »Super«, antwortete er schroff.

»Beruflich auch?«, forschte Toby weiter.

Charlie lachte. »Darauf kannst du wetten! Ich bin an einer wirklich heißen Sache dran.«

Einer Sache, die heißer ist als eine Sauna für zwei, fügte er im Stillen hinzu.

Aus Gründen der Vertraulichkeit, aber auch aus purem Spaß an der Freude bezeichnete Charlie sein Opfer neuerdings mit dem Kürzel GF.

Wie »Gefundenes Fressen«.

Sein Unternehmen hatte zwar einen leichten Rückschlag erlitten, als GF überraschend zu einer Tour durch Asien aufgebrochen war. Charlie hatte auf eine weitere Begegnung gehofft, um ihn zu einer unbedachten Äußerung oder einer verräterischen Bemerkung zu provozieren.

Andererseits hatte diese unvorhergesehene Reise auch etwas Gutes: Erstens wusste Charlie jetzt, dass er auf der richtigen Fährte war, sonst hätte GF kaum überstürzt das Land verlassen, und zweitens gab ihm das Zeit, seine Quellen anzuzapfen und noch mehr Informationen zu sammeln.

Bis jetzt lief alles wie geschmiert. Er hatte bereits: ein (erpresstes) Geständnis von einem ehemaligen Studenten der Universität Edinburgh, der erklärte, regelmäßig mit GF harte Drogen konsumiert zu haben; die Aussagen von drei Leuten, dass sie in GFs Haus an Kokainpartys teilgenommen hätten (eine detaillierte Beschreibung der anderen Gäste hatten sie gleich mitgeliefert); sowie die eidliche Erklärung eines aus besten Kreisen stammenden, früher auf die Einfuhr bestimmter kolumbianischer Erzeugnisse spezialisierten Geschäftsmanns, dass er mehrmals Ware an GFs Adresse geliefert habe (der Mann hatte eine Haftstrafe verbüßt und inzwischen den Weg zu Gott gefunden, halleluja!).

Das roch nach einer Jahrhundertstory. Eine weitere Pfauenfeder, mit der er sich schmücken konnte. Vor Aufregung befanden sich Charlies Brustwarzen in einem Zustand der Dauererektion. Sie waren mittlerweile so wund wie seine Schenkel nach dem Training auf dem Trimmrad.

Die Rechtsabteilung des *Daily Scot* hatte das recherchierte Material bereits geprüft und keine Einwände gehabt. Außerdem war der Reporter selbst Zeuge des Rauschgiftkonsums von GF gewesen (dass das fast zwanzig Jahre zurücklag, würde er in seinem Artikel selbstverständlich nicht erwähnen). Sollte GF dennoch seine Anwälte einschalten, würde Charlie aus dem Nähkästchen plaudern: Dann käme alles über ihr Treffen in San Francisco ans

Licht. Aussage würde gegen Aussage stehen. GF würde mit Sicherheit nicht auf einen Widerruf dringen – damit würde er nur Öl ins Feuer gießen und für noch mehr unliebsame Publicity sorgen.

Charlie wollte die Story in einigen Wochen bringen. Doch zuerst musste er GF über seine Absichten informieren. Es bestand immerhin die Möglichkeit, dass er einknicken und Charlie einen Handel anbieten würde: eine herzzerreißende Geschichte über den immensen Druck, der auf einer Person des öffentlichen Lebens lastet (und ihn zu einem Drogenabhängigen mit einer Vorliebe für Gruppensex macht), gegen den Verzicht auf den Abdruck seiner Enthüllungsstory. GF würde sich mit der Bitte um Verständnis und Nachsicht an die Öffentlichkeit wenden können. Ein zweiwöchiger Entzug in der Priory-Klinik und Auftritte in jeder Talkshow beidseits des Atlantiks würden seiner Beichte unweigerlich folgen.

Sollte er sich allerdings nicht kooperativ zeigen, würde Charlie die Jagdzeit eröffnen. Er würde seinen Artikel veröffentlichen, sich zurücklehnen und lächelnd die anschließende Show verfolgen. Bei dem Gedanken daran lief ihm das Wasser im Mund zusammen. Jo würde er natürlich ins Bild setzen. Ihre Verbindung zu GF war ihm zweifelsohne von Nutzen gewesen, dennoch wäre es besser, wenn sie aus der Schusslinie wäre, bevor er die Bombe platzen ließe. Wahrscheinlich würde sie das Ganze sowieso kalt lassen: Sie schien viel zu beschäftigt damit, sich auf diesen Rick zu konzentrieren (es war geradezu *kriminell,* dass der Typ hetero war – Charlie hätte sich seine Designerslips zu gern einmal aus der Nähe angesehen).

O ja, es ist alles perfekt eingefädelt, sinnierte Charlie. Und er war zuversichtlich, dass mit ihm am Ruder des Schlachtschiffs das Manöver gelingen würde.

»Alles in allem könnte es wirklich nicht besser laufen«, säuselte Charlie. Obwohl die Sauna, seine überhitzte Libido und die Erregung über Tobys Nähe ihm tüchtig einheizten – den Punkt spontaner Selbstentzündung hatte er bereits geringfügig überschritten –, war sein Ton kühl.

Toby stand auf. Seine Miene war ausdruckslos.

»Das freut mich für dich, Charlie. Wir sehen uns.« Er wandte sich zum Gehen.

Charlie geriet in Panik. Panik? Ausgeschlossen. Panik passte noch weniger zu Charles Curtis als ein Schweißausbruch.

»Sicher«, erwiderte er mit zittriger Stimme.

An der Tür drehte sich Toby noch einmal um.

»Weißt du, Charlie, das Ultimatum gilt immer noch. Denk darüber nach.«

»Hast du was mit Anthony gehabt?« Die Frage rutschte ihm heraus, bevor er es verhindern konnte. Verdammter Mist! Das klang ja, als ob er es nötig hätte, als ob er eifersüchtig sei. Das war so was von uncool!

Toby lächelte nur und schüttelte den Kopf. Dann ging er.

Charlie schlug sich mit der Hand an die Stirn. Allmächtiger! Toby wollte die Trennung gar nicht! Er hatte nicht mit Anthonys ausfahrbarem Stativ gespielt, weil er immer noch ihn, Charlie, wollte. Er verfluchte das Dilemma, in das er da geraten war. Fast wünschte er, Toby wäre tatsächlich mit Anthony oder Don Juan fremdgegangen. Dann wäre die Angelegenheit wenigstens ein für alle Mal erledigt. So war alles wieder offen. Er verwünschte sich dafür, dass er seinem Ex am liebsten nachgelaufen wäre, um mit ihm ein Happyend à la *Pretty Woman* zu genießen. Doch das ging nicht. Er konnte es einfach nicht. Toby wünschte sich eine feste Bindung, eine gemeinsame Wohnung, ein offizielles Bekenntnis zu ihrer Liebe. Charlie dachte an seine Mutter. Er sah Margo vor sich, hochelegant in Chanel, wie sie die Hochzeit ihres Sohnes mit dem Vikar besprach (demselben Vikar, der seine freien Abende in einer Peepshow-Bar in der South Side verbrachte, doch das war eine andere Geschichte). Margo wäre untröstlich. In ihrem lupenreinen Innersten getroffen. Das konnte er ihr nicht antun. Unmöglich. Das Leben anderer zu zerstören mochte eine vornehme und edle Aufgabe sein, aber seinem Liebling Margo konnte er niemals auch nur ein Haar krümmen.

Toby würde Schnee von gestern bleiben müssen.

Kapitel 21

For the Good Times

www.G.I.N.com, Forum, neuer Beitrag:

Hallo Mädels,
hier ist wieder mal Jess aus Manchester!
Ich habe ein riesiges Problem! Wie ihr wisst, habe ich Pete vor kurzem in die Wüste geschickt – eine Penthousewohnung, ein monatliches Taschengeld und fantastischer Sex sind einfach keine Entschädigung dafür, dass er nach fast einem Jahr seine Frau IMMER NOCH NICHT verlassen hat. Freitagabend, ich war leicht angeheitert, renne ich nun zufällig in meinen Exmann John hinein. Er sah so was von gut aus! Und er will, dass ich zu ihm zurückkomme. Könnt ihr euch das vorstellen? Obwohl er mich und Pete pudelnackt im Fond eines Jaguar erwischt hat (wir trieben es auf dem Parkplatz eines Pubs miteinander – wenn's einen juckt, muss man sich kratzen!), will er mich zurückhaben! Der einzige Haken an der Sache ist, dass er inzwischen meine Schwester Josie, das Nesthäkchen der Familie, geheiratet hat. Er sagt, er wird sie verlassen, wenn ich zu ihm zurückkomme. Ich hab gleich gewusst, dass das nicht gut geht mit den beiden – er hat sie doch nur aus Trotz geheiratet. Ich bin versucht, es zu riskieren.
Was meint ihr, Mädels – John, Pete oder nach neuen Weidegründen Ausschau halten?
PS: Treffe mich immer noch mit Pete zu einem gelegentlichen Schäferstündchen. Kompliziert das Ganze, was?

Emma schaute zum zehnten Mal innerhalb von zwei Minuten auf ihre Armbanduhr. Immer noch acht Uhr. Unmöglich, das konnte doch nicht sein! Ihr kam es so vor, als säße sie seit mindestens einer halben Stunde in der angesagten Lowdown Bar. Ringsum nichts als Schickimickis, und sie sah aus wie bestellt und nicht abgeholt! Sie hielt die Uhr ans Ohr und schlug dann mit dem Handgelenk auf die Marmorplatte. Das verdammte Ding war doch bestimmt kaputt! Jetzt auf jeden Fall, wie sie mit einem weiteren Blick feststellte. Das Uhrglas war gesprungen. Sie stieß einen schweren Seufzer aus. Ob die Hausratversicherung das übernehmen würde? Sie würde Dan fragen. Falls er noch irgendwann auftauchte.

Sie holte ihr Handy hervor und rief Jo an.

»Wie spät ist es?«, fragte sie ohne Einleitung.

»Äh … kurz nach acht. Was bin ich – die Zeitansage?«

»Spiel dich bloß nicht so auf, nur weil du momentan so furchtbar gefragt bist! Ich kann mich noch gut an die Zeit erinnern, als du nicht mal einen Mann gekriegt hättest, wenn du mitten auf der Argyle Street den Rock hochgehoben hättest.«

Jo lachte. »Lass bitte mein Liebesleben aus dem Spiel! Geh ich recht in der Annahme, dass Dan noch nicht da ist?«

»Du hast's erfasst. Ich geb ihm noch fünf Minuten, dann bin ich weg.«

»Okay, komm zu mir, wir halten einen kleinen Schwatz.«

»Damit du wieder große Töne spucken kannst, weil sämtliche Männer plötzlich glauben, sie könnten nicht ohne dich leben? He, genau, das ist es! Wahrscheinlich hat sich Dan auf sein Moped geschwungen und ist auf dem Weg zu dir, um dir ewige Liebe zu schwören.«

Jo kicherte fröhlich. »Kann ich mir eigentlich nicht vorstellen. Aber falls doch, werde ich ihn probehalber vernaschen und dann schnell zu dir schicken. Ist das nicht großzügig von mir?«

»O ja, sehr! Vielen Dank, Kumpel. Dann weiß Dan wenigstens, wie sich eine Abfuhr anfühlt.«

Sie klappte ihr Handy zu. Das war doch lächerlich. Wieso hatte Dan sie um dieses Treffen gebeten, wenn er nicht vorhatte zu kommen? Wollte er sie bestrafen? Emma glaubte nicht mehr an eine Versöhnung. Er hatte ihr unmissverständlich klar gemacht, dass er sich eher den Fuß abnagen als ihre erbärmliche Ehe fortsetzen würde. Außerdem war er jetzt ja damit beschäftigt, fetten Tussis in der Stadtverwaltung nachzustellen. So ein Mist! Mit glamourösen Frauen konnte sie mithalten, aber sie würde ganz bestimmt nicht sechsundvierzig Doughnuts am Tag futtern, um Dans neuem Frauenideal zu entsprechen.

Oder?

Sie wollte ihn zurückhaben, so viel stand fest.

Obwohl sie sich dafür hasste, wollte sie ihn zurückhaben. Sie vermisste ihn. Sie hatte das Gefühl, dass ein Teil ihres physischen und psychischen Rüstzeugs, all das, was ihr Sicherheit und innere Festigkeit verliehen hatte, mit ihm verschwunden war. Er hatte ihr auf perverse Art und Weise ihre Seitensprünge erst ermöglicht. Sie hatte nicht die geringsten Gewissensbisse gehabt, loszuziehen und mit einem anderen Mann zu schlafen, weil sie wusste, zu Hause wartete Dan auf sie, dessen bedingungsloser Liebe sie sich absolut sicher sein konnte. Sie war ja so dumm gewesen! Es geschah ihr ganz recht, verletzt und gedemütigt zu werden. Sie hatte nichts anderes verdient. Das war der Grund, weshalb sie hier war – sie war Dan etwas schuldig. Und sie würde alles tun, um noch eine Chance zu bekommen.

»Hi. Jemand wie Sie sollte aber nicht allein hier sitzen.«

Sie überlegte, ob sie dem Kerl mit ihrer kaputten Armbanduhr einen Kratzer quer durchs Gesicht ziehen sollte für diese plumpe Anmache. Dann betrachtete sie ihn sich genauer. Wow! Anzug von Boss, lederner Aktenkoffer, weiße Zähne (seine eigenen), sexy Dreitagebart, Lachfältchen in den Augenwinkeln, über eins achtzig groß, athletischer Körperbau. In einem früheren Leben wäre sie jetzt schon über ihn hergefallen.

Sie suchte in ihrem geistigen Speicher nach der schlagfertigsten Antwort und wollte gerade den Mund aufmachen, als sich jemand zu ihnen gesellte.

»Lassen Sie lieber die Finger von ihr, mein Freund – ich hab mir vor zwei Wochen den Tripper bei ihr geholt. Musste brutal viel Antibiotika schlucken, bis ich ihn wieder los war.«

Der tolle Typ sprintete so schnell davon, dass der Luftzug Emma die Frisur zerzauste.

Sie starrte Dan mit offenem Mund an. Was war nur mit ihm geschehen? Sein verändertes Aussehen, die Vorliebe für Dicke, das Selbstbewusstsein und jetzt diese Ausdrucksweise. Und was wusste *er* denn über Geschlechtskrankheiten? Der Dan, den sie kannte, hätte Syphilis für eine italienische Insel gehalten.

»Und, wie geht's?«, fragte er beiläufig.

Emma kam aus dem Staunen nicht mehr heraus. »Bin ziemlich durcheinander«, erwiderte sie noch ganz benommen. Er hakte nicht nach. Sie wartete einen Augenblick, dann sagte sie: »Und du?«

»Oh, fantastisch!« Er grinste. »Mir ging's nie besser.«

Emma blickte sich flüchtig um, ob der tolle Typ von vorhin vielleicht seinen Aktenkoffer vergessen hatte, damit sie ihn Dan über den Schädel hauen konnte.

Sie fragte, warum er sie sehen wolle. Er zögerte und entgegnete dann unsicher (ganz ihr alter Dan – er hatte nie besonders viel Selbstvertrauen gehabt), er wolle nur mal »die Lage peilen« (wie bitte?), »checken, was Sache war« (hä?), und »ihr Feeling sondieren« (???).

Emma saß da wie vom Blitz getroffen. Irgendjemand musste Dans Bauplan ausgetauscht haben, kein Zweifel!

Aber immerhin war er gekommen. Er bestellte etwas zu trinken: eine Weinschorle für sie, eine Flasche Grolsch für ihn. Früher hatte er immer behauptet, ausländische Biersorten seien etwas für vornehme Wichser und könnten ein Glas gutes englisches Fassbier niemals ersetzen.

Sie tranken schweigend.

Emma staunte, wie wohl er sich in diesem schicken Ambiente fühlte. Der alte Dan hätte inzwischen nervös an seiner Krawatte gezupft, sich befangen tiefer in den Sitz gedrückt und vorgeschlagen, lieber nach Hause zu gehen und sich auf dem Heimweg ein Video und irgendwo etwas zu essen zu besorgen.

»Wollen wir nicht lieber woandershin?«, fragte er in dem Moment.

Emma hätte um ein Haar einen triumphierenden Schrei ausgestoßen. Ja! Da war er wieder, der süße alte berechenbare Dan.

»Wir könnten eine Flasche Champagner und ein paar Austern besorgen und nach Hause fahren. Ich bin schon dreimal diese Woche hier gewesen. Immer dieselben Gesichter. Das ödet mich langsam an.«

Oh. Anscheinend hatte sie sich geirrt.

Sie nickte zustimmend. Auf dem Heimweg deckten sie sich im Rogano mit allem ein, was sie brauchten. Als Dan mit einer Amex-Karte in Platin bezahlte, wäre Emma fast in Ohnmacht gefallen.

Zu Hause schaute er sich im Wohnzimmer um, während sie in der Küche den Champagner entkorkte und die Austern anrichtete.

»Gefällt mir, was du daraus gemacht hast«, rief er.

Emma verzog schmerzlich das Gesicht. Na ja, es war ein bisschen unordentlich. Das heißt, eigentlich sah es wie nach einem Bombenangriff aus. Aber woher hätte sie wissen sollen, dass sie hierher kommen würden? Außerdem war Hausarbeit nicht ihr

Ding. Um den Haushalt hatte sich Dan immer gekümmert. Der alte Dan. Der neue würde vermutlich nicht einmal mehr wissen, wo bei einem Staubsauger vorne und wo hinten war.

Ein voll beladenes Tablett in den Händen, schwebte sie elegant-beschwingt ins Zimmer. Sie versuchte es zumindest. Doch da sie fürchtete, etwas fallen zu lassen, und ihre Nerven zum Zerreißen gespannt waren, glich ihr Gang eher dem eines hoppelnden Kaninchens. Die sich ausbreitenden Schweißflecken unter den Achseln stärkten ihr Selbstvertrauen nicht gerade.

Dan griff nach einer Sektflöte und trank einen kleinen Schluck. Emma wartete darauf, dass er sich wie üblich in die Nase kniff, weil das Prickeln ihn kitzelte, und über die Einfalt der »feinen Pinkel« lästerte, die für dieses grässliche Zeug auch noch bezahlten. Wo es doch so etwas Gutes wie Fassbier gab.

Aber an diesem Abend wurde sie enttäuscht: kein In-die-Nase-Kneifen, keine Grimassen, keine Kommentare. Der Champagner schien ihm tatsächlich zu schmecken.

Er nahm sich eine Auster und schlürfte sie wie ein Kenner. Dabei waren Fischstäbchen das einzige Meeresgetier gewesen, das er früher gegessen hatte. Emma bezweifelte, dass sie noch mehr verkraften konnte. Das war lachhaft. Einfach absurd. Einfach unglaublich. Einfach …

Fick mich rückwärts, schoss es ihr durch den Kopf. Er fasst mir an die Titten!

Das Tablett krachte auf den Fußboden.

Dan drängte sie gegen die Wand, schob ihr die Zunge in den Mund und öffnete geschickt den Vorderverschluss ihres BHs. Wie hatte er das bloß so schnell geschafft? Früher hatte er eine Gebrauchsanleitung für so was gebraucht! Sie schnappte nach Luft, als seine Hand tiefer glitt. Verdammt! Damit hatte sie nicht gerechnet. Statt sexy Dessous trug sie ihr gutes altes Miederhöschen. Das machte zwar einen Bauch so flach wie Holland, ließ aber an den

Beinabschlüssen die Schenkel in dicken Wülsten hervorquellen. Dan störte das offenbar nicht. Er schob ihren Rock nach oben, packte das Höschen und riss es ihr herunter. Jawohl, er riss es ihr buchstäblich vom Leib! Zehn Pfund neunundneunzig hatte sie dafür bezahlt, und jetzt taugte es gerade mal noch als Staublappen!

Sie hatte keine Zeit, sich deswegen zu grämen.

»O Baby«, stöhnte sie, als er begann, ihre Klitoris sanft zu massieren. Hatte er sich endlich ein Satellitennavigationssystem gekauft, dass er den Weg dorthin so zielsicher gefunden hatte?

»O Baby, ja, jaaa! O Dan«, stöhnte sie.

Er schob sie zum Sofa hinüber. Während er mit der einen Hand seine zärtliche Massage fortsetzte, fegte er mit der anderen alles von der Sitzfläche auf den Fußboden.

Er drehte Emma herum und drückte sie an den Schultern sanft nach unten. Sie kniete sich auf die Polster.

Dann drang er in sie ein.

Emma schrie auf. Ihre Lust wuchs, steigerte sich mit jedem seiner kraftvollen Stöße zu wilder Ekstase. Sie keuchte und stieß kleine schrille Schreie aus. Es dauerte nicht lange, bis sie eine Zone nie gekannter Wollust erreichte. Sie hörte, wie Dan hinter ihr aufstöhnte und unterdrückt fluchte. Er kam. Im selben Moment wie sie.

Abrupt trat Stille ein. Er löste sich von ihr, und sie drehte sich herum. Sie ließ sich der Länge nach aufs Sofa fallen. Dan, der bis auf sein Jackett, das er beim Hereinkommen abgestreift hatte, vollständig bekleidet war, packte seinen Schwanz wieder ein.

Ein verträumter, glückseliger Ausdruck lag auf Emmas Gesicht.

»Himmel, Dan, das war so was von unglaublich gut!«, stieß sie schwer atmend hervor. Ihre Lungen trauten sich noch nicht so recht, die Arbeit wieder aufzunehmen: Sie fragten sich, wo der Schwengel, der sie gerade noch gekitzelt hatte, geblieben war.

»Dan, Liebling, ich …« Sie verstummte. Verdammt, jetzt fing sie auch noch zu weinen an! Egal. Hauptsache, Dan war wieder da. Der alte Dan, der neue Dan, es spielte keine Rolle – er war wieder da, das war das Wichtigste.

»Schatz, ich liebe dich«, fuhr sie heiser fort, während ihr die Tränen über die Wangen kullerten. »Ich liebe dich so sehr! Ich bin so froh, dass du zu mir zurückgekommen bist.«

Er zog den Reißverschluss hoch.

»Und ich verspreche dir, ich …«

Er bückte sich nach seinem Jackett.

»… werde dir nie wieder …«

Er wandte sich um und ging schweigend zur Tür.

»… wehtun. Dan? Wo willst du denn hin?«

Er blieb stehen und sah sie an. Seine Miene war völlig ausdruckslos, als er sagte: »Dazu wirst du auch keine Gelegenheit bekommen. Ich komme nicht zu dir zurück.«

»Aber …« Emma riss fassungslos die Augen auf. Sie machte eine hilflose Geste. »Ich verstehe nicht. Und das eben? Was sollte das dann?«

Er zuckte gleichgültig mit den Schultern.

»Wollte bloß mal wissen, wie es jetzt so ist. Ob es so gut ist, wie ich es in Erinnerung hatte. Aber weißt du was, Baby …«

Nein. Sie wusste überhaupt nichts mehr. Sie saß mit gespreizten Beinen und nacktem Busen auf dem Sofa, während ihr zerrissener Slip in einer Ecke des Zimmers lag, und begriff rein gar nichts.

Benommen schüttelte sie den Kopf.

»Das war es nicht«, beendete er den Satz mit kalter Stimme.

Dann drehte er sich um und verließ das Haus.

Kapitel 22

Always on My Mind

www.G.I.N.com, Forum, neuer Beitrag:

Liebe Jess,
Sie sind, mit Verlaub, reichlich naiv. Ich halte es für absurd, dass Sie auch nur in Erwägung ziehen können, Ihre finanzielle Sicherheit aufzugeben. Auch ich war unzufrieden mit meinem Liebhaber. Jahrelang weigerte er sich hartnäckig, seine Frau zu verlassen, selbst dann noch, als die Sensationspresse Wind von unserer Affäre bekam und darüber berichtete. Die goldene Regel jedoch lautet: Genieße die, sagen wir, »Belohnungen« und suche dein Vergnügen woanders. Bei mir hat sich das hervorragend bewährt, auch dann, als mein Liebhaber mich aufgrund besonderer mildernder Umstände längere Zeit nicht besuchen konnte. Zum Glück hatte er über seinen Steuerberater entsprechende Vorkehrungen getroffen, sodass ich finanziell abgesichert war. Deshalb kann ich Ihnen nur raten, sich Ihre Belohnung zu sichern und sich Ihren Spaß woanders zu holen.
Mit freundlichen Grüßen
eine anonyme Geliebte aus London
PS: Und lassen Sie sich nicht von Ihrem Exmann einwickeln! Ich habe den Eindruck, er ist kein besonders guter Fang, und Armut ist definitiv passee!

Du bist mir ja vielleicht eine! Und was ist dann passiert?« Gespannt beugte sich Charlie vor. Noch ein kleines Stückchen und er würde vom Hocker rutschen.

Ich ließ mir Zeit mit der Antwort, um ihn ein wenig auf die Folter zu spannen. »Und dann hat er gesagt, er will seine Frau verlassen, und ist zu mir unter die Decke gekrochen, und wir hatten die ganze Nacht fantastischen Sex.«

Charlie quietschte regelrecht vor Vergnügen. Er schlug mit beiden Händen auf die Frühstückstheke, traf dabei mit der linken die Obstschale und machte Mus aus einer Banane. Er hatte seine helle Freude an meinem nächtlichen Abenteuer.

»He, nicht so heftig, Wigwam-Mann«, ermahnte ich ihn. Er warf mir einen koketten Blick zu. Den hatte er vorhin schon ausprobiert, als er mir seine Begegnung mit Toby in der Sauna zum ersten Mal geschildert hatte.

»Das ist einfach großartig, Darling! Vom sexuellen Notstandsgebiet zum erotischen Garten Eden! Ich bin ja so stolz auf dich! Wenn ich daran denke, dass *ich* dir das alles beigebracht habe!«

»Sicher, Charlie. Wenn ich mich nicht mit dir verlobt hätte und von dir im Kamasutra unterwiesen worden wäre, wäre ich heute noch Jungfrau«, erwiderte ich trocken, während ich die zermatschte Banane in den Müll warf. »Apropos Verlobung – was macht eigentlich Margo?«

Charlie ging nicht darauf ein.

»Und wie geht's jetzt weiter?«, wollte er wissen und klatschte aufgeregt in die Hände wie ein kleines Kind. Warum freute er sich so über Jacks unverhoffte Rückkehr? Und warum fand er es so toll, wie sich die Dinge mit Rick entwickelt hatten? Konnte er Jackson so wenig leiden? Man hätte wirklich meinen können, er wäre froh, wenn ich Jackson den Laufpass gäbe. Merkwürdig. Noch vor ein paar Wochen hatte er seine Gesellschaft geradezu gesucht. Versteh einer die Männer!, schoss es mir durch den Kopf.

»Ich habe ehrlich gesagt keine Ahnung.« Ich setzte eine bekümmerte Miene auf. »Es ist alles so verwirrend. Michael verschwindet aus meinem Leben, Rick taucht plötzlich wieder auf, Jack kommt zurück, und Jackson setzt sich immer wieder ab. Warum kann ich nicht eine stinknormale Beziehung haben zu einem Freund, der mir freitags Blumen schenkt, mich im Kino befummelt und drei Minuten nach dem Sex friedlich schnarcht?«

Charlie war völlig erschöpft, als er es sich auf einem der Sofas bequem machte. Tratschen war mindestens so anstrengend wie Sex. Aber wenigstens lief alles wie am Schnürchen. So, wie die Dinge standen, würde Jo nicht mehr mit Jackson zusammen sein, wenn er die Bombe platzen ließ. Ein Glück. Sonst müsste er in ständiger Furcht leben, dass sie ihm im Schlaf ein Kissen aufs Gesicht drückte. Ach, war das Leben wunderbar! Mit diesem Gedanken schlief er beruhigt ein.

Ich hatte mich auf die andere Couch Charlie gegenüber hingelegt, starrte an die Decke und betrachtete den Verputz, ein Gewirr aus winzigen Erhebungen und feinen Linien. Manche überschnitten sich, andere liefen zusammen und wieder auseinander. Ein bisschen so wie in meinem Leben.

Es war Samstagnachmittag. Fast zwei Wochen waren seit Michaels Auszug vergangen, und ich hatte immer noch nicht mit ihm gesprochen. Es war beängstigend, wie sehr er mir fehlte. Nur meine Wut auf Priscilla (ein ganz klein wenig davon war gegen Michael gerichtet, weil er so ein leichtgläubiger Einfaltspinsel war) hinderte mich daran, vor Kummer und Schmerz in Tränen zu zerfließen.

Das und natürlich auch das Männerkarussell in meinem Leben.

Jack hielt sich in seiner Wohnung auf (er wohne im selben Gebäude, hatte er mir erzählt, wie »dieser Filmstar, Dex Wie-heißt-er-noch-gleich?«). Obwohl ich bislang in nichts eingewilligt hatte, schmiedete er bereits Pläne für unsere gemeinsame Zukunft. Ich hatte wirklich geglaubt, ich sei über ihn hinweg. Ehrlich. Als er dann aus heiterem Himmel aufgetaucht war und erklärt hatte, seine Ehe sei am Ende, hatte ich nicht gewusst, ob ich ihn zu seiner grandiosen Entscheidung beglückwünschen oder ihn dafür ohrfeigen sollte, dass er sie nicht schon zehn Jahre früher getroffen hatte. Also hatte ich stattdessen mit ihm geschlafen. Zwei Mal (aber das zweite Mal zählt nicht, weil wir da schon unter der Dusche standen).

Ich hatte ihm einfach nicht widerstehen können. Es hatte sich so *richtig* angefühlt, als er mich berührte. Uns verband so viel. Was angesichts der Tatsache, dass wir uns fast die Hälfte meines Lebens kannten, ja auch nicht verwunderlich war. Die Hälfte meines Lebens! Das war – in Hundejahren gerechnet – mehr als ein Jahrhundert. Wäre ich ein Irish Setter, würde ich ein Glückwunschtelegramm von der Queen bekommen.

Als er sich am letzten Wochenende in meine Achselhöhle geschmiegt hatte, hatte ich mir gewünscht, es könnte für alle Zeit so bleiben. Und doch hatte mein Verstand mir zu bedenken gegeben, dass er immer noch verheiratet war. Selbst wenn er seine Frau jetzt aus freien Stücken verließe, würde ich mir vorwerfen müssen, mitschuldig am Scheitern seiner Ehe zu sein. Wie alt waren seine Kinder jetzt? Zehn und elf? Zwölf und dreizehn? Ich war zu müde, um nachzurechnen. Egal. In diesem Alter sollten sie keine größeren Sorgen haben als die Auswahl des richtigen Gesichtsreinigers gegen Pickel und Mitesser. Bei einer Scheidung würden sie in ständiger Ungewissheit leben, ob und wie oft sie ihren Daddy zu Gesicht bekämen. Ich wusste, was das für die kindliche Psyche bedeutete. Das wollte ich niemandem antun.

Und dennoch hatte es sich richtig angefühlt, so als ob wir füreinander bestimmt seien. Kein Mensch auf der Welt kannte oder verstand mich besser als Jack. Und das war es doch, was man sich von einem Mann, mit dem man den Rest seines Lebens verbringen wollte, erhoffte, oder?

Ich hatte ihm angesehen, wie niedergeschlagen er war, als ich ihm erklärte, ich bräuchte ein wenig Zeit. Aber er begriff, was für ein Schock dieses unverhoffte Wiedersehen und seine Ankündigung, sich scheiden zu lassen, für mich war. Ich hatte mir eine Woche Bedenkzeit erbeten. Diese Woche war morgen um, und ich wusste immer noch nicht, was ich machen sollte. Eine so schwer wiegende Entscheidung durfte nicht überstürzt werden. Sagte ich Ja, würde ich seine Frau und seine Kinder unglücklich machen; sagte ich Nein, würde ich Jack unglücklich machen.

Genau wie Rick vor so vielen Jahren.

Was war nur in mich gefahren, dass ich ihn ermutigt hatte? Abgesehen vom möglicherweise verbotenen Austausch von Körperflüssigkeiten an einem öffentlichen Platz war zwar nichts passiert; trotzdem sah mein Wohnzimmer inzwischen aus wie eine Leichenhalle, so viele Blumen hatte er geschickt, und er rief zweimal täglich an, um mit mir zu plaudern und sich mit mir zu verabreden. Bisher hatte ich das mit allen möglichen Ausreden zu verhindern gewusst: Ich müsse auf Emma aufpassen, damit sie keine Dummheiten mache, oder hätte, als Ergänzung zu meiner Website, ein Selbsthilfeseminar für Geliebte zu leiten. Das hatte ihn wenigstens davon abgehalten vorbeizukommen. Eine Emma, die sich eine Schlinge aus dem Gartenschlauch knüpfte, um sich damit aufzuhängen, würde er wahrscheinlich noch verkraften, aber der Gedanke, sich fünfzehn gnadenlosen Frauen gegenüberzusehen, schreckte ihn dann doch. Ich wusste, dass ich die Sache beenden musste, aber ich brachte es einfach nicht fertig. Vielleicht hatte ich Schuldgefühle (warum nur musste ich katholisch sein?!), vielleicht war es falsch verstandene Loyalität. Oder vielleicht lag es einfach daran, dass in seiner Nähe sofort Flammen aus meinem Höschen schlugen, als hätte es jemand mit Benzin übergossen und angezündet.

Genau wie bei Jackson.

Die Chemie zwischen uns stimmte, kein Zweifel. Nur mit Biologie schien er dummerweise nichts im Sinn zu haben – wir hatten noch kein einziges Mal unsere Anatomie erforscht. Er war der netteste Mann, der mir je begegnet war, und der erste, der meine Überzeugung, Liebe auf den ersten Blick sei Geistesgestörten, Verzweifelten und komatös Besoffenen vorbehalten, erschüttert hatte. Wenn ich jetzt mit ihm Schluss machte, würde ich mich vermutlich ständig fragen: Was, wenn wir zusammengeblieben wären? Hätten wir wirklich zusammengepasst? Wären wir glücklich miteinander geworden? Hätten wir irgendwann vielleicht doch noch miteinander geschlafen?

Mir brummte der Schädel. Seit fast einer Woche wälzte ich jetzt dieselben Probleme, und mein Gehirn stand kurz vor der Explosion. Genau das war der Grund, warum ich mich so lange mit der Beziehung mit einem verheirateten Mann zufrieden gegeben hatte: keine Traumata, keine Dilemmas, keine weltbewegenden Entscheidungen, nichts außer gestohlene Stunden voller Glück und großartigem Sex. Wieso hatte ich gemeint, ein anderes Ziel ansteuern zu müssen? Warum nur hatte ich es für so eine gute Idee gehalten, eine Weile allein zu sein, mich allem Neuen gegenüber aufgeschlossen zu geben und abzuwarten, was mir das Leben bescheren würde? Tja, beschert hatte es mir schon etwas: einen Haufen Mist. Liebeskummer, Kopfweh und einen gottverdammten riesengroßen Haufen Mist. Der größte

Witz aber war, dass ich ja nie das Gefühl gehabt hatte, mein Leben könne nur mit einem Mann komplett sein. Ich wollte weder heiraten, noch wollte ich Kinder. Ich wollte einfach mein Leben genießen, und falls sich ein netter Mann fände, würde ich das als Bonus betrachten. Drei nette Männer hingegen sorgten nur für Verwirrung.

Ich blickte zu Charlie hinüber, der friedlich schlief. Was würde er an meiner Stelle tun? Als Erstes drei Werbeminuten im Privatfernsehen kaufen (Margo empfing diese Programme nicht, deshalb bräuchte er kein unfreiwilliges Outing zu befürchten) und der ganzen Welt verkünden, er sei ein Sexgott, der gleich von *drei* prachtvollen Kerlen begehrt werde. Und dann würde er alle drei in Lycra stecken und sich den mit dem knackigsten Arsch aussuchen.

Ich fuhr schuldbewusst zusammen, als er sich regte und ein Auge öffnete.

Er lächelte mich schläfrig an. »Was siehst du mich denn so lüstern an?«

»Von wegen lüstern. Das ist Groll! Hättest du dir nicht die Stiefel ausziehen können, bevor du dich auf mein weißes Sofa legst?«

»Die sind von Prada, du solltest dich geschmeichelt fühlen«, gab er zurück. »Weißt du, was ich mir gerade überlegt habe?«

»Du hast geschlafen, im Schlaf kann man sich nichts überlegen.«

»Das ist Haarspalterei, Darling. Was ich sagen wollte – würdest du Margo zur Hochzeit einladen, wenn du dich entschieden hast, wer der Glückliche sein wird, der sein Leben mit Josephine verbringen darf? Ich könnte dann den Untröstlichen spielen, und sie wird endlich akzeptieren, dass es nichts mit uns beiden wird.«

»Charlie, ich werde nicht heiraten«, entgegnete ich mit Nachdruck. »Aber wenn du endlich deine Schuhe von meiner Couch nimmst, verspreche ich dir, dass ich, falls ich wider Erwarten doch vor den Traualtar treten sollte, deine Mutter einladen werde. Auch auf die Gefahr hin, dass sie mich umbringt, weil ich ihren kleinen Liebling abserviert habe.«

Charlie lächelte zufrieden. »Da wäre noch etwas«, sagte er ein paar Sekunden später.

»Schon gut, schon gut, deine Tanten Mildred, Betty und Ophelia sind auch eingeladen. Und Cousine Daphne von mir aus auch. Aber bei Philip, dem Kleptomanen, streike ich.«

»Das wollte ich nicht sagen.«

»Oh.«

»Falls du dich entschließen solltest, durchzubrennen und dich auf einer Südseeinsel an einem einsamen Strand trauen zu lassen, darf ich dann deine Brautjungfer sein? In Baströckchen und strategisch platzierten Kokosnussschalen müsste ich hinreißend aussehen.«

Damit drehte er sich um und schlief weiter.

Ich warf einen Blick auf die Standuhr in der Ecke. Vier Uhr. Ich musste mir eine Frist setzen. Unter Druck lief ich nämlich zu Höchstform auf. Ich rechnete kurz nach und traf dann eine Entscheidung. Nicht die ganz große, aber es war immerhin ein Schritt auf dem Weg dorthin.

Mitternacht. Ich würde meine Entscheidung bis Mitternacht getroffen haben.

Charlie würde mich bald allein lassen (er würde niemals einen Samstagabend auf der Couch einer Freundin verschlafen!), und dann hätte ich genug Zeit, mir die Sache durch den Kopf gehen zu lassen und zu einer Entscheidung zu kommen. Wahrscheinlich wäre die beste Alternative, das Land umgehend zu verlassen und auf einer abgelegenen Insel eine neue Identität anzunehmen. Auf Charlie im Baströckchen konnte ich allerdings verzichten.

Acht Stunden. Acht Stunden blieben mir, mein verworrenes Liebesleben zu entwirren. Ich beschloss, das Bad zu putzen. Am besten mit einer Zahnbürste. Dabei kamen mir immer die besten Ideen.

Das Telefon klingelte. Der Anrufbeantworter schaltete sich ein. Das würde ja doch nur wieder eine in Tränen aufgelöste Emma sein (ich fragte mich, wo sie nur die ganze Flüssigkeit hernahm) oder Rick, der einen weiteren Versuch unternahm, sich mit mir zu verabreden.

»Hier ist der Anschluss von Jo«, hörte ich die Ansage. Es gab mir einen Stich. Früher hatte es geheißen: »Hier ist der Anschluss von Jo und Michael.« *Jo und Michael.* Jetzt war es nur noch Jo. Das war wie Abbot ohne Costello, wie Laurel ohne Hardy.

»Ich bin im Moment leider nicht da. Bitte hinterlassen Sie eine Nachricht, ich rufe Sie zurück.«

Eine lange Pause. Irgend so ein Spinner, dachte ich schon.

Dann plötzlich:

»Hi, Kleines, hier ist Jackson. Ich bin in Amsterdam. Meine Maschine nach Glasgow geht in ein paar Minuten. Ich muss dich unbedingt sehen. Hoffentlich erreicht dich meine Nachricht. Also, jedenfalls komm ich später bei dir vorbei. So gegen sieben, schätze ich. Ich hoffe, du bist da. Wir müssen unbedingt miteinander reden. Es ist wirklich wichtig, Jo.«

Charlie fuhr senkrecht hoch. Er schüttelte den Kopf, um den Schlaf zu vertreiben, und wandte sich dann zu mir um.

»War das gerade Jackson?«

»Messerscharf geschlossen, Sherlock Holmes. Du solltest Enthüllungsjournalist werden.«

»Weißt du, Darling, ich glaube, es ist besser, wenn ich dich jetzt nicht allein lasse. Ich meine, wer weiß, worüber er mit dir reden will. Vielleicht brauchst du meine Hilfe oder meinen Rat, und du weißt ja, mir entgeht nichts, zumal …«

Ich hörte ihm gar nicht zu. Ich war zu sehr mit Stöhnen beschäftigt. So viel zu meinem schönen Plan, acht Stunden Zeit zum Nachdenken zu haben!

Kapitel 23

You've Lost that Lovin' Feeling

www.G.I.N.com, Forum, neuer Beitrag:

Liebe anonyme Geliebte,
ich habe gerade Ihren Beitrag gelesen, mit wachsender Sorge, denn die Übereinstimmungen mit meiner eigenen Situation gefallen mir gar nicht. Wahrscheinlich ist das nur ein Zufall, aber auch mein prominenter Freund vergnügte sich in den letzten Jahren mit einer anderen Frau, traf jedoch ebenfalls über seinen Steuerberater Vorkehrungen dafür, dass ich meinen Lebensstil aufrechterhalten konnte. Die Ähnlichkeit mit dem für Sie getroffenen Arrangement ist verblüffend, finden Sie nicht? Ich bin sicher, dass wir nicht mit demselben Mann liiert sind, aber es wäre mir eine große Beruhigung, wenn wir uns zu einem kleinen Meinungsaustausch treffen könnten. Bitte antworten Sie mir auf dieser Website.
Herzlichst
Evelyn

Ich starrte grimmig auf das Polaroidfoto in meiner Hand. Ich hatte einen Urlaubsschnappschuss erwartet. Eine Ansicht vom Hafen in Hongkong und davor Jackson, wie er einfältig in die Kamera grinst. Oder eine Aufnahme vom schwimmenden Markt in Bangkok, die Jackson in einem tief im Wasser liegenden Boot zeigt, wie er Melonen kauft. Was ich nicht erwartet hatte, war ein Bild von zwei zugedröhnten jungen Männern auf dem Bett eines schäbigen Hotelzimmers. Und ich konnte mir nicht vorstellen, dass es sich bei dem zu einer Linie zusammengeschobenen weißen Zeug auf dem Spiegel vor ihnen um Körperpuder handelte.

Jackson ging erregt im Zimmer auf und ab und fuhr sich immer wieder zwanghaft durch seine schmuddeligen Haare. Er sah aus, als hätte er wochenlang in einem Heim für Obdachlose genächtigt.

Das war nicht das romantische Wiedersehen, das ich mir nach seinem Anruf ausgemalt hatte. Wenn ich das gewusst hätte, hätte ich mir den ganzen Aufwand sparen können: duschen, rasch ein bisschen schminken, in eine saubere Jeans und ein weißes T-Shirt schlüpfen, aufräumen, einen Happen essen und einen widerspenstigen Charlie hinauswerfen.

Ich guckte wieder auf das Foto. Ohne einen Gruß, ohne ein »du hast mir ja so gefehlt, Süße« hatte Jackson es mir in die Hand gedrückt, als er hereingestürmt war, als sei der Teufel hinter ihm her. Er hatte mir weder eine extragroße Toblerone noch eine Flasche zollfreies Parfüm mitgebracht.

Nur dieses Foto.

»Angewidert?«, fragte er nach einer ganzen Weile.

Ich schüttelte den Kopf. »Nein, nur verwirrt.« Das schien zu einem Dauerzustand zu werden. Vielleicht würde ich den Rest meines Lebens in völliger Verwirrung verbringen, bis ich gänzlich verblödete und im Rollstuhl ins Pflegeheim geschoben würde, wo ich dann bis ans Ende meiner Tage in geistiger Umnachtung Bingo spielte.

»Das bin ich«, sagte er und deutete auf das Foto.

»Ja, so viel hab ich schon mitgekriegt«, versetzte ich trocken. Ich konnte diese unvorhergesehene Entwicklung immer noch nicht fassen. Eigentlich hätte ich jetzt mit Jackson vor dem Kaminfeuer liegen und meine Hände daran hindern müssen, ihn ungebührlich zu begrapschen.

»Und Charlie«, fuhr er fort.

»Ja, das seh ich auch.« Ich dachte, er spreche vom Kokain, das im Jargon auch Charley genannt wird. »Das dürfte reichen, um eine mittlere Kleinstadt high zu machen.«

»Nein, ich meine den anderen Typen. Das ist Charlie. Dein Kumpel Charlie.«

Ich schnappte erschrocken nach Luft und hielt mir das Foto dicht vor die Nase. Jetzt erkannte ich überhaupt nichts mehr. Ich musste wirklich dringend mal zum Augenarzt. Ich hielt es ein Stück weiter weg und betrachtete es genauer. Der junge Mann auf dem Bett. Sein anzüglicher Blick, der Schmollmund ... Als wüsste er, dass die Kamera ihn liebte. Er spielte mit ihr. Er liebte sie. Er liebte sich selbst. Kein Zweifel, das war Charlie.

Als sich der Schock gelegt hatte, sagte ich langsam: »Was geht hier eigentlich vor, Jackson? Was zum Teufel soll das Ganze?«

Hätte ich nur nicht gefragt!

Ohne sein nervöses Umherwandern aufzugeben, fing er an zu reden. Er steckte sich eine Zigarette nach der anderen an (wann hatte er denn das Rauchen angefangen?) und fuhr sich immer wieder mit fahrigen Gesten durch die Haare, während er mir die Geschichte erzählte. Die ganze Geschichte.

Jackson und Dex (der damals noch Norman hieß – kein Name für ein Sexsymbol) waren unmittelbar nach dem Examen nach San Francisco geflogen. Mit ihren gestählten Körpern (das Ergebnis jahrelanger Mitgliedschaft im Ruderteam der Universität) und den langen Haaren sahen sie wie kalifornische Jungs aus. Sonne und eine wunderbare Bräune waren nicht das Einzige, das Kalifornien ihnen zu bieten hatte. Sie fanden Geschmack am dekadenten Lebensstil, probierten jede Droge aus, verdienten sich ihre Brötchen als Wachleute auf privaten Veranstaltungen und zogen sich außerdem mehrere Geschlechtskrankheiten zu (Letzteres behielt er allerdings für sich – er fand nicht, dass Jo das erfahren müsse). Auf einem ihrer Streifzüge lernten sie Charlie Curtis kennen. Jackson wusste nicht mehr, wie sie in jenem Hotelzimmer gelandet waren. Es war ein Abend wie jeder andere gewesen – sie waren high vom Rauschgift und vom Sex. Er betonte jedoch, dass er nie eine sexuelle Beziehung zu Charlie gehabt habe. Sex mit Männern gehörte zu den wenigen Dingen, die er nie ausprobiert hatte.

Das Leben war eine einzige wilde Party, und Jackson und Dex liebten jede nackte, genussträchtige, sonnendurchglühte, vom Leben und chemischen Substanzen berauschte Minute.

Dennoch verloren sie ihr Ziel nie aus den Augen: Sie wollten zum Film. Nach ein paar Jahren zogen sie nach Los Angeles. Ihr Einkommen als Angestellte eines Sicherheitsdienstes besserten sie auf, indem sie mit den Gastgeberinnen der Partys, für die sie engagiert wurden, und den weiblichen Gästen schliefen. Diese durchweg wohlhabenden Frauen waren ebenso großzügig wie verzweifelt und entlohnten sie für ihre Dienste mit Kleidung, Schmuck (den sie regelmäßig versetzten) und Bargeld. Bald suchten sie sich gezielt Frauen aus, die in irgendeinem Zusammenhang mit der Filmindustrie standen: Ehefrauen von Produzenten, Töchter von Regisseuren, alternde Schauspielerinnen. Und dann kam der Tag, an dem sich für einen von ihnen der amerikanische Traum erfüllte.

Dex hatte angefangen, Heroin zu spritzen, und war auf dem Weg in die Abhängigkeit. Eines Abends musste Jackson ihn mit einer Überdosis in die Notaufnahme schaffen. Als er am nächsten Tag auf eine Entzugsstation verlegt wurde, fand er sich zufällig neben einem Fernsehstar wieder, der wegen Alkoholmissbrauchs eingeliefert worden war.

Die beiden Männer freundeten sich an. Der alternde Schauspieler lebte durch den jungen Mann wieder auf und versprach ihm, seine Beziehungen spielen zu lassen. Dex freute sich über die großspurigen Zusicherungen des Älteren, ohne sie allzu ernst zu nehmen. Zu seiner Überraschung hielt dieser sein Versprechen jedoch. Innerhalb eines Monats durfte Dex bei vier großen Studios vorsprechen; binnen eines halben Jahrs hatte er eine Rolle in einer Daily Soap ergattert, und nach zwei Jahren spielte er die Hauptrolle neben Richard Gere in einem Film, der ein internationaler Kassenerfolg wurde.

Dex machte das große Geld.

Jackson machte den Tee.

Doch er fühlte sich wohl in der Rolle als Dex' Privatsekretär. Als sie im Rampenlicht standen, den Medien und den Blicken der Öffentlichkeit ausgesetzt, wurde ihm bewusst, dass er den Platz hinter den Kulissen bevorzugte. Ihr Leben erfuhr eine dramatische Veränderung, doch ihre Vorlieben und Neigungen behielten sie bei. Jackson beschaffte Drogen (was in Hollywood ein Kinderspiel war) und Frauen und organisierte ihre Auftritte in der Öffentlichkeit. Man sah die beiden jeden Abend auf den richtigen Partys, in den richtigen Restaurants.

Jackson konnte sich an den genauen Moment erinnern, an dem sich der funkelnde Schein der glamourösen Glitzerwelt für ihn getrübt hatte. Es war einige Jahre zuvor gewesen. Er war in einer anonymen Hotelsuite unter zwei nackten, anonymen Frauen aufgewacht. Er hatte keine Ahnung, in welchem Land er sich befand.

Er schob die Frauen von sich herunter. Die eine, eine dralle Blondine, die so viel Plastik im Körper hatte, dass sie in Taiwan hätte hergestellt worden sein können, wachte auf. Ihre ersten Worte waren: »Bringst du uns jetzt zu Dex?«

Die Stahltüren in seinem Gehirn, die sich zwischen den ursprünglichen Jackson Smith und den Mann geschoben hatten, der er geworden war, glitten einen Spaltbreit auseinander. Da erkannte er, dass er nichts weiter als das Anhängsel eines Stars war.

An dem Tag zog er einen Schlussstrich unter die Vergangenheit. Er schwor den Drogen, den Frauen, den Orgien ab und nahm sich vor, sich eine anständige Frau zu suchen und ein normales Leben zu führen – soweit das möglich war als Privatsekretär von Dex Diablo. Jacksons Entschluss ließ Dex völlig kalt. Sollte er etwa jeden Abend mit drei Dosen Bier und einer Packung Keksriegeln zu Hause hocken? Wozu war er ein Star? Wenn er sich ein häusliches Leben gewünscht hätte, wäre er Klempner geworden, so machte Dex ihm klar.

Jacksons Rolle hatte sich gewandelt. Zwar kümmerte er sich nach wie vor um den Terminkalender und die geschäftlichen Angelegenheiten des Stars, den er auch überallhin begleitete, aber sein Part war jetzt der eines Zuschauers. Und dann war er Jo begegnet und hatte praktisch vom ersten Moment an gewusst: So sollte sie sein, die Frau, mit der er den Rest seines Lebens verbringen wollte.

»Dabei haben wir ja noch nicht einmal miteinander geschlafen!«, warf Jo an diesem Punkt ein. »Ich glaub's einfach nicht. Ich hab dich für gehemmt gehalten, und in Wirklichkeit hast du gerammelt, als ob du dafür bezahlt würdest!«

Jackson machte ein verlegenes Gesicht. Er hatte warten wollen. Bis er sicher war, dass sie eine Zukunft hatten, dass sie nicht bloß ein flüchtiges Abenteuer war, ein bedeutungsloser Fick. Das hatte er jetzt von seiner Geduld und seiner Zurückhaltung!

Ich verdrehte die Augen. Na fabelhaft. Ich hatte mich in ein Flittchen verwandelt, das es wie ein Pornostar im Kelvingrove Park im Stehen trieb, und jetzt kam Jackson mir mit Moral!

»Und wieso erzählst du mir das alles gerade jetzt?«

»Weil Charlie einen Artikel veröffentlichen will. Er hat uns letzte Woche per E-Mail davon in Kenntnis gesetzt.«

Das also war es, was dieser hinterhältige kleine Dreckskerl die ganze Zeit im Schilde führte! Wenn er jetzt hier gewesen wäre, hätte ich ihn so an seinem Stringtanga gezogen, dass er ihn mittendurch geschnitten hätte wie ein Kuchendraht.

Mir war natürlich klar, was für Folgen diese Enthüllungsstory hätte, aber Jackson zählte sie trotzdem auf. Der Skandal würde Dex das Genick brechen. Dex gehörte in die Riege der Superstars wie Tom Cruise, Tom Hanks, Mel Gibson. Keiner von ihnen konnte sich einen Privatsekretär und langjährigen Freund leisten, der Drogen konsumiert und ein sexuell ausschweifendes Leben geführt hatte. Dex auch nicht. Kein Mensch würde ihm abnehmen, dass er nichts von den Lastern des Mannes gewusst habe, der sein engster Freund war. Jeder würde denken, auch er, Dex, sei in diese Geschichte verwickelt, zumal alle, die die beiden auf ihren Drogenpartys erlebt hatten, aus ihren Löchern gekrochen kämen und eifrig ins gleiche Horn stoßen würden wie die Boulevardpresse. Dex galt als Mann, für den der amerikanische Traum – vom Tellerwäscher zum Millionär – Wirklichkeit geworden war. Rauschgiftkonsum und Sexorgien passten da nicht ins Bild. Seine Karriere wäre vermutlich beendet. Und Jacksons Leben ruiniert.

»Ich wollte, dass du vorbereitet bist«, fuhr er fort. »Weil …« Er verstummte, als müsse er nach Worten suchen. »Na ja, nur für den Fall, dass du dir eine Beziehung mit einem arbeitslosen, skandalumwitterten ehemaligen Drogenkonsumenten, der ernsthaft in dich verliebt ist, vorstellen könntest.«

Jetzt erst ließ er sich auf die Couch fallen. Eine seltsame Mischung aus Erleichterung und Erschöpfung zeichnete sich auf seinem Gesicht ab. Obwohl ihn diese Beichte unendlich viel Kraft gekostet hatte, hatte sie andererseits auch eine Last von ihm genommen: Die düstere Bedrohung, die Charlie Curtis für ihn darstellte, hatte ein wenig von ihrem Schrecken verloren.

Nach einem Augenblick stand ich auf und krempelte mir entschlossen die Ärmel hoch.

»Was hast du vor?« Jacksons Stimme klang belegt vor Verzweiflung. Er rannte hinter mir her in die Küche.

»Das Bad putzen«, erklärte ich und streifte mir energisch meine Gummihandschuhe über. »Mach's dir bequem, das kann dauern.«

Ich sah Jackson einen Moment versonnen an. Im Schlaf sah er so jung, so friedlich, so unglaublich attraktiv aus. Ich tappte zu ihm hinüber und rüttelte ihn wach. »Aufstehen, Jackson! Komm schon, Lieber, es wird Zeit, steh auf!«

»Wa… wa… wa…«

»Mir scheint, du bist ein Morgenmuffel, hm?«

Eines seiner Augen öffnete sich langsam. Dann hob er die Hand und fuhr mir mit dem Finger von der Stirn über die Nase bis zu dem kleinen Grübchen unter meinem Kinn.

Ein wohliger Schauder überlief mich, aber ich riss mich zusammen. Eins nach dem anderen. Die mörderische Kombination aus Schmutz, Gummihandschuhen und Schweiß hatte auch dieses Mal ihre Wirkung nicht verfehlt. Ich wusste jetzt, was wir tun würden.

»Komm schon, steh auf. Ich hab eine Idee. Ich weiß, wie wir Charlie davon abhalten können, seine Geschichte zu bringen.«

»Was? Wie denn?« Er war im Nu hellwach.

»Steh erst mal auf, dann wirst du schon sehen. Beeil dich! In der Küche sind Schinkensandwiches und Kaffee.« Ich musterte ihn naserümpfend. »Seife und eine Zahnbürste findest du im Bad, und ich hoffe doch, dass in dem Koffer, den du gestern Abend mitgebracht hast, ein paar saubere Sachen sind.«

Er nickte.

»Sehr schön, du musst nämlich gut aussehen. Du hast fünfzehn Minuten. Ich will nur noch schnell ein paar Telefonate führen.«

Gehorsam erhob er sich und wankte in die Küche.

Ich schlug mein Adressbuch auf, suchte die Nummer eines alten Freundes heraus und wählte.

»Hey, ich bin's, Jo! … Ich weiß, viel zu lange! Hör zu, hast du Lust auf ein bisschen Spaß? Von der total unmoralischen Sorte?«

Ich musste lachen, als ich seine Antwort hörte. »Super! Ich hatte gehofft, dass du das sagen würdest. Ich hol dich in einer Stunde ab, okay?«

Ich legte auf.

Ich *musste* Jackson aus der Klemme helfen. Hätte er mich nicht kennen gelernt, wäre er Charlie niemals so nahe gekommen, und Charlie hätte ihn nicht so genau unter die Lupe genommen. In gewisser Weise war ich an allem schuld.

Aber ich wusste, wie ich das wieder gutmachen konnte.

Kapitel 24

I Just Can't Help Believin'

www.G.I.N.com, Forum, neuer Beitrag:

> Liebe anonyme Geliebte, liebe Evelyn,
> ich schätze, jetzt sind wir schon zu dritt, Mädels! Unser gemeinsamer Freund scheint ein sehr, sehr ungezogener Junge zu sein. Da er nun seine Aktivitäten wieder aufnehmen kann, schlage ich vor, wir versohlen ihm zur Strafe den Hintern, bis er grün und blau ist. Ich bin gern bereit, die Aktion höchstpersönlich durchzuführen ...
> Zu euern Diensten
> Domina Domenique

Die Frist war verstrichen.

Jack klappte seinen Laptop auf und überprüfte seine E-Mails. Von Jo war keine dabei. Wenigstens hatte sie ihm keinen Brief geschickt, der mit »Lieber Jack ...« begann. Aber sie hatte gesagt, sie würde anrufen, und sie war sonst sehr zuverlässig.

Warum also klingelte sein Telefon nicht?

Er hatte kein Recht, ungeduldig zu sein, aber er konnte nicht anders. Er hatte die wichtigste Entscheidung seines Lebens getroffen, und er musste einfach wissen, dass Jo zu ihm hielt. Die letzten Jahre ohne sie waren die Hölle gewesen, er hatte nicht die Absicht, weiter in dieser Trostlosigkeit auszuharren.

Trostlos? Nein, das war zu hart.

Sein Leben mit Carol war ... *Alltag. Grauer Alltag.*

Für Carol war er der Ernährer, der Vater ihrer Kinder, der Ehemann für Dinnerpartys, der Mann, der sich in ihrem spanischen Haus fast wie ein Gast vorkam. Der Mann, der ihr Bett teilte, aber nicht ihr Leben.

Mit Jo war es etwas ganz anderes. Oder besser gesagt, *er* war ganz anders, wenn er mit ihr zusammen war. Bei ihr war er er selbst, einfach nur Jack. Sie redeten miteinander, manchmal die ganze Nacht lang, oder sie lagen schweigend nebeneinander und hörten die Songs von Otis Reading, oder sie saßen vor dem Fernseher und aßen Bohnen mit Toast. Er konnte ihr alles sagen, sie hörte einfach zu. Mit ihr brauchte er keine Alltagsprobleme durchzudiskutieren oder Pläne zu machen oder zu entscheiden, welches Zimmer als Nächstes neu eingerichtet werden sollte. Jo kannte ihn besser als seine Frau.

Er hätte sich schon vor Jahren zu diesem Entschluss durchringen sollen. Doch da waren die Kinder gewesen, und außerdem empfand er immer noch Zuneigung zu seiner Frau. Der Kinder wegen hasste er sich dafür, dass er die Familie zerstörte, aber er hatte sich vorgenommen, wie bisher zwei Wochen im Monat in Spanien zu verbringen, damit sie nicht allzu sehr unter der Scheidung litten. Er würde alles tun, was in seiner Macht stand, um eine gütliche, freundschaftliche Trennung herbeizuführen. Er wusste, Carols Kummer würde sich in Grenzen halten. Ihre Ehe bestand seit Monaten ohnehin nur noch auf dem Papier, und Carol schien das nicht das Geringste auszumachen. Sie lebte ihr eigenes Leben: Sie hatte in Marbella ihren eigenen Freundeskreis, zahlreiche gesellschaftliche Verpflichtungen und keinerlei finanzielle Sorgen. Wie lange war es her, dass sie miteinander geredet, ein richtiges Gespräch geführt hatten? Jahre vielleicht.

Sie hatten sich schlicht auseinander gelebt.

Jack hatte lange und gründlich darüber nachgedacht, welche Möglichkeiten er hatte. Er konnte bei Carol bleiben und sein Bestes tun, um ihre Beziehung neu zu beleben und ihre Ehe zu retten.

Oder aber er konnte zu der Frau zurückkehren, die er immer geliebt hatte.

Falls sie ihn wollte.

Warum klingelte das verdammte Telefon nicht? Komm schon, Jo, lass mich jetzt nicht im Stich!

Aber was hatte er denn anderes getan? Hatte er sie nicht auch im Stich gelassen? Er hatte zugelassen, dass sie Jahre ihres Lebens mit einem verheirateten Mann vergeudete. Sie hatte zwar immer behauptet, das sei völlig in Ordnung, sie wolle nichts anderes, aber das hatte sie doch nur gesagt, weil sie keinen Druck auf ihn ausüben, ihn zu keiner Entscheidung drängen wollte, die er vielleicht bereuen könnte.

Sie war die perfekte Frau. Und er war stolz darauf, was sie aus sich gemacht hatte. Aus dem Nichts hatte sie sich zu einer der erfolgreichsten Frauen im Land hochgearbeitet (und zur Nummer 74 auf der Liste der begehrtesten Frauen Großbritanniens!). Mit ihrer Website hatte sie bisher insgesamt über eine Million Pfund umgesetzt, doch der Reichtum hatte Jo nicht verändert. Sie war noch immer dieselbe Frau, in die er sich vor so vielen Jahren in St. Andrews verliebt hatte.

Die Frau, mit der er jetzt sein Leben verbringen wollte.

Die Frau, die ihn jeden Moment anrufen und ihm ihre Entscheidung mitteilen würde – er hoffte, die erwartete.

Sein Handy piepste und er riss es an sich. Eine SMS: *Ist etwas dazwischengekommen – brauche mehr Zeit. Werde mich so bald wie möglich melden. Liebe Grüße, J.*

Na ja, immerhin war es kein Nein.

Rick drückte die Taste seines Handys, die ihn mit Morag, seiner zuverlässigen, tüchtigen Sekretärin, verband. Heute, nach dreizehn Jahren treuer Dienste, lautete Miss McIntyres offizieller Titel Büroleiterin und persönliche Assistentin. Mit ihr legte man sich besser nicht an. Nicht einmal Rick war vor ihren Strafpredigten sicher, wenn er sich verspätet oder sie irgendwie verärgert hatte. Dennoch betete er die aus Fife stammende Morag, die mittlerweile Großmutter war, an. Sie war eine bodenständige Frau mit bissigem Humor, die sich von niemandem etwas gefallen ließ. Katzbuckeln war ihr so fremd wie der Gedanke an Ballettunterricht.

»Zu Diensten, Euer Lordschaft, was kann ich für Sie tun?«, meldete sie sich, da sie Ricks Nummer von ihrem Display abgelesen hatte. Leiser Spott schwang in ihrer Stimme mit.

»Das liebe ich so an Ihnen, Morag …«

»Was?«

Eine lange Pause.

»Verdammt, jetzt ist es weg! Keine Ahnung, was ich so an Ihnen liebe.«

»Ich seh schon, Euer Lordschaft sind mal wieder zu Scherzen aufgelegt«, gab sie trocken zurück.

Rick grinste. Sie war wirklich herzerfrischend. Obwohl ihn das Leben momentan anwiderte wie seit Jahren nicht mehr, konnte Morag ihn in Sekundenschnelle aufheitern. Vielleicht sollte er den Frauen abschwören und sich mit Morag auf eine einsame Karibikinsel zurückziehen, wo sie am Strand liegen und sich den ganzen Tag liebevoll kabbeln konnten. Wenn sie nicht schon siebenundfünfzig wäre, einhundertzwanzig Kilo wöge und mit einem Maurer verheiratet wäre, würde er das ernsthaft in Erwägung ziehen.

»Seien Sie so gut und buchen mir einen Flug für morgen Früh nach Nizza«, bat Rick.

»Auf welchen Namen?«, fragte sie, obwohl sie es sich schon denken konnte: Das Ticket war bestimmt für Dan. Armer Kerl. Eine Schande, was seine Frau ihm angetan hatte. Rick hatte ihr vor Wochen, als er sie bat, sämtliche Termine abzusagen, weil er mit seinem Bruder verreisen wollte, alles erzählt. Ein paar große Aufträge waren ihm dadurch durch die Lappen gegangen. Es gab nicht viele Männer, die das für ihren Bruder tun würden, was Rick getan hatte. Wochenlang waren ihr Rechnungen auf ihren Schreibtisch geflattert – Rick hatte keine Kosten gescheut, um Dan zu helfen.

Manchmal machte sie sich ernsthaft Sorgen um Rick. Mit Frauen zum Beispiel hatte er immer Pech gehabt. Wenn sie nur an diese Miss Schottland dachte, mit der er verheiratet gewesen war! Die hatte doch nicht mehr alle Tassen im Schrank gehabt. Zurzeit gab es wieder eine Neue in seinem Leben, eine Jo irgendwas. Sie würde die Rechnungen von den Blumengeschäften später überprüfen. Es war auch ohne Blumenbestellungen nicht schwer zu erraten, dass Rick verliebt war. In letzter Zeit schwankte seine Stimmung zwischen himmelhoch jauchzend und zu Tode betrübt. Am Vortag zum Beispiel war er so gereizt gewesen, dass sie ihn nach Hause geschickt hatte. Boss hin oder her – die Atmosphäre im Büro durfte nicht unter seinen Launen leiden. Anderen das Leben zur Hölle zu machen war schließlich *ihr* Job. Wer diese Frau auch sein mochte, sie setzte Rick ganz schön zu, und das gefiel Morag überhaupt nicht. Rick war wie ein Sohn für sie, und er war ein viel zu netter Kerl, als dass er sich von irgendeinem oberflächlichen Frauenzimmer auf der Nase herumtanzen lassen sollte, fand sie. Er brauchte endlich eine anständige Frau, die seine guten Eigenschaften zu schätzen wusste.

Und Morag hatte auch schon jemand Bestimmtes im Sinn.

Letzte Woche war ihre Tochter Caitlin nach Schottland zurückgekehrt. Sie hatte zehn Jahre in Dublin gelebt, wo sie Sprachen und Politik studiert und es bis zur Beraterin des irischen Regierungschefs gebracht hatte. Die Arbeit hatte ihr keine Zeit für ein Privatleben oder für die Suche nach einem Ehemann gelassen. Eine Schande war das, zumal sie viel hübscher war als die Mädchen, die in den Modemagazinen abgebildet waren. Ihre Caitlin hatte alles, was eine Frau haben musste – abgesehen von einem Mann. Deshalb beschloss Morag, Schicksal zu spielen.

»Der Flug ist für mich, Morag«, sagte Rick gerade.

Sie hatte es doch geahnt. Irgendetwas quälte ihren Boss, sonst würde er nicht alles stehen und liegen lassen und schon wieder so kurzfristig verreisen. Caitlin würde sein Leben schnell wieder auf die Reihe bringen, da war sie ganz sicher.

Sie versprach, alles wie gewünscht zu erledigen. Dann rief sie die Reisebüroangestellte an, die alle Geschäftsreisen für die Firma organisierte.

»Senga? Morag hier ... Der Hüfte geht's schon viel besser, danke. Weswegen ich anrufe – ich brauche einen Flug für morgen Vormittag, Glasgow – Nizza. Rückflug offen ... Für Rick Taylor, genau. Und noch einen Platz für Caitlin McIntyre.«

Kapitel 25

That's Alright, Mama!

www.G.I.N.com, Forum, neuer Beitrag:

> An die Betreiber und Geschäftsführer dieser Website!
> Sie werden von meinen Anwälten hören.
> Ein ungehaltener, sehr ehrenwerter Gentleman, London

Charlie war irritiert. Und das war noch vorsichtig ausgedrückt. Hatte Margo ihn doch tatsächlich am Sonntagnachmittag angerufen! Sie wusste, dass er jeden Sonntag um eins seine Aromatherapiesitzung einschließlich Massage hatte. Ihn um Viertel nach eins anzurufen empfand er deshalb als ausgesprochen unhöflich. Und darauf zu bestehen, sofort zu ihr zu kommen, war schlicht anmaßend. Er liebte seine Mutter abgöttisch, aber was zu viel war, war zu viel. Auch wenn sie ihm eine wundervolle Überraschung versprochen hatte. Falls das nur ein Trick war, um ihn zu ihr zu locken, damit er ihr neuestes Biskuitkuchenrezept probierte, würde er ein ernstes Wort mit ihr reden müssen. Aber vielleicht hatte sie ihm ja diese himmlischen Angorahandschuhe gekauft, die sie letzte Woche bei House of Fraser's bewundert hatten. Dann konnte er ihr die Störung *eventuell* vergeben. Die Handschuhe waren sündhaft teuer und würden *so* gut zu seinem neuen knöchellangen Kaschmirmantel passen.

Als er die Villa seiner Eltern betrat, reckte er die Nase in die Höhe und schnupperte. Nach frisch gebackenem Kuchen roch es jedenfalls nicht. Seine Laune besserte sich. Das war ein gutes Zeichen. Seine Hände kribbelten in wohliger Vorfreude auf die Angorahandschuhe. Er hörte Stimmen aus dem Wohnzimmer, eilte zu der offen stehenden Tür und rief:

»Mutter, da bi…« Er brach mitten im Wort ab, als er sah, dass Margo nicht allein war.

Direkt unter den Enten auf dem Wandgemälde saß Jo, in der Hand eine Tasse aus Margos bestem Wedgwoodservice, und schaute ihn mit Unschuldsmiene an.

Neben ihr auf dem Chintzsofa saß Jackson Five. Auch er machte ein Gesicht, als könne er kein Wässerchen trüben. Und der Mann, der Margo gerade Tee aus einer silbernen Kanne einschenkte – oh, gib mir einen Klaps auf den Arsch, damit ich quieke, dachte Charlie –, das war TOBY!

O MEIN GOTT! Charlie griff sich an die Brust. Ein stechender Schmerz durchzuckte ihn. Seine Beine verwandelten sich in Pudding, und er streckte hastig die Hand aus, um sich auf dem Mahagonischreibtisch abzustützen. Sein letztes Stündlein hatte geschlagen. Er hatte einen Herzanfall und würde hier auf dem orangeroten Axminsterteppich sein Leben aushauchen. Was für eine jämmerliche Art zu sterben! Er hatte sich immer gewünscht, im Schlaf, umgeben von kostbaren Antiquitäten und ein paar attraktiven Strippern, gehen zu können.

»Charles, Darling, da bist du ja!«, kreischte Margo entzückt.

Nicht mehr lange, dachte Charlie, dem die Luft wegblieb.

Margo sprang auf und küsste ihn ab. Dann lächelte sie ihn verschmitzt an. »Entschuldige die kleine List, mein Lieber, aber sieh doch nur, wen Jo mitgebracht hat! Sie wollte dich unbedingt überraschen.«

Überraschen? Zu Tode erschrecken wollte sie ihn!

Margo wandte sich ihren Gästen zu. »Jos Cousin Toby kennst du ja bestimmt bereits. Ein gut aussehender junger Mann, nicht wahr? Und dieses pfirsichfarbene Hemd ist ein Traum. Sie müssen mir unbedingt verraten, wo Sie das gekauft haben, Toby!«

Toby sah Charlie an und wedelte tuntenhaft mit den Fingern. Sein breites Grinsen verriet, wie sehr er diese Komödie genoss.

Margo plapperte munter weiter. Von dem plötzlichen Spannungsanstieg im Zimmer bemerkte sie nichts.

»Aber kannst du dich noch an diesen jungen Mann erinnern?« Sie deutete mit einer theatralischen Geste auf Jackson.

Charlies Gesicht war ausdruckslos. Er vermutete, die Leichenstarre habe bereits eingesetzt, aber es gelang ihm, das hinter einem Ausdruck völliger Leere zu verbergen.

»Das ist *Jackson*!«, rief Margo, die vor Freude und Aufregung ganz aus dem Häuschen war. »Er hat mir gerade erzählt, wie ihr beide euch damals in Amerika kennen gelernt habt. Du weißt doch – auf deiner Studienreise durch den Wilden Westen!«

O ja, wild war der Westen allerdings gewesen, aber anders, als Margo sich das vorstellte.

»Ihr zwei hättet euch prächtig verstanden, sagt er«, fügte sie strahlend hinzu.

»Du wirst es nicht glauben, Charlie«, mischte sich Jo ein.

Nein, bestimmt nicht.

»Aber ich habe Jackson auf der Fahrt hierher im Zug getroffen! Toby und ich wollten nach Gourock und irgendwo am Meer eine Kleinigkeit essen. Es gibt ja so viel zu erzählen, wenn man sich eine Weile nicht gesehen hat, nicht wahr? Du weißt ja, wie nah wir beide uns stehen … Also jedenfalls komme ich mit Jackson ins Gespräch, wie sich das eben so ergibt …«

Nein, das tut es nicht.

»... und als ich erwähne, dass einer meiner Freunde Journalist ist, sagt er, er hätte vor vielen Jahren einen angehenden Journalisten aus Glasgow kennen gelernt, ihn aber leider aus den Augen verloren. Und stell dir vor, wie er mir mehr über seinen Bekannten erzählt,« – sie grinste Jackson an – »wird uns plötzlich klar, dass er von dir redet! Und zwei Minuten später hält der Zug in Bridge of Weir. Das kann nur ein gutes Omen sein, sage ich mir. Und da haben wir beschlossen, unseren Ausflug zu verschieben und stattdessen hierher zu kommen und Margo von diesem wunderbaren Zufall, der uns zusammengeführt hat, zu erzählen. Du weißt ja, sie ist ganz versessen darauf, deine Freunde kennen zu lernen. Sogar die von früher.«

Margo nickte eifrig wie ein Pferd vor dem letzten Hindernis beim Grand National.

»Es war eine bezaubernde Überraschung«, bestätigte sie. »George ist unterwegs, um die Vögel zu beobachten, und ich hatte zum Glück nichts weiter vor, als das Unkraut zwischen den Osterglocken zu jäten. Aber das hier ist so viel unterhaltsamer!«

Ihr Blick fiel auf die leere Kuchenplatte.

»Oh, ich sehe gerade, es ist gar kein Kuchen mehr da. Darf ich euch noch welchen anbieten?«

Alle nickten einmütig, und sie erhob sich und eilte hinaus.

Als sich die Tür hinter ihr geschlossen hatte, stand Jo auf.

»Okay, Charlie, ich mach dir einen Vorschlag, du hinterhältiges kleines Aas«, sagte sie frostig. »Ich hab hier zwei Fotos.« Sie zog das erste hervor. Es zeigte ihn und Jackson auf dem Bett eines Hotelzimmers. Charlie schnappte fassungslos nach Luft. Wo zum Teufel kam das denn her? Er hatte gar nichts von der Existenz dieses Fotos gewusst!

Dann hielt sie ihm das zweite Foto vor die Nase. Charlie, Toby, Togaparty, Cocktailkirschen, Brustwarzen. Charlie machte ein beleidigtes Gesicht. Aber eigentlich sah er gar nicht so übel darauf aus. Ling hatte ihm eine wunderschöne Toga aus kirschroter Seide genäht, die weich und schmeichelnd über seinen … Egal. Das war kaum der richtige Zeitpunkt.

»Entweder die Story über Jackson landet im Papierkorb«, fuhr Jo fort, »oder Margo bekommt diese Fotos. Zusammen mit einer lückenlosen Dokumentation über die Aktivitäten ihres kleinen Lieblings in den letzten zehn Jahren. Mein neuer Cousin Toby wird gerne bezeugen, was für, sagen wir, körperliche Vorzüge du hast. Haben wir uns verstanden?«

Toby und Jackson hatten bisher kein Wort gesagt. Sie verfolgten die Szene mit angehaltenem Atem, und Charlie konnte Toby ansehen, wie sehr er das Drama genoss. Dieser Verräter!

Die Leichenstarre hatte jetzt alle Körperteile erfasst. Mit Ausnahme des Mundes.

»Du verdammtes Miststück!«, zischte er. »Das ist Erpressung!«

»Tja, solche fiesen Tricks hab ich von meinem Kumpel Charlie gelernt«, gab Jo ungerührt zurück. »Also was ist? Sind wir uns einig, oder wollen wir Margo einen Blick auf unsere netten Schnappschüsse werfen lassen?«

Hinter ihm ging die Tür. Margo kam zurück. Jo sah ihn fragend an.

»Also gut, abgemacht«, fauchte Charlie.

»Charles, Darling, du bist ja ganz blass um die Nase!« Sorge schwang in Margos Stimme mit. »Iss ein Stück Kuchen, mein Junge, dann wirst du dich gleich besser fühlen.«

Eine zwanglose Unterhaltung entspann sich. Jackson erzählte von den Wildschweinen und Grizzlybären, die er und Charlie auf ihrer Amerikareise beobachtet hätten, und Toby plauderte mit Margo über die Mode der kommenden Saison. Jo sprach wenig; ihr Job war erledigt. Charlie hatte seine Sprache noch nicht wiedergefunden. Er befand sich in einem inneren Zwiespalt: Auf der einen Seite war er stinksauer, dass er die Story, an der er seit Wochen arbeitete, in den Wind schreiben konnte; auf der anderen genoss er die Nähe seines geliebten Toby. Margo hatte Recht – das pfirsichfarbene Hemd stand ihm wirklich ausgezeichnet.

Margo warf einen Blick auf ihre Armbanduhr. Drei Uhr sei sicher nicht zu früh für einen kleinen Drink, meinte sie und erhob sich.

»Hilfst du mir bitte, Charles? Du weißt, dass ich immer zu viel Gin ins Tonic mische, und ich möchte nicht, dass wir noch vor dem Abendessen angesäuselt sind.« Wie ihr Tonfall verriet, konnte sie sich aber kaum etwas Schöneres vorstellen.

Charlie stemmte sich mühsam hoch und folgte seiner Mutter in die Küche. Als sie allein waren, schnatterte sie munter drauflos.

»Ein reizender junger Mann, dieser Toby!« Im Flüsterton fügte sie mit Verschwörermiene hinzu: »Er ist *schwul,* weißt du.«

Charlie schloss die Augen und sandte ein Stoßgebet zum Himmel.

»Das ist *schrecklich* modern heutzutage. Mrs. Haverscot aus meinem Bridgeklub hat *zwei* schwule Söhne, stell dir vor! Und so nette Jungs! Ich glaube, der eine ist dieser Sänger, dieser George Michael.«

»Mutter, George Michael ist bestimmt nicht der Sohn deiner Mrs. Haverscot«, erwiderte er verdrossen.

»Nein? Nun, dann sieht er ihm aber sehr ähnlich. Er trägt auch so einen seltsam gestutzten Bart. Das sieht flott aus, finde ich.«

Charlie beobachtete, wie sie hektisch herumhantierte.

»Was ist los, Mutter? Du hast doch was.«

»Aber nein, wie kommst du darauf?«

»Du summst *When the Saints Go Marching In*. Das tust du nur, wenn du über etwas nachgrübelst.«

Sie schürzte die Lippen und legte eine Zitrone auf den Tisch.

»Na ja, es ist nur … ich weiß ja, dass es albern ist, aber manchmal denke ich, es wäre doch lustig, wenn du auch … du weißt schon … na ja, *schwul* wärst. Dann könnte ich meinen Freundinnen wenigstens einen Grund dafür nennen, warum du noch immer nicht geheiratet hast. Deine ewige Verlobung mit Josephine ist doch ein alter Hut. Ich meine, besonders aufregend ist das nicht. Alle fragen sich schon, was eigentlich mit dir nicht stimmt, dass es dir nicht gelingt, das Mädchen zum Altar zu führen. Und außerdem hätte ich dann eine Menge, worüber ich mich mit Mrs. Haverscot unterhalten könnte, wenn du … du weißt schon … *schwul* wärst. Sie macht wirklich ausgezeichnete Zitronenmeringen. Aber, na ja, das ist nicht zu ändern … Eines Tages werdet ihr beide, du und Josephine, bestimmt heiraten«, schloss sie ein wenig traurig. Sie griff zum Obstmesser und viertelte die Zitrone.

Charlie stand da wie vom Blitz getroffen. Anscheinend kannte er seine Mutter doch nicht so gut, wie er immer geglaubt hatte. Da war er vierzig Jahre alt geworden, hatte mehr als die Hälfte seines Lebens Margo gegenüber den sexuell Stinknormalen gespielt, weil er fürchtete, der Schock könne sie umbringen, wenn sie die Wahrheit erführe, und musste sich jetzt von ihr anhören, er sei eine heterosexuelle Enttäuschung. Er konnte es nicht fassen. Margo war eindeutig und auf liebenswerte Weise verrückt und sehr viel hipper, als er es sich jemals erträumt hätte.

Er erkannte die einmalige Chance, die sich ihm bot. Würde er den Mut haben, sie zu nutzen? Er holte tief Luft.

»Mutter, ich bin's auch.« Geschafft! Er hatte es gesagt. Eine grenzenlose Erleichterung überkam ihn.

Margo blickte ihn verwirrt an. »Was bist du auch, Darling?«

»Schwul! Ich bin auch schwul.«

Margo rutschte das Obstmesser aus der Hand. »O mein Gott!«, hauchte sie. »Stimmt das wirklich? Oder sagst du das nur, um mich glücklich zu machen?«

Als Charlie stumm den Kopf schüttelte, warf sie sich ihrem Sohn mit einem Aufschrei entgegen und riss ihn an ihre üppige mütterliche Brust. Sie drückte ihn so fest an sich, dass er fast keine Luft mehr bekam. Was für ein verrückter Tag! Das war einfach nicht zu glauben. Ob Margo auf sein Geständnis, Kokain geschnupft zu haben, auch so gelassen reagieren würde? Dann wäre der Handel mit Jo, auf den er sich gezwungenermaßen eingelassen hatte, hinfällig. Aber er wollte sein Glück nicht zu sehr strapazieren.

Plötzlich stieß Margo ihn an den Schultern zurück. Charlie war bereits blau angelaufen.

»Aber Charles, das ist ja entsetzlich!«, jammerte sie und starrte ihn verstört an.

Wie bitte? Gerade eben war er noch das Beste seit Elton John gewesen, und jetzt sah sie ihn mit einem an nacktes Entsetzen grenzenden Gesichtsausdruck an?

»Aber Mutter, du hast doch gesagt, das würde dich glücklich machen!«, stammelte er.

»Natürlich, mein Junge, das bin ich auch, aber was wird aus Josephine? Das arme Kind! Sie wird am Boden zerstört sein, wenn sie das erfährt! Sie ist für mich doch wie eine Tochter. Wie können wir ihr das möglichst schonend beibringen, Charles?«

Charlie lächelte. »Mach dir deswegen keine Gedanken. Ich werde das in die Hand nehmen. Ich werde ihr die Nachricht ganz behutsam mitteilen«, versprach er.

Sie drückte ihn. »Du bist immer schon so ein sensibler Junge gewesen. So, und jetzt komm, lass uns ein wenig mit diesem Toby plaudern. Ist das nicht ein göttlicher junger Mann, Darling?«

Es war schon dunkel, als Jackson und ich vor meinem Haus aus dem Taxi stiegen. Wir waren mit dem Zug zurückgefahren und hatten Charlie, Toby und Margo allein gelassen. Als wir gingen, diskutierten sie leicht beschickert die Tischdekoration für eine anstehende Dinnerparty durch.

Wir hatten überlegt, ob wir vom Bahnhof aus zu Fuß gehen sollten, aber Margos Gin Tonic – lächerliche vier Krüge voll – hatte unsere motorischen Fähigkeiten ernsthaft beeinträchtigt.

Ich kickte mir die Schuhe von den Füßen und kroch auf allen vieren über die Couch. Gott, was für ein Tag! Ich war völlig fertig, ziemlich beschwipst und ein wenig verwirrt. Warum hatte Margo mir auf einmal so mitleidige Blicke zugeworfen? Warum hatte sie meine Hand gedrückt und versprochen, wir würden noch diese Woche zusammen essen gehen, damit ich »jemanden hätte«? Anscheinend hatte sie wieder zu oft Oprah Winfrey geguckt.

Aber wenigstens war die leidige Angelegenheit aus der Welt geschafft. Jackson hatte nichts mehr zu befürchten. Er sah aus, als sei eine Last vom Gewicht Robbie Coltranes von seinen Schultern genommen worden.

»Du bist wirklich unglaublich«, flüsterte er und rieb die Nase an meinem Ohr. »Ich weiß gar nicht, wie ich dir danken soll.«

Zum Beispiel, indem du weitermachst, dachte ich.

Was er auch tat. Er knabberte sich meinen Hals entlang tiefer, bis er meine Chiffonbluse mit den Zähnen aufzuknöpfen begann.

O Mist! Es war Zeit, in die Wirklichkeit zurückzukehren.

»Jackson, wir müssen reden. Und zwar über uns.«

Jacksons Knabbertage waren vorbei.

Es war mir schon am Abend zuvor klar geworden, als er mir seine Geschichte erzählte. Das hatte nichts mit den Drogen, den Frauen oder den Orgien zu tun. Das hieß, in gewisser Weise schon. Ich wusste natürlich, dass jeder Mensch seine Altlasten und seine Geheimnisse mit sich herumtrug, und ich gestand auch jedem das Recht einer Phase zu, in der man herumexperimentierte. Aber durch seine Beichte war der Jackson, wie ich ihn gesehen hatte, zerstört worden.

Es war seine Arglosigkeit, seine Freundlichkeit gewesen, die ich so anziehend fand. Er schien irgendwie unbefleckt von der Verlogenheit und der Hinterhältigkeit, die mein ganzes Leben überschattet hatten. Doch offenbar war das nur meine subjektive Wahrnehmung gewesen. Ich hatte ihn so gesehen, weil ich ihn so hatte sehen *wollen.*

Ich hatte gedacht, es sei Liebe. War es aber nicht. Es war eine Kombination aus tiefer Zuneigung und Lust. Die Zuneigung empfand ich immer noch – Jackson war ein anständiger, wunderbarer Mensch. Aber ich verspürte keinerlei sexuelles Verlangen mehr. Es war ausgelöscht worden von dem Bild, das ich nicht mehr aus dem Kopf bekam: Jackson, wie er im Drogenrausch nackt an einem Kronleuchter hin und her schwingt, unter ihm eine Schar Groupies, die nach seinem Schwanz greifen. Ich hatte immer schon eine lebhafte Fantasie gehabt.

Ich erklärte ihm, wie ich empfand. Er hörte mir schweigend und bedrückt zu, als ich ihm auseinander setzte, warum unsere Beziehung zu Ende war, bevor sie noch richtig begonnen hatte.

Während er Jo ruhig ausreden ließ, legte Jackson sich im Geist Gegenargumente zurecht. Doch er brachte keins davon vor. Er war realistisch und pragmatisch genug, um zu erkennen, dass Jos Gefühle unabänderlich waren. Er würde sie durch kein Argument der Welt umzustimmen vermögen. Ihm war nach Weinen zu Mute. Aber natürlich würde er nicht weinen, weil er erstens ein echter Schotte war (und der weinte höchstens, wenn Celtic Glasgow im Europapokalendspiel in der Nachspielzeit verlor) und zweitens ein wunderbarer Tag hinter ihm lag.

Dank Jo.

Er würde es nie bereuen, ihr begegnet zu sein. Sie hatte ihm einen Eindruck davon vermittelt, was es hieß, eine ganz normale Beziehung zu haben. Sie hatte ihm gezeigt, was für wunderbare Frauen es da draußen gab, außerhalb der oberflächlichen, künstlichen Welt, in der er normalerweise verkehrte. Das Wichtigste aber war, dass er jetzt wusste, mit der Abkehr von seinem bisherigen Lebensstil die richtige Entscheidung getroffen zu haben. Die Momente mit Jo gehörten zu den glücklichsten seines Lebens. Ihr Gesicht zu beobachten, sie lachen zu sehen, hatte ihn in einen Rauschzustand versetzt, wie er ihn sonst nur von Drogen kannte.

Als sie geendet hatte, schaute sie ihm flehentlich in die Augen. Er sah die stumme Bitte, er möge nicht versuchen, sie umzustimmen, in ihrem Blick. Er verstand.

Zum letzten Mal fuhr er mit dem Zeigefinger von ihrer Stirn über die Nase bis zu dem kleinen Grübchen unter ihrem Kinn. »Ich hab dich sehr, sehr gern, Jo Grant«, flüsterte er.

Sie berührte seine Wange. »Ich dich auch, Jackson Five«, erwiderte sie traurig. »Lass dich mal wieder sehen.«

Ich winkte Jackson nach, als er ins Taxi stieg und davonfuhr.

Ich schloss sachte die Tür, drehte mich um und ließ mich dagegenfallen. Himmel, was für ein Tag! So einen Aufruhr der Gefühle hatte ich schon lange nicht mehr erlebt. Ich war emotional völlig ausgelaugt, in gewisser Hinsicht aber auch erleichtert. Wenigstens eine Entscheidung war mir abgenommen worden: Ein potenzieller Partner hatte sich aufgrund seiner Vergangenheit quasi selbst disqualifiziert.

Blieben also noch zwei. Jack und Rick. Ich hoffte nur, ich würde auf meinen Instinkt vertrauen können und das Richtige tun.

Ich warf einen verzweifelten Blick in Richtung Decke.

»Könntest du mir nicht ein Zeichen geben?«, sagte ich zu dem Kronleuchter über mir.

Im selben Moment gab es einen dumpfen Knall: Eine seiner Glühbirnen war geplatzt, die Sicherung flog raus, und ich stand im Dunkeln.

»Verdammter Mist«, schimpfte ich vor mich hin, als ich mich an der Wand entlang zum Sicherungskasten tastete.

Diese Art Zeichen hatte ich nicht gemeint!

Kapitel 26

Wooden Heart

www.G.I.N.com, Forum, neuer Beitrag:

Mädels,
ich werde eine Party schmeißen! Es gibt was zu feiern!
Ihr erinnert euch vielleicht: Meine Affäre mit Giles endete in einem Debakel, weil er, nachdem ich achtzehn Jahre darauf gewartet hatte, dass er sich endlich von seiner Frau trennt, mit der vierundzwanzigjährigen Freundin seiner Tochter durchbrannte. (Ich hab ihn letzte Woche zufällig gesehen; er trug Jeans und sah höchst merkwürdig darin aus.)
Aber jetzt habe ich einen wundervollen Mann kennen gelernt. Ernest ist unser Vikar, und wir wollen heiraten! Der Ärmste hat letztes Jahr seine Frau verloren (an Bill aus der Metzgerei, mit dem sie auf und davon ist). Da es uns noch nicht gelungen ist, Petunia, so heißt sie, ausfindig zu machen, konnte er sich noch nicht von ihr scheiden lassen, aber das ist nur eine Frage der Zeit. Ich werde meine Mitgliedschaft bei G. I. N. dann natürlich kündigen müssen, weil ich keine Geliebte mehr sein werde. Ich werde euch vermissen. Ihr habt mir so viel Kraft gegeben, bei euch habe ich Trost und moralische Unterstützung gefunden, als ich sie am dringendsten brauchte.
Zum Abschied lade ich euch alle Samstag in einer Woche in unsere Dorfkneipe ein. Es gibt jede Menge Köstlichkeiten und Drinks oh-

ne Ende. Absolute Diskretion ist natürlich Ehrensache! Um diese Zeit ist im Pub immer viel los, sodass man sich unauffällig unters Volk mischen kann. Niemand braucht sich mit Namen vorzustellen. Mir genügt es zu wissen, dass ein paar meiner ganz speziellen Freundinnen von dieser Website da gewesen sind und sich amüsiert haben. Ach herrje, jetzt werde ich auch noch sentimental!
Es grüßt euch herzlichst
Sally, Cheltenham
PS: Ein besonderes Dankeschön an Domina Domenique für das Buch *Fünfzig reizvolle Methoden, Ihren Lover zu peitschen*. Ernest genießt es in vollen Zügen!

Für eine außergewöhnliche Lady, die ich zutiefst bewundere! Cheers!« Der Mann mit dem schütteren Haar prostete ihr zu. Er trug einen anthrazitgrauen Nadelstreifenanzug aus der vornehmen Savile Row und hatte offenbar eine teure Privatschule besucht, wie seine Stimme verriet. Sie war so kultiviert, dass die Queen sich im Vergleich dazu anhörte, als verkaufe sie Muscheln im Londoner East End *(»Frische Herzmuscheln, heut Früh von der Essex-Mündung eingetroffen! Was denn, denkt ihr, ich würd euch belügen? Zwei Pfund das Dutzend, da leg ich sogar noch drauf, aber was soll ich machen, ich hab vier arbeitsscheue Rangen, drei Paläste und sechsundvierzig Corgis, für die ich sorgen muss!«)*.

Die Frau, die ihm in der Bar des Balmoral Hotel in Edinburgh in einem Chesterfieldsessel gegenübersaß, erhob ebenfalls ihr Glas.

»Cheers!« Ein selbstgefälliges Lächeln spielte um ihre Lippen.

»Ich werde unsere kleinen Plauderstündchen vermissen. Ich habe jede Minute genossen, nicht nur des finanziellen Nutzens wegen. Ich hoffe doch sehr, wir bleiben in Kontakt«, fügte er anzüglich hinzu und legte seiner Begleiterin die Hand aufs Knie. Die Andeutung und seine Geste ließen keinen Zweifel an seinen Absichten aufkommen.

Priscilla stellte die Beine ein klein wenig zur Seite, damit ihr Rockschlitz weiter auseinander klaffte und man den Spitzenbund ihrer schwarzen halterlosen Strümpfe sehen konnte. Neunzehn Pfund neunundneunzig hatten sie gekostet! Der reinste Nepp, aber es war ein Panikkauf gewesen. Als er angerufen und um ein Treffen gebeten hatte, trug sie eine Strumpfhose mit einer ellenlangen Laufmasche darin. Damit konnte sie sich nun wirklich nicht sehen lassen. Tamara Becksmith, ein TV-Erotikstar, den sie sehr bewunderte, lief bestimmt nie mit Löchern in ihren Seidenstrümpfen herum. Aber die verdiente natürlich auch mehr als die lausigen fünfzehntausend Pfund im Jahr, die diese brasilianische Schlampe ihr zahlte. Die hielt ihren Beutel fester zu, als sich ihr im Schritt offener Schlüpfer über der Hüfte spannte.

Andererseits trank Tamara nicht Champagner mit Cedric Binnington Smyth III., dem Laird of Abernathy und Exehemann besagter Brasilianerin.

Dessen eher plumpes Angebot war ein unerwarteter Bonus. Priscilla hatte geglaubt, ihre Geschäftsbeziehung ende mit der Scheidung des Paars (die ihr die Begegnung mit Michael beschert hatte) und dem Eingang von Cedrics letztem Scheck. Dreißig Riesen – ein Tausender für jeden Monat seiner Ehe, aber Peanuts verglichen mit dem, was ihn die Scheidung gekostet hätte, wenn er keine Beweise für die Seitensprünge seiner Frau gehabt hätte.

Ein Golfplatz war der Brasilianerin zum Verhängnis geworden.

Als Priscilla dahinter kam, dass Maria Conchita Beldona Degrado für ihr Leben gern Samba tanzte, und zwar mit jedem gut gebauten, gut ausgestatteten Mann diesseits des Äquators und vorzugsweise nackt und in der Horizontalen, hatte sie deren blaublütigen Ehemann, Cedric, davon in Kenntnis gesetzt.

Er war am Boden zerstört gewesen.

Ungefähr fünf Minuten lang.

Dann beschloss er zu handeln. Die Aussicht, als gehörnter Ehemann gedemütigt und verspottet zu werden und zudem die Hälfte seines Vermögens zu verlieren, machte ihn zu einem schottischen Gegenstück von Inspektor Columbo. Und Priscilla übernahm die Rolle seiner begeisterten Assistentin.

Sie informierte Cedric täglich und detailliert über die außerehelichen Aktivitäten seiner Frau, und Cedric legte ein Dossier darüber an, das so explosiv war, dass es im Dunkeln leuchtete.

Als er genug belastendes Material gesammelt hatte, holte er zum letzten entscheidenden Schlag aus, der ihm den unwiderlegbaren Beweis für Marias Untreue liefern würde.

Maria war ahnungslos in die Falle getappt. Nicht im Traum wäre sie auf die Idee gekommen, dass Priscilla, die kleine Sekretärin, die sie herumkommandierte wie einen Hund, ihr wochenlang über den Golfkurs gefolgt war und beobachtet hatte, wie sie regelmäßig einen Abstecher in den Bunker am vierzehnten Loch machte. Das hatte seinen Grund: Dort zapfte sie ihrem attraktiven Golflehrer nämlich einen Proteinenergiedrink ab – ganz frisch von ihm persönlich produziert sozusagen.

Es war ein Kinderspiel gewesen. Priscilla rief Cedric an, sie trafen sich hinter dem Klubhaus, als Maria am ersten Loch abschlug, und fuhren dann im Elektrobuggy zum vierzehnten Loch, wo Cedric sich mit einer Digitalkamera auf die Lauer legte.

Seine Geduld wurde belohnt: Er bekam seine pornografischen Fotos. Während Maria ein empörtes Wutgeheul ausstieß und der Golflehrer lautstark seine Unschuld beteuerte (obwohl ihm die Kniebundhose unten an den Knöcheln hing), war Priscilla zum Auto zurückgeflitzt, wo sie mit Unschuldsmiene auf Maria wartete. Natürlich hielt sie Papiertaschentücher bereit und fand tröstende Worte für die hysterische Brasilianerin, die den ganzen Weg zurück zum Grosvenor Hotel in Glasgow (auf den Herrensitz ihres Mannes zurückzukehren hielt sie unter den Umständen nicht für ratsam) in ihrer Muttersprache schimpfte und Verwünschungen ausstieß. Priscilla glaubte fest daran, dass man jeden Tag etwas lernen könne. Und an jenem Tag lernte sie, was »Scheiße«, »Dreckskerl« und »Schwanzlutscher« auf Portugiesisch hieß.

Maria hätte ihr fast Leid getan. Fast. Sie bewunderte ihren Ehrgeiz, die Zielstrebigkeit, mit der sie sich einen reichen alten Knacker gesucht hatte, der ihr ihren aufwändigen Lebensstil finanzierte (Priscilla konnte sie so gut verstehen – schließlich verfolgte sie ganz ähnliche Ziele). Aber Maria hatte die unverzeihliche Dummheit besessen, sich erwischen zu lassen. Das würde Priscilla nicht passieren.

Zum Beispiel die Sache mit Rick. Hatte sie das nicht großartig hingekriegt? Die Sorge, Rick könnte dieser Jo von ihrem kleinen Annäherungsversuch unter dem Tisch erzählen, hatte ihr eine schlaflose Nacht bereitet. Das war ein dummer Fehler gewesen, der ihre Beziehung zu Michael ernsthaft hätte gefährden können. Doch sie hatte die Lage bravourös gemeistert. Jo hatte sie gesagt, Michael wünsche keinen Kontakt mehr, und Michael hatte sie vorgelogen, Jo habe angerufen und erklärt, sie sei so enttäuscht von ihm, dass sie nichts mehr mit ihm zu tun haben wolle. Damit hatte sie sozusagen die glimmende Lunte am Pulverfass ausgetreten.

Sie hatte alles unter Kontrolle. Wie immer, dachte sie selbstgefällig. Sie verstand sich ausgezeichnet auf die Lösung schwieriger Probleme. Von jetzt an sollte alles wie geschmiert laufen. Sie und Michael hatten die letzten zwei Wochen mit Hochzeitsvorbereitungen verbracht (sie würden in aller Stille in der Little Church of Elvis in Las Vegas heiraten und anschließend eine Woche irgendwo in der Sonne flittern), und in vier Wochen würde sie Mrs. Priscilla Morris sein, vormals Sekretärin von Maria Conchita Beldona Degrado. (Sie freute sich schon darauf, dieser brasilianischen Schlampe zu sagen, sie könne sich ihren Job sonst wohin stecken.) Sobald sie aus den Flitterwochen zurück wären, würden sie sich ein schmuckes, frei stehendes Einfamilienhaus in einem der vornehmeren Vororte Edinburghs suchen. Priscilla hatte nämlich beschlossen, dass die schottische Hauptstadt viel geeigneter für sie sei – des großen kulturellen Angebots und der wunderschönen Architektur und vor allem der Entfernung zu Michaels früherer Hausgenossin wegen. Sie hatte bereits jeden Immobilienmakler in den nobleren Vierteln sowie in den Küstenorten Gullane und North Berwick angerufen und um entsprechende Angebote gebeten.

Priscilla hatte ihr neues Leben bis ins Kleinste geplant. Sie würde in einen Tennisklub und ein Fitnesscenter eintreten und sich eine Kirchengemeinde suchen (es konnte nicht schaden, sich mit den Betschwestern gut zu stellen), um Ehefrauen aus ähnlichen sozialen Verhältnissen kennen zu lernen. Sie würde in ihrem BMW-Cabrio den ganzen Tag zwischen Boutiquen, Friseur- und Kosmetiksalons hin und her pendeln. Sie würde sich ihre makellose Bräune mit regelmäßigen Ferien auf Mauritius, in New York und Marbella erhalten. Sie verspürte ein erregendes Kribbeln im Bauch bei dem Gedanken daran. Sie hatte es geschafft! Es war ein Klacks.

Beinahe jedenfalls.

Sie musste ihr ganzes – nicht unbeträchtliches – schauspielerisches Talent aufbieten, um weiterhin die verständnisvolle Freundin zu mimen, wenn Michael deprimiert durchs Haus schlich wie ein Dackel, der nicht mehr wusste, wo er seinen Knochen vergraben hatte. Allmählich ging er ihr schwer auf die Titten! Obwohl er sich über die bevorstehende Hochzeit freute, litt er offensichtlich an Trennungsschmerz, weil er keinen Kontakt mehr zu seinen Freunden, diesem jämmerlichen Haufen, hatte. Priscilla war schon ganz groggy vom Bumsen – zwei Mal pro Nacht, damit er bei der Stange blieb! Sobald er ihr den Ring über den Finger gestreift hatte, würde Schluss damit sein. Dann käme er mit viel Glück noch ein Mal die Woche zum Zug.

Nichts, aber auch gar nichts würde ihre Hochzeitspläne durchkreuzen.

Es sei denn, sie bekäme ein besseres Angebot …

Cedrics Hand schob sich auf der Innenseite ihres Schenkels höher. In aller Öffentlichkeit! Dieser geile alte Bock sollte sich was schämen!

»Ohne weibliche Gesellschaft ist es sehr einsam auf einem viertausend Hektar großen Besitz«, säuselte er.

Priscilla konnte seinen üblen Atem riechen. Ihr wurde fast schlecht. Aber sie nickte mitfühlend.

»Und die Ferien erst! Letzten Monat musste ich zwei Wochen ganz allein in der Karibik, auf Mustique, verbringen.«

Er hatte den Finger unter den Spitzenbund ihres Strumpfs geschoben. Priscilla kämpfte gegen die Übelkeit an. Wie hatte Maria das nur ausgehalten? Ihr drehte sich schier der Magen um. Der Kerl war älter als ihr Vater, hatte ein Gesicht wie ein Hodensack und einen dazu passenden Charakter.

Auf der anderen Seite war er vermögender als so mancher Staat im Mittleren Osten.

Priscilla, die aus reiner Neugier in dieses Treffen eingewilligt hatte, schlug ihm auf die Hand. So ging das aber nicht! Wofür hielt er sie denn? Für eine kleine Nutte, die die Beine breit machte, wenn er mit seiner Brieftasche wedelte? Er sollte bloß nicht glauben, er könne sie mal eben vögeln und dann abservieren wie irgendeine billige Schlampe.

Cedric rieb seine brennende Hand. Der Schlag hatte wehgetan. Sehr gut. Leute wie er verstanden keine andere Sprache.

»Entschuldigen Sie, Cedric«, schnurrte sie verführerisch. »Aber Sie müssen mich verstehen – ich bin ein anständiges Mädchen.« Sie schlug in gespielter Schamhaftigkeit die Augen nieder. »Meine Eltern haben mir beigebracht, dass Sex vor der Ehe eine Sünde ist.«

Sie machte eine lange, bedeutungsvolle Pause.

»Deshalb habe ich mir geschworen, dass kein Mann außer meinem Ehemann mich auf diese Weise berühren darf. *Ich bin noch Jungfrau, Cedric.*«

Voller Genugtuung beobachtete sie, wie sein Glied sich augenblicklich regte und gegen den Reißverschluss seiner Schurwollhose drückte.

Sie wusste genau, was er dachte: Sie war jung, sie war schön, und sie war noch Jungfrau – sie verkörperte alles, was er sich in seinen unterdrückten, geilen Schülerfantasien jemals ausgemalt hatte.

Sie konnte ihn haben.

Kapitel 27

You Don't Have to Say You Love Me

www.G.I.N.com, Forum, neuer Beitrag:

Liebe Sally aus Cheltenham,
das war eine tolle Party letzte Woche! Ich weiß nicht, ob du mich gesehen hast – ich war die im Leder-BH mit den beiden Jungs, die ein nietenbeschlagenes Hundehalsband trugen (dein Freund, der Vikar, hat sich übrigens anerkennend über das Halsband geäußert – ich glaube, es gefällt ihm besser als sein eigenes). Ich wollte mich dir nicht vorstellen, weil du von lauter Twinsets und Hunden, die wie Ratten aussahen, umringt warst, aber ich möchte, dass du weißt, dass ich da war und dass ich mich für dich freue.
Es tut mir übrigens wahnsinnig Leid wegen der Schlägerei. Meine beiden blonden Begleiter hatten offensichtlich zu tief ins Glas geguckt, und dann brach die Eifersucht durch. Wir dachten, deine Fete sei ideal, um ein paar Dinge durchzudiskutieren, aber dummerweise geriet die Sache außer Kontrolle. Beiden geht es inzwischen wieder gut. Blondie Nummer 1 wurden auf der Unfallstation die Reste der Chipolata aus dem Ohr entfernt, und Blondie Nummer 2 hatte nur zerschrammte Knöchel und eine leichte Gehirnerschütterung. Kaum zu glauben, dass beide aus den besten Kreisen kommen! So ist das eben: Lass das Prinzesschen auf den Fischmarkt, und es verwandelt sich auf der Stelle in ein richtiges Fischweib!
Dir wünsche ich jedenfalls viel Glück mit deinem Vikar, mein Mäus-

chen! Vielleicht interessiert es dich – als ich ihm meine Visitenkarte zugesteckt habe, gab er sie mir mit der Bemerkung, die würde er nicht brauchen, zurück. Das ist mir auch noch nie passiert! Ein gutes Zeichen.
Falls ich mal irgendetwas für dich tun kann, lass es mich wissen. Du glaubst nicht, was eine ordentliche Tracht Prügel alles bewirken kann …
Mit herrischen Grüßen
Domina Domenique

Das Summen der Gegensprechanlage auf dem Schreibtisch riss Michael aus seiner Benommenheit. Er war völlig erledigt. Schlaf war zu einem Fremdwort für ihn geworden, und das sah man ihm an. Seine Augen fühlten sich an, als hätte jemand Glassplitter hineingerieben, und seine Zunge schien am Gaumen festgeklebt. Er wischte den Rahmkäsebagel und den leeren Kaffeebecher von der Tischplatte in den Papierkorb. Der doppelte Espresso hatte überhaupt nichts bewirkt. Wahrscheinlich hätte er ihn nicht mal munterer gemacht, wenn er ihn sich intravenös injiziert hätte.

Eigentlich sollte er das Glück seiner jungen Liebe genießen. Aber im Moment fühlte er sich gerädert, kaputt, zerschlagen.

Wenn er nur wüsste, was Priscilla auf einmal hatte. Die ganze letzte Woche war sie jeden Tag sehr spät nach Hause gekommen, und sie war äußerst reizbar. Etwas hatte sich geändert. Und Michael war es bisher nicht gelungen, herauszufinden was. Er versuchte sich einzureden, es sei das Lampenfieber so kurz vor der Hochzeit, verbunden mit prämenstrueller Gereiztheit. Aber wenn er ehrlich war, glaubte er das selbst nicht. Wäre sie dann nicht empfänglicher für Umarmungen, Küsse, zärtliche Worte? Aber als er sie am Abend zuvor küssen wollte, war sie ihm ausgewichen und hatte den Prospekt des Fünf-Sterne-Hotels auf Hawaii, in dem sie ihre Flitterwochen verbringen wollten, nach ihm geworfen. Da sei ja die Jugendherberge in Carlisle noch vornehmer, hatte sie ihn angeschrien.

Er hatte gar nicht erst versucht, zur Versöhnung mit ihr zu schlafen. Sein Instinkt hatte ihn gewarnt, dass das seine Lebenserwartung möglicherweise erheblich verkürzen würde.

Er hatte sich das alles ganz anders vorgestellt. Und das Schlimmste war, dass er nicht wusste, was er falsch machte. Er hätte so gern Jo angerufen und mit ihr darüber gesprochen, aber Priscilla gegenüber hatte sie erklärt, sie wolle nichts mehr mit ihm zu tun haben. Einen »nichtsnutzigen Wichser« hatte sie ihn genannt! Michael konnte es nicht fassen. Priscilla hatte es ihm erst nicht sagen wollen – sie war so sehr darauf bedacht, nur ja seine Gefühle nicht zu verletzen. Nein, Jo anzurufen war keine gute Idee. Wenn sie erst einmal einen Entschluss gefasst hatte, ließ sie sich nicht mehr davon abbringen. Und eine weitere Abfuhr würde seine Kräfte bei weitem übersteigen – die vergangene Woche reichte ihm voll und ganz.

Die Gegensprechanlage summte erneut. Gladys, seine fantastische, aber sehr resolute Privatsekretärin, wurde ungeduldig. Michael seufzte. Er wollte sich nicht noch eine Frau in seinem Leben zur Feindin machen. Er drückte eine Taste.

»Ja, Gladys?«

Sie räusperte sich vernehmlich, um ihr Missfallen über die lange Wartezeit kundzutun.

»Ihr Neun-Uhr-dreißig-Termin ist da. Mrs. Emma Taylor.«

»Sie soll reinkommen.«

Wenigstens *ein* freundliches Gesicht! Seine Stimmung hob sich ein wenig. Vielleicht konnten sie sich an Gladys vorbeistehlen, wenn sie den geschäftlichen Teil erledigt hatten, um im nächsten Starbucks eine Tasse Kaffee zu trinken und ein bisschen zu plauschen. Die Tür flog auf und knallte mit solcher Wucht gegen die Wand, dass der Türknauf eine Delle hineindrückte. Drei gerahmte Bilder fielen herunter, und das Glas zersprang.

Anscheinend war Emma nicht in der Stimmung für eine gemütliche Tasse Kaffee bei Starbucks. Sie trug ein schwarzes Kostüm mit einer blutroten Seidenbluse und passenden Schuhen. Leg dich nicht mit mir an, wenn dir dein Leben lieb ist, signalisierte ihr Äußeres.

»He, das ist echt cool! Du siehst ja richtig erwachsen aus! Edler Anzug, schickes Büro – also wenn ich es nicht besser wüsste, würde ich denken, du bist wer«, waren ihre ersten Worte.

Was war eigentlich aus dem guten alten »Guten Tag« geworden?

Priscilla. Jo. Gladys. Emma. Allmählich fragte er sich, ob er das Rentenalter überhaupt erreichen würde.

Michael und Emma warteten im Besprechungszimmer auf die gegnerische Partei. Dem Ehescheidungsverfahren ging ein Mediationstermin voraus, bei dem sichergestellt werden sollte, dass die Scheidung einvernehmlich und harmonisch abgewickelt werden konnte. Michael bezweifelte es. Emma hatte allem Anschein nach eine Woche gefastet, damit sie mindestens zwei erwachsene Männer mit Haut und Haaren verschlingen konnte. Sie saß in einem der zehn Ledersessel an dem langen Eichentisch, wippte nervös mit dem Fuß und klopfte mit der Spitze eines Kugelschreibers auf die Tischplatte. Wenn sie so weitermachte, würde er den Tisch abschleifen lassen müssen.

»Streng dich bloß an, das sag ich dir, sonst reiß ich dir den Arsch auf«, blaffte sie ihn mehrmals drohend an.

Endlich, nach einer halben Ewigkeit, pochte es an der Tür, und Gladys trat ein, gefolgt von Dan. Aber wo war sein Anwalt?

Michael musterte ihn verblüfft. Er kannte Dan seit vielen Jahren und hatte ihn immer nur in Jeans und Pullover gesehen. Aber jetzt trug er einen eleganten, offensichtlich maßgeschneiderten Anzug.

Emma schoss von ihrem Stuhl hoch. Michael erwischte sie gerade noch am Rock und konnte dadurch verhindern, dass sie sich auf ihren künftigen Exmann stürzte. Er war kein Strafverteidiger, und er legte keinen Wert darauf, einer zu werden, schon gar nicht, wenn es sich bei seinem ersten Fall um Mord mit einem Kugelschreiber handelte.

»Einen wunderschönen guten Morgen!« Dan strahlte sie an. »Ein herrlicher Tag für eine Scheidung, nicht wahr?«

Emma stieß ein dumpfes Knurren aus.

Dan setzte sich seiner künftigen Exfrau und deren Anwalt gegenüber und verschränkte lässig die Hände auf dem Tisch.

Wann denn sein Anwalt komme, wollte Michael wissen.

»Überhaupt nicht«, erwiderte Dan. »Ich hab ihm den Tag freigegeben. Dann wollen wir mal anfangen!«, fügte er fröhlich lächelnd hinzu.

Michael versuchte, Zeit zu gewinnen, um unnötiges Blutvergießen – vor allem seins – zu verhindern, indem er mit der einen Hand umständlich seine Unterlagen hin und her schob. Mit der anderen hielt er Emma hinten am BH fest, um sie davon abzuhalten, Dan an die Gurgel zu springen.

»Wo haben wir es denn? Äh, ja, genau, da ist es ja. Dan. Schön. Okay. Also Dan, dann würde ich dich bitten, uns doch einmal die ganze Situation aus deiner Sicht zu schildern.«

Dan nickte zustimmend. Den Blick auf Emma geheftet, begann er zu reden.

»Wie wir alle wissen, sind Emma und ich seit siebzehn Jahren verheiratet.«

»Die besten Jahre meines Lebens habe ich mit dir vergeudet, du Dreckskerl«, fauchte Emma.

Michael hielt ihr mit einer Hand den Mund zu. Wenn er einen Rottweiler als Klienten gewollt hätte, wäre er Tierarzt geworden.

»Inzwischen ist mir klar geworden«, fuhr Dan ungerührt fort, »dass sie mich seit mindestens zehn Jahren fortwährend betrogen …«

»Dreckskerl!«, knurrte es gedämpft hinter Michaels Fingern hervor.

»… gedemütigt …«

»Dreckskerl!«

»… und erniedrigt hat.«

»Dreckskerl!«

Zähne gruben sich in Michaels Finger. Ein stechender Schmerz durchfuhr ihn. Mit einem Aufschrei riss er seine Hand zurück und steckte sie zwischen seine Schenkel.

»*Ich* habe *dich* gedemütigt und erniedrigt? Ha! Und wie war das bei unserem kleinen Treffen neulich abends, du mieser Arsch? Die Schmach hat mich fürs Leben gezeichnet!«, schrie Emma.

Wenigstens bräuchte Gladys nicht mit einem Glas am Ohr an der Wand zu stehen, damit ihr auch ja kein schlüpfriges Detail entging. Michael war überzeugt, dass man in mehreren Postleitzahlbezirken die Unterhaltung in seinem Büro bequem von zu Hause aus verfolgen konnte.

Plötzlich hatte er genug von dem ganzen Zirkus.

»RUHE!«, brüllte er aus vollem Hals.

Sogar der Rottweiler verstummte. Emma starrte Michael völlig verdutzt an. Hätte er nichts weiter am Leib getragen als seine blauen Velourslederschuhe, hätte sie nicht überraschter sein können. Er wurde nie laut, es sei denn vor Aufregung, wenn er sich einen Film mit Bruce Willis, Arnold Schwarzenegger oder Jackie Chan ansah.

»Hinsetzen!«, befahl er dem Rottweiler. Der gehorchte und vergaß sogar zu knurren.

Michael holte tief Luft und atmete langsam wieder aus. Seine Finger schmerzten höllisch. Dafür würde er Emma das Doppelte berechnen! Jetzt war Schluss mit dem Theater.

»Du musst entschuldigen, Dan. Meine Mandantin scheint ein bisschen überreizt zu sein.« In vertraulichem Ton fügte er hinzu: »Jetzt kann ich dich wenigstens verstehen, Kumpel. Also *ich* hätte sie schon vor Jahren in die Wüste geschickt.« Für diese Bemerkung konnte er seine Zulassung verlieren, doch das war ihm egal. Emma machte keinen Mucks mehr.

»In den letzten Monaten ist mir jedoch etwas klar geworden«, fuhr Dan fort, als ob nichts gewesen sei. »Ich bin an der Entwicklung der Dinge nicht unschuldig. Die Dates mit den Frauen, die ich in den vergangenen Wochen hatte, haben mich daran erinnert, wie schön es ist, verliebt zu sein, romantische Dinge zu tun. Ich weiß jetzt, dass ich in meiner Ehe zu sehr in den Alltagstrott verfallen bin, unserer Beziehung jede Spontaneität fehlte und ich Emma nicht mehr die nötige Aufmerksamkeit geschenkt habe.«

»Das kannst du laut sagen«, brummte Emma, die die Sprache wiedergefunden hatte. Trotz ihrer Wut glomm ein Funke Freude in ihr. »Die Dates mit *den Frauen*«, hatte er gesagt. *Plural.* Das bedeutete, dass es mit keiner etwas Ernstes war. Sie ärgerte sich, weil der Gedanke sie glücklich machte.

»Deshalb habe ich einen Vorschlag.« Dan blickte ihr direkt in die Augen. »Emma, seit unserer Begegnung neulich weißt du, wie es sich anfühlt. Es war entwürdigend. Es war grausam. Es war dumm. Ich hoffe, du weißt jetzt, wie *ich* mich gefühlt habe, als ich erfuhr, dass du es mit der Hälfte aller Männer in Glasgow treibst.« Emma guckte auf ihre Schuhe. Dass sie nicht antwortete, war Antwort genug. »Damit wären wir quitt«, schloss Dan.

Gott sei Dank, ein Waffenstillstand, dachte Michael. Jetzt konnten sie den Papierkram erledigen, die vermögensrechtlichen

Fragen klären, und dann stünde einem vorläufigen Scheidungsurteil nichts mehr im Weg.

»Und dein Vorschlag wäre?«, drängte er, als Dan weiter schwieg.

Dans Blick wanderte zurück zu Emma. So zornig hatte er sie noch nie gesehen. Sie war ihm aber auch noch nie schöner oder verletzlicher vorgekommen. Er hatte in den vergangenen Wochen viel nachgedacht. Er hatte die verschiedensten Emotionen durchlebt, Gefühle, wie man sie sonst höchstens aus Seifenopern kennt. Er war ein anderer geworden. Er war stärker geworden, er wusste jetzt, was er zu seinem Glück brauchte, und er hatte den Mumm, sich durchzusetzen. Niemand würde ihn je wieder demütigen, benutzen oder ignorieren.

Er wusste jetzt ganz genau, was er wollte und was nicht.

»Mein Vorschlag, richtig ... Eigentlich ist es eher ein Antrag.« Nach einer Pause fuhr er fort: »Willst du meine Frau werden, Emma?«

»Also, Mike? Wirst du mich vertreten?«

Michael nickte. »Klar, Jack, keine Frage. Mein Terminkalender war voll, aber heute Morgen ergab sich eine unverhoffte Wendung zum Guten, deshalb hab ich jetzt wieder ein bisschen Luft. Meine Sekretärin wird dir eine Aufstellung sämtlicher Unterlagen schicken, die wir brauchen, um die Dinge in die Wege zu leiten. Du musst aber auf jeden Fall mit deiner Frau reden. Wenn sie sich kooperativ zeigt, vereinfacht das die Sache erheblich.«

Jack nickte. Er würde mit Carol reden, wenn er nach Marbella zurückflog – sobald er eine Antwort von Jo hatte. Zwei Wochen ließ sie ihn jetzt schon zappeln. Diese Ungewissheit war schlimmer, als einen millionenschweren Deal auszuhandeln. Die Erfahrung hatte ihn gelehrt, dass für jedes Geschäft, das nicht zu Stande kam, ein anderes abgeschlossen werden konnte. Aber es gab nur eine Jo.

»Wie geht es ihr?«, fragte Michael.

»Wem – meiner Frau?«

»Jo.«

»Oh.« Das hätte Jack selbst gern gewusst. Sie hatte ihn gebeten, ihr mehr Zeit zu geben. Sie war in die Highlands gefahren, wo sie sich eine Hütte gemietet hatte. Sie brauche den Abstand, hatte sie ihm erklärt, bei sich zu Hause könne sie nicht in Ruhe nachdenken. Sie wollte am folgenden Tag zurück sein und ihn dann ihre Antwort wissen lassen. Hoffentlich war es die, die er zu hören wünschte.

Dieses Mal wollte er alles, das volle Programm. Hochzeit, ein eigenes Haus, das er nach Jos Plänen bauen würde, vielleicht sogar Kinder. Jo hatte zwar nie welche gewollt, aber es konnte ja sein, dass sie es sich jetzt anders überlegte. Im Geist sah er ihre Kinder vor sich: Sie hätten Jos widerspenstiges, kastanienbraunes Haar, die großen braunen Augen und wahrscheinlich auch ihr sprühendes Temperament. Hatte Jo jemals mit dem Gedanken gespielt, Kinder mit ihm zu haben, und sich vorgestellt, wie sie wohl aussehen würden? Jack, Jo, Kinder. Es würde nie langweilig werden. Ihr Leben wäre einfach perfekt.

»Es hat sie ganz schön mitgenommen, dass du ausgezogen bist«, sagte er zu Michael.

»Wen – deine Frau?«

»Jo.«

»Oh.« Dann hat sie aber eine merkwürdige Art, es zu zeigen, dachte Michael. Warum schimpfte sie ihn einen »nichtsnutzigen Wichser« und verbot sich jeden weiteren Kontakt, wenn sie so unglücklich über seinen Auszug war? Er würde die Frauen nie verstehen. Aber das war ja nichts Neues.

Er rutschte von seinem Barhocker und verabschiedete sich

von Jack. Langsam schlenderte er in sein Büro zurück. In ein paar Stunden würde er nach Hause zu Priscilla fahren, und dann würden sie über alles reden. Das war nur eine kleine Krise. Sie freute sich auf die Hochzeit genauso sehr wie er, und sie liebte ihn genauso, wie er sie liebte. Sie würden das schon wieder hinkriegen. Er würde ihr ein paar Blumen kaufen und eine Riesenschachtel Konfekt und etwas Gutes vom Inder mitbringen, und dann würden sie die Sache klären. Er wünschte, er könnte auf eine Schnellvorlauftaste drücken, die ihn flugs zum Ende seines Arbeitstags katapultierte. Jetzt bloß keine weiteren Dramen oder Handgreiflichkeiten mehr!

Im Büro warf er einen Blick in seinen Terminkalender.

Um zwei Uhr war eine Dame eingetragen, die auf Empfehlung einer wirklich prominenten schottischen Schauspielerin kam, die inzwischen nach Hollywood übergesiedelt war. Danach hatte er einen Termin mit Maria Conchita Beldona Degrado, die seinen Rat bezüglich des Ehevertrags wollte, den ihr neuer Verlobter, ein argentinischer Polospieler, ihr vorgelegt hatte. Die gute Maria – er wünschte ihr Gottes Segen! Sie sorgte wenigstens für eine ausreichende Beschäftigung von Gerichten und Anwälten. Mit dem Betrag, den er ihr im Lauf der letzten Jahre in Rechnung gestellt hatte, hätte man einen Teil der Schulden der Dritten Welt begleichen können.

Er nahm hinter seinem Schreibtisch Platz und wappnete sich. Noch zwei Termine und dann endlich nach Hause.

Die Gegensprechanlage summte. Er drückte auf eine Taste.

»Mr. Morris, Ihr Zwei-Uhr-Termin ist da. Mrs. Cynthia Goldberg.«

Kapitel 28

The Wonder of You

www.G.I.N.com, Forum, neuer Beitrag:

Hallo an alle, die dies lesen!
Ich komme mir ein bisschen albern vor, hier zu sitzen und diese Nachricht zu schreiben. Bisher habe ich im Internet höchstens mal ein Buch für die Kinder bestellt oder einen Flug gebucht, und selbst das war fast schon zu modern für mich.
Mein Mann hat diese Website vor ein paar Monaten mal erwähnt, und seitdem lese ich sie. Mein Mann ist in der Computerbranche. Sein ganzes Leben dreht sich um Computer. Zumindest kommt es mir heute so vor.
Wir sind seit über zwanzig Jahren verheiratet, haben zwei Kinder und uns aus dem Nichts zu vermögenden Leuten hochgearbeitet. Eigentlich müsste ich glücklich sein. Bin ich aber nicht. Wir sind ins sonnige Spanien gezogen, aber Jack (mein Mann) ist fast dauernd unterwegs, und ich sitze allein hier. Kinder alleine großzuziehen ist immer schwer, egal, wo man lebt.
Ich weiß nicht mehr, wann ich anfing, mich einsam zu fühlen. Dann lernte ich Rodriguez kennen. Er ist ein reizender Mann. Er ist liebenswürdig, rücksichtsvoll, und er hat Empfindungen in mir geweckt, die ich lange erloschen glaubte (wenn Sie verstehen, was ich meine). Er ist verheiratet. Er sagt, er wird seine Frau verlassen, und ich glaube ihm. Wahrscheinlich verdrehen Sie jetzt genervt die Augen,

aber ich bin überzeugt, dass er es wirklich tun wird. Sobald ich mich von Jack trenne. Ich weiß nicht, wie ich es ihm sagen soll. Das wird schrecklich schwer werden. Es wäre sicher leichter, wenn er der Typ Mann wäre, der sozusagen ein Mädchen in jedem Hafen hat. Doch das ist nicht der Fall. Er ist ein Workaholic – und das ist viel schlimmer. Mit einer anderen Frau kann man konkurrieren, mit der Arbeit eines Mannes nicht.
Hat sich eine von Ihnen vielleicht einmal in einer ähnlichen Situation befunden? Mit meinen Freunden hier kann ich nicht darüber reden. In Marbella wird viel getratscht, und ich möchte auf keinen Fall Gegenstand von Klatschgeschichten werden. Obwohl sich das vermutlich nicht vermeiden lassen wird. Es wird einen handfesten Skandal geben, wenn die Sache mit Rodriguez und mir amtlich wird.
Ich bin für jeden Rat dankbar. Wie sage ich meinem Mann, dass ich ihn verlassen möchte? Wie bereite ich die Kinder darauf vor? Wie fange ich mit einem anderen Mann nochmal von vorne an?
Verrückt, was wir alles aus Liebe machen, nicht wahr?
Carol, Marbella

Ich las die Nachricht noch einmal. Und dann noch einmal. Es war kein Zweifel möglich. Carol – Jack – Computer – Marbella – zwei Kinder. Wie oft konnte es diese Kombination schon geben? Sie musste es sein. Jacks Carol. Die Schutzheilige der perfekten Ehefrauen. Und jetzt plante sie mit ihrem Rodriguez ganz offensichtlich die Flucht aus ihrem perfekten Eheglück.

Ich blickte zum Himmel hinauf. Nicht zum lieben Gott (als ich ihn das letzte Mal um ein Zeichen gebeten hatte, hatte mich das zweihundertfünfzig Pfund für den Elektrikernotdienst gekostet), sondern in den Cyberspace, der mir gerade die Antwort auf das Problem geliefert hatte, mit dem ich mich seit Wochen herumschlug (na schön, es waren nur zwei – aber es fühlte sich viel, viel länger an!).

Den Trip in die Highlands hätte ich mir sparen können. Zu Hause hatte ich es nicht mehr ausgehalten, deshalb war ich dorthin gefahren. Das leere, stille Zimmer, das früher Klänge von Elvis-Songs und rhythmisches Matratzenquietschen gefüllt hatten, deprimierte mich so sehr, dass ich zu keinem klaren Gedanken fähig war. Ich hatte gehofft, die Seeluft, einsame Spaziergänge und eine ausgewogene Ernährung in Form von Fish and Chips und Essig würden mir den Kopf freimachen. Und was war? Es hatte fünf Tage lang ununterbrochen geschüttet. Ich als einsame Spaziergängerin im Regen hätte sicherlich einen melodramatischen Anblick geboten, aber so dreckig, dass ich mir das antun wollte, ging es mir noch nicht.

Dann hatte Emma herausgefunden, wo ich steckte, und ungefähr alle drei Minuten angerufen. Ich befürchtete schon, sie hätte entweder Drogen genommen oder Klebstoff geschnüffelt. Am Tag zuvor hatte die Ärmste nämlich etwas davon gefaselt, dass sie und Dan zum zweiten Mal heiraten wollten. Ich versteckte meinen Klebestift und vereinbarte einen Termin beim Psychotherapeuten und in einer Entzugsklinik für sie.

Und zu allem Überfluss hatte der Fish-and-Chips-Stand geschlossen, weil Nachsaison war. Ich hatte mich tagelang ausschließlich aus dem Tankstellenshop zwei Meilen die Straße rauf verpflegt. Ich würde bis an mein Lebensende kein abgepacktes Hühnchensandwich und keine Käsecracker mehr sehen können!

Ich hatte mich wirklich um eine Lösung meiner Probleme bemüht. Sollte ich einen neuen Anfang mit Rick wagen? War es ein Fehler gewesen, Jackson, den Groupiebumser, abzuservieren? Sollte ich Jack erhören? Würden alle meine Träume mit ihm in Erfüllung gehen? Oder sollte ich Priscilla abschießen und Michael wieder nach Hause holen, damit wir in platonischer Glückseligkeit gemeinsam alt und grau werden konnten? Vielleicht würden wir irgendwann so verkalkt sein, dass wir dächten, wir seien verheiratet, und versuchten, Nachwuchs zu zeugen.

Ich war auf und ab gegangen. Ich hatte mit Pflanzen gesprochen (sie aber nicht mit mir). Ich hatte sauber gemacht. Ich hatte Listen geschrieben. Eine ganze Menge Listen. Ich hatte sogar einen Käsecracker geworfen, doch das brachte mich auch nicht weiter, weil ich nicht rauskriegte, welche Seite Kopf und welche Zahl war. Irgendwann gab ich es auf und stopfte mir das verdammte Ding in den Mund.

Ich setzte mich wieder an meine Listen. Ich notierte, was für und was gegen die beiden Männer sprach.

Rick.

Pro: Anziehungskraft. Ich empfand eindeutig etwas für ihn, ich war mir nur nicht sicher, was. Er hatte alles, was man sich an einem Mann wünschen konnte: Er sah sehr gut aus; er war witzig (nachdem er die anfängliche »Du-hast-mein-Leben-zerstört-du-Miststück«-Phase überwunden hatte); er war erfolgreich und sein eigener Herr. Sein Selbstbewusstsein rührte daher, dass er in seinem Leben Fehler gemacht, sie erkannt und dann abgehakt hatte. Vor allem aber gab er mir ein Gefühl der Sorglosigkeit, der Unbeschwertheit. Wenn ich mit ihm zusammen war, war ich wieder neunzehn, aber ohne die Verkrampftheit und die Unsicherheit der Jugend. Er brachte mich zum Lachen. Er gab mir das Gefühl, sexy zu sein. Er weckte in mir den Wunsch, ihm am helllichten Nachmittag einen zu blasen und nackt mit ihm ins Meer zu laufen (aber bitte nicht in den arktischen Highlands!).

Kontra: Keine Liebe. Ich war nicht in ihn verliebt. Die Erfahrung mit Jackson hatte mich den Unterschied zwischen Liebe und Lust gelehrt. Ich wusste auch, dass der Grat zwischen Liebe und Lust sehr schmal war.

Und noch etwas: Falls Emma und Dan sich tatsächlich versöhnten, wäre Emma meine Schwägerin. Der Gedanke ließ mich frösteln. Freunde kann man sich aussuchen, Verwandte hat man ewig am Hals. Mir schwante, wie ein Weihnachtsfest im Familienkreis in fünfzig Jahren aussehen würde: Ich packte Emmas Geschenke aus (ein Vibrator und Kondome mit Pfefferminzgeschmack, dazu einen Herzschrittmacher und Ballenpflaster) und musste dann Dan erklären, weshalb Emma so lange in der Christmette war (weil sie es mit drei Ministranten in der Sakristei trieb). O Gott, was für eine grauenvolle Vorstellung!

Aber zurück zu Rick. Er war umwerfend, sexy, witzig, alles, was man sich nur wünschen konnte. Ich würde keine Sekunde zögern. Doch mein Herz gehörte …

Jack.

Pro: Lange Geschichte. Sooft ich seinen Namen aussprach, machte mein Magen einen kleinen Hüpfer, und ich seufzte unwillkürlich. Seit ich erwachsen war, gehörte er zu meinem Leben. Es verging kein Tag, an dem ich nicht an ihn gedacht oder – seit unserer Trennung – ihn nicht vermisst hatte. Er war mein Mentor, mein bester Freund, der Mensch, dem ich es als Erstem erzählen wollte, wenn mir etwas Gutes, etwas Schlechtes oder auch nur etwas Dummes passierte. Er war – selbst nachdem mir klar geworden war, dass ich nicht den Rest meines Lebens seine Geliebte sein wollte, und ich ihn gebeten hatte zu gehen – der wichtigste Mensch auf der Welt für mich und würde es immer bleiben.

Kontra: Seine Familie. Wie oft hatte ich mir schon gewünscht, er wäre nicht verheiratet und hätte keine Kinder! Ich würde mir ewig Vorwürfe machen müssen, wenn seine Familie durch mich zerbrach. Jetzt sah es anders aus. Jack würde Carol sowieso verlassen, auch wenn es mich nicht gäbe. Dann wäre er frei. Trotzdem … Ich konnte mich des Eindrucks nicht erwehren, dass er, wäre ich nicht, zu Carol zurückkehren und sich mit ihr aussöhnen würde. Obwohl ich ihn also nicht ermutigte, seine Familie zu verlassen, trieb ich seine Entscheidung durch meine bloße Existenz voran. Dagegen legte mein Gewissen massiven Widerspruch ein. Das konnte ich nicht ignorieren.

Ich konnte es jedenfalls nicht bis heute Morgen, als ich meinen Laptop einschaltete. Ich las die Nachricht noch einmal. War mir die Entscheidung dadurch nicht abgenommen worden? Hatte »Carol, Marbella« nicht alle Hindernisse auf dem Weg zu ewiger Liebe ohne Gewissensbisse beseitigt? Die Antwort lautete eindeutig Ja. Mein Gewissen müsste erleichtert sein, weil die Last einer fast zwanzig Jahre währenden ehebrecherischen Beziehung von ihm genommen worden war. Jetzt war für meine Entscheidung allein ausschlaggebend, was ich wollte, und nicht, wen ich nicht verletzen wollte.

Das war doch fantastisch, oder?

Eigentlich müsste ich glücklich sein. Müsste ich eigentlich.

Ich knüllte die Listen ärgerlich zusammen. Sie hatten mir nicht im Geringsten weitergeholfen.

Ich musste diese neue Entwicklung erst einmal verarbeiten. Drei Dinge standen fest: Carol hatte die Entscheidung einiges leichter gemacht; ich musste heute noch mit Jack und Rick reden; das konnte ich unmöglich in meiner derzeitigen Verfassung.

Meine praktische Seite gewann die Oberhand. Dies würde einer der wichtigsten Tage meines Lebens werden. Folgenschwere Gespräche wie die, die mir bevorstanden, konnte ich unmöglich in den Klamotten führen, die ich seit fünf Tagen auf dem Leib trug, mit schmuddeliger Stromstoßfrisur und umgeben von dem verführerischen Duft nach Käsecracker. Ich riss mir meine Sachen herunter. Auf dem Weg ins Bad fiel mein Blick auf die Tafel mit den *Motiven der Männer.*

1. *Er ist verheiratet und auf der Suche nach einem außerehelichen Fick.*
2. *Er ist knapp bei Kasse und hinter deinem Geld her.*
3. *Er ist ein Callboy (nicht zu verwechseln mit Nummer 2 – der hier sollte wenigstens gut im Bett sein).*
4. *Er sucht eine Frau zum Heiraten – jede mit fühlbarem Puls und gebärfreudigem Becken ist ihm recht.*
5. *Er sucht politisches Asyl beziehungsweise braucht eine Aufenthaltsgenehmigung.*
6. *Er ist unzurechnungsfähig.*
7. *Er ist sexbesessen – im Grunde würde ihm auch ein Astloch genügen.*
8. *Er ist schwul und benötigt eine Frau zur Wahrung des Scheins bei geschäftlichen und familiären Anlässen.*
9. *Er sucht ein Bett für die Nacht.*
10. *Er ist eine Niete im Bett und braucht jemanden zum Üben.*
11. *Trifft keiner der oben genannten Punkte zu, kann es sich nur um einen ausgebufften Lügner handeln. Fang noch einmal bei Nummer 1 an, und sei diesmal gründlicher!*

Na ja, es hätte alles noch viel schlimmer kommen können, tröstete ich mich. Ich hätte mich auch in einen verkappten homosexuellen, unzurechnungsfähigen, obdachlosen Asylbewerber verlieben können, der sein Geld als Callboy verdiente, obwohl er eine erogene Zone nicht von einer erosiven unterscheiden konnte.

Andererseits würde mir in obigem Fall die Einwanderungsbehörde die Entscheidung abnehmen. Ich las Motiv Nummer 4 noch einmal und dachte an Michael. Wenn er doch nur hier wäre! Ich war zwar immer noch stocksauer auf ihn, aber wenigstens hätte ich meine Wut an ihm abreagieren können.

Wenig später kletterte ich aus der Dusche, warf mir meinen flauschigen, pinkfarbenen Bademantel über, schlang mir ein Handtuch um den Kopf und schaute in den Spiegel. Eingefallenes, übermüdetes Gesicht, verquollene Augen und Anzeichen einer Käseallergie. Ich sollte Rick und Jack herzitieren und denjenigen aussuchen, der von meinem Anblick am wenigsten geschockt war. Jack meinte, ich sähe immer aus, als käme ich gerade aus der Clarins-Abteilung bei Debenhams. Rick hatte mich das letzte Mal ohne Make-up gesehen, als ich neunzehn Jahre jung gewesen war. Könnten sie mich jetzt sehen, würden sie wahrscheinlich schreiend davonrennen.

Ich ging ins Wohnzimmer hinüber, um mir ein Glas Wein einzuschenken. Warum sollte ich meiner Liste negativer Eigenschaften nicht noch »betrunken« hinzufügen? Nach drei Schritten merkte ich plötzlich, dass ich nicht allein war. Ich schnappte erschrocken nach Luft und blinzelte verwirrt. Er war es. Ich blinzelte noch einmal – vielleicht litt ich an durch Käsecracker ausgelöste Halluzinationen. Nein, er stand immer noch da.

»Michael!« Mit einem Aufschrei warf ich mich ihm in die Arme.

Ganz der coole, überlegene Macho brach er in Tränen aus.

»Du bist so ein Armleuchter«, schalt ich ihn zärtlich und drückte ihn so fest, dass er fast keine Luft mehr bekam. »Sag mir bitte, dass du Priscilla zum Teufel gejagt hast und wieder hier einziehen wirst!«

Ohne darauf einzugehen – war das nun ein gutes oder ein schlechtes Zeichen? –, löste er sich von mir und stieß mit erstickter Stimme hervor: »Ich hab dir jemanden mitgebracht.«

O Gott! Wenn das Priscilla auf einer Friedensmission war, würde ich durchdrehen! Ich hatte wirklich schon genug am Hals. Den Blick skeptisch auf die Tür gerichtet, tastete ich mit einer Hand schon mal nach einem stumpfen Gegenstand.

Die Brustwarzen schoben sich als Erstes in mein Blickfeld. Dann der Rest der Brüste. Dann, ungefähr vierzehn Tage später, der Körper. Und zum Schluss kam das Grinsen. Ein breites, strahlendes, kalifornisches Grinsen.

»Leck mich, Jo Grant, du siehst aus wie ausgekotzt!«

Und ich freute mich darüber, als ob es das Netteste war, was mir jemals ein Mensch gesagt hatte.

Michael beobachtete das Wiedersehen mit gemischten Gefühlen. Jo hatte ihm oft von Cynthia erzählt, und diese hätte fast einen Herzanfall bekommen, als sie Jos Foto auf Michaels Schreibtisch entdeckte. Sie hatte ihn gebeten, sie sofort zu ihrer alten Freundin zu bringen. Und jetzt warfen sich die beiden Beleidigungen an den Kopf wie aufgebrachte Fußballfans aus gegnerischen Lagern. Wann würde er die Frauen je verstehen lernen?

Er überlegte schon, ob er eingreifen sollte, als sie unter freudigem Gekreische aufeinander zustürzten. Cynthia schlang die Arme um Jo. Jo versuchte das Gleiche bei Cyn, prallte jedoch an deren riesigen Brüsten ab. Zu guter Letzt begnügte sie sich damit, ihr Gesicht an Cyns Dekolletee zu schmiegen.

»Ich hab dich ja so vermisst, altes Haus«, nuschelte Jo.

»Verständlich. Ich würd mich auch vermissen«, gab Cynthia zurück.

Michael unterdrückte einen Schluchzer. Es ging doch nichts über ein Happyend!

»Wer von beiden hat den größeren Schwanz?«, wollte Cynthia wissen.

Wir hatten es uns auf den Sofas gemütlich gemacht und die zweite Flasche Wein geöffnet. Ich hatte Michael inzwischen einigermaßen getröstet (Priscilla hatte ihn im Büro angerufen und ihm kurzerhand erklärt, es sei Schluss, er könne seine Sachen abholen; wie wir später erfuhren, hatte sie sich einen reichen alten Knacker an Land gezogen, den Exmann einer Mandantin von Michael. Halleluja, konnte ich da nur sagen!). Dann hatte ich Cyn von meinem Dilemma erzählt. Cyns Geschichte hatten wir bereits durch. Porsche und Mercedes waren im Internat. Jed war zu seiner vierten Geliebten, einem achtzehnjährigen Filmsternchen aus Idaho, gezogen, und Cyn war im Begriff, einen Schlussstrich unter ihre Ehe zu ziehen. Ihr Mann hatte ihr in den letzten Monaten das Leben zur Hölle gemacht. Sämtliche Kreditkarten bis auf eine hatte dieser elende Geizkragen ihr abgenommen. Jenny aus Idaho konnte ihn haben. Cyn bekam die Hälfte seiner irdischen Besitztümer, das genügte ihr. Sie fand, sie hatte ein gutes Geschäft gemacht. Immerhin war der Mann jetzt über sechzig. Bald würde er einen Eimer voll Viagra und ein dreistündiges Vorspiel brauchen, damit er ihn noch hochkriegte.

Aber zurück zu dem Schwanz. Ich hätte mich fast verschluckt, als ich das hörte. Das war ein Auszug aus *Cynthia und wie sie die Welt sah,* Kapitel sechs, Vers fünf.

»Wie bitte?«

»Nimm den mit dem größten Schwanz. Glaub mir, wenn es mit der Liebe erst mal vorbei ist, hast du wenigstens noch was, an das du dich klammern kannst.«

Ich hatte das komische Gefühl, dass sie das wörtlich meinte.

Ich schüttelte den Kopf. »Nein, nein. Weißt du was? Ich glaube, ich weiß jetzt, was ich will.

Es war seltsam, aber irgendwie hatte der unverhoffte Besuch mir geholfen, einen klaren Kopf zu bekommen. Ich wusste auf einmal wieder, was wirklich zählt im Leben (und ich dachte dabei nicht an große Titten, Elvis-Songs oder lange Schwänze). Man musste das tun, was man für richtig hielt, man musste seinem

Herzen folgen und den Mut haben, sich seinen Platz im Leben zu erobern. Und ich wusste jetzt, wo *mein* Platz war. Jetzt musste ich die betreffenden Herren nur noch von meiner Entscheidung in Kenntnis setzen. Aber erst noch ein Gläschen Wein …

Jacks Erleichterung, als er die Tür öffnete und mich sah, war fast mit Händen zu greifen. Mir floss das Herz über. Ich liebte ihn so sehr. Er küsste mich so stürmisch, dass mir seine Bartstoppeln die Haut zerkratzten. Na wunderbar. Da hatte ich zentimeterdick Make-up aufgetragen, um den Ausschlag von den Käsecrackern zu überdecken, und jetzt verpasste sein unrasiertes Kinn mir ein Peeling. Nicht gerade ein Happyend à la Hollywood!

Er löste sich von mir und strich mir die Haare aus dem Gesicht. Meine Wangen glühten. Aber er schien es nicht zu bemerken.

»Ich wusste, dass du kommen würdest. Ich habe es immer gewusst«, flüsterte er.

Ich trat einen Schritt zurück. In diesem Moment hätte ich nicht einen einzigen Grund nennen können, warum ich nicht mit ihm zusammen sein wollte. Natürlich wollte ich das. Das war Jack. Der Mann, den ich schon immer geliebt hatte. Wie konnte ich ihn zurückweisen?

Mit vier Worten.

»Es tut mir Leid, Jack.«

»Nicht so schlimm, Kleines. Ich kann verstehen, dass du Zeit zum Nachdenken gebraucht hast. Jetzt bist du da, das ist die Hauptsache.«

»Nein, ich meine, es tut mir nicht Leid, dass du so lange warten musstest. Das heißt, doch, das tut mir natürlich auch Leid.« O Gott, was faselte ich denn da! Konzentrier dich gefälligst, Jo!, schalt ich mich. Ich holte tief Luft. »Es tut mir Leid, aber die Antwort ist Nein.«

Seine Miene versteinerte. Er starrte mich an, und sein Blick durchbohrte mich regelrecht, brannte sich durch mein weißes Seiden-T-Shirt, den Wonderbra, die Haut und die Rippen bis in mein Herz.

»Ich kann nicht mit dir zusammen sein, Jack. Es tut mir Leid.«

Ich schuldete ihm eine Erklärung, aber die Wahrheit wäre zu brutal, zu niederschmetternd gewesen. Als ich Carols E-Mail gelesen hatte, war mir etwas klar geworden. Eigentlich hätte ich überglücklich, ja euphorisch sein müssen, nachdem das letzte Hindernis beseitigt war und Jack und ich gemeinsam dem Abendrot des Cyberspace hätten entgegenfahren können. Stattdessen fühlte ich mich seltsam ernüchtert. Der Grund dafür wurde mir erst nach einer ganzen Weile klar.

Jacks Ehe hatte unsere Beziehung am Leben erhalten. Wir kannten nur unsere Sonntagsgesichter, wir hatten nie den grauen Alltag miteinander geteilt. Ich war ihm nie damit in den Ohren gelegen, dass er zu viel arbeitete, ich hatte einfach die gestohlenen Stunden genossen. Ich hatte mich nie wegen irgendwelcher Rechnungen geärgert oder mich mit ihm über unsere Urlaubsziele gestritten. Ich hatte ihn nie zur Rede gestellt, wo er gewesen und mit wem er zusammen gewesen sei. Und vor allem war ich nie eifersüchtig oder unsicher gewesen, weil diese Gefühle von der Furcht vor dem Unbekannten herrühren und ich immer gewusst hatte, womit ich es zu tun hatte: mit dem Mann einer anderen Frau. Er konnte mich nicht verletzen, indem er mich verließ, weil er nie *mein* Mann gewesen war. Das hatte mir Sicherheit gegeben. Mit der Beziehung zu ihm war ich keinerlei Risiko eingegangen. Wäre er wirklich der Richtige für mich gewesen, hätte ich schon vor Jahren verlangt, dass er sich von seiner Frau trennt. Ich hatte es nicht getan, weil mir die Situation wunderbar ins Konzept gepasst hatte. Ich hatte die Rahmenbedingungen unserer Beziehung genauso geliebt, wie ich Jack liebte. Und das genügte nicht mehr.

Ich liebte ihn einfach nicht genug. Dabei ließ ich es als Erklärung für meine Entscheidung bewenden. Er brauchte nichts von Carol und den Veränderungen in ihrem Leben zu wissen. Vielleicht würde er ja zu ihr gehen, ihre Ehe mit anderen Augen sehen und sich bemühen, ihre Beziehung zu retten.

Ich drehte mich nicht um, als ich ging. Ich hörte, wie er sich schwer gegen die Tür fallen ließ. Ich konnte ihn nicht trösten – das wäre das Schlimmste gewesen, was ich hätte tun können. Ich wäre schwach geworden, und wir wären binnen Minuten im Bett gelandet und in den alten Trott verfallen. Außerdem hatte ich noch eine zweite Verabredung.

Ich trat aufs Gaspedal – um ein Haar wäre ich mit dem Stiefelabsatz hängen geblieben – und rief vom Handy aus bei mir zu Hause an. Cynthia hatte meine Garderobe für meinen großen Abend ausgesucht: ein funkelndes, silbernes Minikleid und kniehohe silberne Stiefel. Ich hatte ihre Gefühle nicht verletzen wollen, deshalb hatte ich nicht protestiert, obwohl das kaum der richtige Aufzug für diese frostigen Temperaturen war. Außerdem sah ich aus wie eine Mischung aus Kylie Minogue (allerdings ohne ihren knackigen Po) und einem Crewmitglied des Raumschiffs Enterprise.

Michael nahm beim ersten Klingeln ab. Es tat so gut, seine Stimme zu hören! Unglaublich, wie sehr er mir gefehlt hatte. Wir hatten den Fehler jedes alten Ehepaars gemacht und einander für selbstverständlich gehalten. Das sollte mir nicht noch einmal passieren.

Ich bog in eine dunkle Straße mit vielen Bäumen ein. Im Schein einer Straßenlaterne sah ich einen Mann an einem Auto lehnen.

»Einen kann ich abhaken, einen hab ich noch vor mir«, teilte ich Michael mit. Er hatte seinen letzten Termin an diesem Tag sausen lassen und hielt zu Hause die Stellung. Er wiederholte erst für Cynthia und dann für Emma und Dan, was ich gesagt hatte. Die beiden waren vorbeigekommen, damit Emma mit dem Klunker angeben konnte, den Dan ihr zur Versöhnung geschenkt hatte. Charlie war natürlich da – mit einem neuen Ring am linken Ringfinger. Er hatte Essen vom Chinesen, drei Flaschen Wein und eine vorbereitete Entschuldigung wegen der Sache mit Jackson mitgebracht. Und Toby – muss ich es erwähnen? – protzte ebenfalls mit einem neuen Ring am linken Ringfinger. Emma war sauer, weil sein Ring größer war als ihrer. Über kurz oder lang, da war ich mir sicher, würden sie mit ihren Handtaschen aufeinander eindreschen.

Michael berichtete mir das alles mit der Geschwindigkeit eines Formel-Eins-Kommentators. Ich konnte es kaum erwarten, wieder zu meinen ausgeflippten, schrecklichen Freunden zu kommen und ihrem wilden, verrückten Leben voller Überraschungen.

Noch ein Punkt auf meiner Liste, und dann ging's ab nach Hause.

Der Mann richtete sich auf, als ich heranfuhr und den Motor abstellte. Ich kletterte aus dem Auto (keine leichte Aufgabe in einem Minikleid und zehn Zentimeter hohen Absätzen) und stöckelte auf ihn zu. Die Luft zwischen uns knisterte förmlich vor Spannung. Vielleicht hatte sich aber auch nur mein Kettenkleid statisch aufgeladen.

»Hey«, begrüßte er mich. Das klang lässig und doch emotionsgeladen. Dieses »hey« barg eine Menge versteckter Bedeutungen.

»Hey, du«, erwiderte ich.

»Ich dachte schon, du gehst mir aus dem Weg.«

»Da hast du richtig gedacht.«

Enttäuschung spiegelte sich auf seinem Gesicht wider.

»Ich brauchte Zeit zum Nachdenken«, fügte ich hastig hinzu. Ich war so was von ungeschickt in diesen Dingen. Deshalb hatte mir die Beziehung mit einem verheirateten Mann auch so wunderbar in den Kram gepasst: keine Spielchen, kein betretenes Schweigen, keine Erklärungen. »Ich musste mir über einiges klar werden«, fuhr ich fort.

»Zum Beispiel?«

»Zum Beispiel, wie es mit uns weitergehen soll.«

Rick hatte Angst, weitere Fragen zu stellen. Er wusste, was kommen würde. Seit jenem Tag vor siebzehn Jahren, als er in der Kirche vergeblich auf seine Braut gewartet hatte, war ihm klar, dass Jo nicht zu ihm zurückkommen würde. Niemals. Obwohl er seit jenem Abend im Cameron House auf der Hut gewesen war und versucht hatte, innerlich Distanz zu wahren, weil er wusste, was ihn erwartete, ahnte er, dass ihm abermals ein Sturz ins Bodenlose bevorstand. Deshalb, um dieser Situation zu entfliehen, war er nach Nizza geflogen, doch es war sinnlos gewesen. Auf dem Hinflug war er zwar durch eine wunderschöne Frau abgelenkt worden (Morags Tochter, wie sich herausstellte – er vermutete, dass sie nicht zufällig an Bord derselben Maschine war, und hatte sich köstlich amüsiert, als sie das Flugzeug Arm in Arm mit dem russischen Gewichtheber verließ, der auf der anderen Seite neben ihr gesessen hatte). Aber sonst hatte er jeden Augenblick nur an Jo gedacht.

»Ich liebe dich nicht, Rick.«

Er biss sich auf die Lippe. Das tat verdammt weh. Nicht nur ihre Worte, sondern auch seine Lippe. Er hatte genug gehört. Er wandte sich halb von ihr ab. Das würde sie ihm kein zweites Mal antun. Das verkraftete er einfach nicht.

Sie berührte ihn am Arm.

Er schüttelte ihre Hand unwillig ab. Er wollte ihre Ausreden, ihr albernes »Lass uns Freunde bleiben« nicht hören. Er schickte sich an, in seinen Wagen zu steigen.

»Warte, lass mich doch erklären«, bat sie.

Scheiß drauf. Er hatte keine Lust, dazustehen und zu warten, damit sie sich rechtfertigen konnte und sich dann besser fühlte. Er würde gehen. Er würde sich in sein Auto setzen und irgendwohin fahren. Irgendwohin, wo Alkohol und freundliche Worte ausgeschenkt wurden.

Aber seine Füße bewegten sich nicht.

»Ich liebe dich nicht«, wiederholte Jo.

Wow, ihm das Messer ins Herz zu rammen genügte offenbar nicht – sie musste es auch noch herumdrehen.

»Mein ganzes Leben war eine Lüge. Ich dachte, das, was ich hatte, sei das, was ich wollte, aber jetzt weiß ich, dass ich nicht bereit war, ein Risiko einzugehen, dass ich Angst vor einer richtigen Beziehung hatte. Ich habe andere belogen, und ich habe mich selbst belogen, und das will ich nicht mehr. Deshalb sage ich dir das alles – ich möchte ehrlich zu dir sein.«

Na wunderbar, dann wäre das ja geklärt. Hoffentlich fühlte jetzt wenigstens sie sich besser. Er fühlte sich nämlich immer noch ziemlich mies.

»Und deshalb habe ich dir auch gesagt, dass ich dich nicht liebe.«

GOTTVERDAMMT NOCHMAL! Wenn er das jetzt noch ein Mal hörte, dann würde er … würde er … Er hatte keine Ahnung, was er dann tun würde.

Er sah sie an und wünschte, sie würde zu Staub zerfallen, damit er auf ihr herumtrampeln konnte, wie sie auf seinen Gefühlen herumtrampelte.

Dann bemerkte er die Träne. Eine einzelne, dicke Träne kullerte ihr über die Wange. Charlie wäre stolz auf Jo gewesen: Das war einfach perfekt, das war Demi Moore in *Ghost – Nachricht von Sam.*

Rick war perplex. Er hatte Jo noch nie weinen sehen. Auch wenn er sie viele Jahre aus den Augen verloren hatte, wusste er instinktiv, dass Jo Grant nicht der Typ war, der zum Weinen neigt.

»Aber ich könnte es«, flüsterte sie. »Ich weiß, ich könnte es.«

»Du könntest?« Er wagte kaum zu atmen. »Du könntest ... *mich lieben*?«, wiederholte er, nur um ganz sicherzugehen.

Sie nickte. »Wenn du mich lässt. Ich weiß, nach allem, was ich dir angetan habe, habe ich die Chance nicht verdient, aber ich bin jetzt bereit für eine richtige Beziehung. Viele Jahre zu spät, ich weiß, aber ich würde es gern versuchen. Wenn du willst«, fügte sie leise hinzu, schlotternd vor Kälte in ihrem Minikleid.

Eine ganze Weile sagte keiner etwas.

»Ich bin mir auch nicht sicher, ob ich dich liebe ...«, gestand Rick dann.

Ich nickte. Damit hatte ich fast schon gerechnet. Ich hatte es ja auch nicht anders verdient. Aber wenigstens hatte ich es versucht. Dieses Risiko musste man eben eingehen, wenn man in der richtigen Welt und nicht in der künstlichen Welt einer ehebrecherischen Beziehung mit jemandem zusammen sein wollte. Ich war froh, dass ich das Risiko auf mich genommen hatte. Nein, das war gelogen. Ich ertrug diese Konfrontation nicht mehr.

»... oder ob ich noch immer das Mädchen von damals liebe«, fuhr er fort. »Ich denke, das solltest du wissen.«

Wieder nickte ich. Okay, das war's dann wohl. Jetzt konnte

ich nach Hause fahren, mir von Michael die Kopfhaut und von Charlie die Füße massieren lassen (mit einer simplen Entschuldigung würde er mir nicht davonkommen!).

Rick fasste mich an den Schultern. Jetzt kam sie, die große Abschiedsszene.

»Aber ich finde, es ist einen Versuch wert. Wenn du es auch willst ...?«

»Wirklich? Du ... du willst es noch einmal mit mir versuchen?«, stammelte ich.

Er lachte. »Das hab ich doch gerade gesagt. Und jetzt küss mich endlich – geredet haben wir genug!«

Er hatte ja so Recht! Ich vergrub die Finger in seinem Haar und küsste ihn, als ob mein Leben davon abhinge. Und so war es auch: Ohne seine Körperwärme wäre ich vermutlich erfroren, so kalt war mir. Nach einer Ewigkeit lösten wir uns voneinander und schauten uns an. Mein Herz hämmerte. Ich war selig, dass dieser großartige Mann das Wagnis einer Beziehung mit mir einzugehen bereit war. Ich kam fast zwanzig Jahre zu spät, aber besser spät als nie!

»Und was jetzt?«, fragte er.

Ich blickte mich um. Bäume, Sträucher, ein Gitterzaun. Unser besonderer Platz. Tagsüber gingen hier tausende aus dem Glasgower West End spazieren, aber nachts gehörte er uns ganz allein. Wir standen am Kelvingrove Park.

Ich nickte mit dem Kopf in Richtung der Dunkelheit hinter dem Zaun und grinste. »Hast du Lust auf einen Quickie?«

»Ich dachte schon, du würdest nie fragen!« Schon hob er mich hoch, und ich kletterte über das Gitter.

»Nur eins noch, Rick«, stieß ich atemlos hervor, als ich drüben auf dem weichen Boden landete.

»Was du willst«, antwortete er und ließ sich neben mich fallen.

»Sorg dafür, dass ich außer Landes bin, wenn du deiner Mutter erzählst, dass wir wieder zusammen sind!«

Er lachte glücklich. Dann nahm er mein Gesicht in seine Hände und küsste mich zärtlich.

Das nenn ich ein echtes Happyend à la Hollywood!

Kapitel 29

Elvis Has Left the Building

www.G.I.N.com, Forum, neuer Beitrag:

Liebe Mitglieder,
zu meinem großen Bedauern muss ich Ihnen mitteilen, dass ich von meinem Posten als Geschäftsführerin dieser Website zurücktreten werde.
Ich habe es als ein besonderes Privileg empfunden, mittels dieser Website an Ihren Erfahrungen und Ihren Beziehungen teilhaben zu dürfen. Meine persönlichen Lebensumstände haben sich jedoch geändert, und daher halte ich den Zeitpunkt für gekommen, nach neuen Herausforderungen zu suchen und die Leitung dieser Website anderen zu übertragen, die mit der gleichen Leidenschaft, der gleichen Kreativität den Wünschen und Bedürfnissen der Mitglieder Rechnung tragen werden.
Ich freue mich Ihnen hiermit das neue Team vorzustellen, in dessen fähige Hände ich www.G.I.N.com lege.
Neue Geschäftsführerin der Website GELIEBTE IN NOT wird Emma Taylor sein. Als Marketingexpertin mit langjähriger Erfahrung und als Frau, die um die vielfältigen Probleme in Zweierbeziehungen weiß, ist sie bestens für diesen Posten qualifiziert.
Ihr zur Seite steht Cynthia Morris, die für die Bereiche Publicrelations und globale Entwicklung zuständig ist. Vielleicht erinnern sich einige unter Ihnen an ihre Filme, die sie unter ihrem Künstlernamen

Candy Goldberg gedreht hat. Der erfolgreichste dürfte *Die Rückkehr des Killerpornostars* gewesen sein. Cynthia wird sicherlich für frischen Wind auf dieser Website sorgen!

Michael Morris wird weiterhin als Rechtsberater für die Website tätig sein. Auf diesem Wege möchte ich Michael und Cynthia ganz herzlich zu ihrer Hochzeit gratulieren!

Jetzt würde ich mich gern noch bei ein paar ganz besonderen Menschen bedanken.

Bei Charles Curtis vom *London Globe* für sein Engagement und seine vielen Anregungen im Lauf der Jahre. Und bei seinem Partner, Toby D'Amitri, der sich für unsere jüngste Werbekampagne zur Verfügung stellte.

Bei Jack Reynolds, der uns insbesondere bei der Einrichtung der Website mit Rat und Tat zur Seite stand und seine kostbare Zeit opferte.

Bei Jackson Smith, einem treuen Freund, für seine Unterstützung.

Und zu guter Letzt bei meinem Ehemann Rick Taylor für sein Verständnis, seine Abenteuerlust und seine grenzenlose Geduld.

Ich wünsche Ihnen alles Gute für die Zukunft. Und denken Sie daran: Wenn Ihr Partner nicht für Sie da ist, wir sind es!

Herzlichst

Jo (Grant) Taylor

Ein Mann, zwei Frauen, drei Wünsche – eine gemeinsame Katastrophe

Clark Dunhill weiß, er ist der perfekte Mann: beruflich erfolgreich, extrem gut aussehend und hochintelligent (der Lauf der Dinge wird ihn Lügen strafen). Bislang hat er aber keine Frau gefunden, die ihm in allen Belangen das Wasser reichen kann. Es gibt nur eine Lösung: Er braucht zwei Frauen – eine kluge, gebildete Karrierefrau und eine umwerfend attraktive Schönheit.

Cass ist Finanzdirektorin, allergisch gegen Partnerschaft, aber auf der Suche nach einem geeigneten Samenspender. Köpfchen hat sie selbst, das tolle Äußere entdeckt sie bei Clark. Wäre er nicht derjenige, welcher?

Pollys Aussehen lässt die meisten Frauen vor Neid erblassen. Nichts wünscht sie sich sehnlicher, als eine Familie zu gründen – und zwar mit Clark ...

ISBN 3-404-15219-0

BASTEI LÜBBE

Marsha Mellow weckt Ihre sündigen Seiten – dieses Buch werden Sie vernaschen!

Maria Beaumont
MARSHA MELLOW
UND ICH
Roman
384 Seiten
ISBN 3-404-15352-9

Amy hat einen langweiligen Job, eine spießige Mutter, einen sexbesessenen Exfreund – und keinen Sex. Aber Amy hat ein süßes Geheimnis ...
Marsha Mellow weiß alles über Sex, ist Autorin eines erotischen Bestsellers und Londons neue Sexgöttin. Doch niemand hat sie je gesehen ...
Amy hatte ein Geheimnis. Jetzt hat sie ein riesengroßes Problem. Denn wahre Sexgöttinnen sind selten – und ausgesprochen schwer zu verstecken!
Eine umwerfend komische Verwicklungskomödie: süß, stark und zum Vernaschen frei gegeben!

Bastei Lübbe Taschenbuch

Tickt Ihre biologische Uhr? Nervt die Frage nach den Babyplänen? – Sie sind nicht allein.

Laura Wolf
BABYALARM
Roman
400 Seiten
ISBN 3-404-15282-4

Noch vor nicht allzu langer Zeit war das Thema »Kinder haben« für Amy ein Thema, dass sie irgendwann einmal in der Zukunft betreffen könnte. Doch plötzlich mit 31 Jahren und im zweiten glücklichen Jahr ihrer Ehe ist der Zeitpunkt »irgendwann« gekommen. Schlagartig ist alles anders: Nachdem sie bislang stets bemüht war zu vermeiden, schwanger zu werden, tun sie und Stephen nun alles Erdenkliche um »einen Treffer zu landen«. Und schließlich erfährt Amy am eigenen Leib, all die Dinge, die einem niemals jemand über das Schwangersein erzählt hat ...

Bastei Lübbe Taschenbuch

»Manbys humorvolle Sicht auf das Leben und die Liebe trifft den Nerv der Leserinnen.«

PUBLISHING NEWS

Chris Mandy
ZU SCHÖN,
UM WAHR ZU SEIN
Roman
368 Seiten
ISBN 3-404-15436-3

Heidi Savage bekommt kurz vor ihrer Hochzeit kalte Füße: Ist Ed wirklich der Mann, mit dem sie den Rest ihres Lebens verbringen und eine Familie gründen will? Bislang haben sie noch nicht mal zusammen das Baby ihrer besten Freundin beaufsichtigt. Ist es eine Fügung des Schicksals, dass Heidi dann auch noch ihrem Exfreund Steven begegnet? Heidi schwelgt in ihren Zweifeln, bis sie plötzlich bemerkt, dass ihr Verlobter Ed ein seltsames Verhalten an den Tag legt ...